LUCIUS DAVOREN

EN VENTE A LA MÊME LIBRAIRIE

AUTRES OUVRAGES DE M. E. BRADDON

TRADUITS PAR

CHARLES BERNARD-DEROSNE

à 1 fr. 25 le volume.

PARIS. — IMPRIMERIE DE E. MARTINET, RUE MIGNON, 2

M. E. BRADDON

LUCIUS DAVOREN, D. M.

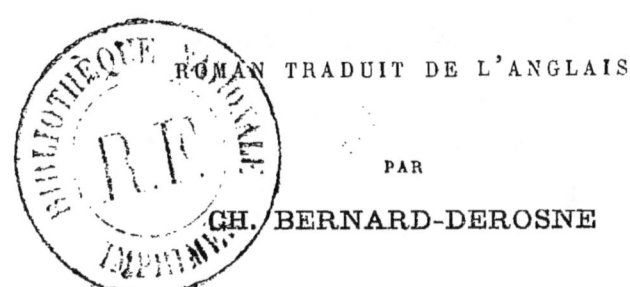

ROMAN TRADUIT DE L'ANGLAIS

PAR

CH. BERNARD-DEROSNE

TOME PREMIER

PARIS

LIBRAIRIE HACHETTE ET CIE

79, BOULEVARD SAINT-GERMAIN, 79

1878

A

MONSIEUR GUSTAVE CADET DE VAUX

SOUVENIR AFFECTUEUX

CH. BERNARD-DEROSNE

cembre 1877.

LUCIUS DAVOREN, D. M.

PROLOGUE.

DANS LE FAR WEST.

CHAPITRE I.

ABSENCE DE SOLEIL.

On était en plein hiver : non cette saison froide des contrées civilisées, époque de plaisirs dans les villes resplendissantes de luxe et d'agréables travaux dans les cottages rustiques des campagnes; mais l'hiver, avec toutes ses rigueurs et ses désolations, au milieu de plaines stériles, de forêts impraticables, où le trappeur américain ose seul s'aventurer; l'hiver sous les huttes de neige et parmi les bêtes sauvages, au sein d'une solitude si lugubre que le son d'une voix humaine y paraît plus étrange et plus effrayant que le silence même qui y règne; l'hiver enfin dans une forêt d'Amérique, au pied des Montagnes Rocheuses.

Trois hommes sont assis ou plutôt blottis devant un bon feu, dans une hutte grossièrement construite en branchages et en terre au milieu d'une forêt qui semble s'étendre indéfiniment. Ces hommes ont parcouru cette région silencieuse pendant

plusieurs jours sans trouver d'issue d'aucun côté; ils n'ont
rencontré que quelques lacs, rendez-vous de pêche des animaux de la forêt pendant la belle saison, mais à présent tout
couverts de glace. Ces voyageurs se sont aventurés jusque
dans ces sombres parages de leur plein gré, mais chacun sous
l'influence d'un désir différent. Le premier, le médecin
anglais Lucius Davoren, a été poussé par cette soif inextin-
guible de la science, qui, dans quelques âmes, devient une véritable passion. Il veut connaître cet étrange coin du monde,
cette région désolée qui s'étend entre les Montagnes Rocheuses et l'Océan Pacifique, et apprendre s'il n'y aurait pas
là une route tracée par la nature pour l'émigration. Il a
même caressé l'espoir de s'avancer encore plus au nord, jusqu'à la limite de glace qui borde la mer polaire. Il considère
cette expédition, digne d'un trappeur, comme une simple
expérience, une préparation à de plus grandes entreprises.

La douteuse clarté, tamisée à travers le parchemin qui clot
les deux fenêtres de la hutte, permet de distinguer son large
front et son profil vigoureusement tracé. La bouche, bien
découpée, le menton qui indique un caractère résolu, sont
cachés sous une barbe touffue et inculte dont les poils se
hérissent quand le vent du dehors vient congeler l'haleine
qui les humecte. Du reste le type saxon de ses sourcils,
ses yeux clairs et pénétrants, sont des indices suffisamment
révélateurs de son caractère : caractère formé de patience
et de volonté, ces deux leviers puissants que Dieu a mis
dans les mains de l'homme.

De l'autre côté de ce rustique foyer est assis Geoffrey Hossack. Il y a trois ans, il étudiait à Balliol, mais il se distinguait plus dans les exercices du corps que dans les examen s
de théologie. Un jour, il avait jugé à propos de mettre une

certaine distance entre lui et des parents qui prétendaient en
faire un ministre de l'Église. Jeune et ardent, gai compagnon, il avait, plus d'une fois, relevé le moral de ses camarades de voyage.

Le dernier de la bande était Absalon Schanck, un Hollandais dont l'embonpoint s'était peu ressenti du régime de
privations qu'interrompait trop rarement la chair de buffle
ou d'élan. Il s'était laissé entraîner par l'espérance que les
ours des mers polaires le supplieraient de les transformer en
fourrures. Dans ces jours d'épreuves, il poussait des soupirs
de regrets gastronomiques, non pas tant à l'adresse des
roastbeefs et des saumons de succulente mémoire, que de
certain fromage aigre, de bière acide, et de saucisse bouillie
qui lui rappelaient sa chère patrie. Mais il avait la pensée
secrète qu'il y avait en lui l'étoffe d'un Van Diemen.

Cette expédition était essentiellement une expédition d'amateurs. Dans aucun pays, aucune souscription n'était venue
en aide à ces explorateurs. Ils avaient fait la route, comme
disait pittoresquement Hossack, sans autre appui que leurs
bâtons de voyage; et si, dans le cours de leur exploration,
ils avaient l'heureuse chance de découvrir un nouveau et
facile passage au Nord-Ouest, Geoffrey était d'avis qu'il fallait s'approprier immédiatement ce chemin vers le nouveau
monde, créer sur les lieux mêmes une compagnie, s'en cons-
tituer les directeurs, et en donner la présidence à l'un d'eux,
dans le but de spéculer sur leur découverte.

« La *Porte d'Hossack* serait un excellent nom à donner à ce
passage, dit Geoffrey, entre deux bouffées de sa pipe d'écume
de mer, comme les Colonnes d'Hercule... vous savez, Davoren.

— Nous autres, Hollandais, nous avons découvert et dé-
nommé plus de contrées inconnues que vous autres Anglais,

ajouta Schanck avec dignité. Les découvertes sont notre spé-
cialité.

— Je voudrais bien, alors, que vous pussiez découvrir, cher
Absalon, quelque bon morceau propre à nous rassasier,
repartit irrévérencieusement l'élève d'Oxford. Cette portion
congrue que Lucius vient de nous distribuer n'a servi qu'à
m'ouvrir l'appétit; absolument, comme la douzaine d'huîtres
d'Ostende qu'on sert au début d'un dîner.

— Ah! Elles sont bien bonnes, les huîtres d'Ostende, dit
avec un soupir le Hollandais, et les moules de Blankenberk,
elles sont bien bonnes aussi. Je rêvais l'autre nuit que j'étais
dans le Paradis et que j'y mangeais des moules accommodées
au vin de Champagne.

— Assez! assez! s'écria impétueusement Geoffrey, si nous
nous mettons à parler cuisine, nous deviendrons fous, ou
nous nous mangerons les uns les autres. Et, tenez, vous feriez
vraiment un magnifique plat, Schanck, bourré de marrons et
mis à la broche, comme un dindon de Norfolk accommodé à la
mode de France. Il est fâcheux qu'on prétende que la chair
d'un ami soit un aliment indigeste; mais je crois que cette
assertion n'est qu'une fable imaginée pour mettre un frein à
l'anthropophagie. Les Maoris, de tout temps, se sont nourris
de chair humaine. Un de leurs chefs, beau vieillard de Ra-
kiraki, tenait registre des prisonniers dont il faisait sa nourriture particulière, au moyen de pierres soigneusement
alignées. Quand il mourut, on fit le total de ces pierres et on
apprit par là que ce digne chef avait consommé tout juste
huit cent soixante-douze prisonniers. »

Lucius ne fit aucune attention à cette plaisanterie d'un à
propos douteux. Il était couché sur le sol de la hutte, étudiant très-attentivement une grande carte déployée sous ses

yeux, y plantant çà et là des épingles sur les points qui arrêtaient plus particulièrement son attention. Il avait des idées à lui, des idées fixes et bien déterminées, mais que ne partageaient ni l'un ni l'autre de ses compagnons. Hossack s'était fourvoyé, dans ces régions désertes, mû par un amour profane pour les aventures, et aussi par le désir de trouver un refuge assuré contre les persécutions de quelques parents qui, s'aveuglant sur sa vocation, voulaient en faire un serviteur de l'Église. Schanck, s'était laissé entraîner jusque-là par la folle espérance de s'y trouver au milieu d'un paradis où les ours polaires et les renards blancs viendraient se coucher docilement à ses pieds et le supplieraient par leurs regards de les convertir en tapis de pied. Les trois voyageurs attendaient le retour de leur guide, un Indien, qui était allé à la recherche du chemin dont ils s'étaient écartés, et qui, en revenant, devait passer par un fort assez éloigné et en rapporter des provisions. S'il ne parvenait pas à retrouver sa route ou s'il succombait dans sa tâche, leur dernière espérance périssait avec lui.

Les provisions que Lucius conserve avec le soin le plus jaloux sont fort bornées. Il fait chaque jour à chacun sa part, avec une parcimonie vraiment spartiate et une si rigoureuse impartialité, que la famine elle-même ne pourrait y trouver rien à redire. Le tabac, ce bienfaisant consolateur dans les heures d'ennui, diminue à vue d'œil dans le baril qui le contient, et les lèvres d'Hossack semblent en laisser échapper à regret les dernières bouffées, en songeant tristement aux longues heures qu'il devra passer avant de pouvoir le charger de nouveau. Si leur guide ne revient bientôt avec un supplément de provisions, il n'est guère présumable que ces insouciants aventuriers revoient jamais les eaux bleues du Pacifique, ni même qu'ils atteignent le but du téméraire dessein qui les a conduits dans ces stériles régions. A moins donc que le salut ne leur vienne par cette voie ou par quelque circonstance fortuite, ils sont condamnés à y périr. Bien des fois déjà, ils ont envisagé cette triste éventualité, en s'entretenant de leur situation, étendus et serrés l'un contre l'autre dans la hutte à peine éclairée.

Schanck est le seul qui ait l'expérience des voyages. Il est naturalisé anglais et capitaine dans la marine marchande. Après avoir trafiqué avec succès, pendant plusieurs années, comme propriétaire de son navire, il l'avait vendu, et s'était construit de ses mains, sur le bord de la mer, à Battersea, une maison moitié villa, moitié navire; quelque chose qui ressemblait à la fois à une maison de Rotterdam et à une demi-douzaine de cabines proprement réunies l'une à l'autre et où l'espace avait été ménagé avec une économie aussi stricte que si cette mignonne maisonnette était destinée à prendre la mer. Les tablettes, les tiroirs, les vannes y étaient aussi nombreux dans la cuisine que dans la cabine d'un *steward* de navire; l'escalier s'élevait en tournant au centre de la construction, le toit était en terrasse, et le Hollandais, qui pouvait y voir le soleil se coucher au-delà des marais de Fulham, se plaisait à l'appeler la Dunette de l'Amiral.

Mais il s'était bientôt dégoûté de cette confortable habitation. L'aspect monotone des plaines marécageuses ne pouvait charmer longtemps les regards d'un homme qui avait erré vingt ans sur l'Océan. Il trouva un jour insuffisantes les consolations qu'il demandait à sa pipe et aux flacons de son cabaret, et il s'embarqua dans l'expédition d'Hossack pour le Far West.

CHAPITRE II.

SÉDUCTION MUSICALE.

Trois semaines se sont écoulées, vides de tout événement.

Davoren continue de tenir au courant son journal d'observations.

Hossack fait de fréquentes expéditions avec son fusil et la chétive quantité de poudre que lui alloue Davoren. Une seule fois il réussit à abattre un élan dont la chair rôtie et conservée, fournit un heureux supplément à leurs provisions de plus en plus restreintes. Mais le gibier ne se présente bientôt plus à portée de sa carabine.

Un froid mortel les engourdit; un sinistre crépuscule remplace la lumière du soleil; on dirait le fantôme du jour. Accroupis sur le sol ou adossés au mur, ils sont plongés dans un morne silence. De quoi parleraient-ils en effet?... De la mort qui est proche?... Des angoisses de la faim qui ne tarderont pas à se faire sentir?...

Avant la fin de la semaine, leurs vivres seront épuisés.

La contrée où ils ont pénétré semble absolument privée de tout habitant; c'est un chaos hyperboréen où la mort règne en souveraine. Quel hardi vagabond, métis ou Indien, voudrait s'y aventurer dans une telle saison?

Un jour, si l'on peut donner ce nom au court espace de temps où les ténèbres sont moins épaisses, les hurlements du vent gémissaient autour de la hutte, quand soudain le rideau qui la ferme, s'écarta et laissa pénétrer l'ouragan de neige.

Une main osseuse avait soulevé la toile goudronnée, une voix, celle d'un être humain, avait frappé leurs oreilles, et, à l'entrée, se dessinait une forme pareille à celle d'un squelette, avec des yeux brillants d'un éclat farouche.

Cette figure n'appartient ni à un Indien ni à un métis, c'est celle d'un blanc, comme eux. Grâce à la lueur que laisse passer le parchemin des fenêtres, ils voient que l'inconnu les examine attentivement.

« Êtes-vous des explorateurs anglais? leur demande-t-il.

— Oui, répondent-ils, nous sommes explorateurs et Anglais.

— Êtes-vous envoyés par le gouvernement?

— Non, nous sommes venus à nos frais, réplique Geoffrey, se remettant le premier de l'étonnement que leur a causé l'apparition de cet homme qui, par sa pâleur effrayante, semble revenir de l'autre monde. Mais peu importe comment nous sommes venus ici : ce dont nous avons besoin, c'est d'en sortir. Ne restez pas là vous enquérant de nos affaires; entrez et laissez tomber cette toile derrière vous. Où avez-vous laissé votre compagnie?

— Nulle part, répond l'étranger, en entrant dans la hutte et se campant debout au milieu d'eux. Nulle part, je suis seul.

— Seul! » exclamèrent les trois amis, avec l'accent d'un douloureux désappointement.

Ils avaient cru voir dans ce sauvage visiteur, le précurseur d'un secours inattendu.

« Oui. J'étais l'été dernier à environ cinq cents lieues vers le nord, au milieu des montagnes de glace, des ours, des Indiens, et des Esquimaux polaires. Je faisais partie d'une compagnie de Yankees et je leur étais fort utile par ma connaissance de plusieurs jargons indiens, qui me permettait de leur servir souvent d'interprète. Mais ils échouèrent dans leurs projets. Les hommes qui manquent leur but sont d'humeur difficile. Bref, nous nous querellâmes et je me séparai d'eux. C'était en hiver; leurs vivres étaient épuisés, mais leurs munitions ne l'étaient pas entièrement; et, comme ils ont des fusils, ils pourront trouver quelque renne ou quelque buffle qui les empêchera de mourir de faim; cependant, je doute qu'ils se soient bien trouvés de notre séparation, ils ne connaissent pas le pays aussi bien que moi.

— Ainsi, vous êtes seul depuis environ un an, dit Davoren, qu'intéressait cet étranger avec son aspect sauvage. Comment avez-vous vécu pendant ce temps?

— A l'aventure, répondit l'autre en haussant les épaules et d'un ton insouciant. Tantôt avec les Indiens, tantôt avec les Esquimaux. Enfin, je me suffisais quelquefois à moi-même. Tant que j'ai de la poudre pour mon fusil, je ne crains pas de mourir de faim, quoique j'aie vu de près, plus d'une fois, ce genre de mort, depuis que je me suis séparé de mes amis les Yankees.

— Connaissez-vous cette partie du pays?

— Non; elle ne figure pas sur ma carte. Je ne serais pas ici, aujourd'hui, si je ne m'étais pas égaré. Mais j'espère que je trouverai un asile auprès de vous. »

Les trois amis s'interrogèrent du regard. L'hospitalité est

une noble vertu et caractérise particulièrement les habitants
des régions sauvages et lointaines; mais l'hospitalité, dans
la circonstance présente, c'était le partage de provisions qui
ne pouvaient prolonger la vie des trois amis que durant cinq
jours, et le dernier de ces cinq jours ne pouvait-il pas leur
garder une chance de salut? La voix de l'humanité, cependant, prévalut. L'étranger n'avait rien de bien attrayant, mais
il souffrait des mêmes souffrances qu'eux, ils se crurent obligés de lui donner asile.

« Soyez le bien-venu, dit Davoren; vous partagerez ce que
nous avons; mais c'est bien peu de chose : tout juste cinq
jours de vivres. »

L'étranger détacha une besace en toile à voile qu'il portait
en bandoulière, et la jetant dans un coin de la hutte : —

« Voici des vivres pour plus de cinq jours, dit-il : c'est
de la chair de renne desséchée; elle sent un peu le moisi,
mais je ne suppose pas que vous soyez bien difficiles.

— Difficiles! s'écria Hossack, en poussant un gros soupir.
Il y a bien longtemps que nous ne le sommes plus. Et
quand je pense que je faisais fi du ragoût de mouton! Oh!
sensualité des civilisés!... Je me rappelle une bouteille de
Brignoles et une caisse de biscuits de Presbourg que j'ai
laissées dans un buffet à Balliol. Naturellement, on les aura
mises à sec. Ah! je voudrais bien les avoir ici aujour-
d'hui.

— Balliol, dit l'étranger en regardant curieusement
Hossack. Vous êtes donc originaire de Balliol? »

Il y avait quelque chose de singulier dans le ton avec lequel
cet homme à demi-sauvage fit cette question. En même
temps, il écarta les cheveux qui cachaient son front et fixa sur
Hossack un regard inquisiteur.

« Oui, répliqua celui-ci avec son sang-froid habituel. Et vous, seriez-vous un élève d'Oxford?

— En ai-je l'air? demanda l'autre, en faisant entendre un rire strident. Je ne suis rien, je ne viens de nulle part, je n'ai point d'histoire, point d'amis, point de parents. Je connais mieux que vous le genre de vie que vous menez et je sais parler aux naturels leur jargon, c'est tout ce qu'il vous importe de savoir.

— Oui, dit gravement Lucius. Mais je ne pense pas que nous voyons jamais la fin de cet hiver. Toutefois, vous pouvez rester avec nous, si cela vous convient. Au pis-aller, nous mourrons ensemble. »

L'étranger tressaillit en soupirant, et s'assit dans un coin de la hutte.

« Ce n'est pas une perspective réjouissante, dit-il. La mort est une camarade que j'entends tenir à distance, aussi longtemps que je le pourrai. J'ai eu assez souvent à lui faire face, mais, jusqu'ici, j'ai été le plus fort. Avez-vous consommé tout votre tabac?

— Absolument tout, dit Hossack. J'ai fumé ma dernière pipe et dit adieu aux joies de l'existence, il y a trois jours déjà!

— Eh bien! fumez-en une autre, reprit l'étranger en tirant de son sein une blague en cuir, et renouvelez connaissance avec les joies que vous regrettez.

— Soyez béni, s'écria Geoffrey, en saisissant la blague avec empressement. Soyez le bien-venu dans notre tente! Je souhaiterais la bien-venue à Belzébuth lui-même s'il m'apportait une pipe de tabac. Mais si je remplis ma pipe, chacun remplira la sienne, n'est-ce pas? Nous sommes frères en infortune, et nous devons tout partager également.

— Remplissez vos pipes, et n'ayez pas de souci à ce sujet, »
dit l'étranger.

Les trois amis ne se le firent pas répéter et leurs âmes s'en-
volèrent vers les champs Élyséens, portées sur les ailes de ce
séraphin qu'on appelle le tabac.

L'étranger remplit aussi sa pipe, l'allume, et fume en
silence, non pas de l'air d'un homme qui se croit transporté
au septième ciel, mais bien plutôt avec le sombre aspect
d'un démon, dont l'âme condamnée aux peines éternelles ne
trouve plus aucune satisfaction dans les plaisirs des sens. Ses
grands yeux noirs, qui semblent d'une grandeur démesurée,
se promènent lentement sur les parois de la hutte, s'arrêtent
sur les bancs de gazon desséché et recouverts chacun d'une
peau de buffle, signe d'un luxe qui n'est plus. Aujourd'hui,
la famine qui menace les voyageurs leur conseillerait de faire
bouillir jusqu'à la peau de leurs buffles pour en obtenir un
insipide potage. Lentement aussi ses grands yeux ternes
parcourent ensuite la hutte avec nonchalance, mais sans
négliger aucun détail, ni les couteaux de chasse, ni les instruments de pêche suspendus aux murs, ni surtout la belle
collection de fusils de Geoffrey qui a fait l'admiration de
tous les Indiens. Les regards de l'étranger s'y arrêtent longtemps et brillent d'un sentiment d'envie. Ce sont pour lui
des signes de richesse. Il examine tour à tour les trois
compagnons et se demande avec étonnement quel peut être
celui d'entre eux qui a fourni les fonds pour l'expédition et
à qui appartiennent ces fusils. Il est difficile d'admettre que
trois hommes riches aient été assez fous pour hasarder leur
vie et leur fortune dans une telle entreprise. Il en conclut
que l'un des trois est la dupe des deux autres, des aventuriers, profitant ou espérant profiter de sa folie. Son œil

perçant s'arrête sur Hossack, celui qui a parlé de Balliol. C'est l'homme qu'il cherche. Oui, il a bien l'apparence d'un homme prédestiné à ce rôle de dupe. Lucius a trop d'intelligence et le petit Hollandais est trop vieux pour mettre au jeu sa fortune dans l'exécution d'un dessein aussi hasardeux.

Les yeux inquisiteurs de l'étranger ont presque achevé leur promenade, quand ils s'arrêtent soudain, semblent visiblement se dilater, et brillent d'un feu qui donne un nouvel aspect à sa physionomie. Ils ont découvert, placé contre le mur, un objet qui, dans la pensée de l'étranger, est autant au-dessus de toutes les merveilles de l'arquebuserie moderne, que les diamants de Golconde sont au-dessus de simples morceaux de verre.

Il indique du doigt cet objet et fait entendre un cri étrange, un cri aigu de joie, l'exclamation d'un homme qu'une longue solitude, les fatigues, les privations, la vie sauvage des forêts et des déserts ont fait descendre au niveau de la brute.

« Un violon !... exclame-t-il, après que ce cri a fait place à un sourire qui témoigne d'une grande joie. Voilà plus d'un an que je n'ai vu un violon, après avoir perdu le mien en traversant le Mackensie. Permettez-moi de jouer quelques minutes sur celui-ci. »

Sa voix en disant cela prit un accent de douceur qu'elle n'avait pas eu jusque-là, et il jeta sur chacun des trois amis un regard qui ressemblait à une ardente prière.

« Quoi !... vous jouez du violon ?... lui demanda Lucius, en secouant les cendres de sa pipe, avec un long soupir de regret.

— Ce violon est-il donc à vous !

— Oui, et vous pouvez en jouer, si cela vous fait plaisir.

C'est un véritable Amati. Je l'ai conservé avec un soin tout
paternel. Et il m'a été grandement utile, ajouta Geoffrey, en
effrayant les Indiens quand ils venaient nous tourmenter pour
obtenir de l'eau de feu. Nous tentâmes de couper notre rhum
avec de l'eau, mais cela ne prit pas. Les gueux répandirent
quelques gouttes de ce mélange sur le feu et voyant qu'il ne
flambait pas ils revinrent et nous injurièrent. Je regrette seulement de n'avoir pas apporté à leur intention quelques barils
de térébenthine ou même de pétrole. Ces breuvages eussent
mieux répondu à l'idée qu'ils ont d'une liqueur spiritueuse
parfaite. Ils aiment par-dessus tout ce qui leur brûle le gosier.
Ils nous ont rendu la vie douce, tant que nous avons eu du
rhum. Mais le violon n'était pas de leur goût. Ils ont une passion
folle pour leur propre musique et nous régalaient par fois
d'un chant qui durait toute la nuit ; mais ils ne pouvaient
supporter les sonates de Davoren. Jouez-nous quelque chose,
étranger. Je suis las, quant à moi, de Bériot, de Spohr, de
Haydn ; peut-être vous pourrez nous régaler de quelque mélodie nègre. »

L'étranger n'attendit pas une seconde invitation : il traversa
l'étroite hutte et alla prendre sur la tablette où elle avait été
placée la boîte qui contenait le violon, la déposa sur la table,
l'ouvrit, et considéra avec amour l'Amati étendu sur un lit de
velours bleu, comme un objet d'art.

Lucius le surveillait avec l'inquiétude d'une mère qui voit
son premier-né dans les bras d'un étranger maladroit. Il se
demandait si l'inconnu n'enlèverait pas trop brusquement
l'instrument au risque de le détériorer. Le médecin était
trop anglais pour laisser percer son appréhension ; il restait
assis sans rien dire mais plein d'anxiété. Il fut bientôt rassuré : les mains osseuses de l'étranger saisirent sans précipi

tation le violon par le milieu de sa table polie; il l'enleva de sa boîte comme une mère enlève son enfant chéri du moelleux berceau où il repose, l'appliqua à son épaule, et abaissa sur lui son menton, comme pour lui donner une amoureuse caresse. Puis ses longs doigts enveloppèrent le manche et, de sa main droite, il promena lentement son archet sur les cordes. Oh! quel charme dans ces simples notes d'accords!

Geoffrey jeta une bûche de sapin sur le feu, comme en honneur de ce qu'il allait entendre; le Hollandais, s'assit et s'assoupit, rêvant qu'il était dans sa cuisine de Battersea et soupait avec ses saucisses de prédilection; Lucius examinait l'étranger d'un œil curieux. Il avait une passion profonde pour la musique et son violon avait été sa grande consolation dans ses heures les plus sombres. N'était-il pas étrange de rencontrer la même passion dans cet autre voyageur! La main de cet homme, quand elle étreignait le violon, son visage, quand il se penchait sur l'instrument, étaient les indices d'une passion aussi profonde ou même plus profonde que la sienne. Il attendait avec impatience que l'inconnu jouât.

Il n'attendit pas longtemps. Un long gémissement se fit bientôt entendre. Il semblait sortir d'un cœur récemment brisé par une grande douleur. Il partait d'une corde mineure que l'archet faisait lentement vibrer. Ce fut tout son prélude, après lequel, il attaqua son thème. Ce qu'était ce thème, Lucius fit de vains efforts pour le découvrir. Ses souvenirs ne lui rappelèrent rien de semblable. Cette musique était plus passionnée, plus solennelle que le chant d'Orphée : elle était plus étrange, plus terrible que cette diabolique sonate que Tartini prétendait avoir composée sous l'empire d'un cauchemar. Elle semblait improvisée, car elle n'obéissait à

aucune des lois de l'harmonie : cependant, elle subjuguait
les âmes par ses discordances hardies. Une mélodie conti-
nuelle y dominait, mélodie plaintive qui ne cessait de se faire
sentir, même quand l'exécutant s'abandonnait à toute la
fougue de son imagination. Les transports passionnés em-
preints sur son visage ravagé se reflétaient dans la puissante
exécution de l'artiste. Mais ce n'étaient pas des transports de
joie; c'était plutôt la poignante agonie de ces convulsions de
l'âme qui touchent aux extrêmes limites de la folie; l'empor-
tement d'un initié aux Bacchanales antiques ou la fureur d'un
Indien que le démon de la danse conduit au suicide.

Les trois amis écoutaient, profondément affectés par cette
étrange sonate, même Absalon, pour qui la musique était une
langue à peu près aussi familière que la langue contenue
sous les caractères cunéiformes, Absalon lui-même sentait
qu'il y avait là quelque chose qui sortait des voies communes,
quelque chose de plus grand, sinon de plus beau que les
gracieuses compositions de Bériot ou de Spohr, avec lesquelles
Lucius avait coutume de distraire ses amis dans leur solitude
désolée.

Cette musique produisit sur celui-ci un singulier effet
d'abord et pendant quelques moments, il l'écouta avec un
plaisir sans mélange. Son âme était incapable d'envie, quoique
la musique soit peut-être le plus jaloux des arts, et bien
qu'il sentît que cet artiste lui était infiniment supérieur et
pouvait tirer de cet instrument des sons que lui, Lucius, était
incapable d'en faire sortir.

Mais au fur et à mesure que l'étranger continuait de jouer,
de nouvelles émotions se manifestèrent dans la contenance
de Lucius. L'admiration, l'embarras, puis un soudain éclair
de passion se peignirent sur son visage, ses sourcils se con-

tractèrent; il considéra l'étranger avec des yeux étincelants, et attendit, haletànt, la fin du morceau. Dès que l'accord final se fit entendre, il se leva brusquement, et, se plaçant devant l'inconnu : —

« Avez-vous jamais été dans le Hampshire? » lui demanda-t-il à brûle-pourpoint.

L'étranger tressaillit légèrement mais sans donner d'autre signe de trouble, et il déposa le violon dans sa boîte aussi délicatement qu'il l'en avait tiré dix minutes auparavant.

« Hampshire, dans le Massachusetts? fit-il. Oui... quelquefois.

— Le Hampshire, en Angleterre. Étiez-vous dans ce comté en 1859?

— Je n'ai jamais été en Angleterre.

— Cependant vous ne parlez pas l'anglais comme un Américain, dit Lucius, avec un accent de doute et en continuant à fixer ses yeux sur les yeux de l'étranger.

— Vous trouvez?... Cela vient d'une bonne éducation, je suppose, et d'une oreille musicale. Nul homme doué d'une oreille délicate ne peut parler la langue de la Nouvelle-Angleterre. D'ailleurs, je ne suis pas Yankee. Je suis des États du Sud.

— Ah! dit Lucien en poussant un long soupir qui pouvait indiquer le désappointement aussi bien que la satisfaction; alors vous n'êtes pas l'homme que je croyais; le diable ne jouerait pas mieux que vous. Mais, ajouta-t-il en *a parte*, c'était une idée folle : il peut y avoir dans le monde plus d'un homme qui joue du violon comme le diable en personne.

— Vous n'êtes pas complimenteur, répliqua l'étranger, en touchant légèrement du bout de ses doigts de squelette les

cordes du violon, et répétant le sombre refrain de sa mélodie, dans ce *pizzicato*.

— Vous ne prenez pas cela pour un compliment?... Tenez
pour certain que si Lucifer jouait du violon, il en jouerait bien.
L'esprit qui a dit : Mal, sois mon bien, ne saurait rien faire
à demi. Vous rappelez-vous ce que Corelli dit à Strungk
quand il l'entendit jouer pour la première fois? — J'ai été
appelé l'archange, mais dans le ciel; vous, monsieur, vous
devez être l'archidiable.... Je donnerais beaucoup pour être
de votre force sur cet instrument. Cette composition que vous
venez de jouer est-elle de vous?

— Je le crois, mais peut-être est-ce une réminiscence;
dans ce dernier cas, je ne puis vous en dire la source. J'ai
cessé depuis longtemps de jouer de la musique écrite, mais
j'ai un fonds acquis de compositions, pour la plupart allemandes, et je ne doute pas que je n'y puise involontairement.

— Oui, répéta Lucien d'un ton pensif, je voudrais jouer
comme vous..... seulement.....

— Seulement, quoi?.... demanda l'étranger.

— Seulement je ne voudrais pas que mes pensées se ma-
nifestassent de la même manière que les vôtres.

— Quant à moi, s'écria Geoffrey, avec une charmante can-
deur et sans aucune intention de flatterie ni de blâme, je
dirai seulement qu'il me semble que je viens d'entendre un
membre distingué de l'orchestre royal du Pandémonium....
le Paganini de l'enfer. »

L'étranger rit.... mais d'un rire quelque peu forcé.

« Ne pourriez-vous, reprit Hossack, jouer pour la fin
quelque chose qui nous laissât sous une impression plus
agréable? »

L'étranger ne daigna pas répondre à cette demande. Il

s'assit sur la grossière bûche qui servait de siége à Lucius et s'installa près du foyer. Puis, croisant ses bras amaigris sur sa poitrine et fixant les yeux sur le feu, il tomba dans une rêverie silencieuse. La flamme des bûches de sapin, qui projetait de vives nuances vertes ou bleues, quand la résine contenue dans les bûches sortait en bouillonnant de leur épaisse écorce, éclairait toutes ces figures et donnait à chacune un aspect quelque peu grotesque. Vue à travers ce milieu, celle de l'étranger n'était rien moins qu'agréable à contempler; elle avait cependant quelque chose de trop singulier pour ne pas captiver les regards qui tombaient sur elle.

La flamme résineuse projetait sur son visage des lueurs changeantes et bizarres; ses pommettes saillantes, son nez aquilin, sa chevelure et sa barbe incultes prenaient des proportions gigantesques dans le jeu mouvant des lumières et des ombres; ses yeux d'un éclat fauve et ses dents blanches et aiguës lui donnaient une vague ressemblance avec une bête féroce.

« C'est bien ainsi, pensait Geoffrey, que je me figure Sa Majesté Satan, quand elle daigne visiter les humains!... »

Lucius restait pensif, les yeux fixés sur le feu. Ce thème sauvage en mineur l'avait profondément ému. Cependant c'était moins la musique qui le faisait rêver que l'artiste. Cinq ans auparavant, il avait entendu parler d'un virtuose dont le portrait répondait de tous points à l'individu extraordinaire qu'il venait d'entendre. Même fougue dans l'exécution, même inspiration sauvage; il n'y avait pas jusqu'à la figure qu'on lui avait décrite, qui ne se rapportât au personnage qu'il avait sous les yeux. Mais quelle probabilité que le musicien de Wyckhamston et le sauvage des Montagnes Rocheuses ne

fissent qu'un seul et même homme ! Celui-ci il est vrai, parlait
l'anglais le plus pur, mais il n'est pas sans exemple qu'un
Américain acquière la prononciation anglaise.

« *Elle* est peut-être dans la tombe à présent, se disait-il,
mais j'ai fait un vœu et si l'heure de l'accomplir n'est pas encore venue, je saurai l'attendre. »

Il flottait ainsi dans l'incertitude, lorsqu'un nouveau doute
surgissant dans son esprit, il dit à l'étranger : —

« Quant tout à l'heure mon ami a parlé, vous avez prêté
l'oreille comme si ce lieu vous était connu.

— Je suppose qu'il n'y a rien d'étonnant à ce que j'aie eu
un ami anglais dans mes jours de prospérité, quand les Anglais eux-mêmes n'avaient pas honte de me serrer la main,
et l'on peut connaître le nom d'une ville sans l'avoir jamais
visitée. J'ai eu un ami qui a étudié à Balliol.

— Je suis curieux de savoir si ce n'est pas l'élève qui a
écrit *Aratus sum!* sur l'une des tables de la salle des exami-
nateurs, après qu'ils lui eurent *labouré* l'esprit de leurs questions, » dit Geoffrey nonchalamment.

La réponse de l'étranger ne satisfaisait point Lucius.

« Je parlerai franchement, lui dit-il. Quel que soit le hasard
qui vous ait conduit ici, nous ne vous refuserons pas un asile.
La mort, qui n'a pas encore fait son entrée dans cette hutte,
règne déjà en souveraine à l'extérieur, cependant la charité
chrétienne elle-même ne nous commande pas de recueillir
un homme qui ne dit pas son nom ; le voyageur de la para-
bole a dit le sien au Bon Samaritain. Dites-nous donc le vôtre.
Les Indiens eux-mêmes se nomment quand ils reçoivent
l'hospitalité.

— J'ai renoncé à mon nom, quand j'ai tourné le dos à la
civilisation, répondit arrogamment l'étranger ; je n'ai pas ap-

porté de cartes de visite avec moi de ce côté des Montagnes Rocheuses. Si vous me donnez l'hospitalité, ajouta-t-il avec un sourire à peine perceptible et en promenant un regard dédaigneux autour de lui, à la condition que je vous fasse connaître mes antécédents, je renonce à votre hospitalité; je retournerai dans les forêts et reprendrai ma liberté. Comme vous le dites, la mort pourra ne pas tarder à m'y atteindre dans les neiges. Peu m'importe. Si vous ne voulez savoir mon nom que par curiosité, vous pouvez m'appeler du sobriquet que les Indiens m'ont donné *Matchi Mohkamarn.*

— Ce qui signifie, je crois, dit Lucius, le *Couteau du Diable;* c'est significatif. Nous nous en contenterons pour le moment puisqu'il vous plaît de taire votre nom de chrétien.

— Assurément, ce n'est ni le moment ni le lieu d'échanger nos cartes de visite, dit Geoffrey en bâillant; j'en ai une petite quantité, là, dans mon sac de toilette.... embarras assez inutile dans notre voyage, soit dit en passant, puisqu'ici personne ne s'habille ni ne se rase. J'ai pu pourtant nous concilier, à l'occasion, des Indiens malveillants, en leur faisant cadeau d'une bouteille d'essence ou d'un pot de pommade que j'avais dans ce sac. Ah! cher! combien il serait doux de se retrouver dans un monde où les sacs de toilette sont en usage, comme les sonnettes de toilette, et les sonnettes de table! Et cependant on l'accuse d'être fort en retard ce monde civilisé! Lucius, n'est-ce pas l'heure de souper? Rappelez-vous les macarons et les gâteaux que nous avons foulés aux pieds dans les combats qui couronnaient nos orgies bachiques; ah! penser aux rôties, aux anchois, et à toutes les friandises que nous avons mangées moitié par pure gloutonnerie, moitié parce qu'elles avaient bonne mine, quand nous étions déjà gavés comme des oies de Strasbourg qui

attendent leur dernière heure! Penser à tous nos excès
d'autrefois, à tous nos gaspillages, à toutes nos orgies, où
nous finissions par rouler sur le plancher, dans ce que nous
appelions les plaisirs de la table, et nous voir ici, maintenant,
attendant impatiemment après un morceau de lard rance ou
bien une chandelle de suif, pour réparer les forces de notre
organisme épuisé! Ah!.... »

CHAPITRE III.

PERDUS!

De longues journées s'écoulèrent, et le guide ne revenait pas. Les explorations de Geoffrey, en quête de gibier, n'avaient eu pour résultat que la capture d'un oiseau, qui pouvait à peine fournir une bouchée à l'un de ces quatre affamés; mais ils le partagèrent avec la plus stricte impartialité; Lucius le disséqua avec son couteau de poche, presque aussi soigneusement que s'il avait eu affaire à un *sujet*.

« Quand je pense que je suis condamné à dîner d'un quart de perdrix sans orange !... exclama douloureusement Geoffrey. Quand j'ai mis cette petite bête dans mon carnier, j'ai été grandement tenté de la manger toute crue et avec ses plumes. Je crois, vraiment, que nous commettons une bévue de plumer notre gibier. Les plumes serviraient au moins de lest dans notre estomac. C'est de sentir le vide en lui qu'il souffre le plus. Après tout, peu importe ce que l'homme y met pourvu qu'il le remplisse. S'il y avait dans nos environs un arpent de pâturage que ne couvrît pas la neige, j'imiterais Nabuchodonosor et j'irais y brouter ! »

Vaines lamentations! Plus vaines encore les discussions

auxquelles nos voyageurs se livraient devant leur feu de bois
de sapin, refaisant sur leur carte, le compas à la main, le
voyage qui avait eu une issue si désastreuse. Ils retournaient
sur leurs pas et pointaient les lieux où ils avaient perdu
du temps. Ils se demandaient comment ils avaient laissé
s'écouler, sans avancer d'un pas, un jour entier ici, la moitié
d'une semaine là, si bien qu'une expédition qui aurait dû
prendre fin en Septembre, avait absorbé une période de
temps qu'ils n'auraient jamais prévue et traîné jusqu'à
l'hiver, à un hiver glacial et rigoureux, où ils s'étaient complétement égarés dans une forêt sans routes tracées; voyant
la neige s'élever chaque jour plus haut autour d'eux et
menacer même de couvrir le monticule sur lequel ils avaient
construit leur hutte, dont le plancher n'était plus qu'à quelques pieds du niveau de cette marée toujours montante.

Du premier jour jusqu'au dernier, le voyage n'avait guère
été qu'une série de malheurs et de méprises. Ils s'étaient mis
en marche pour cette périlleuse entreprise, avec la folle
espérance qu'ils pourraient y trouver du plaisir pour eux-
mêmes et un grand avantage pour leur prochain, en ouvrant
une voie nouvelle aux futures émigrations, un grand chemin
pour les jours à venir, des bords de l'Atlantique à ceux
du Pacifique, un passage par lequel les aventuriers du vieux
monde traverseraient les Montagnes Rocheuses, pour se répandre dans les riches plaines du nouveau. Ils étaient partis
avec ces nobles espérances; Lucius du moins avait caressé
ce rêve par-dessus toute pensée de jouissance personnelle.
Ils espéraient être comptés un jour parmi les heureux explorateurs dont la hardiesse a reculé les bornes de l'empire
de l'homme sur ce vaste monde que Dieu lui a donné en
héritage; ils espéraient voir leurs noms inscrits quelque part

sur ce grand livre qui commence avec celui d'Hercule et se continue jusqu'à celui de Livingstone. Ils étaient partis du Fort Edmonton avec trois chevaux, deux guides, et un nombreux assortiment de tous les objets qui pouvaient leur être utiles. Mais ils s'étaient mis en route à une époque trop avancée de l'année. On les avait engagés instamment à retarder leur départ jusqu'à l'été suivant; mais ils avaient laissé s'écouler déjà une année dans le camp entre Carlton et Edmonton et les deux plus jeunes voyageurs se prononcèrent résolûment contre tout nouvel ajournement. Schanck, beaucoup plus flegmatique, aurait volontiers hiverné dans le Fort, où il y avait une bonne table et où il fumerait sa pipe tout à l'aise, tandis qu'il contemplerait de sa fenêtre les cimes des pins et la neige, résigné aux circonstances et attendant patiemment les fonds qu'on lui enverrait d'Angleterre. Mais, pour Davoren et Hossack, la seule idée d'une telle perte de temps était insupportable. Ils avaient vécu tout autant qu'ils le désiraient, durant l'hiver précédent, de la vie des trappeurs. Ils étaient impatients de pousser plus avant, vers de nouvelles forêts et de nouvelles prairies. Geoffrey mû par son instinct de chasseur, Lucius tourmenté par le désir moins personnel mais plus noblement ambitieux de découvrir cette grande route, l'objet de ses rêves, entre les deux Océans. L'étoile qui le guidait dans son voyage était l'étoile polaire qui conduit aux grandes découvertes de mondes inconnus. Aucune fantaisie oiseuse, aucun caprice subit ne pouvaient le détourner du but déterminé de son voyage. Mais un mouton de montagne, ou une chèvre sauvage, qui au sommet d'un rocher élevé, dessinait son profil sur l'azur du ciel, était un aimant assez fort pour attirer Geoffrey à vingt milles hors de son droit chemin.

De leurs deux guides, l'un déserta avant qu'ils eussent franchi la chaîne de montagnes ; il s'éloigna tranquillement avec un de leurs chevaux, le meilleur par parenthèse, et leur laissa, après un long jour et une longue nuit d'étonnement, la triste conviction qu'ils avaient été dupés. Ils revinrent sur leurs pas toute une journée et envoyèrent l'autre guide, un Indien, à la recherche du fugitif ; mais ce fut en vain. Cet accident leur coûta un retard de trois à quatre jours. Le drôle était sans doute retourné tout bonnement à Edmonton. Le poursuivre plus longtemps, c'eût été renoncer entièrement à leur expédition pour cette année. Les jours qu'ils avaient déjà perdus leur paraissaient plus regrettables que des roubles.

« En avant ! s'écria Geoffrey en français.

— *Excelsior !* » exclama Lucius à son tour.

Le Hollandais ne donna aucun signe d'émotion.

« Je pense que vous me conduisez à la mort, dit-il ; mais il faut mourir un jour ou l'autre. *Kismet*, comme disent les Turcs. C'est un peuple bien sage, les Turcs. »

L'Indien promit de rester fidèle, même jusqu'à la mort, dont ces sauvages ne s'affectent que médiocrement, la vie, pour eux, n'étant en grande partie qu'une suite de fatigues et de privations, égayée par de rares libations de rhum. Il fut promu en grade et prit la tête de la petite caravane comme guide unique. Ainsi diminués de nombre, ils se remirent bravement en route, franchirent la chaîne par ce qu'on appelle la *Yellow Head Pass*, contemplèrent d'un sommet enveloppé de neige le cours de l'Athabasca, qui roule ses eaux furieuses entre des rives escarpées, et ils atteignirent Jasper House, station de la Compagnie de la Baie d'Hudson, qu'ils trouvèrent vide de tout être humain. A distance, sa vue les avait réjouis, leur promettant une bienvenue et un asile; elle ne leur donna ni l'un ni l'autre.

Pour Hossack, cette imposante chaîne de montagnes, ces pics revêtus de neige et s'élevant comme de hautes tours vers le ciel, eurent un attrait irrésistible. Il avait fait de nombreuses ascensions dans les Alpes, pendant ses vacances; il avait gravi des pics sur lesquels peu de touristes avant lui s'étaient aventurés; il avait rendu son nom fameux dans les chalets des guides suisses; mais un spectacle pareil à celui des montagnes qu'il avait maintenant devant les yeux était nouveau pour lui. Il y avait là une splendeur plus haute, une beauté plus grande. Les horizons qu'il avait contemplés du sommet du Mont Blanc : les lacs, les vallées, les villages rapetissés par la distance, lui paraissaient alors ressembler à ces paysages qu'on voit sur les plateaux où l'on sert le thé. Il retint sa respiration et contempla ce tableau dans une muette extase, pareil au vaillant Cortez, quand il porta ses yeux d'aigle sur l'Océan Pacifique.

Ici, encore, ils perdirent un temps considérable, l'âme ferme de Davoren elle-même fut subjuguée par les merveilles de ce splendide spectacle. Il consentit à faire halte toute une semaine sur les bords de l'Athabasca, gravit les escarpements de la montagne avec son ami, poursuivit les chèvres sauvages d'un pas aussi léger et aussi hardi que celui d'un chasseur de chamois, et vit parfois avec étonnement au retour de ces courses qui avaient un vif attrait pour lui, que ses chaussures étaient en lambeaux, ses pieds nus, déchirés, et saignants, sans qu'il eût eu le moins du monde conscience de ces incidents, tant que la chasse avait duré. D'autres fois aussi, après avoir descendu dans la plaine, chargés de leur proie, les deux chasseurs se retournaient et levaient les yeux vers les

précipices qu'ils avaient côtoyés, les étroites corniches des
rochers sur lesquelles ils avaient couru en poursuivant leur
proie; à cette vue ils frémissaient, en se demandant s'ils
n'avaient pas été à deux doigts de la mort?

Ce furent là les plus beaux jours de leur voyage. Leurs
provisions étaient encore abondantes et leur semblaient
inépuisables. Ils se régalaient chaque soir de viande fraîche:
cependant, inspirés par une louable prudence, ils fumèrent
et firent sécher une partie des pièces de gibier qu'ils tuèrent.
Mais, obéissant un peu trop à leur penchant pour la chasse,
ils employèrent une notable quantité de leurs munitions.
Ils fumèrent aussi chaque jour une demi-douzaine de pipes
de tabac. En un mot, ils jouirent du présent, sans une pré-
voyance de l'avenir assez grande pour n'être pas coupable.

Cette halte tourna la balance contre eux. Tandis qu'ils s'at-
tardaient, l'automne s'avançait d'un pas presque insensible
dans cette région où règne une verdure perpétuelle.

La première gelée piquante d'une matinée d'Octobre fit
comprendre à Lucius le danger qu'ils couraient. Il donna
l'ordre du départ immédiat et ne voulut rien entendre aux
supplications de Geoffrey, qui demandait encore un jour,
un jour qu'on passerait dans une chasse à outrance, au
milieu de ces vastes rochers suspendus entre le ciel et la
terre.

Le capitaine de la marine marchande et le guide indien,
Kekek Ooarsis, s'étaient occupés sagement, durant cette halte,
de construire un radeau pour traverser l'Athabasca, qui sur
ce point formait un vaste lac, dont les eaux calmes s'étendaient au milieu d'un amphithéâtre de montagnes.

Tandis qu'ils se préparaient à en exécuter le passage, ils
virent arriver tout à coup un parti de métis qui se présen-

tèrent en amis, mais que la faim tourmentait. Si désireux qu'ils fussent de ménager leurs ressources, l'humanité leur fit un devoir de fournir quelques secours à ces malheureux voyageurs. Ceux-ci, en reconnaissance de ce service, leur donnèrent quelques bons avis. Ils leur conseillèrent instamment de ne se laisser aller à aucun prix au courant de la rivière, manière de traverser le lac qui semblait facile et pouvait tenter, parce qu'elle était sillonnée de rapides dangereux. Ils leur fournirent, en outre, d'autres renseignements utiles sur la route qu'ils avaient à suivre de l'autre côté de la rivière; puis les fils de l'ancien monde et ceux du nouveau se quittèrent pleinement satisfaits les uns des autres.

Bientôt après cette séparation, commença pour nos amis le temps des fatigues et des épreuves. Ils eurent à franchir maintes fois la rivière dans leur voyage tantôt en radeau, tantôt à gué, et souvent ils se virent tout près de terminer brusquement leurs peines en périssant dans les eaux. Ils traversèrent de charmantes oasis de prairies verdoyantes, des vallées qu'émaillaient des fleurs sauvages, derniers vestiges du printemps cachés dans les recoins abrités. Quelquefois ils durent se frayer passage à travers un bois, n'avançant ainsi qu'avec lenteur et fatigue. Quelquefois ils s'égarèrent et ne retrouvèrent leur chemin qu'après avoir perdu tout un jour à le chercher. Un de leurs chevaux mourut, l'autre fut réduit à l'état de véritable squelette, tant les pâtis devinrent de plus en plus rares. Quand ils jetaient alors les yeux sur cette pauvre bête qu'on eût pris pour le spectre d'un cheval, ils étaient saisis d'un triste pressentiment, ignorant combien de jours pourraient s'écouler avant qu'ils fussent réduits à la pénible nécessité de la faire cuire et de la manger et en songeant avec douleur que, lorsqu'ils seraient contraints par

la famine à en venir à cette dure extrémité, le fidèle animal
n'aurait plus à leur offrir que ses os et sa peau.

Ils avancèrent ainsi péniblement, mais avec une patience
d'ange, jusqu'à ce qu'ils perdirent encore une fois leur
chemin, et cette fois la sagacité elle-même de leur guide fut
complétement en défaut, et tous leurs propres efforts pour
le retrouver furent vains. Ils se voyaient entourés d'une
forêt sans la moindre route tracée pour en sortir et qui formait à leurs yeux un cercle aussi sombre que le dernier
cercle de l'enfer du Dante. Là, éclata sur leurs têtes la première tempête de neige qui vint blanchir la cime des pins.
Là, dans une de leurs infructueuses excursions à la recherche de leur chemin, ils trouvèrent le corps décapité d'un
Indien; il était assis, raidi par la mort, et avait un aspect
hideux. La famine l'avait complétement décharné; sa peau
était transformée en un véritable parchemin qui adhérait
fortement au squelette; les os blanchis de son cheval, les
cendres grises d'un feu éteint, jonchaient le sol à côté de
lui. Comment avait-il été réduit à cet affreux état? Qu'était
devenue sa tête? Rien ne l'indiquait et ils se perdirent pour
le deviner en vaines conjectures. Mais ce spectacle les
frappa d'une indicible horreur. Tout ce qu'ils purent imaginer, c'est que le cheval de l'Indien était mort tapi aux pieds
de son maître, près des cendres du dernier feu que les
yeux obscurcis de celui-ci avaient regardé dans la dernière
agonie de l'inanition. Cet incident les plongea dans le désespoir.

« Nous consumons nos forces en tentatives inutiles pour
retrouver notre route, dit Lucien d'un ton résolu. Nous n'avons
ni l'instinct ni l'expérience de l'Indien. Construisons ici une
hutte en bois et attendons-y ce que la Providence nous ré-

serve, tandis que Kekek Ooarsis continuera ses recherches pour retrouver notre chemin ou tentera de retourner au fort pour y demander des secours et des vivres. Il fera la route trois fois plus vite quand il ne sera plus entravé par notre présence et notre incapacité. Nous pourrons, en attendant, nous garantir des atteintes de la famine à l'aide du fusil de Geoffrey. Au pis aller, nous ferons bravement face à la mort. Puisqu'un homme ne peut mourir qu'une fois, il ne s'agit que de savoir si nous boirons ou non, jusqu'à la dernière goutte, le vin de la vie.

— Précisément, dit le Hollandais, un homme ne peut mourir qu'une fois, la chose est sûre. Cependant le vin de la vie est bien meilleur que l'eau de la mort, c'est du moins l'opinion de bien des gens. »

Kekek Ooarsis était absent depuis près de cinq semaines, au moment de l'arrivée de l'étranger, et la prolongation de son absence affectait diversement les trois amis qui attendaient avec une sombre résignation ou son retour ou l'arrivée d'un autre étranger : la Mort. Parfois, quand Geoffrey n'était pas rentré bredouille de sa chasse, quand ils avaient pu faire un repas passable, et étaient ainsi portés à considérer leur situation sous un jour moins lugubre, ils se disaient que très-probablement le guide avait retrouvé leur chemin à une grande distance de la hutte et qu'il avait poussé jusqu'au fort pour s'y procurer d'autres chevaux et des provisions. Puis, ils calculaient le temps que devait exiger un tel voyage, aller et retour, en faisant une large part aux retards accidentels qui avaient pu s'y produire, et ils finissaient par conclure qu'il ne fallait pas encore désespérer de son retour.

« J'espère qu'il ne nous a pas brûlé la politesse et ne s'est pas enfui comme cet autre bandit, son camarade, dit

Geoffrey. C'est égal, il n'était pas prudent peut-être de lui confier notre argent pour acheter des chevaux et des vivres. Mais c'était notre seule ressource.

— J'ai foi dans sa loyauté, répliqua Lucius. S'il nous abandonne, c'est que la mort l'y aura forcé. Ces Indiens ont plus de bonnes qualités que vous n'êtes disposé à leur en accorder. Vous rappelez-vous ce pauvre diable d'Indien affamé qui vint un jour dans notre hutte près du Saskatchewan, pendant notre absence? Il s'assit devant notre foyer, mourant de faim, et nous attendit durant douze mortelles heures sans oser toucher aux provisions qu'il voyait auprès de lui, jusqu'à ce qu'à notre retour nous lui donnâmes à manger. Je consens à perdre la réputation que j'ai de me connaître en hommes, si Kekek Ooarsis essaie de nous tromper. Cet autre mauvais drôle était un métis.

— Ce n'étaient pas des métis que les Grècs, dit Geoffrey, qui dans ces dernières années n'avait lu autre chose que les historiens grecs et les plus populaires des romanciers français. C'étaient, cependant, les plus perfides gredins du monde. Je n'ai pas grande confiance dans votre chevaleresque Indien. Mais à quoi bon insister sur le côté le plus désagréable de la question? Envisageons-la plutôt d'un côté plus favorable et disons qu'il est mort de froid dans le défilé, ayant encore notre argent intact à la place où vous le lui avez cousu dans sa chemise, sur sa poitrine! »

Ainsi devisaient-ils, le Hollandais n'émettant aucune opinion, mais fumant dans un morne silence le seul succédané qu'il eût pu découvrir au tabac. A la vérité, quand ses amis le pressaient un peu trop de donner son avis sur la situation, il déclarait ingénument qu'il n'avait jamais eu d'opinion sur quoi que ce fût.

« A quoi bon, disait-il ; une opinion, dans le cas présent, ne vaut pas mieux qu'une autre, et disputer là-dessus, c'est perdre son temps. Quelquefois j'ai demandé à mes amis ce que c'est que penser : ils n'ont pu me le dire. Ils pensaient qu'ils pensaient, mais en réalité ils ne pensaient pas. »

CHAPITRE IV.

AVANT-GOUT DE LA MORT.

Le nouveau venu ayant pris une connaissance exacte de l'état des choses, les considéra sous leur plus sombre aspect. La première chute abondante des neiges avait eu lieu une semaine après le départ du guide. S'il n'avait pas atteint avant cette époque un chemin qui lui fût un peu familier, toute espérance qu'il eût pu regagner le fort était aussi insensée que vaine.

« Quant à moi, dit l'étranger, je le tiens pour perdu. »

Cet homme, qui reçut désormais le nom de Matchi, contraction du sobriquet que lui avaient donné les Indiens, se fit aisément sa place dans le petit cercle où il avait été admis. On ne l'y aimait pas et on se fiait médiocrement à lui. Mais il n'était jamais à court sur rien et il avait une certaine originalité d'idées et de langage qui réussissait par fois, ou peu s'en fallait, à dissiper la profonde tristesse des trois amis. Dans leur misérable situation, tout ce qui pouvait y faire diversion était une bonne fortune. La sombre tournure de son caractère était en harmonie avec les circonstances désespérantes au milieu desquélles ils se trouvaient. Dans un pays civilisé, ils auraient fermé la porte au nez de cet homme; mais ici, la mort planait sur leur tête et cet esprit étrange les aidait à supporter les horreurs de l'attente et les pressentiments lugubres d'un dénouement fatal.

D'ailleurs il leur donnait souvent un genre de distraction dont ils subissaient tous trois le charme sans excepter le flegmatique Hollandais. Avec le violon de Lucius dans ses mains, il pouvait leur faire oublier jusqu'à la présence de l'affreux spectre qui les épiait à la porte de leur hutte. Cette musique passionnée les transportait dans le pays des songes. Le répertoire de Matchi paraissait inépuisable. Mais tout ce qu'il jouait, même des mélodies que tout le monde sait par cœur, portait l'empreinte de son propre génie. Son improvisation se jouait à plaisir du sujet qu'il empruntait soit à Mozart, soit à Haydn, et y entremêlait les fantaisies les plus capricieuses de son imagination. C'étaient souvent de sauvages accents qui dépeignaient les ténèbres d'une âme malade ou de funèbres accords semblables aux sanglots des vents à travers la forêt ou aux rugissements des loups affamés.

Il ne restait pas inactif et ne reculait devant aucun travail, quelque dur qu'il fût. Il abattait des troncs de sapin pour entretenir le feu, allait puiser de l'eau dans un lac éloigné dont il était obligé de fendre la glace à coups de hache. Il ne parlait qu'à bâtons rompus et rarement, évitant toute allusion à son passé et sachant éluder les questions qui lui étaient adressées à ce sujet.

A Lucius qui lui demandait quel maître avait formé son talent musical, il répondait : —

« Il y a des hommes qui s'instruisent à l'école des autres. Quant à moi, je suis rebelle aux leçons, je dédaigne les règles

et les entraves. Enfermez-moi dix ans dans une prison, et
quand j'en sortirai j'aurai découvert un nouveau monde dans
le domaine de l'art.

— Vous jouez de quelqu'autre instrument? hasarda Lucius.

— Je joue de plusieurs instruments à cordes, répondit
nonchalamment l'étranger.

— Du piano?

— Oui, je joue du piano. Un homme a des doigts. Qu'y a-
t-il d'étonnant à ce qu'il s'en serve?

— Rien. Seulement une chose peut étonner, c'est que
vous vous soyez résigné à aller enterrer tant de talents au
fond des forêts. »

Matchi haussa les épaules.

« Mille raisons, dit-il, peuvent faire qu'un homme se lasse
de vivre au milieu de ses semblables.

— Sans parler des circonstances qui peuvent faire que ses
semblables se lassent de lui, » répliqua Lucius.

Si Matchi causait peu de ce qui le concernait, en revanche il
parlait volontiers des hommes, des coutumes, des choses qu'il
avait vues; il parlait aussi des livres qu'il avait lus, et quels livres
n'avait-il pas lus? Jamais cervelle humaine n'avait été bourrée
d'une plus grande quantité d'idées hétérogènes. Les ouvrages
bizarres et hors de la voie commune avaient été évidemment
sa lecture favorite. Geoffrey écoutait et s'amusait de ce bavardage; Lucius écoutait aussi, mais il n'avait pour cet
homme que cette déférence involontaire que l'on a pour une
intelligence supérieure, qui n'est pas unie à la délicatesse.

Trois jours s'écoulèrent ainsi un peu moins lentement que
ceux qui les avaient précédés. Dans la matinée du quatrième,
l'étranger se montra impatient; il allait et venait à grands

pas dans les étroites limites de la hutte, comme un jaguar
dans sa cage.

« Ici, comme là-bas, dit-il, en indiquant du doigt la forêt,
la mort est assurée, si quelque secours imprévu ne vient
nous tirer de cette horrible situation. Pour moi, je préfère
mourir debout et lutter même sans espérance, que de rester stoïquement les bras croisés, comme une victime résignée
à son sort.

— Et que prétendez-vous faire? demanda Geoffrey.

— Je continuerai ma route. J'ai là ma carte, dit-il, en
mettant la main sur les haillons qui couvraient sa poitrine,
je me dirigerai vers le sud, sans autre guide que les étoiles.
Je périrai, sans doute; mais mieux vaut mourir de froid que
de faim, comme cet Esquimau que je trouvai un jour gelé
dans son traîneau, avec son attelage de rênes, près de Saskatchewan. Mieux vaut mourir en luttant que de demeurer ici
sommeillant et engourdi à attendre la mort lente et hideuse
du froid et de la faim.

— Vous ferez mieux de rester avec nous et de partager
nos chances, dit Lucius; notre guide peut encore revenir.

— Oui, répondit Matchi, à la revue générale des morts!... »

Cette prédiction fut étrangement démentie avant que cette
journée même fît place à la nuit.

Les quatre compagnons d'infortune étaient tout près l'un
de l'autre, autour de leur foyer, fumant leur dernière pipe,
car Matchi avait partagé avec eux ce qui lui restait de tabac,
quand un cri, aigu comme la note plaintive d'un oiseau en
détresse, se fit entendre à une certaine distance.

Lucius fut le premier à deviner ce que signifiait ce cri.

« C'est Kekek Ooarsis, s'écria-t-il en se levant brusquement. Il revient enfin, Dieu soit loué! »

L'appel fut répété. Cette fois, on reconnut distinctement une voix humaine.

« Oui, s'écria Geoffrey, c'est le son de sa flûte. »

Geoffrey courut à la porte de la hutte. Lucius saisit un tison enflammé et sortit en le brandissant au-dessus de sa tête et en poussant un cri pour répondre à celui de l'Indien.

Le retour inespéré de leur guide leur remit l'espérance au cœur. Le secours leur arrivait enfin ! Ils s'empressaient, fous de joie, au-devant de lui. Hélas ! l'illusion fut de courte durée. L'Indien émergea du sombre milieu de branchages qu'il traversait et se dirigea vers la hutte, moitié boitant, moitié glissant sur la neige durcie. Quand la flamme éclaira sa figure, ils virent un spectre décharné et chancelant : la personnification de la faim.

Il revenait à eux les mains vides ; ni chiens ni chevaux ne le suivaient. Il revenait, non pour leur apporter les moyens de vivre, mais pour mourir avec eux.

Le fidèle serviteur embrassa leurs genoux, et, incapable de prononcer une seule parole, leva sur eux ses yeux suppliants. Ils le portèrent dans la hutte, le placèrent devant le feu, et lui donnèrent des aliments qu'il dévora en un instant.

Restauré par ce bon accueil, ce feu, et cette nourriture, il fut bientôt en état de leur raconter les accidents de son voyage : comment il s'était efforcé en vain de retrouver la trace de son chemin et de regagner le fort ; comment, après de fatigantes marches en tous sens, il s'était trouvé enfin au milieu d'une petite bande d'Indiens dont le camp était au sud de la hutte des Anglais, et qui étaient presque aussi dénués que ceux-ci de tout approvisionnement. Là, il était tombé malade et avait été soigné par ces braves gens quoiqu'il ne fût pas de leur tribu. Dès qu'il eut recouvré quelque force, il fut tourmenté d'un ardent désir de retourner vers ceux qui l'avaient pris pour guide, afin de leur prouver qu'il n'avait pas trahi leur confiance. Les banknotes cousues dans ses vêtements y étaient encore. Il avait proposé aux Indiens de leur acheter quelques provisions qu'il pût rapporter à ses maîtres, il avait même essayé de les tenter par l'offre d'une somme élevée, mais ils n'avaient malheureusement rien à vendre. Les buffles s'étaient retirés de cette contrée; les rivières et les lacs étaient pris par la glace. Les Indiens eux-mêmes étaient réduits à vivre au jour le jour, et combien était chétive la part de chacun! Convaincu, à la fin, qu'il n'y avait rien à en attendre, Kekek Ooarsis les avait quittés pour revenir à la hutte : long et difficile voyage, car, dans ses efforts pour regagner la route qui conduisait au fort, il avait fait un circuit considérable. La fidélité seule, la fidélité du chien envers le maître qu'il aime, l'avait ramené à cette hutte que la faim habitait.

« Je ne puis vous être d'aucun secours, dit-il dans sa langue, je suis revenu pour mourir avec vous.

— Un de plus, un de moins, cela ne fait pas une grande différence, dit l'étranger dans la langue même de l'Indien qu'il parlait couramment. Voyons si nous ne pourrions pas réussir encore à sauver notre vie. Seul, il ne vous était pas possible de réussir; à deux, il reste peut-être encore quelques chances. Reprenez des forces, mon garçon, et, vous et moi, nous nous remettrons en route aussitôt que vous serez en état de le faire. La finesse de votre oreille et de vos yeux d'Indien venant en aide à mon expérience, ce serait bien le diable si nous ne réussissions pas. »

Kekek Ooarsis regarda l'étranger avec étonnement. Il ne fut pas très-favorablement impressionné par la vue de cet

homme, à en juger par sa contenance qui exprimait la défiance et le doute.

« Je ferai tout ce que mes maîtres me commanderont, »
dit-il d'un ton soumis.

Ses maîtres le laissèrent se reposer, manger, se réchauffer
pendant deux jours, au bout desquels il déclara qu'il était
prêt à partir.

L'étranger avait parlé à ceux-ci en termes qui montraient
combien il avait confiance dans la supériorité de sa propre
intelligence sur celle du guide. Ils consentirent à leur départ
à tous deux pour aller une seconde fois à la recherche du
chemin du fort. Dans la situation désespérée où ils se trouvaient, il importait peu quelle résolution ils prissent. Toute
chose était préférable à demeurer assis les bras croisés,
comme l'avait dit l'étranger, en face de la mort.

Mais un nouvel incident acheva de déterminer les amis à
ne pas quitter la hutte. Le lendemain du retour de l'Indien,
Geoffrey fut saisi par la fièvre. Lucius n'eut désormais d'autre
préoccupation que les soins à donner à son ami. Le Hollandais regardait le malade avec son flegme habituel, mais non
sans laisser voir l'intérêt qu'il prenait à son état.

« Mon tour ne tardera pas à venir, dit-il, et puis ce sera
le vôtre, Lucius. »

CHAPITRE V.

ROUTE DE LA FOLIE.

La fièvre déploya toute sa violence. Le délire s'empara du cerveau de Geoffrey. Des apparitions et des scènes effrayantes semblaient tourmenter le malade. Il regardait ses amis avec des yeux égarés et ne les voyait pas, ou bien il les prenait pour des ennemis et cherchait à leur échapper.

Lucius n'avait aucun moyen de le soigner et ne comptait plus que sur la force de sa constitution pour le sauver.

Les provisions avaient pu suffire jusqu'à ce jour, grâce aux petits suppléments des chasses de Geoffrey et à l'exiguïté de la ration quotidienne, mais ce qu'il en restait ne ferait certainement pas deux jours.

Lucius, laissant le malade à la garde d'Absalon, sortit avec son fusil.

Il ne rapporta qu'une martre qu'il avait trouvée gelée, et ils mangèrent cette chair corrompue, qui leur aurait inspiré une invincible répugnance s'ils n'avaient été affamés.

Matchi et le guide étaient partis depuis une semaine, quand Lucius sortit un matin, plus désespéré que jamais, la faim lui tordait les entrailles et, ce qui était pire que la faim,

une crainte pesant comme un plomb sur son cœur.... la
crainte qu'avant peu de jours, Hossack ne partît pour un
voyage plus long et plus terrible que celui qu'ils avaient entrepris ensemble un an et demi auparavant, dans la plénitude de leur jeunesse et de leurs espérances. Il ne pouvait
se cacher que son ami était dans un danger imminent, que,
si la fièvre, sur laquelle la médecine avait si peu de prise, ne
cessait promptement d'elle-même, c'en serait bientôt fait de
lui. Il ne pouvait pas non plus se cacher que les provisions
qu'il avait distribuées d'une main si avare à ses amis, ne suffisaient pas pour renouveler cette distribution, même si res-
treinte, plus d'un jour encore. Triste situation d'esprit pour
chasser le buffle ou l'élan.

La fortune lui fut encore contraire. Il erra plus loin que
de coutume, bien déterminé à ne pas revenir les mains vides,
sachant d'ailleurs que, dans l'état désespéré de Geoffrey, son
expérience était aussi impuissante que l'ignorance d'Absalon.
Par le fait, il n'y avait rien à faire. Le malade gisait frappé
de stupeur. La nature seule pouvait désormais lui venir en
aide.

Lucius, cependant, arriva dans une prairie circulaire située au centre de la forêt, et y surprit un buffle, le seul qu'il
eût aperçu depuis plus d'un mois. Le dernier avait été tué,
par Geoffrey quelques jours avant le départ du guide pour
son inutile voyage. L'animal était occupé à gratter la neige,
pour atteindre les maigres herbes qu'elle couvrait de sa surface glacée, quand le chasseur le vit. Le bruit de ses pas
amorti par la neige ne fut pas entendu du buffle. Lucius arriva à petite portée de lui et fit feu. L'animal fut atteint à
l'épaule. Alors commença une chasse désespérée. Le buffle
prit la fuite, mais avec une certaine lenteur, et son ennemi

put le tirer de plus près. Un second coup l'atteignit mortel-
lement. Son corps amaigri roula sur la neige.

Lucius, avec son couteau de chasse, en coupa la langue et
les meilleurs morceaux; puis il enfouit, non sans peine, le
reste sous la neige, dans l'intention de revenir le chercher
le lendemain avec Absalon. En supposant que la neige garde-
rait son secret et que les loups ne viendraient pas dévorer
cette proie dans l'intervalle, cela leur donnerait pour plus
d'une semaine de nourriture. Il importait peu que cette
viande fût dure et maigre : c'était de la chair.

L'obscurité était venue tandis qu'il finissait son travail, et
les étoiles brillaient faiblement au-dessus de la cime des pins;
mais il avait une lanterne de poche qu'il pouvait allumer au
besoin. Où était-il? Ce fut la première question qu'il s'adressa
à lui-même. Il fit de grands efforts pour se rappeler les en-
droits par où il avait passé. Grand Dieu! s'il s'était avancé
trop loin; s'il ne pouvait plus reconnaître sa route! Geoffrey
mourant là-bas, sans le bras de son ami pour soutenir sa
tête, sans la main de cet ami pour essuyer ses sourcils que
mouillait la sueur de la mort! Cette seule pensée le dé-
sespérait. Il leva les yeux vers les étoiles, qui pouvaient
seules le guider, chargea son fardeau sur ses épaules, et
marcha rapidement dans la direction qui lui parut la meilleure.

Dans leur oisiveté forcée, Geoffrey et Lucius s'étaient fami-
liarisés avec les diverses parties de la forêt, dans un rayon
de dix milles environ de leur hutte. Ils connaissaient le
cours de la rivière et de ses affluents. Ils avaient même ouvert
d'informes avenues à travers la forêt, en abattant les pins
en droites lignes, pour alimenter leur feu, si bien que, dans
une étendue d'un demi-mille de leur campement, ils avaient

pour y revenir des sentiers grossièrement tracés, mais qui ne
pouvaient les tromper.

Cependant, la nuit, Lucius avait perdu de vue la rivière. Il
avait reconnu qu'il était à dix bons milles au moins des arbres
que lui-même ou Geoffrey avait entaillés de distance en distance. Il s'arrêta, après environ une demi-heure de marche,
alluma sa lanterne, et regarda autour de lui.

L'impénétrable forêt l'environnait de tous côtés : le lieu
était d'une sombre grandeur; on n'y voyait que des pins
gigantesques qui dressaient vers le ciel leurs têtes chargées
de neige, et par-dessus tout une effrayante monotonie qui
rendait le tableau aussi triste que les bords de l'Achéron.
Mais Lucius n'y put découvrir aucune marque qui lui indiquât
la direction qu'il devait suivre.

Il s'arrêta quelques minutes; son cœur battait avec violence.
Ce n'était pas la crainte du péril qui le tourmentait. Mais son
âme, rarement en proie à des terreurs personnelles, était tor-
turée par l'idée de son ami mourant.

« Être loin de lui dans un tel moment! pensait-il, avoir
passé avec lui toutes les heures de ma jeunesse, et n'être
pas auprès de lui au dernier moment! »

C'était douloureux.

Il reprit sa marche en désespéré, murmurant une courte
prière, et se disant que le ciel ne serait pas assez cruel pour
le séparer d'un ami qui lui était aussi cher qu'un frère.

Il s'arrêta tout à coup saisi d'un profond étonnement; une
lumière dont il ne voyait pas encore le foyer, éclairait la
forêt à une assez faible distance; ce n'était pas un incendie,
spectacle auquel il avait assisté souvent dans le cours de ses
voyages, c'était la calme clarté d'un feu de branchages allumé
pour écarter les bêtes féroces et combattre le froid.

Il se dirigea directement vers ce feu. Un trou vaste et profond avait été creusé dans la neige et formait une sorte de bassin circulaire. Au centre brûlait un énorme feu devant lequel un homme était couché sur le ventre le menton posé sur ses bras croisés et les yeux fixés avec insouciance sur les bûches de pins qui flambaient. Cet homme à la chevelure inculte, au regard farouche, empruntait aux reflets rougeâtres du feu une expression diabolique.

« Et quoi! s'écria Lucius, le reconnaissant du premier coup d'œil, vous n'avez pas fait plus de chemin que cela, Matchi? C'est un triste résultat de l'habileté dont vous vous vantiez! Mais où est donc l'Indien?

— Je ne sais, répondit Matchi brièvement. Il est mort, peut-être. Nous nous sommes querellés et séparés, il y a deux jours. Cet homme est un esclave et un vaurien.

— Je n'en crois rien, dit Lucius avec amertume. Il a persisté à vouloir marcher vers le fort, et vous vous êtes refusé à le suivre. Voilà la cause de votre querelle.

— Soit, si cela vous convient, » repartit l'étranger avec une dédaigneuse insouciance.

Alors voyant que Lucius restait immobile sur le rebord du bassin et qu'il le regardait avec persistance, il leva lentement les yeux sur lui.

« Votre situation s'est-elle améliorée depuis que nous nous sommes séparés? demanda-t-il.

— Comment aurait-elle pu s'améliorer, à moins que la Providence nous eût envoyé quelque voyageur plus heureux que nous, événement peu présumable à cette époque de l'année. Non, cette situation, au contraire, a empiré à l'extrême. Hossack se meurt de la fièvre.

— Avec ce froid universel?... c'est une étrange anomalie!

dit Matchi de sa voix rude et impitoyable. Mais, puisque la mort semble devoir nous atteindre tous ici, je changerais volontiers mon sort contre celui de votre ami dévoré par la fièvre et sortant de ce monde sans s'en apercevoir : il a une heureuse chance. Mais être étendu ici, comme je le suis devant ce feu, et calculer combien d'heures me séparent du néant, c'est un atroce supplice. »

Lucius laissa tomber sur cette figure dévastée par de violentes passions un regard de mépris et de pitié.

« Vous ne voyez donc rien au-delà de la vie? dit-il, rien après cette déplorable mort dans cet affreux désert?

— Non. J'avais renoncé à cette fable avant d'avoir vingt ans.

— Quelle affreuse figure, éclairée par les lueurs rouges du feu, que la figure d'un homme qui, se sachant indigne du ciel, est naturellement disposé à nier l'existence d'un autre monde! » pensa Lucius.

Lucius frémit.

« Pouvez-vous m'aider à retrouver le chemin de la hutte? demanda-t-il après un silence d'un moment.

— Non. Je croyais être à cent milles de la hutte. J'ai tourné sur moi-même, je suppose.

— Évidemment. Où avez-vous laissé Kekek Ooarsis? »

L'étranger regarda Lucius avec hésitation, comme s'il n'avait pas bien compris où tendait sa question. Lucius la répéta.

« Je ne sais pas, dit l'autre; il n'y a pas de lieu déterminé dans ce labyrinthe sans limites. Nous nous sommes querellés et nous nous sommes séparés... quelque part. »

Le regard de Lucius errant vaguement dans cet enfoncement où chaque pouce de terrain était parfaitement distinct fut soudain attiré par un objet qui provoqua sa curiosité. C'était un petit amas d'ossements à demi-consumés, au sommet des charbons. La flamme les léchait de temps à autre, selon que le vent la poussait vers eux où l'en éloignait.

« Vous avez fait une prise, à ce que je vois, dit-il en indiquant cet amas d'ossements. Comment vous y êtes-vous pris, sans fusil?

— Un couteau est quelquefois aussi bon qu'un fusil, » dit Matchi sans lever les yeux.

Il étendit son long bras maigre, en disant ces mots et poussa le reste de sa proie dans le feu.

En un clin d'œil, avant que Matchi s'en fût aperçu, Lucius avait sauté dans l'enfoncement, s'était mis à genoux et avait retiré les ossements du feu.

« Assassin! démon de l'enfer! s'écria-t-il en jetant sur l'étranger un regard empreint de l'horreur la plus profonde. Je m'en étais douté; ces os sont ceux d'un homme.

— C'est un mensonge, dit l'autre froidement. J'ai pris un loup au piége et je l'ai tué avec mon couteau.

— Je n'ai pas fréquenté les salles de dissection, répondit Lucius, pour y perdre mon temps. Je vous dis que ce sont des ossements humains; vous vous êtes fait meurtrier pour ne pas mourir de faim.

— Eh bien! quand cela serait, je n'ai pas fait pire que des centaines de naufragés, répliqua Matchi en promenant, de Lucius au fusil de celui-ci, un regard furtif et féroce, comme celui d'une bête sauvage qui épie sa proie.

— J'ai bien envie de vous tuer comme une bête fauve que vous êtes, dit Lucius en se relevant lentement après avoir repoussé les ossements dans le feu.

— Vous en avez le moyen, répliqua Matchi en indiquant le

fusil. Puis soit indifférence, soit bravade et ne gardant plus de réserve, il ajouta : La faim ne connaît pas de loi. Je n'ai fait que ce que vous auriez fait à ma place. Nous étions à la torture depuis cinq jours quand j'ai tué l'Indien. C'était lui rendre service que de mettre fin à ses tourments. Si ç'avait été un blanc, nous aurions joué à pile ou face lequel des deux y passerait; mais je ne me suis pas cru tenu à tant de façons avec un Peau Rouge. C'est peut-être mon tour, maintenant. Tuez-moi, si vous avez une charge de poudre. Je retournerai sans regret au néant d'où le hasard m'a tiré.

— Non, dit Lucius, personne ne m'a constitué votre juge ni votre bourreau. Je vous livre à votre conscience. Mais si jamais vous vous montrez sur le seuil de notre hutte, quelle que soit la cause qui vous y amène, par le Dieu qui nous regarde tous deux, vous périrez comme un chien ! »

Lucius Davoren passa la nuit dans la forêt auprès d'un feu qu'il y alluma en ayant eu soin de mettre une distance convenable entre lui et Matchi. Il répara ses forces avec une tranche de buffle qu'il fit rôtir et s'assit ensuite tantôt sommeillant, tantôt épiant, craignant que le meurtrier ne rampât jusqu'à lui sur la neige qui amortirait ses pas. Mais le matin arriva sans que Matchi se fût montré. A la clarté du jour il reconnut son chemin et regagna la hutte chargé de sa proie. A sa grande joie, il trouva qu'un changement favorable s'était produit dans l'état du malade.

« Je lui ai donné ponctuellement sa potion, dit le Hollandais en montrant la bouteille vide, il est plus calme et il transpire. »

En effet, la transpiration s'était produite; l'état du malade s'était sensiblement amélioré.

Lucius remercia Dieu de cet heureux changement et fit,

avec un morceau de buffle, un bouillon qu'il fit prendre par petites cuillerées au convalescent. Il fallait un temps assez long pour lui rendre ses forces; mais Lucius était plein d'espoir et résigné à ne pas précipiter l'œuvre délicate du traitement.

Il raconta à Absalon son aventure de la veille.

« Et quand il aura digéré l'Indien et qu'il sentira de nouveau ce que le pauvre Geoffrey a l'habitude d'appeler le *vide*, il reviendra pour nous manger à notre tour, dit le Hollandais avec un léger frisson.

— Il ne franchira pas le seuil de cette porte. Croyez-vous donc que je laisserais cette bête féroce approcher de ce pauvre ami, dit Lucius, en indiquant la figure hâve de Geoffrey. Je lui ai dit ce que je ferais s'il reparaissait ici, il sait le sort qui l'attend.

— Vous le tueriez?

— Sans aucun scrupule.

— Je pense que vous seriez dans votre droit, reprit tranquillement Absalon. C'est bien désagréable de savoir qu'on va être mangé. »

Deux jours s'écoulèrent. Geoffrey reprenait des forces. Le progrès était lent, presque imperceptible même à des yeux non exercés, mais c'était un progrès, et il n'échappa pas à Lucius, qui en remerciait Dieu. Il n'avait pas dormi depuis la nuit passée sous les pins dans la forêt; il veillait sans cesse auprès du malade, son fusil chargé à balle et placé à portée de sa main.

Dans la soirée du troisième jour, tandis que Geoffrey, qui avait pu se lever pour la première fois, sommeillait tranquillement, un bruit se fit entendre à l'extérieur. Ce n'était pas le choc d'une branche cassée par le vent, ni le cri d'un animal ; c'était, à ne s'y pas tromper, le pas précipité d'un homme.

Lucius barricadait tous les soirs la porte qui, par elle-même, aurait opposé un faible obstacle à une invasion violente. Elle fut rudement ébranlée du dehors et aurait cédé sans la résistance des pieux qui la fortifiaient. Après plusieurs secousses inutiles, un silence se fit, mais presque aussitôt le parchemin de la fenêtre fut crevé d'un coup de poing et une figure hideuse se montra dans l'ouverture.

« Je meurs de faim, cria une voix rude, mais affaiblie. Donnez-moi un abri et quelques aliments, si vous en avez; c'est ma dernière chance de salut. »

En même temps l'homme qui parlait ainsi élargit l'ouverture de ses mains convulsives et fit mine de pénétrer dans l'intérieur de la hutte. Lucius leva son fusil, l'épaula, et visa l'homme... résolûment et sans la moindre hésitation.

« Je vous ai dit le sort qui vous attendait ici, » s'écria-t-il.

En disant ces mots il fit feu.

L'homme tomba en arrière, entraînant le parchemin et une partie de son fragile encadrement. Dans son agonie, il mordit avec rage le morceau de bois. Un violent coup de vent du nord-est pénétra par l'ouverture dans la hutte, mais Lucius n'y prit pas garde.

« Grand Dieu ! se demanda-t-il à lui-même en sentant un frisson glacial parcourir ses veines, est-ce que c'est là un meurtre ? »

LIVRE PREMIER.

CHAPITRE I.

COUP D'ŒIL RÉTROSPECTIF.

La partie orientale de Londres est inconnue de la plupart des habitants du West End. C'est un sol plat et presque au niveau du fleuve, où la terre et l'eau s'enchevêtrent dans un inextricable lacet de criques, d'anses, et de bassins. Les mâts gigantesques des navires au long cours luttent de hauteur avec les cheminées empanachées d'éternels tourbillons de fumée; dans les rues étroites, sombres, et humides, des machines perpétuellement en activité saluent les passants tout étourdis de leur fracas; les entrepôts immenses, les magasins superposés en nombreux étages reçoivent ou distribuent, par tonnes, les viandes séchées, les conserves de salaisons et d'épiceries, et toutes les denrées qui y affluent des colonies. L'imprudent qui s'y aventure ne circule pas sans danger parmi les cordages qu'on y fabrique, au milieu des ballots que les grues déchargent sur les quais, des tonneaux et des caisses de toute provenance dont les piles ne laissent entre elles que d'étroits passages.

Quelques rues larges et aérées, partant des docks, conduisent au loin, sinon dans la campagne : rien qui ressemble
aux champs n'existe aux environs, mais aux marais éloignés
et aux rives moins encombrées du fleuve. Ces voies sont
bordées de maisons populeuses, de fabriques, et de loin en
loin, de vieilles et sombres villas entourées de jardins dont les
ormes séculaires pourraient raconter les histoires du temps
de la Reine Anne, lorsque cette partie de Londres jouissait
des faveurs de la mode.

De toutes ces voies, Shadrack Road était la plus pauvrement habitée. Plus récemment construite que les autres, elle
ne possédait aucune de ces massives demeures en briques
rouges dont l'aspect rachetait de distance en distance la vul-
garité des autres constructions. Des boutiques, des logis de
marins, quelques maisons avec terrasse, qui semblaient avoir
vieilli sans être achevées, et aux balcons des écritaux appe-
lant des locataires qui ne s'étaient jamais présentés ; trois ou
quatre villas modernes, fraîches et pimpantes, tranchant sur
le tout, tel était l'aspect de Shadrack Road. Une de ces villas,
qui formait une encognure et possédait un jardin d'une
perche d'étendue, se faisait remarquer par une lanterne
rouge et une plaque de cuivre sur laquelle on lisait l'ins-
cription suivante : —

LUCIUS DAVOREN,

DOCTEUR-MÉDECIN.

C'est là que Lucius Davoren avait commencé le combat de
la vie dans toute sa froide réalité.... vie rude, vulgaire, monotone, parfois désespérante, étrangement différente de celle
des aventureux explorateurs de contrées inconnues ou de celle

des trappeurs isolés qui luttent avec la nature dans les forêts vierges; vie où le plus infatigable rêveur ne saurait trouver qu'une étroite place pour la poésie; vie où les lourdes exigences matérielles oppressent l'âme de l'homme, comme si une main de fer comprimait son cerveau, en expulsant par sa pression toute aspiration supérieure à celle de la nourriture du jour et de l'asile de la nuit.

Il était seul au monde. Si personne ne l'aidait à supporter le fardeau de la pauvreté, il n'avait pas du moins le regret de voir un être aimé partager sa détresse et ses souffrances.

Son père, sa mère, une jeune sœur qu'il avait chérie tendrement, étaient tous morts depuis quinze ans et reposaient dans le cimetière de Wykhamston, village du Hampshire où son père avait passé, comme recteur, trente ans de sa vie.

Il avait une autre sœur, mais il la considérait comme perdue depuis plusieurs années, et il lui était plus pénible de penser à elle que de penser à sa sœur morte. Depuis qu'il était sorti de l'école de Winchester, on ne l'avait jamais entendu prononcer le nom de cette sœur disparue. Il en conservait cependant le souvenir dans son cœur et gardait le récit du funeste événement qui la lui avait ravie dans le tiroir secret de son pupitre avec une miniature où la fatale beauté de cette tête bien-aimée avait gardé tout son éclat.

Elle avait été sa favorite; elle était son aînée de deux ans. Elle aussi l'avait aimé tendrement, elle était fière de lui, le conseillait à l'occasion, et partageait tous ses goûts; comme lui, elle était passionnée pour la musique. Son talent, joint à sa beauté, avait d'abord fait d'elle la gloire et les délices d'un petit cercle de province, et sa réputation ne tarda pas à franchir ces étroites limites et à se répandre dans tout le comté.

L'humble et vieux recteur, avec sa douce physionomie, son front chauve que surmontaient de rares cheveux grisonnants, fut obligé de sortir de son isolement et de se produire dans le grand monde du comté : il fut invité à un bal chez le Marquis de Guildford, à un concert chez Sir Horace et Lady Veering Baker, à des dîners et des soirées à vingt milles de son modeste rectorat. Mlle Jenny Davoren fut même engagée à passer quelques jours chez Lady Baker, et sa visite se prolongea un mois entier. On y était si charmé de la chère enfant! écrivit Lady Baker au recteur.

Mme Davoren ne fut pas sans remarquer que Lady Baker avait négligé de la comprendre dans ses invitations, malgré l'exquise politesse qu'elle avait montrée dans une visite de quinze minutes au rectorat.

Mais elle prenait fort bien la chose et se trouvait heureuse de n'être pas invitée, n'ayant que sa vieille robe de satin noir, bonne tout au plus pour les réunions de Wykhamston.

De sorte que la digne femme du recteur, qui avait le suprême contrôle des dépenses de la maison, couvrit sa charmante fille de tulle blanc et des camélias de la petite serre, et ne demanda pas mieux que de rester au logis, en attendant qu'elle pût s'extasier sur ce que le grand monde du château avait pensé de sa Jenny et qu'elle apprît si son cher vieux mari avait été heureux au whist; elle veilla, satisfaite, dans son fauteuil, jusqu'à une heure avancée de la nuit, tandis que les servantes du rectorat ronflaient dans leurs chambres, sous les toits. Puis, quand l'antique carriole eut ramené son mari et sa fille, elle passa encore une heure à écouter le récit de la soirée, à entendre les moindres détails qui constataient le succès que Jenny y avait eu; enfin, elle voulut savoir quels airs cette chère enfant avait chantés, combien de contre-

danses elle avait dansées, les gracieux compliments qu'on lui
avait adressés, et tout ce qu'on avait pu dire d'aimable sur
son compte.

A partir de ce temps, la pensée que Jenny était destinée à
faire un riche mariage devint une idée fixe dans la maison
du recteur, depuis le chef de la famille jusqu'à la cuisinière,
en exceptant toutefois la jeune fille, qui ne semblait penser
qu'à la musique, à l'orgue qu'elle touchait dans la vieille
église, au piano carré qui, bien que hors de mode, était l'ornement principal du salon du rectorat. Il ne paraissait pas
possible à la bonne et simple Mme Davoren que toute cette
admiration pût n'aboutir à rien ; que sa fille pût captiver
tous les regards au château de Guildford, pût être proclamée
une beauté incomparable dans les bals de Lady Baker, et
qu'au bout du compte elle fût réduite à rester Jenny Davoren tout court ou à épouser un simple médecin de campagne, suant sang et eau pour se faire une clientèle.

« Non, pensait-elle, il faut bien qu'il résulte quelque
chose de ce haut patronage qui allume le feu de la jalousie
dans tant de cœurs à Wykhamston. »

Mais quand elle s'aventurait à tenir ce langage à la jeune
fille, elle n'en recevait que d'affectueux reproches.

« Chère mère, lui disait celle-ci, peux-tu être assez
aveugle pour ne pas voir que tout cela n'est que l'effet d'un
engouement passager? La Marquise et Lady Baker ont entendu dire que je chante passablement, et comme la musique
d'amateur ne vaut pas grand'chose, d'ordinaire, elles ont eu
la fantaisie de m'entendre. Il ne leur en a coûté que la peine
de te faire une visite et de simuler le plus vif intérêt pour
ton poulailler et le jardin de papa. Si ce village était Londres et qu'elles pussent y trouver des chanteurs de profes-

sion, elles ne se seraient pas même donné cette peine pour
m'entendre.

— Ne t'inquiète pas de ce que la Marquise et Lady Baker
pensent, répondait la mère ; ce n'est pas d'elles que j'entends
parler, mais de tout ce monde que tu as rencontré dans leurs
salons, de tous ces jeunes gens qui se sont pressés autour de
toi, pour te complimenter, après chaque morceau que tu as
chanté. »

Jenny sourit presque avec amertume, en voyant que les
yeux de sa mère brillaient d'espérance ; puis, elle ajouta : —

« Tous ces jeunes gens retourneront dans leur monde et
ne penseront plus à moi, quand ils auront quitté le Hampshire.

— Mais il doit y en avoir quelques-uns parmi eux, qui
t'ont témoigné plus d'attention, reprit Mme Davoren en
insistant ; des jeunes gens du comté, peut-être. Il y en
a un, M. Cumbermere, par exemple, qui possède un immense
domaine sur les confins de Berkshire, à ce que j'ai entendu
dire à ton père : il est jeune et n'est pas marié. Voyons,
Jenny, sois franche avec ta pauvre vieille mère : n'en as-tu
pas remarqué un au moins qui se montrât un peu plus em-
pressé que les autres auprès de toi ?

— Pas un seul, mère, répondit la jeune fille en baissant
les yeux et en laissant échapper un soupir si faible, qu'il
n'alla pas aux oreilles de sa mère elle-même, pas un. Tous
m'ont dit les mêmes choses ou à peu près, et de la même
manière. »

Il fallut renoncer à connaître le secret de Jenny, si elle en
avait un. Cette bonne mère n'en continua pas moins à caresser son rêve et elle le caressa jusqu'à l'heure amère du
réveil, heure fatale qui résonna comme un glas funèbre
dans l'âme des pauvres parents.

Une lettre de leur fille leur apprit un jour qu'elle avait abandonné le toit paternel et renoncé à sa famille, à sa réputation, à sa place dans le ciel.

Cette lettre laissait voir combien avait été grande la lutte entre le devoir et l'amour; le désespoir qu'elle manisfestait ne prouvait que trop qu'elle avait cédé à une passion coupable. Elle implorait leur pardon et l'oubli de sa faute, mais rien dans ces lignes, écrites avec le plus grand désordre, ne pouvait mettre sur la trace de son ravisseur.

Le recteur et sa femme ne jetèrent pas un cri. Ils eurent l'héroïque courage de dissimuler leur profonde douleur, de crainte que leur entourage ne devinât la cruelle vérité. Le père continua à exercer ses fonctions quotidiennes avec la pâleur sur les joues et le découragement dans le cœur, mais en conservant l'apparence la plus calme. La seule chose qu'on eût pu remarquer, c'est qu'à partir de ce jour, il négligea son jardin et son poulailler, cette innocente distraction à ses travaux. La mère pleurait en secret, mais ne laissait voir ses larmes à personne.

On dit aux domestiques que Mlle Davoren était allée en visite chez quelques amis à Londres. Jenny avait quitté la maison de très-bonne heure dans la matinée, sans être vue de personne autre que le jeune garçon qui avait porté sa valise à la gare. Son départ n'avait eu rien que de bien ordinaire; mais les servantes, habituées à entendre parler à l'avance des moindres déplacements projetés dans la famille, s'étonnèrent quelque peu de n'avoir rien su du voyage de la jeune fille.

Le malheureux père et la malheureuse mère relurent cette lettre d'adieu, jusqu'à ce que chaque mot fût pour ainsi dire imprimé dans leur cœur; mais cela ne les aida pas à

deviner le sort de leur fille. Ils passèrent inutilement en revue les noms de la demi-douzaine de jeunes gens plus ou
moins attrayants qui composaient leur petit cercle ordinaire
et leur faisaient des visites plus ou moins fréquentes; quant
aux membres de la société de Wykhamston, il n'y en avait
pas un seul qu'ils pussent raisonnablement suspecter; ils
n'avaient en effet, pour écarter jusqu'au moindre soupçon,
qu'à remarquer que chacun d'eux continuait à vaquer à ses
travaux accoutumés : le pasteur à faire tranquillement ses
promenades sur son poney à longue crinière; le docteur
à parcourir les environs depuis le déjeuner jusqu'à l'heure
du thé; le fils de l'homme de loi à obéir aux articles qui
l'attachaient au service de son père; les petits propriétaires fonciers et les gros fermiers des environs à se montrer
dans la vieille église et sur la place du marché. Non, parmi
tout ce monde, il n'y avait pas un homme que le recteur pût
tant soit peu suspecter d'avoir été l'auteur ou le complice
de la fuite de sa fille.

Après quelque temps le recteur se décida à demander avec
réserve, à quelques-uns de ses paroissiens, si l'on avait vu
paraître quelque étranger à Wykhamston depuis un mois
ou deux. Il posa cette question par forme de conversation à
un marchand de blé bien posé dans le pays.

« Wykhamston, dit Huskings, n'est malheureusement
pas une ville de passage : il n'y vient pas d'étrangers, à
part quelques arpenteurs pour le chemin de fer projeté, je
n'y ai vu, depuis deux mois, que cet individu qui jouait de
l'orgue; mais naturellement vous en savez plus long que
moi sur son compte, puisque Mlle Davoren l'a vu souvent lorsqu'elle venait répéter les hymnes avec l'organiste. »

La pâle figure du recteur devint encore plus pâle. Cet homme était assurément celui qu'il cherchait.

« Non, dit-il quelque peu troublé ; ma fille ne m'a jamais parlé de lui, ou, si elle m'en a parlé, je n'y ai pas pris garde. Elle est à cette heure en visite chez des amis, à Londres.

— Mlle Davoren ne peut guère avoir manqué de parler de lui, dit Huskings. Il était toujours autour de l'église, quand il ne pêchait pas. Mais c'était un fameux pêcheur, garçon de belle apparence, d'ailleurs, avec des yeux et des cheveux noirs ; ayant un peu l'air d'un étranger, mais parlant un bon anglais.

— Jeune ? demanda le recteur.

— Il peut avoir entre vingt-cinq et trente ans.

— C'est un gentleman, je suppose ?

— Ses vêtements étaient ceux de la première classe, et il payait sans marchander. Il occupait les plus belles chambres, là-bas, ajouta Huskings avec un mouvement de tête qui indiquait l'*Hôtel George*. Il n'est pas resté ici plus d'un mois ou six semaines ; mais il a loué un piano chez Stammers, et il passait des heures entières, m'a dit Mme Capon, à taper sur cet instrument. Cette musique vous aurait véritablement endormi, m'a dit Mme Capon. Ce n'était pas des airs qui vous remuent le cœur, comme vous pourriez le penser, mais ces airs tristes, qui vous portent à dormir, dans une cathédrale, quand l'orgue se fait entendre. »

La musique ! Oui, c'est là le charme qui a entraîné cette enfant à sa perte. Il ne fallait rien moins que la fatale magie de la musique, qui l'a captivée depuis son enfance, pour entraîner dans la voie du mal cette jeune âme si pure !

« Savez-vous le nom de ce jeune homme ? demanda le recteur.

— Je ne me le rappelle pas. Si vous désirez le savoir la maîtresse de l'hôtel vous le dira.

— Non, non!... exclama le recteur d'une voix étranglée, je ne suis pas curieux de le savoir; peu m'importe ce nom. Bonsoir, Huskings. A propos envoyez-moi un sac d'orge, » ajouta-t-il avec un soupir étouffé, en oubliant que sa basse-cour avait perdu désormais tout son charme pour lui.

Il remonta la rue et entra chez le marchand de musique Stammers.

« Vous feriez bien de venir au rectorat et d'accorder le piano, avant que ma fille ne revienne, Stammers, » dit le recteur d'une voix que l'émotion rendait faible.

Puis il s'assit sur une chaise, près de la porte du magasin restée toute grande ouverte durant cette chaude soirée.

« Je n'y manquerai, monsieur le recteur. Mademoiselle votre fille est donc absente? Quel merveilleux talent elle a, monsieur! La Marquise est venue hier en ville. Il y a onze personnes au château qui doivent y passer la semaine. Elle venait me faire une commande. Je ne craignis pas de lui montrer la petite fantaisie que j'ai pris la liberté de dédier à Mlle Davoren; la Marquise m'a dit en souriant : Vous avez raison d'être fier de la fille de votre recteur, Stammers. C'est une charmante jeune personne et une grande musicienne. J'aurais voulu avoir le temps de faire une visite au rectorat. Et alors elle demanda des nouvelles de votre santé, monsieur, de celle de votre excellente femme et de mademoiselle Davoren, et cela du ton le plus affable, juste au moment de s'éloigner. Elle conduisait elle-même ses poneys.

— Elle a eu bien de la bonté, » dit M. Davoren avec distraction.

O vains plaisirs de ce monde! luxe, orgueil funestes! Toutes ces politesses n'avaient pas préservé la jeune fille de sa perte, peut-être même y avaient-elles contribué par quelque voie inconnue.

« Je voulais vous prier de venir accorder le piano, reprit le recteur avec un faible soupir; quand elle reviendra, elle le trouvera en état. A propos, vous avez loué un piano au gentleman qui demeurait à l'*Hôtel George*, ces jours derniers, monsieur... monsieur?...

— M. Vandeleur, dit Stammers vivement. Je lui ai loué le meilleur piano que j'avais.

— Oui, M. Vandeleur.

— Un Collard tout battant neuf à trente shillings par mois, parce que c'était pour peu de temps. Ah! c'était un plaisir de l'entendre en toucher. Aussi, je suis resté une demi-heure sans désemparer sur l'escalier de l'hôtel à l'écouter.

— C'est un bon musicien, il paraît? interrogea le recteur avec un nouveau soupir.

— Bon, n'est pas le mot, monsieur. Il y aura une foule de bons musiciens tant qu'on touchera du piano, ajouta Stammers avec un petit air de satisfaction intérieure, comme celle d'un homme qui comptait bien être rangé parmi ces bons musiciens. Je ne crois pas qu'il y ait aucun morceau de Mozart, de Haendel, d'Haydn, de Beethoven... Beethoven, leur roi à tous, dont vous puissiez citer le titre, que je ne sois pas capable de jouer à livre ouvert, moi, et cependant je ne me compare pas à M. Vandeleur, il s'en faut de beaucoup.

— Où est la différence? »

Stammers se frappa le front.

« La différence est là, monsieur, là. Je n'ai pas sa tête.

Ce n'est pas que je n'aie eu du goût pour la musique, quand
je n'étais pas plus haut que ça, dit-il en abaissant sa
main jusqu'à un pied et demi du sol, et qu'il n'en fut parlé
dans toute notre bourgeoisie, quoique mon père, comme
vous savez, ne fût qu'un humble charpentier. Mais je n'avais
pas la tête qu'a cet homme. C'est merveille de l'entendre
jouer les sonates pathétiques de Beethoven ou son *Clair de*
lune! Mais ce n'est pas tout : il jouait des sonates et des
fugues, monsieur... de sa composition ou non, je ne saurais
le dire... que je n'avais jamais entendues jusque-là, et que
nulle main mortelle, je crois, n'a jamais écrites. Elles vio-
laient toutes les lois de l'harmonie, monsieur. Les quintes
s'y succédaient drues comme grêle, et cependant c'était une
musique aussi belle qu'aucun passage de Mozart, une musique!... Vous sentiez un froid de glace vous parcourir toutes
les veines en l'entendant.

— C'était excentrique? fit le recteur.

— Excentrique!... C'était la chose du monde la plus étrange
que j'aie jamais entendue dans ma vie. Si cet homme jouait
en public, il mettrait la ville en émoi; tout le monde cour-
rait après lui comme après un fou.

— Croyez-vous que ce soit un musicien de profession?

— Il ne m'en a pas l'air, et j'ai vu une foule de musiciens
de profession qui sont venus figurer dans les concerts don-
nés ici depuis vingt ans. Non; un musicien de profession,
d'ailleurs, ne serait pas venu muser pendant six semaines
dans une petite ville de province comme celle-ci; je crois
plutôt que c'est un riche amateur, un gentleman qui aura
vécu à Londres un peu trop vite, et qui est venu chercher ici
l'air frais et le calme de la campagne.

— Comment passait-il son temps?

— Dans l'église, en grande partie, à jouer de l'orgue. Il en recevait les clés, habituellement, du vieux Bopolt, le sacristain. Je m'étonne que vous n'en ayez rien su, monsieur.

— Non; on ne m'en a point parlé, dit le recteur en poussant un soupir si profond, si voisin d'un gémissement, qu'il remua le cœur du sensible Stammers.

— Je crains que vous ne soyez fatigué, monsieur, par la chaleur qu'il fait aujourd'hui. Puis-je vous offrir un verre d'eau sucrée?

— Merci, Stammers; merci, ce n'est rien; j'ai été un peu tourmenté, ces derniers jours. Mais Bopolt n'avait pas besoin d'admettre habituellement un étranger dans l'église.

— J'ose dire que M. Vaudeleur n'y a rien fait de mal. C'est un parfait gentleman. D'ailleurs, vous n'êtes pas dans l'habitude de laisser les vases sacrés dans la sacristie.

— Il y a d'autres choses qu'un homme peut dérober, dit le recteur d'un air affligé, des choses plus précieuses que la patène et le calice. Mais n'en parlons plus : je ne suppose pas que Bopolt y ait entendu malice; seulement... seulement, il aurait dû me le dire. Bonsoir, monsieur Stammers.

— Vous sentez-vous assez fort pour vous en retourner seul au rectorat, monsieur? Vous êtes bien pâle et semblez accablé par la chaleur.

— Oui!... oui!... merci... Bonsoir. »

Stephen Davoren descendit péniblement la chaussée sans ombrage, jusqu'à ce qu'il arrivât devant une petite cour conduisant à l'église, qui, pour une raison ou pour une autre, est cachée sur le côté de la rue, comme si c'était une chose désagréable à voir et à laquelle on ne dût arriver que par des cours et des ruelles.

Le vieux John Bopolt, le sacristain, tremblant et décrépit

comme le sont d'ordinaire les sacristains de campagne,
habitait dans la cour qui sert de trait d'union entre la
Grande Rue et l'église. Il se leva avec empressement à la vue
du recteur et le salua à l'ancienne mode, tandis que
Mme Bopolt et sa fille mariée, et Betsy Jeanne, fille de
celle-ci, enfant mal peignée de quatorze ans environ, couraient toutes les trois respectueusement au-devant du digni-
taire.

« Bopolt, dit le recteur d'un ton plus sérieux que celui
qu'il avait l'habitude de prendre en parlant au sacristain, de
quel droit permettez-vous que l'église devienne un lieu de
flânerie pour les étrangers oisifs?

— Un lieu de flânerie, monsieur! Je n'ai jamais permis
cela, jamais on n'a flâné dans l'église, à ma connaissance.
Mais j'ai l'habitude de montrer à l'occasion, comme vous le
savez, le monument et la rosace de la façade méridionale
à tout étranger dont la mise est respectable.

— Montrer le monument, c'est bien; mais en confier
habituellement la clé à un étranger...

— Vous voulez dire le gentleman qui demeurait à l'*Hôtel
George*, monsieur, dit avec embarras le sacristain en se
troublant. C'était un parfait gentleman, et M. Wilkins,
l'organiste, savait qu'il avait coutume de venir toucher de
l'orgue une heure environ, et il me laissait régulièrement la
clé pour lui. Ainsi faisait M. Wilkins, et il me dit : John,
toutes les fois que M. Vandeleur voudra jouer de l'orgue, il
le pourra et sera le bien venu; dites-le-lui de ma part en
lui présentant mes civilités.

— Il vous a donné une gratification, je suppose?... dit
M. Davoren.

— Il m'a donné une bagatelle de temps à autre, comme

compensation de la peine que je prenais de lui ouvrir la
porte, monsieur. Je ne voudrais pas vous tromper; et si
j'avais pensé un seul moment qu'il y eût quelque mal à
cela, je me serais plutôt coupé la main que de lui ouvrir la
porte de l'église. Mais je tenais pour certain que vous
n'ignoriez pas la chose, ayant vu Mlle Davoren venir plus
d'une fois à l'église quand M. Vandeleur y était.

—Naturellement, dit le recteur; elle avait à remplir son
service dans le chœur. C'est bien, John; il ne faut pas vous
chagriner d'une méprise; seulement, rappelez-vous que
l'église n'est pas un lieu de flânerie pour les musiciens
amateurs. Bonsoir. »

La famille du vieux sacristain, qui était restée immobile
et frappée d'une indicible terreur pendant ce dialogue,
commença alors à respirer à l'aise, et une bouilloire qui
avait sali de son eau en ébullition le garde-feu poli de
Mme Bopolt, fut retirée du foyer par cette soigneuse ménagère, qui n'avait pas osé faire le moindre mouvement pendant la présence du recteur offensé.

Stephen Davoren retourna lentement au rectorat, le cœur
encore plus affligé que lorsqu'il en était sorti pour commencer cette enquête. Il savait maintenant que plusieurs
personnes avaient connu le séducteur, que plusieurs personnes avaient vu sa fille aller à l'église pour l'y rencontrer, profanant ainsi le lieu saint en le rendant témoin
de sa passion terreste; on soupçonnait peut-être déjà la
fatale vérité. Lui seul était resté aveugle.

La pensée que son petit cercle pouvait être dans le secret
du funeste événement acheva de lui torturer le cœur.
S'il n'avait pas été brisé par la perte de sa fille, il aurait
été écrasé par le poids de sa propre honte. Il n'osait plus

regarder ses paroissiens en face. Il s'efforça cependant de remplir courageusement ses devoirs; il prêcha ses vieux bons sermons d'habitude; mais quand il parlait du péché et de la douleur, il semblait parler de sa fille perdue. Il allait visiter ses pauvres, mais la pensée de Jeannette faisait divaguer son esprit au milieu de ses exhortations les plus simples; il ne leur adressait que de courtes et banales consolations et se répétait sans cesse, sachant à peine ce qu'il disait.

Ses paroissiens remarquèrent le changement qui s'était opéré en lui et se disaient les uns aux autres que le recteur baissait à vue d'œil, qu'il était fâcheux que Mlle Davoren fût absente, qu'elle l'aurait un peu égayé, ce pauvre vieillard.

Lucius quitta Winchester vers la fin de l'année avec une instruction qui lui ouvrait les portes de l'Université. Il revint sous le toit paternel pour y apprendre la fuite de sa sœur.

Il reçut cependant la fatale nouvelle avec plus de calme que ses parents n'avaient osé l'espérer; il insista pour en connaître tous les détails; mais il ne fit point de réflexions.

« Vous avez fait des recherches, sans doute, pour retrouver cet homme... ce M. Vandeleur? dit-il.

— Oui, répondit le recteur. J'ai écrit à mon vieil ami Harwood, l'avoué, et je l'ai fait agir, mais ses démarches n'ont abouti à rien. J'ai fait insérer dans le *Times* un avis dont ta sœur pouvait seule comprendre le sens et par lequel je la suppliais de revenir. Elle n'aurait pas résisté à cet appel si elle en avait eu connaissance. Il faut qu'elle ait quitté l'Angleterre.

— Vandeleur! dit Lucius avec calme, un nom supposé

sans doute; quelque mauvais sujet qu'elle aura rencontré
au château ou dans les salons de Lady Backer. Vandeleur!
je prie Dieu de pouvoir le rencontrer avant d'être plus vieux
de quelques années. »

Ce fut tout ce qu'il dit, et depuis ce jour il ne prononça
plus une seule fois le nom de sa sœur. Il vit combien la douleur de sa perte contribuait à abréger la vie de son père et
quel sombre nuage cette perte avait étendu sur les dernières
années de sa mère. Douze mois plus tard, l'un et l'autre
n'étaient plus. Le père était mort subitement, au matin d'une
belle journée de printemps, d'une maladie de cœur dont il
était atteint depuis longtemps; mais qui peut dire si l'issue
n'en avait pas été hâtée par le chagrin? Sa fidèle compagne
déclina depuis le jour où il mourut, et quatre mois après
elle s'éteignit paisiblement, remerciant Dieu d'avoir mis fin
à son voyage ici-bas, et heureuse de l'espérance d'un prompt
et facile passage dans un autre monde, où elle retrouverait
le compagnon de sa vie, attendant son arrivée, et la petite
fille qui était morte il y avait quelques années, l'accueillant
avec des caresses.

Lucius se vit ainsi seul sur la terre, dès la première
année qui suivit son entrée à l'Université, et deux années
avant qu'il ne vînt à Londres pour fréquenter les hôpitaux,
et cinq ans tout juste avant qu'il ne partît pour l'Amérique
avec son ami Geoffrey Hossack.

CHAPITRE II.

HOMÈRE BARTON.

Il n'y avait pas une grande abondance de malades dans Shadrack Road, et les cas qui se présentaient à Davoren n'étaient pas pour la plupart d'un caractère bien intéressant. Un assez bon nombre d'accidents réclamaient ses soins : des membres fracturés, des épaules foulées, des clavicules luxées, des côtes enfoncées, des yeux pochés ; maints cas purement domestiques les réclamaient aussi, cas qui l'obligeaient parfois à quitter son lit au milieu de la nuit. Il avait enfin à visiter des indigents malades dans des rues étroites et des ruelles privées d'air, humbles patients dont la résignation à leurs souffrances qu'ils acceptaient comme une nécessité de leur vie, lui remuait le cœur beaucoup plus profondément qu'il n'aurait voulu se l'avouer. La sympathie qu'il ressentait pour ces malheureux ne s'accordait guère, en effet, avec sa profession. La manière dont il traitait les enfants était presque toujours couronnée de succès. Au lieu de les inonder de ces tisanes nauséabondes dont ses prédécesseurs étaient si prodigues, il n'avait recours qu'à un petit nombre de médicaments qui suffisaient presque

toujours pour remettre en bon état ces délicates machines,
pour rendre les fraîches couleurs de la santé à de pâles
visages, la pleine liberté de leur respiration à des poumons
qui semblaient sur le point de la perdre. Il lui était bien
pénible, souvent, d'avoir à prescrire de bons bouillons, une
nourriture fortifiante, devant un garde-manger et une bourse
vides, et en mainte occasion dans ces cas, il accompagnait
son ordonnance d'une addition en nature : un morceau de
bœuf, une couple de cotelettes de mouton, prises chez
le boucher du bout de la rue, un verre de porter acheté à
la taverne la plus voisine. Mais lui aussi subissait les atteintes de la pauvreté, et il ne lui était pas toujours possible
de tirer un shilling de sa poche.

Un air pur, une eau limpide, qui ont une si salutaire
influence sur la santé, pouvaient s'obtenir aisément dans le
district de Shadrack Road, quoiqu'il y eut, autour de Shadrack Basin, bien des habitations où c'était un luxe qu'on
ne connaissait guère. Lucius fit tous ses efforts pour l'y
propager chez ses malades, et grâce à lui les maisons où il
était appelé ne tardaient à subir une grande innovation,
qui consistait à en ouvrir fréquemment les fenêtres. Naturellement, il ne faisait pas payer ses visites à ces indigents; mais il avait d'autres clients, des petits marchands,
par exemple, et leurs familles, qui les payaient, et les
payaient convenablement, argent comptant, pour la plupart
à un taux, sans doute, dont plus tard l'idée seule le faisait rougir, quand il fut devenu le médecin en vogue du
West End. Mais si modeste que fût le revenu que lui rapportait sa clientèle, il lui suffisait pour vivre et satisfaire
ses besoins qui ne dépassaient pas le strict nécessaire.
Son Amati ne lui coûtait aucun frais de nourriture et, quant

à lui, il était d'une sobriété stoïque, et se serait contenté du régime auquel il avait été condamné dans la forêt de pins de Far West, eût-il eu à sa disposition les mets les plus succulents de la table de Lucullus. Il avait pour tout domestique, d'abord une ancienne servante qui avait renoncé aux profits qu'elle trouvait à faire plusieurs ménages pour se consacrer exclusivement à son service; elle venait le matin de bonne heure chez Lucius et s'en retournait le soir dans sa famille; puis un jeune garçon d'une intelligence passablement bornée, et qui avait l'inconvénient de saigner fréquemment du nez. Il était pénible à Lucius d'avoir à payer le loyer d'une maison entière, d'ailleurs assez petite, quand trois chambres lui eussent suffi; mais on lui avait dit qu'il ne devait pas espérer arriver à se faire une bonne clientèle, dans Shadrack Basin, s'il y débutait dans une sous-location, et il se résigna à suivre le conseil qu'on lui donnait, supposant qu'il y avait dans le cœur des habitants de ce quartier un grain d'aristocratie que ne laissaient pas soupçonner leurs vêtements plus que mesquins.

Sa maison était petite, incommode, pauvrement meublée. Il avait acheté le mobilier de son prédécesseur, au prix que celui-ci lui en avait demandé : prix qui, s'il avait été basé sur une stricte justice, aurait été réduit à rien ou presque à rien, car jamais une collection de chaises et de tables plus rachitiques, jamais bois de lit, tables de toilette, chiffonniers et sofas de plus triste apparence n'avaient figuré dans la boutique d'un brocanteur. Il n'y avait pas dans toute la maison une seule chaise qui n'eût un défaut radical dans l'un de ses pieds, ni une seule table qui répondît à l'idée qu'on a généralement d'un exact niveau. Lucius fut obligé d'acheter une boîte d'outils et un pot de colle-forte, dès qu'il eut pris possession de ce mobilier, et de consacrer une bonne partie de ses loisirs à faire l'application de son expérience chirurgicale à la restauration de ses chaises et de ses tables disloquées. Il exécuta sur elles les opérations les plus délicates ; il réduisit les luxations et guérit les fractures composées, de la manière la plus merveilleuse à l'aide d'une poignée de petits clous et d'un sou de colle-forte. Mais il sentait de temps en temps que ce n'était pas là le chemin le plus direct pour arriver à acquérir une vaste science, et il poussait un imperceptible soupir d'ennui quand il retournait à ses livres de médecine, après une lutte fatigante avec le pied rebelle d'une chaise ou la pente obstinée de l'un des battants d'une table.

Il était très-pauvre, très-patient, très-sérieux, aussi sérieux qu'il l'avait jamais été durant ces jours d'étranges aventures dans le Far West, quand au milieu de toutes les émotions d'une chasse à outrance, ses pensées s'envolaient bien au-delà en quête des secrets de la nature, aspirant à arracher à son vaste amas de richesses cachées quelque trésor qui pût être utile à ses semblables. De toutes ces vagues espérances qu'il caressait silencieusement dans son cœur, aucune ne s'était réalisée. Il n'avait laissé derrière lui aucune trace de son passage dans ces contrées lointaines ; il n'en avait rapporté dans sa patrie aucun trophée. Ces jours de fatigues et de périls n'avaient produit qu'un événement qu'il ne se rappelait qu'avec horreur. Maintenant, il tournait avec résolution ses regards sur le monde réel..., ce monde froid, rude, laborieux d'une grande cité populeuse, et il s'efforçait de faire tout le bien qu'il lui était possible de faire dans son humble condition.

« Cela peut me servir jusqu'à un certain point d'expiation pour le sang que j'ai répandu là-bas, » se disait-il à lui-même.

Dans son étroite carrière, cependant, il réussissait, et réussissait tout en faisant du bien. Après un peu plus d'une année de cette vie de rudes labeurs, le médecin de la paroisse vint à mourir. D'après la rumeur populaire, cette mort fut la conséquence d'un naturel trop enclin à s'associer aux plaisirs des bons vivants qu'il fréquentait, joint à un goût trop prononcé pour le wisky d'Irlande. Lucius fut élu à sa place. Cette nouvelle situation lui vint en aide et lui fournit les moyens de payer son loyer, ses impôts, et les gages de sa femme de ménage; elle lui ouvrit en outre les portes des indigents. Ce fut ainsi que tant d'enfants vinrent prendre place dans son livre de clinique et qu'il lui fut possible de réaliser, dans son modeste budget, des économies qu'il consacrait à secourir ses malades pauvres.

Il travaillait sans relâche tout le jour, et ne dérogeant pas à ses habitudes, il était souvent appelé la nuit au lit de quelque malade. Mais ses soirées, la plupart du temps, lui appartenaient et il en disposait comme il l'entendait. Ces précieux instants de loisir étaient généralement consacrés par lui à des lectures qui avaient principalement pour objet des livres concernant sa profession ou bien quelques-uns de ses auteurs favoris auxquels il aimait à revenir de temps à autre, comme délassement. Sa bibliothèque consistait en une tablette pleine de livres posée au-dessus de l'un de ses vieux chiffonniers, livres du reste d'un choix sévère. On y voyait le Théâtre Grec, Shakespeare, Montaigne, Saint Thomas à Kempis, Molière, de Musset, Shelley, Keats, Byron. Il ne se lassait pas de les relire. Il en prenait un au hasard,

quand sa lecture scientifique avait exigé plus d'attention que
de coutume; et quand il fermait ses livres de médecine en
éprouvant le besoin de se distraire, il ouvrait un de ses
auteurs de prédilection et le parcourait jusqu'à ce qu'il se
laissât aller dans le pays des songes. Car les songes peuvent
vous bercer même dans le quartier de Shadrack Basin, quand
on n'a pas encore franchi la limite de la trentième année.
Mais les rêves de Lucius étaient des visions vagues, ébau-
chées, de ses futurs succès, des jours où il serait devenu
fameux, où il prendrait place parmi les hommes illustres du
siècle, où il aurait la conscience d'avoir rendu son nom
digne de vivre dans les siècles à venir. Tout jeune homme
qui a eu des succès dans une école publique et à l'Université
entre dans la vie active, peut-être, avec les mêmes visions.
Mais chez Lucius, l'imagination exerçait un empire plus
puissant que chez la plupart des autres hommes, et donnait
presque à ses visions la forme d'une croyance, la croyance
qu'il était destiné à rendre service à ses semblables.

Mais il avait une autre clé pour s'ouvrir la porte du pays
des songes, une clé plus infaillible que Shakespeare. Quand
il était content de sa journée, quand elle avait été marquée
par quelque succès professionnel ou par la solution sa-
tisfaisante de quelque question qui l'intéressait, mais par-
dessus tout quand il avait fait quelque bien à son prochain,
il prenait, dans le chiffonnier, une boîte en acajou bien
poli, qui se trouvait sous le rayon des livres, la déposait sur
sa table avec autant de précaution que s'il se fût agi d'un
être vivant, l'ouvrait à l'aide d'une jolie petite clé attachée à
sa chaîne de montre et en tirait son inappréciable trésor,
son Amati, ce violon pour lequel, lui, qui savait bien ce que
valait une livre sterling, avait donné cent guinées, lorsqu'il

était encore un jeune étudiant. Combien de privations,
de gants, de billets d'Opéra, de dîners même ce violon ne
représentait-il pas? Il était naturellement d'autant plus cher
à Lucius, qu'il lui avait coûté plus de sacrifices. Il l'avait
acquis sinon à la sueur de son front, du moins en s'imposant
des privations sans nombre.

Alors, d'une main délicate, sympathique, légère comme
celle avec laquelle une femme cueille sa fleur favorite, il
tirait le violon de sa boîte, et bientôt la petite chambre
retentissait d'une suite d'airs doux ou plaintifs, d'airs qui
reposent l'âme ou la fond méditer; musique rêveuse, pleine
de tendres pensées, de souvenirs tristes; musique qui
eût pu faire croire que Lucius pensait tout haut. Après ces
réminiscences bien-aimées d'une mélodie qui lui était aussi
familière que sa langue maternelle, il ouvrait un de ses
vieux volumes et se perdait au milieu des pages les plus
obscures de Viotti, Spohr, de Bériot, Lafont, jusqu'à ce que
minuit ou même les heures plus calmes qui suivent sonnas-
sent à tous les clochers, à toutes les horloges du quartier.

Il y avait un peu plus d'un an qu'il remplissait ses fonctions
de médecin de la paroisse sans que, pendant ce temps
comme pendant le temps qui avait précédé, il eût rencontré
des clients d'une classe plus élevée que celle des marchands
du voisinage, son plus riche malade était un receveur des
deniers publics, qui demeurait au coin d'Essex Road, et qui
avait la réputation d'être le plus riche habitant du quartier,
lorsque le hasard, ou cette combinaison de petites causes qui
parfois semble produire les plus grands effets, le mit en
relations intimes, en sa qualité de médecin, avec un gentleman d'une classe toute différente, dont on savait peu de
chose, mais dont on parlait beaucoup.

Lucius revenait de sa tournée habituelle, une après-midi de la fin de Novembre, quand cette partie du ciel qui forme le toit de Shadrack Basin, commença à s'obscurcir vers les trois heures. Il en était près de cinq, quand le médecin de la paroisse se dirigea vers sa demeure. Shadrack Road était alors enveloppé de son brouillard accoutumé, les reverbères des rues, qui ne jettent pas déjà trop de lumière dans les plus beaux jours, et les vitrages des magasins ne brillaient que bien faiblement à travers ce voile sombre. Soudain, il aperçut une lanterne qui jetait un peu plus d'éclat que les autres; c'était celle d'un cab qui roulait rapidement; puis, il entendit des jurons de cocher, accompagné d'un craquement et d'un bruit semblable à celui de roues se choquant contre d'autres roues, puis de nouveaux jurons, puis enfin la voix de l'individu qui se trouvait dans la voiture renversée et demandait à grands cris qu'on l'en fît sortir.

Lucius courut au secours du gentleman en détresse, si l'on peut appeler détresse un accident qui permettait à celui qui en était victime de pousser de tels cris, et l'aida à sortir du cab, qui avait été bousculé par un haquet de brasseur.

Le gentleman prit le bras de Davoren et mit pied à terre, non sans quelque peine. A travers le brouillard qui les enveloppait, il sembla à Lucius que c'était un vieillard de haute taille, mais voûté, avec une grosse tête, et des yeux singulièrement pénétrants, comme ceux du faucon ou de l'aigle.

Il remercia brièvement le docteur, et renvoya le cocher du cab en lui adressant de vifs reproches, mais sans le payer.

« Vous me connaissez, lui dit-il, Homère Barton, à la Maison du Cèdre. Vous pouvez m'assigner si vous croyez que je vous fais tort. Le mal que vous m'avez causé vaut plus de dix-huit pence, le prix de votre course. »

Le cocher disparut dans le brouillard en grommelant, mais sans protester.

« A soixante et dix ans passés, dit Barton à Lucius, le corps humain ne reçoit guère impunément de telles secousses. Je retournerai à pied chez moi. »

Il paraissait faible et assez mal assuré sur ses jambes. Lucius, obéissant à un sentiment d'humanité, voulut venir à son aide.

« Prenez mon bras jusqu'à votre porte, dit-il, mon temps n'est pas bien précieux.

— Vraiment? dit le vieillard en le regardant avec quelque méfiance. Un jeune homme, à Londres, dont le temps ne lui est d'aucune utilité est dans une mauvaise voie.

— Je ne dis pas que mon temps ne me soit d'aucune utilité. Peut-être y a-t-il peu d'hommes, à Londres, qui travaillent plus que moi. Seulement, comme je ne prends aucun plaisir, j'ai quelquefois des instants de liberté après mon travail. Je puis, par exemple, disposer à ma guise, précisément en ce moment, d'une demi-heure, et si vous voulez vous appuyer sur mon bras, il est à votre service.

— J'accepte votre offre amicale. Vous parlez comme un gentleman et un honnête homme. Ma maison n'est pas à un demi-mille d'ici; vous devez la connaître, c'est la Maison du Cèdre?

— Je crois la connaître. C'est une vieille maison, très-curieuse, qui appartient évidemment à deux époques; elle est construite moitié en pierres et moitié en briques, et s'élève, en retrait sur la rue, derrière un gros mur qui l'arqueboute. N'est-ce pas cela?

— Précisément. C'était autrefois un palais, ou un rendez-vous de chasse royal, ou tout ce qui vous plaira. On l'agrandit sous la Reine Anne, et elle devint la maison de campagne d'un riche citoyen, avant le temps où ces abominables usines, ces corderies, ces docks, ne fussent venus remplir l'espace situé entre la Cité et les faubourgs de l'est. J'en ai fait l'acquisition et elle me convient comme un baril vide conviendrait à une souris, car elle m'offre un vaste espace où je puis circuler à l'aise.

— La maison paraît très-grande, mais votre famille est grande aussi, sans doute?

— Ma famille se compose de ma petite-fille et de moi, avec deux vieux serviteurs, dignes de confiance, naturellement. Ce qui veut dire qu'ils savent par expérience jusqu'à quel point précisément ils peuvent me voler impunément. »

Tout en causant ainsi, ils marchaient dans la direction de l'est; le vieillard s'appuyant assez pesamment sur le bras du jeune homme.

Lucius rit de bon cœur à la remarque quelque peu cynique de son compagnon.

« Ainsi, vous ne croyez pas même à l'honnêteté de loyaux serviteurs?

— Je ne crois à rien de ce qui ne peut être démontré par la règle de trois. La fidélité d'un vieux serviteur est pareille à celle d'un chat : l'un et l'autre tiennent à leurs places habituelles, au lit dans lequel ils ont dormi un si grand nombre d'années, au foyer où ils ont un coin confortable qui protége leurs rhumatismes contre les vents.

— Cependant, il y a des exemples d'une fidélité supé-

rieure à celle du chat. Les serviteurs de Walter Scott;
par exemple, qui viennent courageusement en aide à leur
maître, quand la fortune l'a trahi ; le vieil échanson qui
accepte les plus vils emplois et se résigne à n'être plus
qu'un maître Jacques; le vieux cocher qui consent à tenir
le manche de la charrue. N'y a-t-il pas quelque chose d'aussi
terrible dans cette chute d'un échanson que dans celle d'un
archevêque?

— Je ne sais rien de votre Walter Scott, murmura Barton;
je trouve naturel que les jeunes gens envisagent toutes
choses du beau côté, quoique j'aie rencontré un jeune
homme qui n'avait pas l'habitude de le faire. Vous avez un
langage passablement gai, pour un jeune homme qui ne
consacre aucun de ses instants aux plaisirs.

— Pensez-vous que les plaisirs, dans le sens que le monde
donne à ce mot, c'est-à-dire les veilles et une société mê-
lée inspirent réellement la gaieté?

— Absolument comme l'opium engendre le sommeil,
en vous laissant ensuite trois fois plus enclin à l'insomnie
qu'auparavant, dit Barton. Je me suis aussi refusé ces
plaisirs pendant une longue partie de ma vie, et je ne crois
guère en avoir été plus sage. Pour bien apprécier le poids
du fardeau qu'il porte, un homme doit essayer d'en porter
un plus lourd. Il n'y a pas de meilleur tonique pour celui
qui travaille dur, que de s'abandonner de temps en temps
aux plaisirs. Vous êtes dans le commerce, je présume, ou
vous avez une profession, ajouta-t-il en jetant un regard
scrutateur sur son compagnon; vous êtes clerc, peut-être?

— Non, mais je travaille plus qu'un clerc; je suis médecin de la paroisse. »

Barton recula d'un pas.

« Ne vous en effrayez pas, dit Lucius, ce n'est pas avec l'espérance de trouver en vous un client que je vous ai aidé à sortir du cab. Je ne cherche pas mes clients dans les classes supérieures.

— Mais, je n'appartiens à aucune classe supérieure, répondit tranquillement Barton. Je vous pardonne votre profession, quoique je partage les préjugés de ceux qui ont une aversion innée pour les docteurs, les gens de loi, et les ecclésiastiques. Mais les vicissitudes du commerce ne permettent pas qu'on se passe de gens de loi, et je suppose qu'il y a toujours beaucoup de pauvres diables chez qui persiste la vieille croyance que la médecine est bonne à quelque chose. Quant aux curés, ils spéculent sur la bêtise des femmes. De sorte qu'un vaste champ reste libre pour l'exercice de ces trois professions savantes.

— Cette manière de voir est à la mode, dit Lucius sans s'émouvoir. Mais si demain vous tombiez sérieusement malade, vos idées se tourneraient instinctivement vers la Faculté, et peut-être, si vous vous sentiez en danger de mort, vous estimeriez-vous heureux d'entendre la voix amie du ministre de votre paroisse murmurer à votre oreille quelques paroles d'espérance et de consolation.

— Tout ce que je sais de ma paroisse, repartit l'autre de son ton mordant, c'est qu'elle me coûte quatre shillings et deux pence par livre. »

Un quart d'heure de marche que cet entretien abrégea les conduisit à la porte de la maison dont ils avaient parlé et qui était bien peu en harmonie avec l'état actuel de Shadrack Road. Ce mur en arc-boutant, lourd, noirci par la fumée et les intempéries des siècles; cette grille en fer rouillé, avec son enroulement du style fleuri et son écusson qui ne rap-

pelait plus aucun souvenir (chef-d'œuvre de l'art du forge-
ron d'il y a trois cents ans); ce corps de logis en briques
rouges carré, percé de nombreuses fenêtres, d'un aspect
sombre et prosaïque, avec un portail étroit et élevé, curieusement sculpté, surmonté d'une coque que soutenaient des
têtes de chérubins du temps de la Reine Anne; cet autre
corps de logis plus vieux que le précédent qu'il flanquait en
forme d'aile, mais s'en distinguait par ses fenêtres à me-
neaux massifs; tout cela n'avait rien de commun avec les
mesquines habitations, les boutiques, les terrasses, les
échoppes, les maisons mal famées et aux toits si bas du voisinage. Cette demeure était unique dans son genre; splendide, mais sombre et d'un aspect mystérieux.

Il semblait étonnant à Lucius que l'homme qui en était le
propriétaire actuel eût choisi pour sa résidence cette étrange
et vieille maison. Après tout, l'entourage d'un homme nous
dit souvent à moitié qui il est, et la première impression
que nous recevons d'une nouvelle connaissance nous vient
généralement de son ameublement, des manières de la servante qui nous ouvre sa porte, et de l'aspect de son anti-
chambre.

La vieille et laide grille de fer de cette maison n'était pas
de celles qui se ferment avec un simple loquet. Elle ressemblait plutôt à l'un des ouvrages avancés d'une fortification.
Barton tira un anneau de fer suspendu hors de la portée
des enfants et une cloche de fer, cloche vieille, grossière, et
probablement aussi rouillée que la grille, se fit entendre
dans l'intérieur de la place. Après un espace de temps qui
aurait pu paraître assez long à l'impatience d'un visiteur,
mais que Barton accepta avec résignation comme une chose
ordinaire, un bruit de pas se fit entendre à l'intérieur. Une

vieille servante ouvrit la grille et Barton ainsi que Lucius, entrèrent dans une cour remplie d'un brouillard plus épais que celui de la rue et d'une température plus basse, de l'avis du docteur, comme si en pénétrant dans cette cour ce brouillard s'était avancé d'un degré vers le nord.

« Entrez, dit Barton du ton d'un homme qui n'offre qu'à regret l'hospitalité et un verre de sherry. Vous avez fait une froide promenade pour moi; vous accepterez bien quelques rafraîchissements.

— Non, merci; mais j'aimerais à visiter votre maison.

— Vraiment?... Il n'y a pas grand'chose à voir, c'est une vieille barraque, voilà tout, dit le vieillard en s'arrêtant tout court, de l'air hésitant d'un homme qui aurait infiniment mieux aimé laisser le médecin dehors. Bien peu d'étrangers ont franchi ce seuil, à l'exception du percepteur. N'importe, ajouta-t-il avec un air de résignation, entrez. »

La vieille servante avait cependant ouvert l'étroit portail du pavillon dont une faible lumière ne laissait voir qu'imparfaitement l'intérieur, parce qu'elle provenait d'une lampe qui ne devait pas avoir jamais été bien éclatante, mais qui à ce moment était descendue à son dernier degré de clarté. Lucius, suivant sa nouvelle connaissance, pénétra dans une vaste salle carrée d'où un large escalier en chêne conduisait à une galerie qui en faisait le tour. Cette salle était tout juste assez éclairée pour permettre à Lucius de remarquer qu'au lieu d'être pauvrement meublée comme il s'attendait à la voir, elle était encombrée d'un immense assemblage de toute sorte d'objets hétéroclites. Tableaux entassés le long des murs à sombres panneaux; sculptures, porcelaines, faïences, de tous les pays et de toutes

les époqnes, depuis les vases monstres en laque impériale,
jusqu'aux tasses fragiles de Dresde et de Copenhague ; depuis les groupes ébauchés d'insectes et de crustacés, sortis
de l'atelier de Palissy, jusqu'aux fines tasses à thé de Capo
di Monte resplendissantes de dieux et de déesses du paga-
nisme ; depuis les plats et les coupes aux couleurs éclatantes
de la vieille faïence de Rouen, jusqu'aux produits si par-
faits de la manufacture de Sèvres, sous Louis XVI. Des armures de toutes les époques, des vases de jaspe et de por-
phyre, des nécessaires en bois de chêne sculpté, des oiseaux
empaillés au brillant plumage, des tapisseries des Gobelins,
des coquillages des mers du sud, des glaces de Venise, des
ouvrages en fer travaillé venus de Milan, étaient là pêle-
mêle, comme si quelque artiste maniaque et que son bon
goût primitif avait abandonné, s'était plu à entasser confu-
sément toutes ces richesses. Le demi-jour qui régnait dans
cette salle ne permit à Lucius que de voir l'éclat vacillant
réflété par les casques d'acier et les cuirasses polies, la blan-
cheur du marbre des bustes et des figures, et le profil des
vases de jaspe et des grands plats de Palissy. Ce ne fut que
plus tard qu'il apprit à connaître à fond toutes ces richesses.

Une horloge Louis XIV commença à sonner six heures
et immédiatement un chœur d'autres horloges disséminées
dans les chambres adjacentes répéta la même heure sur
divers tons.

« Je suis, comme Charles-Quint, fort attentif à mes horloges et je tiens à ce qu'elles marchent toutes d'accord. Par
ici, s'il vous plaît, monsieur...

— Davoren.

— Davoren. C'est un nom qui me plaît.

— Mon père aimait à rappeler à ce sujet que c'était le

nom d'une famille honorable de la classe moyenne et qu'un
de nos ancêtres avait représenté son comté natal au Parle-
ment sous le règne d'Elisabeth. Mais je n'ai hérité que de
son nom. »

Lucius regardait autour de lui en parlant ainsi et tâchait
de pénétrer l'obscurité qui l'environnait.

« Vous êtes étonné de voir une pareille collection dans
Shadrack Road. Je ne suis pourtant pas un antiquaire, je
suis tout simplement un marchand d'antiquités. Tous ces
objets me sont restés de mon fonds de commerce. J'ai été
établi pendant trente-cinq ans, dans Bond Street.

— Et, quand vous vous êtes retiré des affaires, vous avez
gardé tous ces objets?

— Je les ai gardés comme d'autres gardent leur argent, en
lui faisant produire intérêt. Chaque année, j'en accrois le
prix. Ils proviennent de manufactures qui n'existent plus :
chaque année ils deviennent plus rares. Dans dix ans, la
valeur en aura quadruplé. »

Barton ouvrit une porte située sur l'un des côtés de la
salle et faisant signe à son hôte de le suivre, il l'introduisit
dans une pièce un peu moins sombre. C'était une grande
pièce où n'abondaient pas les meubles de luxe des appartements modernes, mais où se laissaient voir, çà et là, quelques-uns de ces rares et magnifiques objets d'art sur lesquels les connaisseurs, dans leurs moments de loisir, se
plaisent à arrêter leurs regards. Dans un enfoncement de
l'un des côtés de la cheminée, était un antique buffet, d'un
beau style, en merisier et ébène; de l'autre côté, dans un
enfoncement parallèle, était un nécessaire en mosaïque de
Florence; dans un coin une horloge, qui marchait huit jours
sans être remontée et dont la caisse en bois de noyer était

merveilleusement sculptée et marquetée, faisait entendre le
son grave de son mouvement; dans chaque panneau cen-
tral des quatre parois était suspendu un tableau de chevalet
de l'école hollandaise. Tout cela était pour le plaisir des
yeux. La simple satisfaction des sens avait été moins con-
sultée dans l'arrangement du salon de Barton. Un petit tapis
carré de Perse, tout usé, couvrait le milieu du parquet en
bois de chêne, où il figurait plus comme ornement que
comme objet de luxe; le reste était nu. Une table en acajou,
valant environ quinze shillings, occupait le milieu de la pièce;
un vieux fauteuil usé, avec des coussins en crin et un dossier
très-élevé, n'invitant nullement, du reste, à s'y reposer; deux
chaises de la même catégorie, et un pupitre élevé pour écrire
debout, qui paraissait de bois blanc et occupait l'embrasure
d'une des fenêtres, complétaient l'ameublement de ce salon.

Les apprêts du dîner, d'aussi mesquine apparence que
l'ameublement, étaient placés sur la table et semblaient indiquer qu'il s'agissait moins, en réalité, d'un dîner que d'un
repas comme on en fait dans certains ménages économes,
en combinant une infusion rafraîchissante de thé, préférée
par les dames, avec un plat plus substantiel et plus du goût
des hommes. D'un côté de la table, sur une petite nappe
blanche soigneusement étendue, on voyait un couteau, une
fourchette, un grand verre, un flacon de Venise plein de vin
de Bordeaux, ce qui semblait indiquer que Barton était sur
le point de dîner. De l'autre côté, un petit plateau ovale, en
acajou, et une théière donnaient à penser qu'une autre personne allait prendre le thé en même temps. Dans une grille
d'antique forme brûlait un feu que des briques entouraient
pour le réduire au plus petit espace possible. Dans toute
cette pièce, où régnait, du reste, la plus scrupuleuse pro-

preté, Lucius reconnut l'influence d'un esprit de parcimonie tempéré en toutes choses par le désir plus recommandable de donner une certaine apparence de confort à cet ameublement mesquin. Deux flambeaux non allumés étaient sur la table. Barton en alluma un, et, pour la première fois, Lucius put voir quelle espèce d'homme était sa nouvelle connaissance. Tout ce qu'il avait pu remarquer dans le brouillard, c'était sa tête de lion et ses yeux de faucon.

La clarté projetée par le flambeau lui permit de mieux voir ce singulier personnage.

Son tein brun et pâle prenait une nuance cuivrée dans les parties restées dans l'ombre; le nez aquilin était vigoureusement dessiné; les narines avaient une courbure délicate; la lèvre supérieure était très-saillante; la bouche semblait indiquer la douceur ou la flexibilité, comme si elle avait été façonnée en fer forgé; les joues étaient fatiguées et creuses; le front et les tempes en parties cachés par ses longs cheveux gris, qui donnaient à cette grosse tête une sorte de ressemblance avec celle du lion : c'était une physionomie qu'on ne pouvait oublier quand on l'avait vue un seul instant. Toute sa personne était longue et maigre, mais ses épaules étaient larges; voûtées d'ordinaire, elles se redressaient soudain dans certains moments, comme si, par le seul effet de sa volonté, cet homme pouvait recouvrer un instant l'énergie de sa jeunesse.

« Étrange figure! pensa Lucius, par quelle bizarre association d'idées réveille-t-elle en moi comme un rêve ou un souvenir? Peut-être mon imagination s'est-elle figuré Ugolin ou le Roi Lear sous cet aspect singulier et fatal?

— Asseyez-vous, dit Barton à Lucius en lui indiquant de la main un siége qui se trouvait en face du sien où il s'établit lui-même d'un air aussi satisfait que si ce siége avait été la plus belle pièce d'un somptueux ameublement. Vous boirez bien un verre de Bordeaux, dit-il en prenant deux verres dans son cabaret de Venise et les remplissant. Je ne bois pas d'autre vin. C'est un excellent Médoc qui ne peut faire de mal à personne.

— Oui, si l'on a l'estomac doublé de fer, se dit à lui-même Lucius en avalant l'âcre breuvage qu'il avait accepté par politesse.

— Il est six heures dix minutes, dit Barton donnant un coup de sonnette; mon dîner devrait être servi. »

Une porte s'ouvrit derrière Lucius et une jeune fille entra portant un petit plateau sur lequel était deux plats couverts. Lucius supposa que c'était une servante et ne prit pas la peine de la regarder tout d'abord; mais, quand elle plaça ses deux plats sur la table et acheva de tout disposer pour le dîner, il leva les yeux sur elle et vit qu'au lieu d'une domestique il avait devant lui une des plus charmantes femmes qu'il eût jamais rencontrées.

A proprement parler, ce n'était pas une femme; c'était une toute jeune fille, une frêle fleur, pâle comme une fleur exotique aux pétales semblables à de la cire et élevée dans une serre chauffée à soixante-seize degrés; elle avait dans son air quelque chose d'étranger, quelque chose des régions tropicales; des yeux noirs comme la nuit, une chevelure de même nuance. Sa taille était moyenne, svelte, mais sans aucune ligne aiguë, chaque courbe était une perfection, chaque ligne une grâce. Ses traits étaient délicatement dessinés, sans être d'une beauté frappante. Son charme principal, le charme qui régnait dans toute sa personne, était cette exquise délicatesse, cette fragilité de la fleur qui

fait qu'on s'écrie, ravi : Quelle séduisante jeune fille ! mais
comme sa vie sera courte !

Cependant ce ne sont pas toujours ces fleurs délicates qui
se fanent le plus vite ; la robuste digitale sera quelquefois
fauchée prématurément par la main inéxorable de la mort,
tandis que les pétales des rhododendrons résisteront aux
efforts de la tempête. Il y a sous ces extérieurs, en apparence
si frêles, une force vitale à laquelle Lucius avait été longtemps à croire. La jeune fille regarda l'étranger avec quelque surprise, mais sans le moindre embarras. Un étranger
était rarement admis à venir s'asseoir dans ce salon, à moins
que ce ne fussent quelques marchands ou des clients du
vieillard, dont la présence n'excitait en elle aucune curiosité.

« Ton dîner est prêt, grand-père, dit-elle ; tu ferais bien
de ne pas le laisser se refroidir. »

Elle leva les couvercles des deux petits plats : l'un contenait une tranche de bœuf cuite à la mode d'un pays étranger,
et l'autre des pommes de terre frites dans l'huile.

Lucius se disposa à prendre congé.

« Je ne voudrais pas vous importuner plus longtemps,
monsieur Barton, dit-il ; mais si vous voulez me permettre
de revenir vous voir et de visiter votre merveilleuse collection, j'en serai charmé.

— Restez donc là, répondit le vieillard d'un ton qui
n'admettait guère de réplique. Vous avez dîné, sans doute,
ce qui était une manière polie de provoquer une réponse
affirmative. Lucile, ma petite-fille, vous versera une tasse
de thé. »

Lucile sourit en faisant un geste d'assentiment qui n'avait
rien de britannique et dénotait une origine étrangère, du

moins Lucius le jugea tel et se dit qu'une jeune Anglaise se serait difficilement montrée aussi gracieuse envers un étranger dont elle aurait ignoré jusqu'au nom.

« Je vous ai dit, ajouta le vieillard, quand nous nous sommes rencontrés dans cet abominable brouillard, que votre voix me plaisait; maintenant que je vous vois, votre figure me plaît. Je vous pardonne votre profession, je le répète, restez et vous visiterez ma collection ce soir.

— Ce qui veut dire : voyez ce soir tout ce que vous avez envie de voir, et ne m'importunez plus de vos visites, » pensa Lucius.

Depuis l'arrivée de la jeune fille, la maison, l'hôte, le petit feu lui-même, tout avait pris un nouvel aspect à ses yeux. Il acccepta l'invitation, approcha sa chaise de la table, et but deux tasses de thé, ce qui n'était pas de nature à le réconforter beaucoup, car il n'avait rien pris depuis huit heures du matin. Il s'était pris à aimer le thé durant ces jours de privations qu'il avait passés au loin, au-delà du Saskatchewan; ce thé lui semblait avoir un arome bien préférable à celui de tous les autres thés qu'il préparait pour lui auprès de son foyer solitaire.

« Je suis devenu un buveur de thé, il y a quatre ans, dans le Far West, dit-il comme pour s'excuser d'en prendre une seconde tasse.

— Voulez-vous parler du Far West d'Amérique? dit vivement la jeune fille.

— Oui. Est-ce que vous avez été dans ces contrées lointaines?

— Jamais; seulement j'entends toujours parler de l'Amérique avec intérêt.

— Tu ferais beaucoup mieux de t'intéresser à la lune, dit

Barton avec un regard irrité. Il est vraisemblable que tu y découvrirais plutôt quelque chose qui te concerne.

— Vous avez des parents ou des amis en Amérique, peut-être, mademoiselle Barton? » demanda Lucius.

Pour toute réponse un coup d'œil et un geste à peine perceptibles de la jeune fille l'avertirent de ne pas répéter sa question.

Il commença alors à raconter quelques-unes de ses aventures de l'autre côté du Red River, non ses heures d'affreuses privations, non les horreurs de son séjour dans la forêt maudite, mais ses chasses émouvantes, le passage des rivières, la vie des campements.

« Vous avez dû supporter de grandes fatigues, dit Lucile qui l'avait écouté avec un vif intérêt. Avez-vous jamais été sérieusement en péril?

— Une fois. Nous nous égarâmes dans une forêt, au-delà des Montagnes Rocheuses. Mais c'est là une époque dont je n'aime pas à parler. Mon plus intime ami tomba malade et fut sur le point de mourir. Heureusement pour nous, une société de Canadiens émigrants, qui se rendaient dans les placers aurifères, traversa l'endroit où nous campions et nous sauva la vie. Un jour plus tard et les loups auraient dévoré celui qui vous parle avec ses amis morts de faim.

— Oh! c'est affreux! exclama Lucile.

— Oui. Les loups ne sont pas une société bien agréable. Mais la société des hommes est encore plus affreuse quand ils ont jeté bas le masque de la civilisation. »

Barton avait fini de dîner pendant cet entretien et absorbé deux verres de son excellent Médoc sans la moindre contorsion des muscles de son facies, preuve évidente de la force de l'habitude.

« Venez, dit-il, je vais vous faire voir quelques objets de
ma collection. Vous ne vous connaissez guère aux choses
de l'art, je suppose. Je n'ai jamais rencontré un jeune
homme qui s'y connût, quoique tous soient toujours prêts à
donner leur avis à l'occasion. »

Il prit un flambeau et, marchant le premier, il introduisit Lucius dans la grande salle, puis de là dans une pièce
située de l'autre côté de la maison, plus grande que le salon
de famille, et qui était celle où il tenait en réserve ses curiosités les plus précieuses. Là, Lucius se trouva en présence
de la même confusion qui l'avait frappé d'étonnement en entrant dans cette singulière demeure; seulement cette confusion y existait sur une plus large échelle. C'étaient encore
des tableaux, des statues, des nécessaires, des tables, des
fragments de bois de chêne sculpté du moyen âge, des panneaux qui avaient jadis orné d'antiques églises flamandes,
des stalles de chœur avec toute l'Histoire Sainte gravée sur
leurs dossiers et leurs bras; d'abominables armures, comme
celles qu'on voit au Musée de Cluny, et qui montrent comment l'esprit inventif de l'homme, avant d'avoir recours aux
armes à feu, avait su donner satisfaction à son insatiable
cruauté, en fabriquant toutes sortes de moyens de mettre
en pièces, briser, déchirer, scier le corps de ses semblables;
épées bien acérées, haches d'arme à tranchant dentelé,
lances au bout desquelles pendaient des balles de fer héris-
sées de pointes très-aiguës, etc. Les produits de la céramique de toutes les époques n'y manquaient pas non plus,
depuis le vase à boire déterré sous l'un des monticules qui
existent sur les rives de l'Euphrate jusqu'à la chocolatière
dans laquelle Marie-Jeanne Vaubernier, autrement nommée
la Du Barry, prit son dernier déjeuner; et s'élevant pleine

d'horreur au-dessus des frivolités de l'art et dominant le portrait d'une, maigre jeune fille d'Écosse, une grossière ébauche de la guillotine française.

Le vieillard promena ses regards autour de ses trésors avec un sourire de triomphe; il tenait au-dessus de sa tête son flambeau, dont la faible lueur donnait à chaque objet une forme étrange en projetant des ombres à peine sensibles et au milieu desquels le vieillard lui-même n'était pas la moins curieuse figure : on eût dit un enchanteur qui venait par un souffle d'évoquer toutes ces choses.

« Vous me voyez profondément étonné, s'écria Lucius avec une admiration qui n'avait rien d'affecté. Vous me disiez tout à l'heure que vous aviez conservé, en quittant votre commerce, ce qui vous restait en magasin; mais je vois ici une collection tellement considérable que je n'aurais jamais supposé qu'aucun marchand de curiosités eût voulu en amasser une pareille même dans les jours les plus prospères de son commerce.

— C'est possible, répondit Barton d'un air rêveur. S'il se fût agi d'un commerce rapide... d'un commerce où l'on se contente de gagner neuf pence par shilling, votre remarque serait juste. Mais j'ai amassé toutes ces choses depuis que je me suis retiré des affaires. Il ne m'a pas été aussi facile de renoncer à ma passion de collectionneur que de fermer mes volets à l'expiration d'un long bail. Mon insatiable propriétaire me demandait pour le renouveler un loyer si exhorbitant, que j'aimais mieux abandonner un commerce même florissant que de satisfaire complaisamment son avidité. Il est vrai que le local avait augmenté de valeur pendant les vingt et un ans que je l'avais occupé; bref, je renonçai à travailler au bénéfice d'autrui. Je

tournai le dos à Bond Street, déterminé à vivre en repos ¡
l'avenir. Je trouvai cette vieille maison à très-bon marché e
m'offrant un emplacement assez vaste pour contenir toute
mes richesses. Depuis cette époque, je me suis amusé à fré
quenter toutes les grandes ventes et bon nombre des petites
Je suis allé même à Paris, parfois dans les campagnes
quand l'occasion en valait la peine. Ma collection a grandi
elle représente, il est vrai, tout ce que je possède a
monde, tout ce que je laisserai jamais à mes héritiers
Comme je vous l'ai dit, je prévois que, grâce à l'abaissemen
de la valeur de l'argent et à l'extension que prend de no
jours la passion pour les objets d'art, la valeur de ceux qu
je possède et qui proviennent de sources épuisées, qua-
druplera.

    — Ce sera alors un bon placement, répliqua Lucius. Mai
si le goût de notre époque pour lo luxe avait atteint le
maximum, si la passion des splendides ameublements que
pouvait seulement satisfaire autrefois un Buckingham ou u
Hertford et qui est aujourd'hui la manie de millions d'individus, venait à se guérir elle-même par sa propre satiété
et faire place à une simplicité spartiate, qu'arriverait-il
alors?

    — Ma collection serait très-probablement achetée par
l'État, dit froidement le vieillard, ce que je préférerais
infiniment à la voir s'éparpiller, dussé-je gagner gros à
cet éparpillement. Car alors, monsieur Davoren, le nom
d'Homère Barton passerait à la postérité, attaché à l'un
des plus remarquables musées qui ait jamais été créé par
un simple particulier.

    — Pardon, dit Lucius, votre nom d'Homère est-il un nom
de famille ou un nom de baptême?

— Ce nom me vient de mon vieux père, dont le père,
ontemporain de Bentley, consacra sa vie à l'étude d'Ho-
nère, et s'efforça de prouver que la Grèce primitive n'a eu
qu'un poëte, que les poëtes cycliques sont de pure inven-
ion, et que Stasimus, Arctinus, Leschès, et le reste ne
urent que les porte-voix de ce puissant et unique barde.
On dit que chaque homme a son genre de folie. Mon père
ut véritablement fou de grec. Il me donna ce nom ridicule
l'Homère, qui me rendit la risée de mes condisciples, il y
ajouta une éducation universitaire et sa bénédiction; rien
le plus. Il dépensa, à me faire instruire au collége, la petite
ortune qu'il eût pu me laisser, et je me trouvai à vingt et
un ans, sans père, sans mère, sans asile, sans un sou vail-
ant, et, ce qui eût plus désolé mon pauvre père que tout le
'este, sans la moindre capacité pour apprécier les beautés
l'Homère.

— Comment fîtes-vous face à la tempête?

— Je n'y aurais pas fait face du tout, si je n'avais été sou-
enu par une illusion qui s'empara de moi à la veille de
mourir de faim. Autrement, j'aurais pu difficilement traverser le pont de Waterloo sans être tenté de prendre le
plus court chemin pour sortir de mes perplexités. Je m'ima-
ginai que j'étais peintre. Ce rêve me donna du courage; je
me procurai du pain comme je pus; je vendis mes bar-
bouillages à un marchand de tableaux; mais je ne fis aucun
progrès même dans l'art du barbouilleur, et, après cinq
ans de rude travail et d'une vie encore plus rude, je me réveillai un beau matin en découvrant cette amère vérité,
qu'il n'y avait pas plus chez moi l'étoffe d'un peintre que
celle d'un helléniste; que je n'approchais pas plus de Rey-
nolds que de Porson.

— Vous fîtes contre mauvaise fortune bon cœur, j'imagine?

— Pourquoi vous imaginez-vous cela?

— Parce que votre physionomie me dit que vous étiez homme à sortir sain et sauf d'une telle épreuve, que vous aviez une volonté assez forte pour résister même à un choc plus rude.

— Vous avez raison. Je renonçai à mon illusion sans trop de chagrin, quoiqu'elle eût charmé ma première jeunesse et m'eût fait vivre pendant cinq longues années. Reconnaissant que je ne pouvais devenir peintre de tableaux, je résolus de m'en faire marchand, et je recommençai ma vie dans un petit trou de boutique, au fond d'une cour, près de Leicester Square. Je débutai avec dix livres sterling pour tout capital, et j'achetai pour trois shillings un peu de vieille porcelaine de Chine que je revendis cinq shillings; j'eus bientôt quelques bonnes occasions; je rencontrai, un jour, un tableau tout enfumé représentant un toit à porcs, qui se trouva être un incontestable Morland; j'errai de tous côtés à la recherche de ce qu'il y avait à voir en fait de tableaux et de produits de la céramique; vivant ainsi au milieu d'une atmosphère tout artistique, en apportant dans mon petit commerce une passion naturelle pour l'art qui me permit de lutter avec avantage contre les gros bonnets du métier dont toute la science est purement technique. En quatre ans j'avais un fonds de boutique qui valait trois mille livres et j'étais en état d'ouvrir un magasin dans Bond Street. Un homme qui a une fenêtre dans Bond Street est un âne fieffé, s'il ne gagne pas d'argent. Les amateurs me découvrirent et reconnurent que j'avais reçu l'éducation d'un gentleman. Les jeunes gens vinrent flâner dans mon magasin, je leur vendais les cigares du meilleur choix, et à l'occasion je leur prêtais de l'argent, dont je ne leur demandais qu'un intérêt raisonnable. Mes bénéfices étaient convertis en nouvelles acquisitions. J'acquis bientôt la réputation d'un homme de jugement et de goût; je réussis, en un mot, ce qui ne me fût jamais arrivé si j'avais persisté à me regarder comme un Raphaël méconnu.

— Je vous remercie de votre histoire, plus intéressante pour moi qu'aucun des objets de votre collection. Je ne suis plus étonné que vous ayez eu tant de répugnance à vous séparer des richesses artistiques que vous aviez lentement amassées. Mais aucun de vos enfants n'est-il enclin à continuer un commerce si atttrayant?

— Mes enfants!.... répéta Barton avec un regard plein d'une sombre mélancolie. Je n'ai pas d'enfants. Quand vous causez avec un étranger, monsieur Davoren, prenez garde de lui adresser de banales questions qui irritent parfois une plaie encore mal fermée.

— Pardonnez-moi; mais en voyant cette jeune fille... votre petite-fille...

— Cette petite fille représente toute ma famille sur la terre. J'avais un fils... le père de cette jeune fille... Mais il n'y a pas une des figures sculptées sur ces fauteuils en chêne qui sont là-bas, qui n'ait pour moi plus de prix que celle de mon fils à cette heure.... »

Lucius garda le silence. Il avait été assez malheureux pour se heurter à un mystère de famille. Oui, il avait cru découvrir une teinte de tristesse, l'ombre vague d'une calme douleur, dans la douce figure de cette jeune fille. Enfant d'un père déshonoré, elle sentait son noble cœur, sans doute,

encore oppressé maintenant par le souvenir d'une ancienne
honte. Il se rappela la douleur qui avait assombri sa propre
jeunesse, dont le souvenir amer le poursuivait encore....
le souvenir de sa sœur perdue.

Il continua sa promenade à travers la collection, examinant les objets aussi bien qu'il le pouvait à la douteuse
clarté d'un seul flambeau. Barton faisait montre de ses richesses avec un enthousiasme sans borne, insistant ici sur
le dessin, là sur le coloris, partout sur le caractère technique
de chaque objet. Il tint son hôte attaché à cette investigation
pendant près de deux heures, quoiqu'il y eut des instants
où les pensées du jeune homme retournaient au parloir où
ils avaient laissé la jeune fille.

Il pensait à elle, alors même qu'il semblait écouter avec
le plus d'intérét les explications que Barton lui donnait sur
la différence qui existe entre la *pâte tendre* et la *pâte dure*,
se demandant si elle vivait seule avec son grand-père dans
cette immense demeure, comme la petite Nell, dans *le Magasin d'antiquités*, de Dickens; mais espérant, dans ce cas,
qu'elle n'y était pas importunée par un esprit familier tel
que le diabolique Quilp. Il avait un si vif désir d'être éclairé
sur ce point, qu'il s'aventura à en faire l'objet d'une nouvelle question, malgré le mauvais succès de sa question précédente.

« Oui, répondit Barton froidement, nous vivons absolument seuls. C'est triste, direz-vous peut-être pour ma petite-
fille. S'il en est ainsi, il faut qu'elle s'y résigne. Il y a des
choses plus pénibles à supporter que l'absence de toute compagnie. Si elle n'avait pas cette maison, elle n'aurait pas de
maison du tout. Maintenant que j'ai satisfait votre curiosité,
je craindrais qu'une plus longue promenade ne lassât votre

attention; ainsi nous pouvons nous souhaiter mutuellement
le bonsoir. Je vous suis reconnaissant du service que vous
m'avez rendu cette après-midi. Par ici, je vous prie. »

Il ouvrit la porte qui donnait dans la salle. C'était une
séparation passablement brusque et à laquelle Lucius ne
s'était pas attendu. Il avait espéré finir sa soirée beaucoup
plus agréablement, dans la compagnie de Lucile.

« J'aimerais pouvoir souhaiter le bonsoir à mademoiselle Barton, dit-il.

— Ce n'est pas la peine. Je le ferai pour vous. Votre
chapeau est là, sur cette table, ajouta le vieillard en voyant
que son visiteur regardait autour de lui en quête de cet
objet, avec une faible espérance qu'il pouvait l'avoir laissé
dans le parloir.

— Merci, dit-il. Mais j'espère que vous ne me défendrez
pas de revenir vous voir quelque fois.

— Hum!... murmura le vieillard, quoiqu'il puisse paraître
peu poli de vous consigner ma porte, je ne reçois personne;
j'ai vécu dans cette maison, durant cinq années, sans y faire
aucune connaissance. Une des principales raisons qui me
l'ont fait choisir, c'est qu'elle me sépare du monde extérieur
par un mur de dix pieds de haut. Avec tout le désir que
j'aurais de vous être agréable, je ne saurais faire une exception en votre faveur. D'ailleurs, vous avez vu tout ce qui vaut
la peine d'être vu ici; vous n'éprouveriez aucun plaisir à y
revenir. Nous sommes pauvres et nous vivons pauvrement.

— Je ne recherche pas des connaissances riches. Un coin
de feu paisible, une atmosphère domestique, éclairée
par le rayonnement de l'art : voilà ce que j'apprécierais
par-dessus tout dans une maison qui voudrait bien accueil-
lir mes visites, et ce que je trouverais dans la vôtre. Mais

si vous me dites non, je me soumets. Je ne puis pas m'introduire de force chez vous.

— J'ai une petite-fille qui tombera dans la plus profonde indigence si elle vient à m'offenser, dit le vieillard avec le sombre regard qui avait obscurci son visage, quand il avait parlé de son fils. Je ne me soucie pas qu'une influence étrangère vienne s'interposer entre nous. Tel qu'il est, nous sommes heureux dans notre intérieur. Nous ne nous aimons pas l'un l'autre d'une amitié sottement romanesque, mais nous vivons dans la calme habitude de nous supporter l'un l'autre. Non, ce serait folie à moi d'admettre dans mon intérieur aucun élément de trouble.

— Soit, dit Lucius. Je lutte contre les embarras de la vie, et j'ai à peine fait la première étape d'un pénible voyage. Je reconnais que l'amitié que j'offre n'est pas d'un grand prix.

— « Je la refuserais exactement de la même manière quand vous seriez millionnaire, » répondit Barton en ouvrant la lourde et vieille porte qui laissa entrer une humide bouffée de brouillard.

Il accompagna son visiteur à travers l'avant-cour, ouvrit la grande grille, et Lucius, passant devant lui, se retrouva sur la sale chaussée de Shadrack Road.

« Encore une fois bonsoir, dit Barton.

— Bonsoir, » répondit Lucius au moment où la grille se refermait sur lui avec un cri pareil à celui d'un corbeau de mauvais augure.

Il se dirigea vers sa demeure profondément mortifié. Il était fier, et avait offert son amitié à un marchand de bric-à-brac pour la voir refusée net. Mais ce n'était pas son orgueil blessé qui le préoccupait pendant qu'il regagnait son logis à travers le brouillard.

« L'amour à première vue n'existe pas, se disait-il, mais quand un jeune homme a vécu une demi-douzaine d'années sans rencontrer sur la route même qu'il suit dans la vie, ni plus haut ni plus bas, un joli visage, son cœur est tout disposé à s'enflammer promptement. »

CHAPITRE III.

GRAND HASARD.

L'apparition de la charmante figure de Mlle Barton avait éclairé le terne chemin de Lucius dans la vie, comme le rayon de soleil illumine quelquefois, à midi, une brumeuse journée de Novembre.

Ce doux souvenir le troublait, mais il n'en continuait pas moins à remplir sa mission de bienfaisance à l'égard des pauvres malades.

Cependant il ne passait jamais devant la Maison du Cèdre sans pousser un soupir de regret et sans jeter un long regard sur les fenêtres de l'étage supérieur qui ne laissait apercevoir aucun signe de vie à l'intérieur et à demi-fermées, avaient une apparence plus triste que des volets entièrement clos. Il se détourna plus d'une fois de son droit chemin uniquement pour passer devant ces murs inexorables. Il consacra bien souvent quelques minutes de sa journée si occupée à s'arrêter devant la grille, dans l'espérance que quelque heureux caprice du hasard ferait apparaître la pâle et douce figure de Lucile derrière les barreaux rouillés de

cette grille, que ses gonds grinceraient, et que la jeune
fille émergerait de sa sombre prison.

« Ne sort-elle donc jamais? » se demanda-t-il un beau
jour d'hiver, quand le soleil éclairait de ses rayons jusqu'au
territoire de Shadrack.

Un mois s'était écoulé depuis son aventure avec Barton,
et il avait employé bien des instants à contempler cette
grille qui ne s'ouvrait jamais.

« Ne va-t-elle jamais respirer l'air libre du ciel ; ne voit-
elle jamais une face humaine? Est-elle cloîtrée comme dans un
couvent, semblable en tout à une nonne, moins le costume
et moins la société de ses compagnes, qui seule peut rendre
la vie d'un couvent supportable, sans même l'affection de
cette créature au cœur de glace? Car, avec quelle froideur
lui parle son grand-père! Quelle vie elle mène! »

Il ressentait, pour cette jeune fille qu'il avait à peine vue
pendant une heure, un vif sentiment de pitié. Si quelqu'un
lui avait dit qu'il en était devenu amoureux, il aurait repoussé avec dédain cette insinuation. Cependant, il y a des
passions qui durent toute la vie, qui défient la mort et fleurissent même sur un tombeau, et qui ont pris naissance en
quelques heures.

« L'amour qu'un premier coup d'œil engendre est une
invention des poëtes et des fous, pensait Lucius ; mais il serait étrange que je pusse voir avec indifférence une aussi
charmante jeune fille s'étioler ainsi.

Son violon avait un nouvel attrait pour lui, dans les
courts instants de loisirs où il laissait de côté ses livres
et ouvrait la boîte où cet enchanteur semblait endormi.
Ses sonates favorites, les passages qu'il choisissait de préférence, respiraient une mélancolie languissante et qui res-

semblait à la plainte d'une âme emprisonnée, comme la princesse du conte de Pérault ou la petite fille du vieux marchand de bric-à-brac. Mais penser ainsi à elle pendant qu'il jouait en rêvant au coin de son feu n'était qu'un sentiment de compassion naturelle pour une créature opprimée.

Cette tendance à s'appesantir continuellement sur le même sujet déraisonnable, puisque sa pitié ne pouvait être d'aucune espèce d'utilité pour celle qui en était l'objet, finit par le fatiguer. De sorte que, se trouvant une après-midi de Janvier le maître de son temps, une heure ou deux plus tôt que d'habitude, il se dit que l'emploi le plus sage qu'il pouvait faire de son temps était d'aller le passer loin de l'atmosphère de Shadrack Road.

« La vie que je mène est trop mesquine, trop complétement monotone, pensa-t-il. Il n'est pas étonnant que je me sois exagéré l'importance de véritables bagatelles. Oui, je veux me rafraîchir l'âme en allant respirer pendant quelques heures un air plus vif et plus pur. J'irai à la recherche de Geoffrey Hossack. »

Une amitié intime les unissait toujours, quoique le genre de vie de l'un différât de celui de l'autre, tout autant que diffèrent deux fleuves qui, sortis de la même source, se rendent à la mer par deux routes opposées et sans jamais confondre leurs eaux. Ils s'étaient perdus de vue depuis quelque temps déjà. Geoffrey, toujours dominé par son goût pour les voyages, s'était dirigé vers la Norvége depuis deux ans et avait fait une excursion en Laponie. Mais une lettre de lui, reçue la veille de Noël, annonçait son retour et son projet d'aller résider dans un château du comté d'York.

« J'irai commencer la nouvelle année dans la capitale des capitales, » écrivait-il, « et l'un de mes premiers soins sera d'aller visiter l'étrange monde où vous avez établi vos pénates. Mais si vous êtes assez aimable pour me prévenir, mon vieux camarade, vous me trouverez dans mon ancien logement, chez Philpott.

Tout à vous, comme de coutume.   G. H. »

La nouvelle année avait commencé, mais Geoffrey n'avait pas encore donné signe de vie. Un jour, Lucius ayant quelques heures à lui en profita pour se diriger vers la demeure de son ami dans l'ouest de la ville. Il avait en horreur la marche lente des omnibus et il était trop pauvre pour faire la dépense d'un fiacre; il s'offrit donc le luxe d'une promenade à pied.

Ce voyage devait le conduire d'une extrémité de Londres à l'autre. La forêt de mâts du fleuve, les corderies, les vannes ouvertes des docks, la perpétuelle procession des balles de coton, des barres de fer, des caisses d'emballage, des barils de pétrole, firent place aux rues populeuses de la Cité, où toutes les opérations du plus grand commerce du monde semblent s'exécuter au moyen de simples signes; puis se présenta cette région qui confine au côté ouest de Temple Bar, région quelque peu arriérée et équivoque, où les églises de Saint Clément et de Sainte Marie se dressent comme des obstacles aux progrès de l'architecture dans la transformation du quartier; puis parurent les brillants magasins du Strand, avec son air de fête; puis Charing Cross; enfin, un peu plus loin, touchant à Pall Mall et aux clubs, l'hôtel de Philpott, ou autrement dit l'*Hôtel Cosmopolite*, maison à l'ancienne mode avec une étroite façade en briques rouges, serrée, comme dans un étau, entre ses voisines de plus opulente apparence, mais qui, toute mesquine qu'elle semblait, ne s'en vantait pas moins de contenir quarante lits et d'avoir d'un bout de l'année à l'autre un personnel de trente domestiques à son service.

Hossack était chez lui. Le domestique auquel Lucius s'adressa s'épanouit quand il entendit le nom de Hossack, comme s'il entendait le nom d'un ami, et le prit immédiatement sous sa protection.

« Par ici, monsieur, au premier étage. M. Hossack a un appartement particulier. Nous avons un jour congédié un membre du cabinet pour le loger à son gré.

— Il est bien vu dans la maison, à ce qu'il paraît?

— Ah! monsieur, tout le monde l'adore. »

L'enthousiaste garçon, ouvrit une porte et introduisit le visiteur sans l'annoncer. Il n'avait été besoin pour cela ni que Lucius fît passer sa carte à Hossack, ni qu'il lui fît savoir son nom. Hossack était visible à tout le monde comme la lumière du soleil.

Hossack était à moitié enfoncé dans un fauteuil bas et large, sa tête s'appuyait sur le dossier, il tenait un cigare, entre ses lèvres et un roman français était ouvert devant lui au milieu d'un amas de journaux. Le crépuscule d'hiver était devenu presque aussi obscur que la nuit, et la chambre n'était éclairée que par la lueur du feu. Cependant, cette lumière vacillante suffit à Lucius pour voir que son ami avait l'air triste, ce qui était un cas rare et quelque peu inquiétant.

« Geoff... mon vieil ami!... dit-il en abrégeant le prénom de Hossack comme il en avait l'habitude.

— Lucius! s'écria Hossack sortant brusquement de son attitude de repos et jetant au feu son cigare inachevé. Comment allez-vous? Je devrais vous avoir prévenu. Je suis à Londres depuis quinze jours.

— Mon cher, on n'attend pas Alcibiade au-delà d'une certaine limite. Je demeure dans cette sombre extrémité de

la ville d'où l'on aime à venir visiter celle-ci. Quand j'ai
vu ce soir Trafalgar Square et les fenêtres brillamment
éclairées des clubs, j'ai éprouvé une sensation pareille à
celle que dut éprouver Christophe Colomb quand il aperçut les côtes de San Salvador. J'avais quelques loisirs, ce
soir; j'ai pensé que je ne pouvais pas mieux les employer
qu'en venant vous voir. Maintenant que me direz-vous de
votre excursion en Norvége et en Laponie? Quand je suis
entré, vous m'avez paru fort triste contre votre habitude.
Est-ce que vos souvenirs du Nord ne sont pas d'une nature
souriante?

— Mes souvenirs du Nord sont au contraire fort agréables,
dit Geoffrey en éludant la question du ton qui lui était
familier et que Lucius connaissait si bien. Voyons, Lucius,
mettez-vous là, ajouta-t-il en roulant un autre fauteuil, dernière invention de quelque tapissier de l'enfer pour propager
des habitudes de paresse; prenez un de ces havanes et allu-
mez-le. Je ne sais pas parler librement à un homme tant que
je puis distinguer ses traits à travers la fumée de son
tabac : modestie innée, habitude acquise; peut-être encore
cette régnance à regarder en face mon prochain est-elle
ce qui passe pour l'indice d'un mauvais caractère. Excellents cigares, n'est-ce pas? Vous rappelez-vous les Montagnes
Rocheuses et les longs jours, les longues nuits que nous y
avons passées sans tabac?

— Si je me les rappelle! répondit le chirurgien en fixant
son regard sur le feu. Ai-je l'apparence d'un homme
oublieux?

— Non, certes. Ma question était une pure façon de
parler. Il y a des choses qu'un homme ne peut oublier.
Pourrai-je jamais oublier, par exemple, comment vous m'a-

vez alors sauvé la vie; comment, durant ces mortelles nuits et ces mortels jours, lorsque gisant et roulé dans mes peaux de buffle, je délirais comme un fou, me figurant que j'étais dans toutes sortes de villes et au milieu de toutes sortes de peuples, vous avez été à la fois mon médecin et ma garde-malade, mon infirmier et mon pourvoyeur?

— Je vous en prie, ne parlons pas de ce temps, Geoff. Il y a des choses qu'il est préférable d'oublier. Je n'ai fait pour vous que ce que j'aurais fait pour un étranger; seulement, j'y allais de tout mon cœur, et ce cœur se serait brisé si vous aviez succombé. Nos souffrances et nos périls, à cette époque, me semblent trop amers pour être rappelés à nos souvenirs. Il m'est pénible d'y reporter ma pensée.

— C'est étrange, dit Geoffrey d'un ton léger; pour moi, ces souvenirs sont une source intarissable de satisfaction. Je commande rarement un dîner sans penser aux jours où mes forces étaient soutenues... soutenues n'est pas le mot propre, je devrais plutôt dire suspendues... avec du *pemmican* moisi. Je n'ouvre jamais une nouvelle boîte de cigares sans me rappeler ces heures maudites durant lesquelles je fumais des herbes sèches parfumées par la légère odeur de nicotine que j'obtenais en gratant ma pipe d'écume de mer. C'est le contraire de ce que quelques-uns disent d'une douleur qui est le couronnement de la douleur. Le souvenir des fatigues passées me rend plus agréable la jouissance du bien-être présent. Mais je ne puis m'empêcher de frémir quelquefois lorsque je me souviens qu'en sortant de mon délire je vous vis en proie à une fièvre cérébrale, et ce pauvre petit Hollandais assis auprès de vous, terrifié comme un homme qui vient de converser avec des esprits. Je remercie Dieu de nous avoir envoyé ces émigrants Canadiens qui nous trouvèrent si à propos, car lui seul sait comment, sans eux, notre histoire se serait dénouée.

— Oui, Dieu merci! répéta sérieusement Lucius. Après un jour passé dans un complet évanouissement, je me rappelle que je me trouvai attaché comme un paquet sur le dos d'un cheval, marchant dans la neige.

— Nous vous emportâmes avant que vous fussiez revenu à vous. Les Canadiens ne voulaient pas s'attarder, et ils nous offraient la seule chance de retrouver notre chemin.

— Vous fîtes sagement de prendre ce parti; je me trouvai heureux, pour moi, de me réveiller loin de cette abominable hutte.

— Convenez qu'après tout, nous avons eu quelques beaux jours, dit Geoffrey avec son habitude de prendre toujours les choses de la vie de leur meilleur côté, quand nous étions assis autour de notre feu de sapin qui flamblait et pétillait à plaisir. Ce fut seulement lorsque nos provisions tirèrent à leur fin que l'existence nous devînt un fardeau. Je vous en donne ma parole d'honneur, croiriez-vous, que parfois, quand la vie civilisée commence à me peser trop lourdement, je jette un regard en arrière vers les Montagnes Rocheuses et je ne puis retenir un soupir de regret. J'envie presque ce gros petit bonhomme de Hollandais qui nous a quittés dans la Colombie anglaise pour aller à San Francisco fouiller les terrains aurifères.

— Je vois, mon cher Geoffrey, que vous avez conservé votre gaité.

— Vous vous trompez, mon cher; j'ai découvert depuis peu que j'étais aussi capable qu'un autre d'être malheureux.

— Bah! avez-vous éprouvé quelque chagrin de famille, ou avez-vous porté des bottes trop étroites?

— Ni l'un ni l'autre. Je voudrais que vous prissiez la peine de vous verser un verre de brandy, dit Geoffrey en indiquant de la main une table sur laquelle se trouvaient des rafraîchissements, et, tirant violemment le cordon de la sonnette, je veux commander le dîner avant de vous ouvrir mon cœur, ajouta-t-il. Puis, s'adressant au domestique qui entrait : George, lui dit-il, servez-nous ce que vous avez de meilleur à sept heures très-précises; ne perdez pas votre temps en allées et venues, pour mettre la nappe; n'attendez pas qu'il n'y ait plus que cinq minutes à s'écouler avant que vous n'apportiez le potage. Nous commencerons par des huîtres et du Montrachet, vous nous donnerez ensuite une bouteille d'Yquem. Point de vin mousseux : nous terminerons par du Chambertin, si vous en avez une bouteille dans de bonnes conditions. Mais ne l'apportez pas du cellier à demi-glacé ou troublé par un dégel trop hâtif. Soyez intelligent, George, vous avez affaire à des connaisseurs. Maintenant, continua ce jeune épicurien en s'enfonçant dans les profondeurs de son fauteuil, avant que je commence mon récit, dites-moi ce que vous avez fait depuis que nous ne nous sommes vus.

— Cela peut être dit en deux mots : j'ai travaillé.

— Pauvre vieil ami!

— Je ne me plains pas, j'aurais pu m'établir dans un grand quartier et y gagner plus aisément ma vie. J'ai préféré acquérir de l'expérience dans un quartier pauvre et populeux, et le résultat a dépassé mes espérances. Si jamais je me transporte dans l'ouest, ce sera à Savile Row que je planterai ma tente. »

Le sybarite le contemplait avec admiration, mais en s'efforçant d'étouffer un bâillement qui semblait dire que la contemplation d'une si grande énergie morale avait quelque chose de fatigant.

« Sur mon honneur, dit-il, je ne sais pas si je ne donnerais pas volontiers mes rentes en échange de votre ambition, Lucius. Avoir une œuvre à achever, un but à atteindre, c'est là le plus vif stimulant de la vie, c'est ce qui fait le grand charme de la chasse. Sur mon honneur, je vous envie. Il me semble que j'en viens à croire que c'est un malheur d'être né, comme dit notre proverbe, avec une cuillère d'argent dans la bouche.

— L'homme qui entre dans la vie avec une fortune toute faite, répondit le médecin, a une grande avance, pour arriver à la renommée, sur celui qui est obligé de lutter sans un sou vaillant. Votre ambition peut se donner encore pleine carrière, malgré vos rentes.

— Que puis-je faire?

— Efforcez-vous de vous faire un nom.

— Me faire un nom!... Y pensez-vous?... Dites à Tom, à Jones, à Robinson, de se faire un nom, c'est comme si vous disiez à Hampstead Hill de se transformer en volcan. Les gens nés pour la gloire portent sur le front une marque particulière, comme la veuve Clicquot en porte une sur ses bouchons. Je crois que je vois cette marque sur votre front pensif, cher Lucius.

— Mais y a la Chambre des Communes, dit Davoren, ce but où vise naturellement l'ambition de tout Anglais.

— Quoi! s'abaisser devant un épicier de province pour obtenir le privilége d'aller perdre ses soirées d'été et les plus beaux jours du printemps dans une fabrique de discours où l'on étouffe, allons donc!

— Après tout, répliqua Lucius en poussant un faible

soupir, vous avez quelque chose de préférable à l'ambition, qui n'est que la jouissance dans un avenir problématique; vous avez la fortune, c'est-à-dire la sécurité dans le présent, et la jeunesse, qui vous permet de jouir de la fortune.

— Je pensais ainsi moi-même il y a peu de temps encore, répondit Geoffrey en poussant aussi un soupir, mais le vin de la vie n'est pas exempt d'une pointe d'amertume. Lucius, je vais vous adresser une question très-sérieuse. Croyez-vous à l'amour qui naît subitement et à première vue? »

Cette question à brûle-pourpoint fit tressaillir Lucius, dont la figure, pâlie par le travail, s'empourpra subitement. Mais Geoffrey ne s'en aperçut pas, la chambre n'étant éclairée que par le feu de la cheminée.

« Tout autant, à peu près, que je crois aux fantômes ou aux esprits frappeurs, répondit tranquillement Lucius.

— Ce qui signifie, reprit Geoffrey, que vous n'avez pas vu de fantômes ni reçu de messages du pays des esprits. Il y a six mois, j'aurais traité d'insensé celui qui se serait épris d'une femme par cela seul qu'elle avait une aimable figure et une voix divine. Mais, comme l'a dit quelqu'un, la fille d'un boulanger, je crois, nous savons bien ce que nous sommes, mais nous ne savons pas ce que nous pouvons devenir.

— Vous êtes donc devenu amoureux, Geoffrey?

— Amoureux fou... amoureux à en perdre la raison. Il n'y a rien de romanesque, du reste, dans mon histoire, ce qui naturellement la rend plus grave. C'est un véritable accès de folie. Je n'ai pas sauvé la vie à la dame en arrêtant ses chevaux emportés, je ne l'ai pas arrachée aux flots prêts à l'engloutir, je n'ai donc aucune excuse qui puisse expliquer ma

démence. Elle est cantatrice; je l'ai vue pour la première
fois au concert où j'accompagnais, par devoir, des cousines
de province. Vous savez si je suis amateur de musique.

— Je sais du moins que vous n'aviez qu'une médiocre
estime pour mon violon.

— Manque de goût de ma part, sans doute. Mes cousines,
Arabelle et Caroline Folthorpe, charmantes jeunes filles,
mais qui n'entendent pas qu'on leur résiste, insistèrent pour
que je les suivisse à divers concerts; elles chantent toutes
deux et prétendaient avoir besoin de perfectionner leur méthode, ignorant dans leur égoïsme que je n'avais, quant à
moi, aucune méthode à perfectionner, mais trouvant bon
que je payasse leurs entrées. Une après midi, par un
temps splendide pour rouler des boules de neige, ce qui me
faisait regretter, en regardant dans les rues, le temps où j'é-
tais encore écolier à Winchester, nous nous rendîmes dans
une maison de triste apparence près de Manschester Square,
pour y assister à un concert. Les exécutants qui avaient loué
cette maison dans ce but, auraient pu tout aussi bien se
contenter d'un grand caveau de famille : il aurait été d'un
aspect tout aussi gai. Mais passons là-dessus. Nous donnâmes
nos billets, parallélogrammes de carton bleu de ciel et fort
chers au prix d'une demi-guinée. Un valet de pied, vêtu
d'une livrée râpée, nous conduisit par un escalier recouvert
d'un vieux tapis, dans un salon fané, où nous trouvâmes
quelques dames passablement âgées et d'une tournure su-
rannée, et une collection de vieux gentlemen en habits bien
portés, mais d'une coupe passée de mode. Je les pris pour les
réprésentants de l'aristocratie des amateurs de musique. Le
concert ne fut pas des plus intéressants. D'abord, nous entendîmes un quatuor en autant de parties qu'en aurait un

ennuyeux sermon, quatuor de piano, de violoncelle, et de
deux violons. De temps à autre, quand le violoncelle faisait
entendre un gémissement plus grave que d'habitude, ou
quand un des violons filait longuement un son sur une seule
corde, les nobles dilettante poussaient un imperceptible soupir de satisfaction en se regardant les uns les autres, et
l'un des vieux gentlemen donnait une petite tape sur le couvercle de sa tabatière. Après le quatuor vint un solo de
piano, qui me parut, à moi indigne, un stérile gaspillage
d'accords sans harmonie et de courses vagabondes sans but
saisissable, le tout un peu moins intéressant qu'un problème d'Euclide. Franchement, je préfère de beaucoup les
cascades de notes vigoureusement attaquées et vibrant avec
frénésie d'un bout à l'autre du clavier, à ce style fade qui
est, dit-on, le style classique. En troisième lieu, on nous
servit un duo vocal de Haendel, dont je ne puis rien dire, par
la raison qu'il me plongea dans un placide sommeil. Quand
je rouvris les yeux au bruit d'un doux murmure d'admiration qui circulait dans la salle, je vis une dame en robe
blanche, debout, un cahier à la main, et qui attendait que
le silence se fît.

— C'était la dame en question?... dit Lucius vivement intéressé.

— Elle-même. Je n'entreprendrai pas de vous en faire le
portrait. Car, après tout, que peut-on dire de la plus jolie
femme du monde, si ce n'est qu'elle a le nez droit, de beaux
yeux, et un teint délicat? Et cependant ces agréments ne con-
stituent que la plus petite partie de sa beauté ; ils se trouvent
chez une foule de femmes qu'on rencontre tous les jours dans
les rues. Celle-ci était là comme une statue éclairée par la
froide lumière de l'hiver, et me sembla la créature la plus

parfaite que j'eusse jamais vue. Elle ne paraissait pas avoir concience de sa beauté, pas plus qu'Aphrodite ne dût avoir conscience de la sienne, au milieu des populations sauvages et libres de la Grèce à son aurore, quoique toutes lui rendissent un culte divin. Elle ne regardait pas autour d'elle avec un complaisant sourire, comme pour provoquer l'admiration. Ses paupières frangées de cils noirs étaient baissées sur ses yeux d'un gris violet, comme si elle regardait sa musique. Elle était habillée à la façon des Quakeresses, un col blanc uni entourait sa gorge d'une fermeté visible, et son bras d'une perfection irréprochable était dessiné par une manche noire et plate. L'art n'avait rien fait pour mettre en relief ou pour dissimuler sa beauté. Elle chanta le morceau *Auld Robin Gray* d'une voix qui m'alla au fond du cœur. Les nobles dilettanti reniflèrent et murmurèrent de ravissement, le vieux gentleman frappa sur le couvercle de sa boîte, et s'écria, *Bravo!* le morceau fut redemandé; elle fit une révérence et en chanta un autre où se trouvaient des trilles, semblables à celles que font entendre les oiseaux, et une cadence prolongée, nette et bien accentuée comme le chant de l'alouette. Lucius, je tombai en ce moment dans un tel accès de démence, que si je n'avais été retenu par la fausse honte qui a tant d'empire sur moi, j'aurais pleuré comme un enfant qu'on menace d'un coup de canne.

— Il y avait quelque chose de sympathique dans le timbre de sa voix, sans doute? dit Lucius.

— Tout ce que vous voudrez; mais j'en fus frappé comme d'un coup de boule, au jeu de quilles.

— L'avez-vous revue depuis?

— Si je l'ai revue?... Je l'ai suivie de concert en concert, jusqu'à ce que mon *sensorium*... c'est le mot, n'est-ce pas?...

en ait été malade par suite de l'énorme quantité de musique classique qui lui a été infligée. Quelquefois, aussi, je
suis allé l'entendre dans des salons aristocratiques; quelquefois, je l'ai entendue dans ceux de Hanover Square. J'ai
donné, une fois pour toutes, l'ordre à Mitchell de m'envoyer
un billet pour chaque concert où elle doit chanter. C'est une
rude tâche. Et tenez, je dois demain matin aller l'entendre
à Saint Georges, Hall, à Liverpool.

— Mais, cher Geoff, rien n'est plus insensé, dit Lucius,
ne se souvenant plus de la vieille grille rouillée de Shadrack Road, devant laquelle un sentiment de pitié l'avait si
souvent conduit.

— Je ne dis pas non : mais je ne puis m'en empêcher.

— Avez-vous obtenu quelques renseignements sur son
compte?

— Tous ceux qu'une enquête soigneuse a pu me fournir;
mais c'est peu de chose. Elle est veuve...

— Diable, cela désenchante quelque peu.

— Elle se nomme Bertram.

— C'est un nom de guerre, sans doute.

— C'est très-possible. Elle demeure dans Keppel Street,
Russell Square, et vit très-retirée, avec une seule servante
et une petite fille, que j'ai vue un matin. C'est un charmant
petit ange de sept à huit ans, avec de longs cheveux blonds
qui flottent sur ses épaules, une robe bleue, et des chaus-
settes rouges; on dirait un oiseau des tropiques ou un portrait de Millais.

— Cela a un grand air de respectabilité.

— Un air de respectabilité!... s'écria Geoffroy avec indignation. Je ne voudrais pas plus mettre en doute sa vertu ou
son honneur, que je ne mettrais en doute la vertu de ma

pauvre mère. Ah! si vous l'aviez seulement entendue chanter.
Voi che sapete! Si vous aviez entendu ces trilles si pures,
tantôt débordant comme des flots d'harmonie, tantôt s'écou-
lant avec le calme du plus tendre murmure! Non, de tels
accents ne peuvent partir d'un cœur corrompu! Non, Lucius,
je n'ai pas besoin qu'un certificat de bonnes vie et mœurs
m'atteste que Jeanne Bertram est une honnête femme. »

Lucius sourit du sourire de la sagesse mondaine et ensuite il poussa un faible soupir de regret, sur l'illusion où
il voyait son ami se complaire.

« Mon cher Geoff, lui dit-il, j'avoue que la conclusion à
laquelle vous arrivez part naturellement d'un cœur pur. Un
grand orateur nous parle comme un demi-dieu; *ergo*, il doit
participer de la nature divine. Cependant, ses mœurs peuvent
très-bien ne pas valoir mieux que celles de Turlow ou de Wil-
kes. Une femme est divinement belle et nous en concluons que
son âme, aussi, doit être divine. L'histoire de l'art musical
nous montre qu'il y a eu des femmes, qui chantaient comme
des anges, et qui, cependant, n'étaient rien moins que par-
faites sous le rapport des mœurs ou du caractère. Pour
l'amour de Dieu, cher ami, mettez-vous en garde contre la
musique. De toutes les femmes qui nous tendent des pièges,
la sirène, qui tient une lyre et possède une voix séduisante,
est la plus dangereuse; de tous les séducteurs qui entraînent
les femmes à leur perte, l'homme qui formule sa prière
égoïste dans les accords harmonieux de la langue musicale
est le plus à redouter. J'ai eu dans ma propre famille un
fatal exemple de cette vérité. Je vous en parle avec toute
l'amertume que peut inspirer une amère expérience.

— C'est possible, répondit Geoffrey, qui n'était nullement
convaincu, mais il y a des instincts qui ne peuvent tromper.

Ma confiance en Jeanne Bertram est aussi immuable que
le soleil dans les cieux.

— Avez-vous essayé de vous faire présenter à elle?

— Non, j'ai trouvé la chose impossible. Elle ne connaît
personne, elle ne va nulle part ailleurs que là où l'appelle sa profession. Même les individus qui l'engagent, des
entrepreneurs de concerts pour la plupart, ne savent rien
autre chose d'elle, sinon qu'elle chante mieux que cinq des
six sopranos dont la réputation est établie et qu'elle doit sa
position actuelle à ses nombreux et pénibles efforts pour
sortir de l'obscurité et d'une vie de rudes labeurs. Elle
n'était, dernièrement, qu'une simple maîtresse de musique.
Elle aurait fait merveille, si elle fût entrée au théâtre, m'a-
t-on dit, et on lui a conseillé de prendre cette carrière,
mais elle n'a jamais voulu y consentir. Elle gagne pendant
la saison de cinq à dix livres par semaine. Quel salaire pour
une déesse!

— Et qu'est-ce que c'était que M. Bertram?

— Je n'ai pas eu la curiosité de m'en informer; il m'a
suffi de savoir qu'il n'était plus de ce monde. Mais si j'avais
voulu en apprendre davantage, je n'aurais sans doute pas
réussi. Le monde qui sait si peu de choses sur son compte,
en sait encore moins sur celui de son mari. Il est mort
depuis quelques années; c'est tout ce qu'on m'en a dit.

— Et vous allez vraiment à Liverpool pour l'entendre
chanter?...

— Certainement, et je retournerais sur les rives du Red
River si je devais l'y voir, dussé-je y souffrir encore toutes
les privations que j'y ai endurées, et y entendre encore
hurler les loups, tous les matins, au lever du soleil.

— Et comptez-vous mener indéfiniment ce train de vie?

— Jusqu'à ce que les circonstances favorisent ma passion, jusqu'à ce que je puisse gagner son amitié, sa confiance; jusqu'à ce que je puisse lui dire, sans crainte d'être repoussé : Jeanne, je vous aime; je mets à vos pieds ma fortune et mon nom. »

Lucius tendit sa main à Geoffrey, qui la serra dans la sienne dans une cordiale étreinte.

« Sur mon honneur, je vous admire, dit le jeune médecin. Je ne vous sermonnerai pas plus longtemps. Si votre passion est insensée, du moins elle est sincère. J'honore un homme qui peut se dire à lui-même : J'épouserai cette femme et pas une autre; je suivrai cette femme dans les voies de l'honneur et du déshonneur, qu'on en dise du mal ou du bien.

— Arrêtez! s'écria Geoffrey. Ne prononcez pas le mot déshonneur. Si je n'avais pas une foi entière en sa sincérité et en sa pureté, j'arracherais cette passion de mon cœur, dussé-je en mourir, comme ce prieur des Chartreux qui, dans une légende du moyen âge, arrache le péché mortel des entrailles de Saint Hugo de Lincoln, dussé-je m'ouvrir le cœur pour y réussir. Je l'aime et j'ai foi en elle.

— Et si vous cessez d'avoir foi en elle, cesserez-vous de l'aimer?

— Oui, » répondit Geoffrey avec fermeté.

Il s'était levé et se promenait dans la chambre où le gaz de la rue, au dehors, et les charbons ardents du foyer, au dedans, projetaient un étrange clair-obscur. C'est avec raison que son ami avait loué sa franchise. C'était une nature généreuse, ardente, passionnée, prime-sautière... une nature qui n'avait jamais été corrompue, dans cette rude école où tous les hommes doivent apprendre l'impé-

rieuse nécessité de gagner leur pain à la sueur de leur
front, depuis que Dieu a dit à Adam, en punition de sa
désobéissance : Tu ne parcourras plus sans inquiétude ces
vallées et ces bois fleuris, où les émotions généreuses, les
sentiments affectueux, les nobles pensées pourraient ger-
mer et s'épanouir dans une heureuse oisiveté. A toi, désormais, pêcheur, la tâche quotidienne, le tourbillon inces-
sant, l'aiguillon pénétrant des rudes nécessités qui doivent
te rendre égoïste, dur, inhumain, et ne te laisser aucun loisir
de prendre en pitié les souffrances de tes frères qui luttent
comme toi, pas même un court instant de repos, pour te
souvenir de ton Dieu !

CHAPITRE IV.

PAUVRETÉ ET FIERTÉ.

Lucius pensa beaucoup à son ami, après la confession qu'il avait reçue à l'*Hôtel Cosmopolite*. Geoffrey, en dépit de son amour, n'en avait pas moins bien dîné. Il avait absorbé des huîtres, un succulent potage, de la tête de veau aux truffes, du mouton, du canard sauvage, le tout avec ce vigoureux appétit qui avait fait ses preuves sur les bords de l'Océan Pacifique. Il avait bu du Château Yquem, du Chambertin, du curaçao sec, et sa gaieté n'avait fait que croître au fur et à mesure que la soirée s'avançait. Lucius n'avait pris qu'une part modérée à ce festin délicat, mais cela l'avait distrait. C'était un coup d'œil jeté dans une vie nouvelle, hors de Shadrack Road, où le plaisir a généralement une saveur de grog au gin.

Ils se séparèrent après minuit, avec de chaudes protestations d'amitié. Ils devaient se revoir, et Geoffrey promit d'aller visiter Lucius aussitôt que ses engagements le lui permettraient. Mais, il était bien résolu à *la* suivre partout où elle irait, fût-ce jusque dans le continent ou l'archipel du pôle Sud.

Lucius retourna donc dans son triste et tumultueux quartier, et y continua à charmer ses soirées solitaires avec
les œuvres de Sporh, de Viotti, de Lafont, de Baillot, réfléchissant longuement et sérieusement sur ce prodigieux
mystère de l'amour, qui pouvait tourner la tête, même à
un homme d'un tempérament aussi robuste que l'était celui
de l'honnête, du franc, du naïf Geoffrey Hossack. L'amour
allié à la musique !

« Oui, pensait-il, en soupirant et en prolongeant les accords
d'un adagio, voilà le fatal sortilége. »

Bientôt arriva Février, le mois du grésil et des vents
d'est, le mois où l'hiver, après avoir paru, vers la fin de
Janvier, vouloir s'adoucir et tempérer ses rigueurs en nous
donnant un faible avant-goût du printemps, subit en général une sérieuse rechute et nous ramène son obscurité,
ses brouillards, ses tempêtes, ses neiges habituelles. Lucius
avait passé presque chaque jour depuis Novembre, devant
la vieille maison de Shadrack Road, il se détournait de son
chemin, pour se donner cette satisfaction, mais il n'avait
pas surpris plus d'indices de vie et de mouvement autour de
cette triste maison, que si elle avait été située dans la Cour
de la Chancellerie, pas même la vieille femme en bonnet,
pas même la brouette du boulanger, apportant le pain de
chaque jour, pas même un facteur de la poste ne s'était
montré à lui. Il avait presque pu s'imaginer que toute cette
soirée de Novembre, la rencontre du vieillard, l'apparition
de la pâle jeune fille au regard si poétique, toute cette merveilleuse collection de richesses qu'il avait visitée à la lueur
vacillante d'un flambeau unique, étaient une pure fantas-
magorie, le produit d'un cerveau fatigué, un rêve sans sommeil, les visions d'une imagination malade.

Il se rendit deux fois chaque dimanche à une église située
à mi-chemin entre son habitation et la demeure du vieux
marchand de curiosités. C'était une église neuve, dans le
style gothique, avec une fenêtre à vitraux de couleurs et
d'autres fenêtres qui attendaient que la piété des fidèles fît
la dépense d'une ornementation pareille. Ce temple était si
petit que Lucius pensait qu'il ne pourrait manquer de voir
Lucile si elle y venait assister au service. Chaque dimanche,
pendant le chant des hymnes anciennes ou modernes, il regardait autour de lui avec une anxieuse curiosité dans l'espérance d'y voir la seule figure intéressante qu'il y cherchait
parmi la foule de figures indifférentes qui l'environnaient.
Les quatre cinquièmes des fidèles étaient des femmes, mais
Lucile n'était pas du nombre, et il commençait à se résigner
à la douloureuse pensée qu'il devait perdre toute espérance
de la revoir jamais, lorsque cette espérance fut soudain ravi-
vée. Il revenait un soir de sa tâche quotidienne, très-fatigué
et même passablement abattu, découragé comme certaine
dame américaine déclara l'avoir été, lorsqu'elle confessa
qu'elle avait empoisonné huit de ses parents, par cette seule
et unique raison qu'elle commençait à trouver qu'ils la gênaient. Dans cette soirée, l'étoile de la science, cette haute
et grande idée qu'il était destiné à faire éclore le germe de
quelque nouvelle vérité, pâlit à ses yeux plus que de coutume et il fut, lui aussi, découragé. Il rentra chez lui fatigué
de corps et d'esprit; il avait marché tout le jour, sous une
pluie fine et une atmosphère de plomb chargée de la fumée
de Londres.

En rentrant dans cette demeure mesquine qu'il appelait
son chez lui, une triste consolation l'attendait. Sa vieille
domestique, Babb, avait laissé s'éteindre le feu du

parloir. La bouillotte, qui en chantant sur la flamme, était tristement inclinée sur un morceau de charbon sans chaleur, comme un navire échoué sur un récif, le service à thé, la petite nappe blanche, destinée à recevoir la tranche de bœuf ou la cotelette de mouton, ne décoraient pas sa petite table ronde. Babb, tout entière à ces soins d'un nettoyage hebdomadaire qui sont si chers aux femmes, ne s'était pas rendu compte du temps qu'elle y avait consacré.

Il tira avec humeur le cordon de la sonnette, se laissa tomber dans un fauteuil, son siége habituel, et étendit le bras pour saisir au hasard un livre, Platon, Montaigne, Sterne, ou tout autre philosophe, qui lui apprît à supporter les petits ennuis de la vie.

Mais avant que sa main eût atteint le volume qu'il cherchait il s'arrêta court. Il venait d'apercevoir quelque chose de plus intéressant que Platon, et qui probablement le concernait directement lui-même, c'est-à-dire une lettre, placée sur le coin de la cheminée, précisément au niveau de ses yeux. L'égoïsme l'emporta sur la philosophie. La lettre, fut-ce même une facture, lui importait plus en ce moment que toute la sagesse de Socrate.

Il déchira l'enveloppe dont l'adresse était écrite en caractères passablement grossiers et qui lui étaient complétement inconnus. Il ouvrit la lettre avec empressement et courut à la signature; il y lut : Homère Barton.

« Cher Monsieur,

» Quand vous m'avez dernièrement prêté votre bras, je crois que je vous ai dit quelque chose de peu obligeant sur votre profession, mais vous avez pris ma remarque en bonne part. On pardonne aisément ces railleries à un vieillard

chagrin. Vous me dites alors que quand je me trouverais malade ma pensée se tournerait naturellement vers la Faculté. En
cela vous eûtes tort. Je sens qu'il y a quelque chose de dé-
rangé dans ma machine, peut-être le foie ou bien tout mon
organisme intérieur. Mais au lieu de penser aux gros bonnets
du West End, avec leurs visites à si haut prix et leurs pré-
tentions si exorbitantes, je pense à vous.

» Je vous ai dit l'autre soir, que votre physionomie me plaisait. Ce n'est pas tout. La femme de charge qui a des parents
dans ce quartier m'apprend que vous avez opéré une cure
merveilleuse sur la sœur de la femme du petit cousin du
frère de son mari. La parenté est quelque peu éloignée,
mais le bruit de votre savoir est venu jusqu'à ma servante.
Voulez-vous venir me voir quand vous le pourrez? Ne vous
dérangez pas tout exprès pour moi. Mes moyens, comme je
vous l'ai dit et comme vous avez pu vous en apercevoir par
vous-même en jetant un coup d'œil dans mon intérieur, sont
fort bornés, et je ne pourrais vous offrir, pour vos visites
qu'un prix bien peu supérieur à celui que vous paie le plus
pauvre de vos malades. Je vous dis franchement la chose,
afin qu'il n'y ait pas de malentendu entre nous.

Tout à vous sincèrement.

« Homère Barton. »

« Ce vieillard est-il réellement pauvre, ou est-ce un
fanatique qui s'est sacrifié lui-même et a sacrifié sa petite-
fille à l'amour de l'art? C'est également triste pour sa petite
fille dans les deux cas, pensa Lucius, essayant d'envisager la
chose sous la lumière du froid bon sens, s'étonnant et à
moitié honteux du soudain plaisir qu'il avait ressenti quand
il avait pensé que la lettre de Barton n'était ni plus ni moins

qu'un passe-port pour arriver à Lucile. J'irai dès que j'aurai
diné, se dit Lucius en tirant de nouveau le cordon de sa sonnette. Mais qui sait si ce vieux ladre me laissera voir sa petite-fille? peut-être me recevra-t-il strictement comme on
reçoit un médecin, il me fera monter dans son antre en compagnie de sa vieille servante, qui me reconduira jusqu'à la
grille quand je le quitterai, sans que je puisse jeter même
un simple coup d'œil sur la figure pensive de Lucile? Cependant il ne peut à la fois me payer mal et me traiter mal,
par-dessus le marché. Je lui demanderai la permission
d'aller le voir en ami, et peut-être, alors, s'apprivoisera-t-il
et m'admettra-t-il dans l'intimité de son foyer domestique.
J'aime l'aspect de cette vieille chambre lambrissée, avec
son plancher nu et son âtre proprement balayé, où flambe
un bon petit feu. Cela me semble la poésie de la pauvreté. »

Babb entra brusquement, apportant le service à thé et en
même temps la tranche de bœuf, et s'excusant en un flux de
paroles d'avoir oublié de remonter l'horloge de la cuisine
et de ne s'être pas aperçu de l'heure.

« Quand le jour est clair, je puis voir l'horloge d'à côté,
en avançant ma tête hors de la fenêtre, dit-elle, mais quand
il fait sombre je ne le puis pas. Je dois avoir été en retard
d'une heure pour le dîner et puis le feu s'est éteint. »

Le feu fut promptement rallumé et la bouillotte emportée
pour faire bouillir l'eau sur le fourneau de la cuisine; mais
Lucius n'attendit pas son thé. Cette agréable infusion, qui
était en général le soutien de sa vie, lui était aujourd'hui
presque indifférente. Il mangea sa tranche de bœuf, courut
à sa petite garde-robe, où le récent nettoyage de la semaine
avait laissé un salutaire parfum, fit disparaître par une
abondante ablution d'eau froide toute trace de fumée de ses

mains et de son visage, et changea complétement de vêtements, de peur de porter là où il se rendait les miasmes mor-
bides qui avaient pu s'y attacher dans les asiles de la fièvre
qu'il venait de visiter, et il sortit frais comme le soleil quand
il sort, tel qu'un nouveau marié, pour parcourir sa carrière.

« Suis-je aussi fou que ce cher Geoffrey? se demanda-
t-il à lui-même tout en marchant. Non, car, du moins, je
connais quelque chose de ma divinité. J'ai compris sa vie de
sacrifices et de résignation dans le peu d'instants que j'ai
passés près d'elle; d'ailleurs je ne suis nullement amoureux d'elle, je m'intéresse seulement à son sort. »

Ce fut avec un sentiment tout nouveau qu'il approcha de
la maison de Barton où il était maintenant certain d'être
admis. Il sonna résolûment et entendit le fer rouillé de la
cloche protester par ses grincements contre ce trouble inattendu, puis un bruit de pas traînants à travers l'avant-cour
frappa ses oreilles. Ce bruit de pas annonçait la vieille servante en bonnet, qui lui sembla la sœur jumelle de sa propre
femme de ménage, tant se ressemblent les vieilles femmes de
cette classe. La vieille servante marmotta quelque chose et
l'introduisit dans l'enceinte sacrée. Le même demi-jour régnait dans la grande salle; toutes les richesses artistiques
qu'elle contenait, y étaient enveloppées dans la même ombre;
une lueur plus brillante rayonna du parloir quand la vieille
femme en ouvrit la porte et annonça M. le docteur Davoren.
Barton était assis dans son fauteuil à dossier élevé, au
coin du feu dont il accaparait toute la chaleur. En face
de lui sa petite-fille tricotait avec quatre aiguilles qui étin-
celaient comme des fils électriques dans ses mains blanches
et douces. Le plateau à thé, avec l'élégante et vieille théière,
ornait la table.

« Je pensais que vous viendriez, dit le vieillard, bien que ma lettre ne fût guère engageante, si vous aviez de riches clients.

— Je n'ai pas de riches clients, répondit Lucius en prenant la chaise qui lui était indiquée après avoir reçu de Lucile une révérence quelque peu cérémonieûse, qui, tout en laissant voir qu'elle le reconnaissait, semblait le tenir à distance. J'ai été très-heureux de recevoir votre billet et de pouvoir y répondre immédiatement ; je serais encore plus heureux, si vous vouliez bien accepter mes services à titre d'ami. Le traitement à suivre est peu de chose ; ce qui importe, c'est qu'un œil exercé veille constamment sur vous. Permettez que je sois votre conseiller médical, que je vous donne mes soins toutes les fois qu'ils vous seront nécessaires, sans qu'il soit question de payement. »

Le vieillard lança un regard perçant de ses yeux gris et froids, qui semblaient habitués à scruter les pensées des hommes.

« Pourquoi seriez-vous si généreux? dit-il, je n'ai aucun titre à votre bienveillance, pas même ce banal prétexte que le monde appelle l'amitié. Vous n'avez rien à attendre de moi. Mon testament qui dispose de ma collection, seule chose que j'aie à léguer, est écrit depuis dix ans et rien ne saurait m'engager à l'altérer jamais, pas même pour y ajouter un legs de dix livres. Vous le voyez, vous n'avez rien à gagner à faire acte de générosité envers moi.

— Grand-père!... dit la jeune fille d'un ton de reproche.

— Je suis fâché que vous puissiez imputer mon offre à un motif sordide, reprit tranquillement Lucius, celui qui me l'inspire est sincère et dégagé de toute arrière-pensée. Il n'existe aucun intérieur dans ce faubourg où je puisse désirer m'introduire, aucune société sympathique à mes goûts. Je passe toutes mes soirées seul, me livrant, en général à de sérieuses études, quelquefois parcourant un livre de ceux que j'aime ou jouant du violon pour me délasser. Ce genre de vie me convient assurément; toutefois, il est des intervalles d'abattement où cette extrême solitude me pèse. Aucun homme ne se suffit complétement à lui-même. Accordez-moi la faveur de venir passer une soirée ici de temps en temps, je n'en abuserai pas, et laissez-moi veiller sur votre santé simplement à titre d'ami. Vous me dites que le prix dont vous pourrez payer mes visites sera modique. Mieux vaut, pour votre dignité et pour la mienne, qu'il soit absolument nul.

— Vous parlez d'or, répondit Barton, mais j'ai ici une petite-fille que vous pouvez supposer mon héritière, sachez-le, elle n'héritera que de ma collection, qui peut-être n'a pas grande valeur; en tout cas j'ai déjà disposé d'elle, ne la comprenez pas dans vos calculs.

— Grand-père!... exclama de nouveau la jeune fille rougissant d'indignation.

— Puisque vous ne voyez en moi qu'un coureur de fortune, monsieur, dit Lucius en se levant, nous ferons mieux de nous en tenir là. Il y a une foule de médecins dans le voisinage; vous pouvez vous adresser à l'un d'eux. Je vous souhaite le bonsoir.

—Arrêtez!... s'écria Barton, en voyant le médecin se diriger vers la porte, je n'ai pas voulu vous offenser, mais vous m'offriez votre amitié et il me paraissait convenable de vous faire connaître sur quel pied je pourrais accepter votre offre. Il est possible que ma petite-fille ne soit pas tout à fait engagée, mais je n'ai aucun argent comptant à laisser à personne. Ne supposez pas d'ailleurs que je sois dans la misère parce que je vis pauvrement, ce serait une erreur... ne croyez pas non plus que ma petite-fille ne soit plus libre de disposer d'elle. Ainsi instruit de l'état des choses, persistez-vous à m'offrir vos services gratis, persistez-vous à désirer prendre place à mon foyer?

— Oui!... certainement, dit le jeune homme avec vivacité, en jetant un rapide coup d'œil sur Lucile qui restait immobile à l'exception de ses mains occupées à faire jouer ses aiguilles.

En ce moment Lucius ne put s'empêcher de penser à Hercule aux pieds d'Omphale et de se dire qu'il s'estimerait bien heureux de pouvoir s'asseoir lui aussi aux pieds de Lucile et de tenir la laine qu'elle tricotait.

« Eh bien! soit, dit le vieillard, dès ce moment vous pouvez disposer librement de ma maison. Ma porte, qui s'ouvre si rarement devant un étranger, ne sera jamais fermée pour vous. Si vous remarquez dans notre vie quelques circonstances qui vous étonnent, ne vous en inquiétez pas, vous connaîtrez tout en temps opportun. Soyez un frère pour Lucile... »

Elle tendit franchement, à ces mots, la main au visiteur, qui la prit beaucoup plus timidement qu'elle ne lui était offerte.

« ... Et soyez un fils pour moi, si vous le pouvez, ajouta le vieillard, avec un long soupir de regret. Je vous ai dit l'autre jour que j'aimais votre voix, puis que j'aimais votre figure; j'irai plus loin ce soir, je vous dirai que je vous aime.

— Merci, répondit Lucius gravement, c'est précisément ce que je désire. Je ne sais s'il me reste un seul parent dans le monde et je ne connais qu'un homme que je puisse regarder comme mon ami. L'amitié, pour moi, n'est donc pas un sentiment banal. Mais maintenant que nous avons tout arrangé à notre satisfaction mutuelle, venons à notre consultation médicale.

— Non, pas ce soir, dit Barton, venez me voir demain, si vous pouvez me consacrer un moment. Il n'y a pas péril en la demeure. Je sens seulement que les rouages de ma machine sont quelque peu embarrassés, que le grand ressort est plus faible que de coutume. Consacrons cette soirée à l'amitié.

— Eh bien, je serai chez vous demain matin à dix heures. »

Il approcha sa chaise du feu, sentant qu'il était à cette heure bien réellement admis dans ce cercle si fort de son goût. Pour la plupart des jeunes gens, cette maison aurait été loin d'avoir le moindre charme ; pour lui elle avait une sorte d'attraction mystérieuse. En effet, c'était peut-être le mystère dont Lucile était environnée qui la rendait si intéressante à ses yeux, il avait vu bien des femmes plus jolies, quelques-unes même plus belles, mais aucune qui occupât sa pensée aussi pleinement qu'elle.

« Verse le thé, Luce, » dit Barton.

Le breuvage odorant fut distribué par les blanches mains de Lucile. C'était le seul détail du ménage dans lequel le vieillard permît qu'on fît plus que le strict nécessaire. Le thé était du premier choix, préparé avec le plus grand soin, et la crème était servie dans un antique petit pot d'argent magnifique travail *au repoussé*. Lucius ne crut pas avoir jamais goûté une liqueur plus exquise. Ils étaient assis tous les trois autour du feu, et le vieillard parla bien et sans la moindre contrainte, il parla des efforts de sa jeunesse, de son culte pour l'art, des merveilleux coups de fortune qu'un

marchand de bric-à-brac peut toujours rencontrer; il parla
de tout ce qui avait quelque rapport à sa carrière, mais il ne
dit rien de ce qui touchait à sa vie domestique.

Lucius pensait au fils de Barton. Vivait-il encore? Pourquoi semblait-il banni du cœur de son père?

« Vous avez parlé, il y a quelques instants, de votre violon, dit Lucile, au moment où la conversation commençait
à languir. Vous savez donc en jouer? J'aurais bien du plaisir à vous entendre.

—En vérité! s'écria Lucius ravi; je l'apporterai un soir, et...

—Gardez-vous-en bien, dit résolûment le vieillard en
interrompant son jeune hôte; je suis un peu de l'opinion de
Chesterfield, qui croyait indigne d'un gentleman de jouer
du violon. Si je vous entendais racler les cordes de cet instrument, je perdrais toute confiance dans vos prescriptions mé-
dicales.

— Eh bien! vous ne m'entendrez pas, » dit Lucius avec
une parfaite bonne humeur.

Il était résolu à gagner l'amitié de ce terrible vieux marchand de bric-à-brac, comme on peut vouloir vaincre l'antipathie d'un chien qui vous montre les dents avec l'espérance
que, sous sa sauvagerie superficielle, on trouvera une couche
de nobles qualités.

« J'avais seulement pensé qu'un peu de musique tranquille
pourrait amuser mademoiselle Barton, puisqu'elle dit qu'elle
adore le violon.

— Elle est pleine de fantaisies ridicules, répliqua Barton;
elle aime une foule de choses que je déteste. Voyons, pas de
pleurs, enfant, dit-il en apercevant que les beaux yeux
noirs de Lucile s'humectaient, tu sais que je déteste les
larmes par-dessus tout. »

Lucius vint à la rescousse et se mit à parler avec une vivacité qui couvrit la confusion de la jeune fille. Il entra dans tous les détails de son enfance et de sa jeunesse, détails qui, entre de nouvelles connaissances, conduisent rapidement à l'amitié.

Il se retira de bonne heure, pour ne pas faire regretter le bon accueil qu'on lui avait fait; et il emporta de cette soirée paisible un sentiment de parfaite satisfaction, quoique le vieillard ne fût certainement pas sorti de ses habitudes pour se concilier son jeune visiteur. Lucile avait très-peu parlé; mais son silence même avait intéressé Lucius. Il lui sembla provoqué non par l'ennui, mais par une douce mélancolie; par le souvenir de quelque ancien chagrin qui jetait un voile de tristesse sur son âme, peut-être par la vie solitaire qu'elle menait dans cette triste et vieille habitation. Il ne se borna pas à lui faire un salut à la mode du Continent, il lui tendi- la main qu'elle prit aussi cordialement que si elle l'avait pleinement accepté à titre de frère adoptif.

CHAPITRE V.

J'AI REPOUSSÉ MON FILS DU SEIN DE MA FAMILLE!

A dix heures précises, le lendemain matin, Lucius sonna de nouveau au grand portail. Il fut admis sans qu'on lui adressât une seule question, et par la porte du parloir ouverte il vit Lucile, vêtue d'une robe d'étoffe grise avec un grand tablier de toile et un bonnet de mousseline blanche, absolument comme une grisette française, frottant les boiseries de chêne avec un morceau de drap enduit de cire; un vase plein d'eau, placé sur la table et quelques tasses et soucoupes, mises à égoutter, indiquaient qu'elle venait de laver la vaisselle du déjeuner. Cette circonstance lui expliqua la propreté irréprochable qu'il avait remarquée partout, le brillant des boiseries, l'absence absolue de toute poussière sur les meubles de la chambre. Elle s'avança pour lui souhaiter le bonjour sans témoigner le moindre embarras.

« Vos jeunes demoiselles anglaises trouveraient cela choquant, dit-elle. Je devrais plutôt étudier les *Exercices faciles* de Czerny, à cette heure de la matinée. Qu'en pensez-vous?

— Nos jeunes Anglaises sont véritablement stupides de consacrer tout leur temps à ces exercices, répondit Lucius, au grand détriment des soins domestiques. Je ne répéterai pas la plaisanterie de Cobbetti, je ne dirai pas que je préfère à la musique et à la littérature l'art de faire un pudding; je pense simplement qu'il convient mieux à une femme bien élevée de manier le plumeau que de laisser la poussière envahir sa maison. Mais vous parlez de nos dames anglaises, seriez-vous étrangère, mademoiselle?

— Ma mère était Française et celle de mon père Américaine. »

Elle accompagna ces derniers mots d'un soupir.

« Ah! pensa Lucius, est-ce donc dans un sang ainsi mêlé qu'on trouve réunis tant de bonté et tant d'esprit? »

Comme elle lui paraissait jolie sous son bonnet de mousseline, qui ornait, sans la cacher, sa riche chevelure noire et avec cette robe grise d'une simplicité antique!

« A propos de musique, reprit-il, avez-vous un piano?

— Non, et je le regrette; mon grand-père a un préjugé contre la musique.

— En vérité! peu de personnes voudraient faire un pareil aveu.

— Peut-être. Il lui vient... »

Ici, Lucile hésita un moment et joua nerveusement avec le cordon de son tablier.

« Il lui vient d'une querelle qu'il eut un jour avec une personne qui était passionnée pour la musique.

— C'est là une cause assez peu raisonnable. Et vous êtes ainsi privée des distractions que vous pourriez trouver dans la possession d'un piano. Cela me semble bien dur.

— Je vous en prie, ne blâmez pas mon grand-père. Il est si bon pour moi! J'ai d'ailleurs une vieille guitare qui a appartenu à ma mère; je m'amuse quelquefois à en jouer

dans ma chambre, d'où il ne peut m'entendre. Voulez-vous
que je vous conduise auprès de lui? Il descend rarement
avant deux heures. »

Lucius, suivant la jeune fille, monta le grand escalier de
chêne, dont chaque palier était encombré de lourds bahuts
flamands. Puis il longea un corridor obscur dont les parois
étaient couvertes d'anciennes tapisseries et de sombres
tableaux, jusqu'à une porte qui se trouvait au fond. Lucile
l'ouvrit.

« Voici la chambre de mon grand-père, » dit-elle, en
s'arrêtant sur le seuil, où elle laissa Lucius.

Il frappa à cette porte entrebâillée, pour ne pas pénétrer
dans la chambre, sans autorisation, et une voix rude répondit : —

« Entrez ! »

La pièce était grande et haute, mais tellement encombrée
d'antiquités semblables à celles que Lucius avait vues en
bas, qu'il y avait à peine un étroit passage pour arriver
jusqu'à son malade. Là aussi on voyait des nécessaires
d'ébène incrusté de *pietra dura;* dans un coin se dressait
une momie égyptienne, celle d'un Pharaon, peut-être, dont
l'âme chargée de crimes avait comparu en frémissant devant
Osiris, il y a quelque six mille ans ; au-dessus, était accroché
au mur, un affreux tableau de l'école allemande, représentant un saint martyr qu'on écorche, fidèle mais hideuse
étude d'anatomie. Le mur opposé était entièrement couvert
d'une tapisserie mangée des vers, et sur laquelle les jolis
doigts des châtelaines du moyen âge avaient retracé la danse
macabre : les figures étaient de grandeur naturelle et le
diable y était représenté avec un soin particulier. Jetant un
regard étonné autour de lui, Lucius vit des fauteuils en

bois noir de Bombay, sculpté avec une délicatesse extrême,
des éventails en plumes de paon, pour chasser les mous-
tiques, des cassettes en bois de santal, des pièces d'échec
en ivoire, des lampes qui avaient éclairé les catacombes de
Rome ou brûlé sur quelques autels païens, des hanaps mon-
tagnards, dans lesquels Charles-Édouard avait bu peut-être
l'escubac de son pays natal, un bouclier grec du temps
d'Alexandre, ayant la forme d'une carapace de tortue, une
idole chinoise, un canot des insulaires de la mer du Sud. Une
multitude de souvenirs de pays lointains et d'époques perdues
dans la nuit des temps étaient réveillés par cet amas d'objets
hétérogènes, qui, aux yeux inexpérimentés de Lucius
semblaient plus intéressants que précieux.

Le lit du vieillard occupait un coin près de la cheminée;
c'était un petit lit à colonnes grossièrement sculptées, ressemblant quelque peu à la couchette que ceux qui étudient
notre histoire contemplent avec respect dans la chambre à
coucher de Marie Stuart, à Holyrood, en songeant combien
de fois cette belle tête s'est reposée sur les oreillers de ce
lit, dégoutée des ennuis, des soucis, de sa couronne, de son
manteau royal, de ses faux amis, de ses amants plus faux
encore, lit mesquin et antique, avec des rideaux fanés et usés
de soie rouge.

Il y avait dans la grille de la cheminée, un feu chétif
comme celui que Lucius avait vu en bas la veille; auprès
de ce feu, se trouvait une chaise triangulaire en ébène
sculptée, recouverte de cuir imprimé et doré. Sur cette
chaise était assis le propriétaire de toutes ces richesses. Ses
longs cheveux gris étaient à demi cachés sous un bonnet de
velours noir; une robe de chambre en damas usé, bordée d'une vieille fourrure, qui pouvait bien être contem-

poraine du lit, enveloppait toute sa maigre personne.

« Bonjour, dit Barton, en levant les yeux de dessus le
journal qu'il tenait à la main. Vous regardez avec surprise
l'ameublement de ma chambre à coucher; il n'y a pas place
pour pendre un chat, mais vous le voyez, je n'ai pas de chat
à pendre. Quand j'ai fait un achat, je fais apporter ici mon
acquisition et je la garde jusqu'à ce que je sois las de la
contempler. Puis Nathan et moi nous la transportons dans
la grande salle.

— Nathan?

— Oui, Nathan Wincher, mon vieux maître Jacques; ne
l'avez-vous pas encore vu? Il loge dans l'arrière-corps de
logis, couche dans le cellier au charbon, je crois, et aime
autant la clarté du jour et l'air frais qu'une taupe. Du reste,
un assez fidèle serviteur. Quand il avait une religion, il
était juif, comme vous pouvez l'avoir deviné à son nom.
Mais il a renoncé à toutes les pratiques extérieures de son
culte, depuis un assez bon nombre d'années, trouvant
qu'elles le gênaient dans ses travaux. Il était mon commis
et mon factotum dans Bond Street; ici, il s'amuse à mettre
en ordre mes acquisitions; il en fait le catalogue à sa manière, et pourrait rendre mieux compte de mes affaires qu'un
teneur de livres de la Cité.

— C'est là un précieux serviteur, dit Lucius.

— Vous pensez?... Eh bien je ne l'ai pas payé depuis sept
ans. Il reste avec moi, en partie, parce qu'il m'aime à la
façon d'un chien caniche, en partie, parce qu'il n'a nulle autre
part où aller. Sa femme est à la tête de ma maison, et
prend soin de Lucile. Et maintenant venons à notre consultation : la douleur que j'éprouve dans le côté m'a fait un
peu plus souffrir ce matin. »

Lucius se mit à l'interroger. Il y procéda avec ces ménagements et ce ton persuasif et amical, qui le faisait aimer de tous ses malades, et tira de lui une confession complète de ce qu'il éprouvait. Le cas était grave. Barton était un homme usé. Un travail opiniâtre, sans trêve, peut-être une grande passion avaient eu raison de cette forte nature. Il avait passé la soixantaine et pouvait mourir dans l'année ou vivre encore deux ou trois ans.

« Vous ne vous êtes pas ménagé, j'en ai peur, dit Lucius en remettant son stéthoscope dans sa poche.

— C'est vrai. J'ai toujours eu un grand objet en vue, et un homme, dans ce cas, ne se ménage guère.

— Mais un homme qui s'use ainsi avant le temps, par un travail sans relâche, est à peine plus sage que ces vierges qui laissèrent leurs lampes manquer d'huile !

— Peut-être bien. Il n'est pas toujours aisé d'être sage. Un homme dont la vie domestique n'est qu'un perpétuel désappointement est enclin à concentrer son travail et ses pensées sur quelque objet extérieur. Ma jeunesse a été rude, par le fait de la nécessité; mon âge mûr l'a été par le fait de l'habitude. Je n'ai pu acquérir celle du luxe. Mon commerce m'a absorbé tout entier : j'y ai employé toutes mes facultés. Réunir ces trésors de l'art, épaves des grandes maisons ruinées, courir les ventes le jour, mettre la nuit mes écritures en ordre, telle a été mon existence et je ne l'aurais pas échangée contre le sort du premier financier de la Cité.

— A l'avenir, dit Lucius d'un ton dégagé, il sera bien, pour vous, de vivre plus confortablement; ne vous refusez rien et consacrez l'argent que vous avez jusqu'ici dépensé pour accroître votre collection, à vous donner de bon vieux

Porto et un régime plus fortifiant, si vous voulez vivre longtemps.

— Je n'ai rien dépensé dans ces derniers temps, dit vivement Barton, je n'ai rien à dépenser.

— Je ne saurais mettre en doute ce que vous me dites, reprit Lucius, mais je vous dis franchement, que vous devez vivre mieux que vous n'avez fait, si vous voulez vivre beaucoup plus longtemps.

— Oui, certes, je le veux, s'écria le vieillard avec une soudaine énergie; j'ai prié Dieu de m'accorder une longue vie... moi qui prie si rarement. Oui, j'ai envoyé au ciel cette unique prière. J'ai besoin de vivre encore de longues années. Si j'étais né trois siècles plus tôt, je me serais efforcé de découvrir le sublime secret, qu'on cherchait alors... l'élixir de longue vie. Mais nous vivons dans un temps où les hommes ne croient plus à rien. »

Il soupira en prononçant ces derniers mots.

« Dites plutôt, dans un temps où les hommes réservent leur foi pour le Dieu qui les a créés, au lieu d'user leur pouvoir de croire, au milieu de creusets et d'alambics, » répondit Lucius de son ton le plus convaincu.

Lucius formula le régime à suivre, régime simple et qui allait au but, mais dont il ne fallait s'écarter, sous aucun prétexte.

« Je serais bien aise de dire quelques mots à votre petite fille, fit-il; car dans les cas comme le vôtre, tout dépend du régime.

— Dites tout ce qu'il vous plaira, répliqua Barton, en tirant le cordon de la sonnette, mais, que je puisse l'entendre. Je ne veux pas être traité comme un enfant, prendre des poudres dans mes confitures, ou du séné dans mon thé.

Si vous avez une sentence de mort à prononcer, prononcez-la sans crainte. Je suis assez stoïque pour entendre mon arrêt sans m'émouvoir.

— Je ne mettrai pas votre stoïcisme à cette épreuve. La durée de votre vie dépend beaucoup de votre propre prudence. Mais vous avez encore de longs jours devant vous, si vous voulez vivre en homme sage et faire tout ce qu'il faut pour cela. »

Lucile parut, à l'appel de la sonnette, et Lucius lui répéta ses prescriptions relativement au régime que devait suivre le malade.

« Je ne veux pas droguer votre grand-père, dit-il ; un léger tonique pour provoquer l'appétit est tout ce que j'ordonnerai. Il se plaint d'insomnies, effets naturels de la fatigue de son cerveau qui travaille trop et d'une nourriture insuffisante qui ne le soutient pas assez. »

Le vieillard le regardait attentivement et même avec inquiétude.

« Je n'ai pas besoin d'un diseur de bonne aventure, s'écria-t-il. Restez dans votre rôle. Vous vous donnez comme médecin du corps et non de l'âme.

— Si l'âme ne vient pas aider ma médication, mon art est impuissant, » dit Lucius.

Il termina sa consultation en insistant beaucoup sur ce point essentiel : un régime fortifiant. La jeune fille regarda son grand-père d'un air d'hésitation. Il sembla répondre à ce regard.

« Il faut trouver de l'argent, dit-il d'un ton morose. Si je me défaisais des plus belles pièces de ma collection ?... Après tout, la vie est la grande nécessité ; tout finit avec elle, mon enfant.

— Vos économies seront bien mieux placées dans la satisfaction de vos propres besoins que dans l'acquisition de
momies égyptiennes, » dit Lucius en jetant un coup d'œil de
mépris sur celle du défunt Pharaon.

Barton lui promit de suivre entièrement ses conseils et le
congédia avec politesse.

« Venez me voir aussi souvent que cela vous plaira, dit-
il, puisque vous venez à titre d'ami, le soir, si cela vous est
plus agréable ; je suppose qu'il n'y aura plus lieu de procéder
à un examen aussi sérieux ni d'employer de pareils instruments, » et il désignait le stéthoscope avec lequel Lucius
l'avait ausculté.

Lucius et Lucile descendirent ensemble et s'arrêtèrent
quelques instants dans le parloir qui ne conservait plus
aucune trace des occupations de ménagère de celle-ci. Un
bouquet de violettes et de perce-neige dans un grand verre
de Venise était au centre de la table ; quelques volumes et
une corbeille à ouvrage indiquaient les travaux auxquels
la jeune fille se livrait le matin. Elle avait fait disparaître
son tablier, mais elle gardait son bonnet, qui lui donnait
un petit air coquet et parut à Lucius la plus charmante
coiffure qu'il eût jamais vue.

Ils parlèrent un peu du vieillard qu'ils venaient de
quitter. Mais le jeune docteur eut grand soin de ne pas
alarmer la petite-fille de Barton. Hélas ! pauvre enfant !
Quelles que fussent la froideur et la sécheresse avec lesquelles il reconnaissait les titres qu'elle avait à son amitié,
il était son unique protecteur, sa seule barrière entre elle
et ce monde extérieur encore plus froid qu'elle rencontre-
rait hors de cette triste demeure.

« Vous ne le croyez pas très-sérieusement malade? demanda-t-elle avec inquiétude.

— Je ne crois pas que vous ayez sujet de vous inquiéter. Je suis sûr que vous aurez grand soin de lui, et vos soins pourront beaucoup pour prolonger sa vie. Il ne s'est pas assez ménagé.

— Oui, répondit-elle avec tristesse. Il a eu beaucoup de chagrins... de grands chagrins, et il y pense sans cesse.

— Il lui serait bon de changer d'air et de demeure. L'atmosphère qu'on respire dans une maison comme celle-ci et dans ce quartier de la ville lui est contraire.

— Je l'ai pensé quelquefois.

— Quand viendra le printemps, j'insisterai fortement pour que vous alliez résider à la campagne, à Hastings, par exemple. »

La jeune fille secoua la tête avec découragement.

« Il ne voudra jamais consentir à dépenser tant d'argent, dit-elle.

— Mais M. Barton en trouve cependant pour ses acquisitions.

— Elles lui coûtent si peu! Quelques shillings de temps en temps. Il rencontre les choses qu'il achète dans des quartiers perdus où d'autres ne penseraient guère à les aller chercher.

— Il est souvent dehors?

— Oui, et pendant de longues heures. Mais depuis quelque temps, il se sent plus fatigué que par le passé après ces longues courses.

— Il faut qu'il y renonce tout à fait. Et vous avez ainsi passé la moitié de votre vie, seule, dans cette vieille maison?

— Oui. Je suis habituée à cette solitude. Elle me pèse quelquefois. Mais j'ai mes livres et les soins à donner à la maison ; car la vieille Mme Wincher fait bien peu de chose ; et puis, quelques agréables souvenirs du passé m'amusent, quand je me repose et que je pense.

— Votre passé a-t-il donc été plus brillant ?

— Ç'a été seulement celui de la vie paisible d'une pensionnaire, dans le Yorkshire, où je fus envoyée quand j'étais encore très-jeune et où je suis restée jusqu'à dix-sept ans. La vie m'y semblait douce ; j'avais des maîtresses et des compagnes que j'aimais, et de vertes collines, et des bois où nous allions souvent nous promener. »

Cette conversation ouvrit la voie à d'autres confidences. Elle parla de son enfance, lui de la sienne, de ses parents qu'il avait tant aimés et qui étaient tous couchés dans le tombeau de la famille par la faute de cette sœur coupable dont il ne fit pas mention. Il revint sur son voyage en Amérique.

« Parlez-moi de ce pays, dit la jeune fille ; j'y ai quelqu'un que j'ai beaucoup aimé.

— Vous avez beaucoup aimé quelqu'un, dit Lucius avec surprise.

— Oui, une personne que je n'ai pas revue depuis l'âge de sept ans. Puis-je me confier à vous ? ajouta-t-elle après un silence. Êtes-vous un ami pour moi ?

— Votre grand-père ne m'a-t-il pas autorisé à me considérer comme votre frère adoptif ?

— La personne dont je vous parle à l'instant est celle dont il est défendu de prononcer le nom, ici. Mais cette cruauté ne me la fera pas oublier. Elle ne fait que graver son souvenir plus profondément dans ma mémoire. C'est mon père !

— Votre père?... Oui, je comprends; le fils que votre grand-père a chassé. Mais, non sans cause, je suppose?

— Peut-être! répondit Lucile, dont les yeux se remplirent de larmes qu'elle essuya tranquillement. Il peut avoir eu des torts. Mon grand-père ne m'a jamais dit la cause de leur mésintelligence. Il m'a dit seulement, en termes remplis de dureté, qu'ils ont appris à se haïr, avant d'apprendre à se pardonner. J'étais trop jeune pour rien comprendre encore, si ce n'est que mon père était toujours bon pour moi et qu'il me fut toujours cher. Je ne l'ai pas vu beaucoup. Il était dehors une grande partie du jour et fort avant dans la soirée, et j'étais seule avec une vieille servante, dans la maison de mon grand-père, dans Bond Street. Nous avions un sombre petit parloir, derrière la boutique. Les jours m'y paraissaient bien longs et bien tristes; il y avait si peu de soleil et si peu d'air! Mais tout prenait un aspect plus gai, lorsque papa rentrait, me prenait sur ses genoux, et me racontait de longues et singulières histoires, des histoires allemandes, je crois, quoique à moitié de son invention, des histoires de gnomes, de farfadets, de châteaux enchantés, d'un monde peuplé de fées, où chaque feuille et chaque fleur avait son génie. Mais je vous fatigue avec tout ce bavardage, dit-elle en s'interrompant soudainement; et peut-être vos malades vous attendent-ils.

— Vous!... me fatiguer! non... non... je prends un trop vif intérêt à tout ce que vous me dites. Continuez, je vous en prie. C'était donc vos heures de bonheur, celles que votre père passait à la maison?

— D'un bonheur sans égal. Quelquefois, pendant les soirées d'hiver... l'hiver était la plus agréable saison dans ce sombre petit parloir... il s'asseyait, oisif, près du feu,

dans un grand fauteuil; d'autres fois, il prenait son violon
et il en jouait pour me faire plaisir. J'avais l'habitude d
m'asseoir à moitié enfoncée dans le grand fauteuil, pendan
qu'il jouait. Sa musique était douce, grave, solennell
comme celle qu'on entend dans un rêve. C'étaient des heure
de bonheur, passées près de la cheminée, sans autre lumièr
que celle du feu, tandis que je me figurais que les coin
obscurs du parloir étaient pleins de charmantes petites fées

— N'avez-vous jamais rien entendu dire de la querell
qui a eu lieu entre votre père et votre grand-père?

— Non. S'ils se sont querellés, ce n'a pas été en ma pré
sence. Mon grand-père était entièrement absorbé par so
commerce. Il venait rarement dans le parloir, si ce n'es
pour y prendre ses repas ou à une heure avancée de la soi
rée, lorsque j'étais déjà couchée. Je sais seulement qu'u
matin, il se trouva très-malade, et quand il descendit au par
loir sa figure avait un aspect effrayant; on eût dit un homm
qui sortait du tombeau. Il me fit signe d'approcher, et m
dit que mon père était parti pour toujours. Je ne saurai
vous peindre mon chagrin; c'était presque du désespoir. J
voulais m'enfuir, courir après mon père. Le soir, je me rap
pelle cela comme si c'était hier, c'était un soir pluvieux d'hi
ver, je me relevai, je m'habillai comme je pus, après que Mm
Wincher m'eût mise au lit; je descendis doucement l'escalie
sombre, j'ouvris une porte qui donnait dans une allée,
côté de la boutique, et je me trouvai dans la rue. Je voi
encore les becs de gaz se réfléchissant sur le pavé mouillé
et je crois encore sentir le vent froid et humide qui m
fouetta le visage.

— Pauvre enfant!...

— Oh! oui, j'étais une bien malheureuse enfant, ce soir-là. J'errai longtemps çà et là, cherchant mon père au milieu de la foule ; suivant quelquefois pendant longtemps une personne qui lui ressemblait, jusqu'à ce que je reconnusse que j'avais suivi un étranger. Je me souviens que j'ai vu les boutiques se fermer l'une après l'autre, les rues devenir obscures et désertes ; j'eus peur alors, je m'assis sur le pas d'une porte et je me mis à pleurer. Un policeman traversa la rue, me regarda, me secoua rudement par le bras, et me questionna. J'étais entièrement découragée et j'avais perdu tout espoir de retrouver mon père. Je dis au policeman mon nom et ma demeure, et il me ramena au logis, à travers une grande quantité de rues étroites, de ruelles, de détours. Je devais avoir fait bien du chemin, car je sais que j'avais traversé un pont sur la rivière. Tout le monde était couché, quand le policeman vint frapper à notre porte, dans Bond Street. On ne s'était pas aperçu de ma fuite. Mon grand-père, en robe de chambre, descendit lui-même pour ouvrir la porte. Il ne me gronda pas, mais il sembla profondément surpris, quand il me vit mouillée, et les pieds en sang. Il donna quelque monnaie au policeman, me reconduisit à ma petite chambre, qui était à l'étage le plus élevé de la maison, alluma le feu de ses propres mains, et fit tout ce qu'il pût pour me réchauffer et me consoler. Il me demanda pourquoi j'étais sortie, et je le lui dis. Alors, pour la première fois, autant que je puisse m'en souvenir, il me prit dans ses bras et m'embrassa. « Pauvre Luce ! me dit-il, pauvre petite orpheline !... » Il fut très-bon pour moi pendant les trois jours qui suivirent. Le quatrième, il me conduisit dans le Yorkshire, à la pension où je suis restée près de dix ans.

— Quelle étrange et triste histoire !... dit Lucius profon-

dément intéressé. Et n'avez-vous jamais appris ce qu'était
devenu votre père?

— J'ai su qu'il était parti pour l'Amérique et je sais que
mon grand-père n'a plus jamais entendu parler de lui,
depuis l'heure où ils se sont séparés jusqu'en ce moment.

— Mais ne pourrait-il pas en avoir eu des nouvelles et
vous les avoir cachées?

— Je ne crois pas qu'il ait voulu me tromper. Il m'a positivement déclaré qu'il n'a jamais reçu de lettre de mon
père, ni rien appris de lui par aucune autre source. Il est
mort, sans doute, car je ne puis croire que sans cela il
eût entièrement oublié la petite fille qu'il avait coutume de
tenir sur ses genoux.

— Vous pensez qu'il était un bon père pour vous, malgré
la condamnation de votre grand-père?

— Je crois qu'il m'aimait.

— N'avez-vous aucun souvenir de votre mère?

— Non. Elle a dû mourir quand j'étais encore trop petite
pour me la rappeler. J'ai vu son portrait, mon grand-père
le tient caché dans son pupitre avec quelques lettres anciennes et d'autres reliques de famille. Je lui ai demandé un
jour de me le donner, mais il s'y est refusé, en me disant de
son ton le plus amer : — Il vaut mieux oublier que tu aies
jamais eu ni père ni mère. Mais je n'ai pas oublié la figure
de ma mère, sa douce beauté et son air rêveur.

— Je suis tout disposé à croire qu'elle était belle, » dit
Lucius avec un tendre sourire.

L'histoire de Lucile avait établi entre les deux jeunes gens
une intimité des plus complètes. Maintenant il pouvait s'intéresser à elle sans hésitation; il pouvait s'abandonner librement au charme qu'exerçait sur lui sa gracieuse beauté.

Cette histoire si pathétique d'une enfance douloureuse, ce tendre cœur débordant d'affection sans objet, tout l'attachait à elle pour toujours. Était-ce là de l'amour à première vue, cette passion folle et déraisonnable qui, chez Hossack, lui avait paru toute voisine de la démence? Non; c'était bien plutôt une découverte intuitive de la seule femme, dans toute la création, qui pût partager ses plus brillantes espérances, être l'objet de sa plus douce sollicitude, la récompense et le couronnement de sa vie. Il lui fallut, cependant, prendre congé d'elle après un échange de quelques paroles amicales; car la voix du devoir, qui l'appelait auprès de ses malades, lui commandait de s'arrêter à cet entretien enchanteur.

« Je reviendrai une ou deux fois par semaine, dans la soirée, dit-il; veillez bien en attendant sur mon malade. Au revoir. »

Sur la fin de cette même semaine, il revint passer une soirée à la Maison du Cèdre, et la semaine suivante, il y revint deux fois, et ainsi de suite pendant tout le mois de mars, et le mois d'avril où les journées grandissent si sensiblement. Alors il jeta un coup d'œil en arrière et s'étonna, en songeant à la façon dont il avait vécu avant que sa monotone existence eût été illuminée par ce rayonnement d'un monde supérieur à celui où il s'était confiné jusque-là. Le vieillard devenait de plus en plus familier, amical même, et laissait les deux jeunes gens causer tout à leur aise sans paraître prendre le moindre ombrage de leur croissante intimité. Comme les jours devenaient plus longs, il ne trouva pas mauvais qu'ils errassent autour de la vieille maison, pendant le crépuscule, et même au dehors, dans une espèce de désert qui avait été autrefois un jardin et dont il restait un vieux cèdre qui, avec ses branches pareilles aux osse-

ments d'un squelette, prenait, dans l'obscurité, les formes
les plus fantastiques. Ce n'était pas un second Éden, toutefois ; car il aboutissait à un quai où de salles barques chargées les unes de blocaille, les autres de sable, de chiffons,
d'os, de charbon de terre, de vieux fers attendaient, échouées
au milieu d'une vase noire comme de l'encre, qu'on vînt les
débarrasser de leur chargement.

Mais il y avait une personne, au moins, à qui ces promenades, ces longs tête-à-tête sur le quai d'où l'on pouvait contempler, comme dans un rêve, la *Betsy-Jane*, de Wapping, ou
l'*Ann-Smith*, de Bermondsey, étaient tout ce qu'elle désirait
pour son bonheur.

En voyant le vieillard ainsi indulgent, Lucius se crut certain qu'il n'avait pas formé d'autres projets pour sa petite-
fille, puisque, pensait-il, il devait lui venir naturellement
à l'esprit que lui, Lucius, ne pouvait manquer de s'éprendre
d'amour pour Lucile. Il se sentit d'autant plus rassuré à ce
sujet que, depuis qu'il fréquentait si assidûment la Maison
du Cèdre, il n'y avait pas rencontré un seul individu qui pût
prétendre à la main de Lucile. Un vieux marchand dont le
nez était tout barbouillé de tabac était resté, une fois ou
deux, enfermé avec Barton, mais c'était tout, et quelque
haïssable que fût la tyrannie exercée autour de lui par le
vieillard, il pouvait difficilement se mettre dans la pensée
d'offrir à sa charmante petite-fille un autre vieillard en habit
tout râpé et qui se présentait sur le seuil du parloir avec
l'air d'un valet, quand il apportait dans un mouchoir de
coton bleu, quelque objet d'art qu'il venait soumettre à
l'appréciation du connaisseur.

L'année s'écoulait ainsi et Lucius se voyait à la veille
d'une nouvelle existence, caressant de nouvelles espérances

et d'heureuses pensées qui remplissaient son esprit pendant ses longues journées de travail ou murmuraient dans son cœur pendant ses nuits d'insomnie.

Même le souvenir hideux de ce qui lui était arrivé en Amérique avant sa maladie, cette nuit dans la forêt de pins, cette obscurité d'un hiver septentrional durant laquelle le misérable inconnu avait montré sa tête à la fenêtre de la hutte et fixé sur lui ses yeux de bête fauve, même ce souvenir redouté s'effaçait quelque peu de sa mémoire, et il pouvait se hasarder à penser avec calme aux détails de cette tragique scène et se dire : —

« Le sang que j'ai versé là-bas a été justement versé. »

CHAPITRE VI.

PAR LE CIEL, JE T'AIME PLUS QUE MOI-MÊME !

Pendant que Lucius s'abandonnait à ses rêves de bonheur dans ses promenades avec Lucile, derrière la Maison du Cèdre, sous le ciel enfumé de Londres, Hossack suivait la cantatrice de ville en ville, heureux dans cette poursuite qui donnait un but à sa vie oisive, quoique ce but fût insensé. Donnez à un homme la jeunesse, la santé, l'énergie, un beau revenu, il lui manquera encore une chose, sans laquelle l'existence peut devenir un fardeau plus ou moins pesant pour cet homme. Cette chose, c'est un but à atteindre. Hossack n'ayant pas eu à l'Université les succès qu'il aurait pu y obtenir, non par défaut de capacité, mais un peu parce qu'il avait trop de facilité dans le caractère, un peu parce qu'il était le favori de chacun, un peu parce qu'il était toujours le premier dans toutes les parties de plaisir, on avait conclu qu'il n'était propre à aucune carrière spéciale, qu'il n'avait pas de vocation déterminée, de talent suffisant pour se distinguer de la foule de ses semblables, et que ce qu'il pouvait faire de mieux, c'était de jouir de l'immense fortune que son père avait acquise dans le commerce et de goûter tous les plaisirs qu'elle lui permettait.

Sa première expérience, pour ainsi dire, dans cette voie et dans celle d'une vie entièrement indépendante, fut son voyage de deux ans dans le Far West, où le plaisir qu'il cherchait le mit face à face avec la mort, mais n'en fut pas moins rangé au nombre des plaisirs de sa vie. Après avoir tâté de l'Amérique, il avait voulu en faire autant du vieux monde, toutes les fois qu'il lui prenait envie de voyager ; non en faisant le tour du globe en quatre-vingt-dix jours, comme les excursionnistes, mais en allant passer un automne en Norvége, un hiver à Rome, un printemps en Grèce, un été en Suède, et ainsi de suite, jusqu'à ce qu'il commençât à s'avouer, comme il le disait en forme de causerie, qu'il avait épuisé la carte de l'Europe.

A part sa passion pour l'adorable Mme Bertram, qui était assez forte pour lui faire gravir le Mont Everest, si la cantatrice était allée se faire entendre sur son sommet, il trouvait une véritable jouissance dans ces excursions d'une ville de province à une autre, dans ces journées passées au sein du farniente au milieu de ces vieilles cités sopori-fiques qui étaient aussi nouvelles pour lui qu'aucune contrée inexplorée de l'Europe. Ces grandes cathédrales sombres, ces églises abbatiales qu'il visitait le matin avant son dé-jeuner, avec insouciance, mais non sans un sentiment de respectueuse piété, et où il rencontrait quelquefois des des-servants et des choristes en aube blanche qui chantaient le service du matin, ces squares à peu près déserts où la pompe publique et une croix du moyen âge n'attiraient presque personne, excepté pendant les jours de marché, ces grandes routes à tourniquet, au delà de la Grande Rue, où quelquefois

une avenue d'ormes aboutissait et témoignait de la sollicitude de quelque corporation du passé qui n'était pas dé-
pourvue d'un certain goût pour le pittoresque, toutes ces
choses qui se répétaient avec peu de variété dans la plupart
des villes, ne manquaient pas d'inspirer à Hossack un doux
intérêt.

Il contemplait avec étonnement ces belles maisons en
briques rouges, dans une partie de la Grande Rue, ces respectables habitations de la classe moyenne que chacun
connaît et dont chaque ville anglaise peut s'enorgueillir,
sans regretter qu'elles soient éloignées de ces centres d'un
commerce fiévreux qui fait la fortune des nations : maisons
dont les fenêtres resplendissaient de propreté, sans la moindre
souillure ou tache de poussière, de fumée, ou de pluie; maisons où le pas de la porte était si luisant qu'on eût dit que
nul pied ne l'avait jamais touché, et dont les balcons verts
étaient remplis de géraniums plus écarlates que les autres
géraniums, et où ne se montrait jamais aucune feuille
fanée; maisons dont l'intérieur, asile des vertus domestiques, de l'argent comptant, et de l'eau de savon, était pro-
tégé contre tout regard indiscret par des rideaux en mousseline empesée, que tenaient suspendus des tringles de
cuivre; maisons enfin où le collecteur de taxes ne se présentait jamais en vain et dont le brillant marteau n'était jamais
soulevé rudement par la main d'un créancier.

Quelquefois, à la tombée de la nuit, Geoffrey apercevait
à travers les rideaux une tête chauve et une paire d'yeux
qui regardaient gravement dans la rue déserte, mais sans
paraître s'attendre à y voir paraître personne. La plaque de
cuivre clouée sur la porte lui apprendrait la profession du
respectable gentleman qui habite la maison, que ce soit un

avoué, un médecin, un architecte, ou un banquier; et alors il se perdrait dans un labyrinthe de conjectures, admirant que ce vieillard ait pu supporter le fardeau de la vie dans cette amosphère d'une honorabilité si monotone, regardant toujours à travers la même fenêtre, et les mêmes barreaux qui la protégent. Puis il retournerait à son hôtel, après cette courte étude de la vie humaine, plus sage et plus heureux, remerciant la Providence d'avoir arrangé les choses de telle sorte qu'il pût avoir à la fois la jeunesse, la santé, et une fortune indépendante, c'est-à-dire la clef de l'univers.

Stillmington, dans le comté de Varwick, est une ville de beaucoup en avant sur les vieilles villes, où l'on peut entendre, le matin, le bonjour que le boucher adresse à son voisin, d'un bout de la rue à l'autre, où le bourdonnement d'une grosse mouche fait une agréable diversion au silence universel. Stillmington est située au milieu d'un beau pays de chasse, et aussi longtemps que les renards peuvent y être poursuivis, on n'y entend que l'agréable bruit du galop des chevaux sur des routes bien entretenues et celui des éperons sur les pavés des rues vierges de poussière. Stillmington se vantait de posséder un hôtel aristocratique, non pas un de ces hôtels modernes créés par des sociétés à responsabilité limitée, mais un hôtel de famille, à la vieille mode, dispendieuse et exclusive, où chacun mange dans la vaste solitude de son appartement particulier, et où l'on se regarde fièrement quand on se rencontre dans les corridors ou sur les escaliers, au lieu de se parquer tous ensemble, séparés seulement les uns des autres par un intervalle limité, et de manger sans honte sous les les yeux de tous, comme les passagers d'un bateau à vapeur de la Compagnie Cunard. Stillmington possède aussi une source dont les eaux salutaires à la santé sont cependant passées de mode, et un jardin public à travers les allées ombragées duquel serpente la Still; jardin dont les beautés toutefois sont assez négligées par les autorités locales, si ce n'est quand il doit y avoir une réunion pour le tir à l'arc ou pour une partie de croquet.

Par un beau temps d'avril, alors qu'un soleil splendide et un ciel sans nuage donnent un avant-goût de l'été, Geoffrey se trouvait à Stillmington. Son enchanteresse y était venue donner quelques concerts et distraire les habitants de Burleysbury, ville manufacturière située à quinze milles de là, dont la grande opulence venait en aide à l'élégance dispendieuse de sa voisine. Il devait y avoir deux concerts à huit jours d'intervalle, et quoiqu'il lui eût entendu cent fois chanter les mêmes morceaux, il n'en était pas moins assidu à toutes ces réunions.

Dans sa poursuite opiniâtre de l'objet de son amour, il ne lui avait jamais parlé, mais il lui avait adressé d'innombrables lettres qui étaient restées sans réponse. Cependant le style en était brûlant et, malgré son emphase, exprimait un sentiment sincère et honnête qui eût touché la femme la moins sensible. Il ne pouvait douter qu'elle ne connût l'auteur de ces épîtres, le même assurément que cet auditeur ambulant qu'elle voyait toujours au premier rang dans toutes les villes où elle se faisait entendre. Son regard, en faisant le tour de l'auditoire comme pour le remercier des applaudissements qui accueillaient son entrée ne manquait pas de s'arrêter un moment sur Geoffrey; mais son beau visage ne perdait jamais ce calme qui la faisait ressembler à une statue.

Cette gravité pensive était l'indice ou d'une grande froideur ou d'un triste désenchantement. Il avait cru quelquefois surprendre comme une lueur dans ses beaux yeux lorsqu'ils s'arrêtaient sur lui. Était-elle émue d'un culte si constant et si désintéressé? Il n'osait le croire.

« Dussé-je mourir d'espérance déçue, pensait-il le jour même de son arrivée, je veux qu'elle apprenne jusqu'où un amour véritable peut conduire un homme sincèrement épris.»

Et tout en faisant le nœud de sa cravate, il s'étonnait qu'une telle passion n'eût pas exercé plus de ravages sur sa personne.

Puis il se rendit dans la salle à manger qui faisait partie de son appartement, et y fit un copieux repas qui lui donna une idée avantageuse des talents du cuisinier de la maison.

Quoique son éducation et sa haute position de fortune l'empêchassent de frayer avec des personnes de condition inférieure, il ne négligeait rien cependant de ce qui pouvait l'aider à se rapprocher de Mme Bertram. Il avait facilement mis dans ses intérêts un certain Shinn, accompagnateur habituel de la chanteuse. Cet artiste chevelu et grand amateur de spiritueux ne lui avait rien appris qu'il ne sût lui-même. Il attribuait à l'orgueil la réserve de la diva vis-à-vis de ses camarades aussi bien que du public : elle ne descendait jamais dans le même hôtel que les autres artistes, et se logeait toujours dans un quartier isolé.

Geoffrey n'avait jamais beaucoup questionné Shinn : pour rien au monde il n'eût voulu exposer sa passion à de vulgaires commérages.

Cependant quelquefois piqué au vif par le froid mépris avec lequel Mme Bertram traitait ses lettres, il l'avait attendue sur son passage, déterminé à avoir un entretien avec elle, si l'occasion s'en présentait; mais cette occasion ne s'était pas encore offerte à lui; et il n'aurait rien voulu faire qui pût provoquer le moindre scandale.

A Stillmington, il conçut l'espérance d'être plus heureux. La petite ville était presque déserte et n'offrait que peu de chance de succès au spéculateur qui avait entrepris d'y donner deux concerts. La saison des chasses était passée, celle des eaux et des fêtes d'été n'était pas encore venue. Stillmington avait pris l'aspect qui lui était particulièrement propre. Les résidents, pour la plupart respectables colonels ou vieux majors, revenus de l'Inde, faisaient de la rue une espèce de cercle où ils causaient à haute voix comme on peut faire chez soi. Ils tenaient en médiocre estime les baigneurs ou les chasseurs qu'ils appelaient des oiseaux de passage. Mais les vrais propriétaires, des briquetiers, qui venus sans un sou s'étaient bâtis des maisons de leurs propres mains, avaient plus de considération pour les oiseaux de passage qu'ils plumaient que pour les vieux majors économes.

La promenade n'avait pas encore sa toilette mondaine, mais déjà les bourgeons des lilas étaient près d'éclater au souffle du printemps. Un jardin réservé établi au moyen de souscriptions, rendez-vous de l'aristocratie aux époques brillantes de l'année, ne recevait que bien peu de visiteurs dans cette saison. Le second jour après son arrivée à Stillmington, Geoffrey vint s'y promener. Shinn lui avait dit le matin quelques mots, qui étaient plus que suffisants pour en faire à ses yeux le site le plus attrayant du monde : il lui avait appris que Mme Bertram et sa jeune enfant étaient allées s'y promener la veille dans l'après-midi. Il les avait vues entrer tandis qu'il méditait, en fumant son cigare, une mélodie en *la* mineur.

Geoffrey agit aussitôt en conséquence. N'était-il pas très-probable que sa divinité reviendrait dans la soirée se promener sous les mêmes ombrages? Le ciel était bleu, le vent soufflait de l'ouest aussi embaumé qu'un zéphyr d'été. Toute la nature l'appelait sous ces allées verdoyantes.

Hossack paya son droit d'entrée à la petite porte, où un gardien s'assoupissait à la lecture d'une feuille locale, et pénétra dans le jardin. Il suivit une allée sinueuse bordée de massifs de rhododendrons et de lauriers, qui aboutissait à un beau point de vue. La rivière au bas d'une prairie vert tendre, mollement ondulée, coulait entre deux rangées de saules pâles et harmonieux au regard.

Il atteignit l'extrémité du bois, sans rencontrer personne. Il descendit sur la rive, regarda les herbes qui la bordaient, avec les yeux d'un connaisseur.

« Bon endroit pour les jeunes brochets, » pensa-t-il.

Puis il bâilla et revint dans le bois.

Il était désert comme auparavant. Les grives, les rouges-gorges, les merles y voltigeaient en faisant entendre leur gazouillement mélodieux, tantôt isolément, tantôt tous à la fois; puis tout retombait dans le silence. Geoffrey alors entendait les sauts des poissons dans la rivière, le frôlement des branches de saule qu'agitait un léger vent d'ouest. Il les écouta, puis bâilla de nouveau, s'avança jusqu'à quelques pas de la porte, revint sur ses pas, s'étira, regarda à sa montre, et finit par se laisser tomber sur un banc rustique qu'ombrageait le feuillage d'un noyer.

« Elle ne viendra certainement pas aujourd'hui, dit-il en allumant un cigare pour se distraire. Cet imbécile de Shinn, avec sa mélodie en *la* mineur, la voit sans la chercher, tandis que moi je la cherche sans la trouver : aujourd'hui dans ce jardin, hier aux étalages des boutiques de la Grande Rue. Maladroit que je suis! Et puis que me répondra-t-elle si j'essaye de lui parler? Peut-être me traitera-t-elle avec le même dédain qu'elle a traité mes lettres? Il me semble quelquefois que son regard est moins froid, qu'elle n'est plus aussi insensible à mon amour. Oh! si ce n'était pas une illusion!... »

Il était devenu rêveur, lui, le moins rêveur des hommes. La douceur de la température, dans cette saison où la nature revient à la vie, les mille bruits de ce réveil de tous les êtres lui semblaient autant de voix chantant un hymne d'amour. Au-dessus d'elles, mélodieuse, vibrante, la voix de son enchanteresse résonnait dans son rêve, plus belle, plus suave, plus enivrante que toutes les autres : c'était comme l'écho de son cœur.

Rêvait-il donc encore?

Il se leva en tressaillant.

Une femme était là, dans le sentier, grande, belle, aux formes sculpturales.

C'était elle!

Elle marchait lentement, suivant des yeux sa petite fille occupée à cueillir des fleurs sur le gazon et lui recommandant de ne pas trop s'éloigner.

Il se leva et s'avança la tête découverte. Elle essaya de l'éviter en pressant le pas, sans laisser apercevoir la moindre marque d'embarras dans sa contenance. Mais il était résolu.

« Madame, commença-t-il, pardonnez, je vous prie, la liberté que je prends; le désespoir rend hardi : il ne m'a inspiré que ce moyen d'arriver jusqu'à vous. »

Elle jeta sur lui un regard empreint de mépris.

« Vous avez choisi, pour vous présenter vous-même, un monsieur, moyen qui peut difficilement vous servir de recommandation, dit-elle; je vous prie de me laisser continuer ma promenade. Viens, Flossie, prends ton panier et donne-moi la main.

— Comment pouvez-vous être si cruelle? dit-il d'un ton suppliant. Pourquoi refusez-vous de m'entendre? Je ne suis point un homme sans éducation; si ma façon de me présenter à vous aujourd'hui semble peu digne d'un gentleman...

— Semble!... répéta-t-elle avec un léger ton de dédain.

— Si elle n'est pas digne d'un gentleman, vous devez considérer que je n'en avais plus d'autre. N'ai-je pas acquis quelques droits à votre attention par la constance de mon culte, par l'infatigable dévouement dont j'ai fait preuve en vous suivant de ville en ville, attendant avec patience quelque heureuse occasion, comme celle-ci, de vous entretenir?

— Je ne sais pas si je vous dois quelque reconnaissance pour ce que vous appelez votre dévouement, répondit-elle d'un ton froid; tout ce que je puis vous dire, c'est qu'il m'est extrêmement désagréable de me voir ainsi suivie de ville en ville, et que je vous serai extrêmement obligée, si vous voulez mettre fin à cette indiscrète et inutile poursuite.

— Doit-elle donc être toujours inutile? Ne puis-je concevoir aucune espérance? Mes lettres vous ont dit qui je suis, ce que je suis, et ce que j'ai osé espérer.

— Vos lettres?

— Oui; vous les avez reçues, n'est-ce pas?

— J'ai reçu, en effet, quelques lettres bien folles; en êtes-vous l'auteur?

— Oui; je suis Geoffrey Hossack.

— Ainsi, vous courez le monde, monsieur Hossack, demandant à des femmes, dont vous ne savez absolument rien, de consentir à vous épouser, reprit-elle en lui jetant un regard pénétrant de ses yeux, dont l'expression ne lui était pas inconnue, sans qu'il se rappelât où il en avait vu de pareils?

— Sur mon honneur, madame, lui répondit-il gravement et avec une chaleur dont la véhémence attestait sa sincérité, vous êtes la première et la seule femme dont j'aie jamais demandé la main. »

Ce ton vrai, ce regard loyal qui affrontait hardiment son propre regard, parurent avoir touché Mme Bertram. Ses joues se colorèrent légèrement et ses paupières s'abaissèrent. C'était le premier signe d'émotion qu'Hossack eût encore vu sur son visage.

« S'il en est ainsi, je ne puis que vous remercier de l'honneur de votre préférence et regretter que vous ayez mis un si grand dévouement au service d'une femme qui ne peut jamais être pour vous autre chose qu'une étrangère. »

Geoffroy jeta un regard sur la petite fille avant de donner un libre cours aux accents de toute sa passion. L'innocente enfant s'était éloignée pour cueillir des primevères sur la pelouse.

« Jamais!... répéta-t-il. Jamais autre chose qu'une étrangère!... Est-il sage de faire si peu de cas d'une passion honnête... d'un amour assez violent pour tout souffrir ou tout oser? Mettez-moi à l'épreuve, madame. Je ne vous demande pas d'avoir confiance en moi sur ma simple parole. Dieu sait jusqu'où peut aller ma patience. Regardez-moi seulement et daignez me dire : Geoffrey Hossack, ne désespérez pas. Alors j'attendrai votre bon plaisir pour tout le reste. Oui, j'attendrai, fidèle et idolâtre ; pour vous, je me ferai une position dans le monde, pour vous je deviendrai illustre un jour.

— Fussiez-vous Lord Chancelier, dit-elle avec un triste sourire, ce serait absolument la même chose. Vous et moi ne pouvons jamais être qu'étrangers l'un pour l'autre, monsieur Hossack. J'en suis fâchée pour votre folle passion, tout autant que je le serais pour un enfant gâté qui demanderait la lune. Vous voyez cette nouvelle lune de Mai qui monte là-bas dans le ciel, froide et voilée, eh bien! elle est aussi près de vous que je pourrai jamais l'être moi-même.

— Je ne puis accepter cette sentence, s'écria-t-il du ton le plus passionné, et comme s'il était cet enfant gâté qui veut absolument avoir la lune. Donnez-moi seulement une lueur d'espoir, ne soyez pas assez cruelle pour me refuser votre amitié, laissez-moi vous voir quelquefois, comme vous pourriez le faire si vous m'aviez rencontré dans le monde. Pardonnez-moi mon audace de m'être présenté à vous comme je l'ai fait aujourd'hui, en vous rappelant que c'était le seul moyen de franchir la barrière qui nous sépare. J'ai attendu si longtemps cette occasion! Pour l'amour de Dieu ne me dites pas que j'ai attendu en vain! »

Il se tenait debout, tête nue, jeune et beau; sur sa figure candide brillaient la passion et la sincérié. L'expression d'une tristesse digne de pitié se lisait dans ses yeux accoutumés naguère à considérer la vie si gaiement. Un tel homme ne pouvait pas être repoussé légèrement, il n'était pas de ceux dont on peut mépriser ou dédaigner les hommages.

Elle répondit avec la même froideur : —

« Je vous le répète, monsieur, rien n'est plus insensé que cette fantaisie.

— Fantaisie !... répéta-t-il amèrement. C'est une passion qui a pris possession de mon cœur pour la vie, et vous l'appelez une fantaisie !

— Oui, rien ne peut être plus insensé, continua-t-elle, sans prendre garde à son interruption. Je ne puis accepter votre amitié dans le présent; je ne puis prévoir la possibilité de répondre à votre affection dans l'avenir. Ma route dans la vie est toute tracée devant moi, qu'elle soit étroite, stérile, peu importe, il faut que j'y marche dans l'isolement, à l'exception de la compagnie de cette chère enfant. Oubliez votre admiration déplacée pour une femme qui n'a rien fait pour la provoquer. Retournez aux sentiers battus de la vie. L'amour tient si peu de place dans l'existence d'un homme ! Vous êtes jeune, riche, indépendant; vous avez le monde entier devant vous, monsieur Hossack. Remerciez Dieu pour tant de bienfaits, et... avec un sourire qui était quelque peu empreint d'amertume, elle ajouta : Ne demandez pas la lune. »

Elle le salua en inclinant gravement sa belle tête, et alla chercher son enfant. Elle le laissa immobile, interdit plus amoureux que jamais.

CHAPITRE VII.

LE CHAGRIN A BESOIN D'AMIS.

Geoffrey, nonobstant sa déconvenue se rendit le soir dans la salle de concert de Stillmington. Il pensait avoir compromis toute espérance par sa démarche; il ne pouvait douter à présent que cette souveraine beauté ne cachât un cœur de-marbre. Malgré tout, il sentait son amour grandir en raison des obstacles qui lui étaient opposés.

La réunion dans les salons du concert, n'était pas nombreuse. A vrai dire, Stillmington dépensait tant d'argent pour se donner un air de noblesse qu'il ne devait guère lui en rester pour d'aussi futiles plaisirs. Les habitants se visitaient les uns les autres en voitures de louage, ce dont il était parlé après chaque réunion. La distance qui séparait chaque habitation était peu considérable, mais celui qui eût conduit sa femme à pied à un dîner eût passé pour un homme mal appris ou pour un pingre. Les concerts toutefois était considérés dans cette ville comme un genre de distraction fashionnable et aristocratique quoique médiocrement amusant, et s'adressant plus particulièrement, d'ordinaire, à la classe la plus élevée, à cause du fréquent usage

qui y était fait de langues étrangères qu'il était de bon ton
de paraître comprendre. Il y avait donc en général, à ces
occasions, dans la salle de concert une assez belle réunion
de l'élite des Stillmingtonniens, et ce soir-là on y voyait bon
nombre de toilettes d'Opéra ; un assemblage de gentlemen
aux longs favoris grisonnants et, sur les banquettes plus
étroites destinées aux auditeurs plus vulgaires, des femmes
et des filles de commerçants dans leurs plus beaux atours.

Geoffrey prit place parmi ce monde d'élite, le cœur à l'envers. Son rêve si longtemps caressé avait fait place à un
triste réveil. Il ne lui restait plus que le privilège d'entendre
cette douce voix, dont les accents enchanteurs avaient ino-
culé dans son âme la folie à laquelle elle était en proie.

« Je deviendrai un moderne juif-errant, pensait-il, et
elle me haïra. Je la fatiguerai de mon odieuse présence,
jusqu'à ce qu'elle passe de l'indifférence à l'aversion. Je n'y
puis rien. Ma destinée est de l'aimer et un homme ne peut
échapper à sa destinée. »

Elle chanta ce vieil air italien qu'il aimait tant... cette
mélodie dont les accents pathétiques ont rempli tant de
cœurs de leur douce tristesse, en leur rappelant de chers
souvenirs et de vains regrets.

Pour Geoffrey, ces accents expressifs parlaient d'un amour
présent, d'un amour dominant, triomphant dans la plénitude
de sa force et de sa passion.

« *Voi che sapete che cosa è amor*, se disait-il amèrement à
lui-même. Si je le sais, hélas ! c'est même la seule chose
que je sache encore, dans l'obscurcissement de mes facultés. »

Leurs yeux se rencontrèrent une fois dans le regard
qu'elle jeta autour de la salle. Il crut rêver ! ce regard de

glace s'était adouci ; il y lisait comme un regret ; son imagination voulut y voir un encouragement.

Que ne l'avait-elle regardé ainsi dans la rencontre au
jardin ! Qui peut savoir ce qui serait arrivé. Peut-être l'eût-
il saisie dans ses bras ! Décidément il extravaguait.

Il ne la quitta plus des yeux tant qu'elle chanta. Quand
elle eut fini, l'estrade d'où elle s'était retirée ne lui offrit
plus aucun intérêt. D'autres exécutants se firent entendre ;
mais les voix et les instruments n'étaient plus pour lui
qu'un vain bourdonnement. Elle reparut après un intervalle qui lui sembla un siècle, et chanta quelque chose de
Balfe ; un poëme de Longfellow, intitulé *Le Lever du jour*,
triste comme presque tout ce qu'elle chantait, mais plein
d'harmonie et de sentiment.

Pendant le temps qui sépara le second concert du premier, Geoffrey arpenta Stillmington et ses alentours avec
une intrépidité qui aurait pu faire honte au facteur local,
car celui-ci à la longue était fatigué de ses courses, tandis
que Geoffrey ne l'était jamais. En vain parcourut-il l'aristocratique Grande Rue ; en vain s'arrêta-t-il près de la porte
du cabinet de lecture, de celle du magasin d'objets de fantaisie, de celle du marchand de musique, où quelque personne était continuellement occupée à essayer des pianos ;
en vain circula-t-il dans l'intérieur ou autour du jardin où
il avait osé la fatiguer [de ses protestations si mal reçues...
il ne la rencontra nulle part.

Une seule consolation lui restait, assez folle comme toutes
celles dont l'amour se repaît volontiers. Il savait où elle
demeurait, et, dans le calme demi-jour de la soirée, quand
le silence enveloppait Stillmington comme d'un manteau, il
s'aventurait dans la rue déserte sur laquelle s'ouvraient les

fenêtres de Mme Bertram, contemplait la faible lueur de
sa lampe, se présentait devant elle par la pensée, et lui tenait
compagnie malgré elle.

La rue où elle logeait était dans un faubourg de la ville
nouvellement bâti, rue bordée de maisons de médiocre apparence, échantillons du savoir faire des spéculateurs en constructions; suite de maisonnettes carrées qui ne différaient en
rien les unes des autres, depuis le numéro premier jusqu'au
numéro trente; mesquines, sans pittoresque, communes;
habitations que l'amour lui-même n'aurait pu embellir.
Mme Bertram occupait le premier étage, au-dessus d'une
petite boutique de mercerie, qui, on le comprenait tout de
suite, ne pouvait être tenue que par une veuve : l'étalage
consistait en bagatelles de peu de valeur à l'usage des
femmes, blouses d'enfants, gants, fleurs artificielles, et autres
objets de différentes sortes, mais tout à bon marché, et
qu'une ondée de printemps aurait réduites en bouillie ou en
lambeaux sans valeur même pour un moulin à papier, tant
ils étaient de qualité inférieure.

C'est dans cette rue, entre sept et huit heures du soir, que
Hossack avait l'habitude d'aller fumer son cigare de l'après-
dînée, sans aucune espérance de la voir, mais éprouvant un
triste plaisir à se sentir dans le voisinage de sa bien-aimée,
absolument comme ceux qui se promènent au crépuscule
dans un cimetière sous la terre duquel gisent des êtres qui
leur furent chers. La lumière vacillante de la bougie projetant ses pâles lueurs à travers le store blanc, le réjouissait
un peu.

« C'est sa main peut-être qui a allumé cette bougie, pensait-il, elle est là, seule. »

Car pour lui, chez qui l'instinct de la paternité était encore endormi, la compagnie d'un enfant ne comptait pas au milieu de ces humbles demeures, quand sa gentillesse eût rehaussé les magnificences d'un palais.

Un soir, il fut assez hardi pour pénétrer dans la petite boutique.

« Avez-vous des gants qui aillent à ma main?... Mon point est huit ou neuf, je crois. »

Comme il l'avait supposé, la mercière était veuve. Elle sortit du petit parloir et ferma l'arrière-boutique pour venir assister une jeune fille dont la petite figure était ornée de tire-bouchons et qui cherchait sans trop de hâte au milieu des rayons et des paquets enveloppés de papier portant des étiquettes hiéroglyphiques.

« Tu ne sais jamais trouver les choses, Mathilde! Il y a là, sur ce rayon, un paquet de gants pour hommes... Je suis désolée, monsieur, de vous faire attendre. Nous avons un grand assortiment de gants de tout genre. Vous préférez des gants de fil, peut-être? La saison devient si chaude!

— Oui, des gants de fil feront mon affaire, » dit Geoffrey qui n'avait jamais porté que des gants Jouvin à cinq shillings la paire.

Il s'assit et promena les yeux autour de lui.

« C'est au-dessus de cette misérable boutique qu'elle vit, » pensa-t-il.

Il écouta s'il entendrait le bruit de ses pas légers, tandis qu'on lui cherchait des gants.

« Je crois que l'une des dames qui chantent dans le concert demeure chez-vous? dit-il, en ayant l'air d'essayer ses gants.

— Oui, monsieur, Mme Bertram, une jeune dame pleine de douceur et d'affabilité.

— Mais pas trop causeuse, mère, dit la jeune fille. C'est
à peine si l'on peut lui tirer une demi-douzaine de paroles
de la bouche. M'est avis qu'elle est très-fière, malgré sa
douce voix.

— Tais-toi, Mathilde; tu es toujours disposée à dénigrer
les gens, dit la mercière en forme de remontrance. Je
pense que cette paire vous ira parfaitement, monsieur, dit-
elle à Hossack, pendant qu'il introduisait ses doigts ro-
bustes dans le lâche tissu des gants. Pauvre chère dame,
elle ne songeait pas à faire la fière quand elle me parlait ce
matin de sa petite fille!

— De sa petite fille! Il ne s'agit de rien de grave, j'espère.

— Mais si, monsieur, c'est grave. La pauvre chère petite
a la fièvre scarlatine. Elle est très-abattue et sa mère est
très-inquiète; mais, comme je le lui disais tout à l'heure,
il ne faut pas s'effrayer, les enfants reprennent bien vite le
dessus. Ma fille Mathilde l'a eue aussi et elle n'en est pas
moins bien portante à présent.

— Vous êtes sûre que l'enfant n'est pas en danger? dit
Geoffrey avec inquiétude, non qu'il s'intéressât beaucoup à
l'enfant; mais c'était la fille de sa bien-aimée, son unique
affection.

— Non, monsieur, je ne pense pas qu'il y ait danger. La
fièvre a été très-forte, il est vrai; mais le docteur n'a pas
dit qu'il y eût lieu de s'inquiéter. Il reviendra la voir ce soir.

— Il vient donc deux fois par jour? Cela paraît indiquer
que le mal est sérieux.

— C'est Mme Bertram qui l'a voulu : elle était dans un
tel état d'inquiétude, la pauvre femme! »

Geoffrey garda le silence pendant quelques instants. Il
réfléchissait que, s'il pouvait se lier avec la mercière, ce

serait une bonne fortune : il se sentirait ainsi plus près d'elle
dans l'affliction où elle était plongée. Cette idée, qu'elle pût
éprouver un vif chagrin et qu'il était hors d'état de la consoler, lui était insupportable.

« J'ai entendu Mme Bertram bien souvent, dit-il, et j'ai
été charmé de sa voix. Je m'intéresse beaucoup à elle
en ma qualité d'amateur. Je prendrai la liberté de revenir
demain soir pour m'informer de l'état de la petite. Mais je
vous prie de n'en rien dire à Mme Bertram : je lui suis
entièrement inconnu et elle pourrait être fâchée d'apprendre qu'un étranger se soit informé d'elle. Je prendrai une
demi-douzaine de paire de gants. »

Il tira de sa poche un souverain, précieuse monnaie
qui ne paraissait pas souvent sur cet humble comptoir. La
veuve vida sa caisse pour rendre à ce prodigue acheteur ce
qui lui revenait sur sa pièce.

« Une demi-douzaine de gants à seize pence font sept
shillings et six pence. Je vous remercie, monsieur. Avez-
vous besoin de mouchoirs de poche? je puis vous en faire
voir.

— Non, pas ce soir, je vous remercie. Je verrai des
mouchoirs demain, » dit Geoffrey.

Et il partit, heureux de penser que, moyennant quelques shillings, il pourrait avoir des nouvelles de Mme Bertram.

Il se rendit tout droit chez le meilleur fruitier de la ville,
qui était sur le point de fermer sa boutique, et y acheta du
raisin de serre chaude à quatorze shillings la livre; il
l'envoya immédiatement à Mme Bertram. Il n'avait jamais
manqué, depuis qu'il la poursuivait de ses assiduités, de lui
envoyer son tribut de fleurs de choix, mais elle ne lui avait

jamais donné la satisfaction de se parer d'une seule de ces fleurs.

Elle devait chanter dans la soirée suivante.

« Si son enfant est plus malade, elle ne paraîtra pas au concert, » pensa-t-il.

Mais quand il vint prendre de ses nouvelles chez la mercière, il sut que la petite fille était mieux et que sa mère devait chanter le soir.

« On a apporté du raisin hier soir, après votre départ, monsieur, dit la veuve. Est-ce vous qui l'avez envoyé ? Mme Bertram en a paru bien heureuse. La pauvre enfant était encore brûlante de la fièvre et le raisin lui a fait grand bien.

— Vous ne lui avez pas parlé de moi ?

— Pas un mot, monsieur.

— C'est bien. J'enverrai encore du raisin. S'il est quelque autre chose que je puisse encore envoyer, dites-le-moi. A propos, vous pouvez faire remettre chez moi une douzaine de mouchoirs de poche. Je n'ai pas besoin de regarder à la qualité, pensa-t-il, ils seront toujours assez bons pour mon groom. Puis il ajouta : Je vous serai très-reconnaissant si vous pouvez me suggérer quelque chose que je puisse faire pour la petite fille.

— Je ne vois rien que je puisse vous indiquer, monsieur. Sa mère ne la laisse manquer de rien. Mais le raisin a été une surprise. Je ne croyais pas qu'on pût en avoir ici, a dit Mme Bertram. Mais peut-être a-t-elle reculé devant le prix, monsieur. Car elle ne paraît pas être fort à son aise. »

En proie à la pauvreté ! Cette pensée lui fit mal.

Il continuait à prodiguer sa fortune, mais il ne parvenait plus à se procurer le bonheur. Il avait été certainement heureux, autant qu'il pouvait l'être, avant d'avoir connu Mme Bertram; mais maintenant qu'il avait éprouvé les douleurs d'un amour repoussé, il ne pouvait plus revenir à ce bonheur du passé, à ces joies des âmes vulgaires qui n'ont besoin que de vulgaires plaisirs.

Il était à sa place, sur un fauteuil du premier rang, quand le concert commença; il écouta patiemment les solos de piano, les duos, les trios de piano, violon et violoncelle, et les gazouillements des voix de soprano et de contralto, les morceaux de musique ancienne et moderne; mais tout cela traversa son oreille sans y faire d'impression jusqu'à ce qu'*elle* parut.

Elle était vêtue avec simplicité et portait sur le visage l'empreinte d'une douce tristesse et de cette fierté calme qui semblait le tenir à distance, tandis qu'un rapide regard d'amour et de pitié, qui semblait l'attirer à elle, s'échappait de ses yeux remplis de tendresse.

Cette fois, son regard lui parut pathétique au suprême degré, car il connaissait sa secrète douleur, il savait que son cœur était tout entier auprès de son enfant malade.

Elle chanta son ancien chant familier, une vieille ballade intitulée *la Guirlande de fleurs*, simple histoire d'un amour malheureux dont les accents plaintifs émurent jusqu'aux larmes bien des auditeurs. Geoffrey était ravi.

A la fin du concert, il alla se placer près d'une petite porte qui servait d'entrée aux artistes, et y attendit que Mme Bertram sortît; elle fut une des premières; mais elle n'était pas seule, la fille de son hôtesse l'accompagnait.

La pitié et la violence de son amour le rendirent hardi. Il osa une fois encore adresser la parole à la femme qui ne l'avait accueilli naguère qu'avec mépris.

« Pardonnez-moi, madame, lui dit-il, j'ai appris que
votre petite fille est malade, et je suis désireux de savoir si
je puis vous être de quelque utilité en cette circonstance.
N'y a-t-il rien que je puisse faire?

— Rien, répondit-elle tristement, sans ralentir le pas.
Vous êtes bien bon de venir à mon aide; mais à moins que
vous puissiez rendre à ma chère enfant la santé et la force,
vos services ne me sont d'aucune utilité. Elle est dans les
mains de Dieu; je serai patiente. Je veux espérer que ce
n'est qu'une maladie légère et que je ne deviendrai pas la
plus malheureuse des femmes. Cette enfant est le monde
entier pour moi.

— Êtes-vous satisfaite de votre médecin, ou dois-je en appeler un autre? Je télégraphierai à Londres pour faire venir
celui que vous m'indiquerez.

— Vous êtes bien bon, répondit-elle avec douceur et d'un
ton bien différent de celui qu'elle avait eu dans le jardin.
Non; je n'ai aucun motif d'être mécontente du docteur qui
lui donne ses soins. Il est bon et semble habile. Je vous remercie de la bonne volonté que vous me témoignez. »

Ils étaient arrivés dans la rue où elle logeait. Elle lui fit
une petite révérence et disparut. Il se promena dans la rue
pendant une heure, ne perdant pas de vue les fenêtres de sa
chambre; puis il retourna à l'hôtel, où il passa une nuit sans
sommeil. Comment aurait-il pu dormir, la sachant malheureuse?

CHAPITRE VIII.

SOUPÇONS.

Vers le matin, les exigences de la nature triomphèrent des peines de l'amour. Après toute une nuit d'agitation et de fiévreuse insomnie, Hossack dormit profondément jusqu'à midi, mais ce ne fut pas d'un sommeil ordinaire, car les visions qui remplirent son cerveau furent embellies par l'image de sa bien-aimée. Elle était avec lui dans ce monde des rêves où tout est calme et beau, où il n'y a ni concert ni enfant malade, où tout est bonheur et amour.

Il sortit à regret de ces charmantes illusions, s'habilla, déjeuna à la hâte, et se rendit directement chez la petite mercière. Après la façon gracieuse dont Mme Bertram lui avait parlé la veille au soir, il lui sembla qu'il pouvait hasarder une visite. Elle, qui avait repoussé si durement son amour, n'avait pas refusé sa sympathie. Elle l'avait remercié même de cette voix pénétrante qui, dans la conversation, comme en rêve, lui allait droit au cœur.

La jeune fille était assise derrière le comptoir quand il entra.

« Comment va l'enfant ce matin? demanda-t-il avec empressement.

— Ah! monsieur, elle n'est pas trop bien. Sa pauvre mère l'a veillée toute la nuit et le docteur semble plus inquiet. »

Une petite porte intérieure s'ouvrit en ce moment et la figure pâle et défaite de Jane Bertram parut sur le seuil.

Il n'aurait jamais pensé qu'une seule nuit d'inquiétude pût produire un tel changement.

« Elle est plus mal, dit-elle en regardant la jeune fille avec des yeux hagards qui semblaient à peine voir les objets autour d'elle. Pour l'amour de Dieu, courez chez le docteur.

— Elle ne peut pas être aussi mal que vous le croyez. Voyons, prenez courage, madame, répondit la jeune fille avec bonté. Je vais courir chez M. Vincent, si vous le voulez. »

Et tout en parlant ainsi, elle mettait son chapeau.

« Je ne sais, dit Mme Bertram d'un ton de découragement, je ne sais ce que je dois faire. Elle n'avait pas été aussi mal jusqu'ici. »

Elle remonta l'escalier, suivie par Geoffrey, que la pitié enhardissait. Il s'arrêta sur le seuil de la petite chambre à coucher, pauvrement meublée, mais propre et sans la moindre tache dans ses draperies en basin blanc, sur son parquet bien balayé, et sur le papier tout frais qui tapissait les murs. La petite malade était couchée, ses cheveux blonds épars sur l'oreiller, ses yeux bleus brillant du feu de la fièvre. L'hôtesse était assise auprès du lit, où elle avait veillé avec la mère.

Celle-ci se pencha sur l'enfant, lui donna d'ardents baisers, murmura quelques mots d'amour à peine intelligibles, puis se retourna vers la porte et fut surprise d'y voir Geoffrey.

« Vous ici ! exclama-t-elle à sa vue, mais sans aucune expression de mécontentement.

— Oui, j'éprouve un si grand désir de vous être utile ! Voulez-vous m'accorder deux minutes ici, dit-il en montrant le salon dont la porte était ouverte. L'enfant ne court aucun risque sous la garde de votre excellente amie.

— Oh ! répondit tristement la mère, je ne puis rien faire pour elle. Dieu seul peut nous aider, Dieu seul qui a eu pitié de la femme coupable dans son agonie. »

Ces derniers mots frappèrent étrangement son oreille, mais il les laissa passer sans aucune observation, comme le cri involontaire d'une âme réduite au désespoir. Que pouvait-elle avoir de commun avec le crime, elle dont la vie respirait la pureté et l'innocence ?

« Je vous ai proposé hier d'appeler un autre médecin, dit-il, j'espère que cela n'est pas nécessaire ; mais vous êtes si inquiète que cela vous sera une consolation. J'en connais justement un qui excelle à traiter les maladies des enfants. Il est jeune et son nom n'a encore de célébrité que parmi les pauvres. Je puis vous en parler avec confiance, il est mon ami. Permettez-moi de lui envoyer un télégramme, et je suis certain qu'il arrivera immédiatement. »

Les yeux de Mme Bertram brillèrent quelque peu, et elle jeta sur Geoffrey un regard de gratitude.

« Combien vous êtes bon d'avoir pensé à cela, dit-elle. Oh ! oui, oui, je vous en prie, envoyez-lui un télégramme. Un homme tel que lui peut sauver ma chérie, même s'il y a du danger, et le docteur dit qu'il n'y en a pas. Je vous en prie, envoyez un télégramme à cet excellent homme. Je ne suis pas bien riche, mais je lui donnerai avec plaisir tout ce que mes moyens me permettront de lui donner, et je serai sa débitrice pour le reste, que je lui payerai plus tard.

— Il ne demandera pas d'honoraires, répondit Geoffrey en souriant. C'est mon ami, et il ferait un bien plus long voyage que celui-là pour m'être agréable. Comptez-y, il sera ici avant ce soir. Si je pensais qu'il y eût dans tout Londres, un homme préférable à celui que je vais appeler, croyez bien que je le ferais venir. »

Il donna sa main à Mme Bertram, qui ne la refusa pas; du moins, elle laissa sa petite main fiévreuse rester dans celle de Geoffrey, un court mais délicieux moment, peut-être sans en avoir conscience. Il sentit qu'il avait gagné bien du terrain depuis le jour de l'entrevue dans le jardin. Il avait conquis le droit de se présenter chez elle.

Il se jeta dans la première voiture qu'il rencontra, dit au cocher de le conduire au plus vite à la station du chemin de fer, on n'avait pas encore établi les bureaux télégraphiques que nous avons aujourd'hui, et il fit partir le télégramme suivant, dont il paya le port ainsi que celui de la réponse : —

De Geoffrey Hossack, Stillmington, Warwickshire, à Lucius Davoren; 103, *Shadrack Road, Londres.*

« *Venez ici de suite pour visiter un enfant malade. Pas de* « *temps à perdre. Votre prompte arrivée est le plus grand* « *plaisir que vous puissiez me faire. L'adresse du malade est* « 15, *Marlow Town, Stillmington. Réponse payée.* »

Après avoir remis ce télégramme aux mains de l'employé, Geoffrey commença à réfléchir aux chances de retard que sa transmission pouvait éprouver. Ce système télégraphique, en effet, qui eût semblé si merveilleux à nos ancêtres, n'est pas encore assez rapide pour l'impétueuse impatience d'un jeune homme de nos jours.

Il paraît, à tout prendre, un procédé encore bien lent. La science a rendu la transmission aussi rapide que la marche de la lumière, mais l'insouciance des employés et la lenteur des messagers pédestres mettent des entraves aux ailes de l'électricité, de sorte qu'une dépêche dont la transmission sur le fil ne demande que quelques secondes, peut cependant n'arriver au destinataire que plusieurs heures après être sortie des mains de celui qui l'envoie.

Il revint pour savoir comment allait la petite malade. Elle dormait d'un calme sommeil et sa mère semblait moins inquiète. Ces nouvelles soulagèrent beaucoup son cœur; il retourna à son hôtel, fuma un cigare, fit une partie de lansquenet avec quelques officiers de la garnison, et passa ainsi son temps jusqu'au moment où un domestique de l'hôtel lui apporta la réponse à son télégramme. Elle était courte et positive; la voici : —

« *J'arriverai à Stillmington par le dernier train. Il faut* « *que je voie mes malades avant de partir.* »

Le dernier train! C'était bien tard. Il était alors quatre heures, et le dernier train n'arrivait à Stillmington qu'à onze.

« Comme ces docteurs prennent les choses froidement! » se dit-il.

Il pensait que son ami devait abandonner tous ses autres malades à leur sort pour ce jeune enfant. Le dernier train! Était-ce là la mesure de son amitié?

Heureusement les dernières nouvelles étaient rassurantes. Sans doute le mieux continuerait. Ce fut avec cette espérance qu'il dîna, et dîna passablement bien, ayant invité les

officiers avec lesquels il venait de jouer à partager son
repas. Il s'ensuivit que le dîner se prolongea jusqu'après
neuf heures, heure à laquelle Geoffrey, prétextant un engagement, quitta ses invités et se rendit pour la troisième fois à
Marlow Street. Il n'avait que peu ou point bu à son dîner,
et l'hospitalité qu'il venait d'exercer lui avait paru quelque
peu fatigante. Mais il appartenait à cette classe de jeunes
gens pour lesquels donner à dîner est une nécessité.

La boutique de la mercière était fermée, mais la porte
en était restée ouverte, et la jeune demoiselle en tire-
bouchons était assise sur le seuil, se reposant des travaux du
jour, qui avaient consisté à servir une demi-douzaine de
pratiques.

A la question de Geoffrey, qui était devenu presque une
formule, elle fit une réponse rassurante : —

« L'enfant va mieux. Elle est restée sur son séant une minute et a bu une tasse de lait; puis elle a pris quelques cuillerées de léger bouillon, mangé quelques grains de raisin,
et parlé avec sa vivacité ordinaire, dit la demoiselle. Les
enfants sont si vite abattus et si vite rétablis! ajouta-t-elle,
qu'il ne faut pas s'inquiéter beaucoup à leur sujet, comme
je le disais ce matin à Mme Bertram.

— Elle est plus heureuse maintenant, je suppose? dit
Geoffrey.

— Oui, elle est redevenue tout à fait ce qu'elle était.

— Voulez-vous aller lui demander si je puis la voir une
minute ou deux? J'ai besoin de lui parler au sujet du docteur auquel j'ai envoyé un télégramme. »

La jeune fille monta et redescendit promptement.

« Mme Bertram sera heureuse de vous voir, dit-elle,
s'il vous plaît de monter. »

S'il lui plaisait de monter ! Ne lui plairait-il pas d'entrer dans le paradis, s'il en voyait les portes ouvertes ? La voir même au milieu de sa douleur lui avait paru comme un avant-goût du ciel.

Elle le reçut ce soir-là avec un sourire.

« Dieu a entendu ma prière, dit-elle, ma chère petite est mieux. Je crois réellement qu'il n'était pas nécessaire de déranger votre ami. Je commence à reprendre confiance en M. Vincent, maintenant que mon cher trésor est mieux.

— Je suis bien heureux d'entendre cela. Mais mon ami sera ici ce soir. C'est un des meilleurs cœurs que je connaisse. Il m'a sauvé la vie au milieu de circonstances terribles. Nous avons vu ensemble la mort de près. Je ne serais pas ici pour vous le dire, sans le secours de Lucius Davoren.

— De Lucius Davoren, répéta-t-elle en regardant Geoffrey avec étonnement et comme frappée de stupeur, tandis que sa main saisissait le dossier de la chaise qu'elle venait de quitter. Lucius Davoren est le nom de votre ami ?

— Oui. L'avez-vous donc connu ?..... Cela serait bien étrange.

— Non, dit-elle lentement ; mais son nom est associé à un souvenir qui m'est pénible.

— Très-pénible, je le crains, autrement vous ne seriez pas devenue si pâle en m'entendant prononcer son nom, dit Geoffrey avec un mouvement d'horrible jalousie, à la pensée de quelque secret caché dans la vie passée de cette femme.

— Je suis folle de me laisser émouvoir par une pareille bagatelle. Après tout, ce n'est qu'une coïncidence. Je crois qu'il y a beaucoup de Davoren dans le monde, dit-elle d'un ton d'insouciance.

— J'en doute. Davoren n'est pas un nom ordinaire.

— Votre ami, ce M. Lucius Davoren, a-t-il été heureux jusqu'ici?

— Je ne saurais l'affirmer. Comme je vous l'ai dit, il n'est nullement célèbre. Il est, à la vérité, au début de sa carrière. Cependant, si j'étais pris de quelque maladie sérieuse, je ne voudrais pas d'autre médecin.

— Il est pauvre, je suppose? demanda-t-elle avec intérêt.

— Très-vraisemblablement, dans ce sens qu'il n'a pas d'argent à consacrer au luxe, à l'apparence, aux plaisirs, toutes choses qu'il tient en souverain mépris. Il consacre les meilleures années de sa jeunesse à ses patients travaux parmi les pauvres. C'est l'existence qu'il s'est choisie pour acquérir de l'expérience, et je crois qu'il a pris le meilleur moyen pour arriver à la renommée.

— C'est un beau caractère, d'après ce que vous m'en dites, et je comprends votre amitié pour lui et la confiance qu'il vous inspire.

— Vous ne semblez pas encore remise de l'émotion que vous a causée son nom.

— Non, pas entièrement. La maladie de ma chère petite m'a rendue nerveuse. Si vous pensez que votre ami n'en soit pas offensé, je voudrais éviter de le voir, ajouta-t-elle, d'un ton suppliant. Je ne me sens pas assez bien pour recevoir un étranger. J'ai traversé de telles alternatives d'espérance et de crainte, dans ces derniers jours! Votre ami me pardonnera-t-il si je charge Mme Grabbit de recevoir ses instructions? C'est une excellente femme et elle n'oubliera rien de ce qu'il lui dira.

— Faites absolument comme il vous plaira, dit Geoffrey désappointé et quelque peu troublé par cette proposition. Naturellement il n'y a pas une nécessité absolue à ce que

vous le voyiez, si cela ne vous convient pas. Mais c'est un
excellent garçon et mon meilleur ami. J'aurais aimé que
vous fissiez sa connaissance. Vous me trouverez bien égoïste
de parler ainsi; mais je crois en vérité que vous auriez une
meilleure opinion de moi, si vous connaissiez Lucius. Son
amitié est une espèce de recommandation. Puisque vous
préférez ne pas le voir, je lui dirai que son nom vous a beaucoup émue en vous rappelant de pénibles souvenirs.

— Oh! non, s'écria-t-elle avec une véhémence qui le
fit tressaillir. Pour l'amour de Dieu, dites-lui ce que vous
voudrez... que je suis souffrante... que je suis triste... mais
ne lui dites pas cela. Son nom m'a rappelé une douleur passée; voilà tout.

— Capricieuse! pensa Geoffrey, avec un caractère néanmoins aussi régulier que la beauté classique de son visage,
je puis dire. Mais fût-elle aussi violente que la mégère de
Shakespeare avant que Petrucchio ne la mît à la raison, je
ne l'en aimerais pas moins. Douleur passée! Quelque docteur appelé Davoren a pu soigner son mari à son lit de
mort. Elle est précisément de ces femmes qui enferment
leur cœur dans une tombe, puis s'en vont par le monde,
semant partout le désespoir avec leur beauté calme et sans
passion, et faisant toujours la même désolante réponse : Mon
cœur est avec le mort. »

Il se soumit aux désirs de Mme Bertram. Il lui promit
d'aller au-devant de son ami à la station, de le conduire
directement à la chambre de la malade, et de porter lui-
même l'ordonnance de Davoren chez le premier pharmacien
de Stillmington.

Il se retira ensuite, inquiet, mais non tout à fait malheureux, bénissant cette douce enfant pour son indisposi-

tion venue si à propos. Cette indisposition lui avait fourni
le moyen de faire connaissance avec la mère ; connaissance
qui, commençant par un service et des témoignages de
sympathie, promettait d'aboutir promptement à une véritable amitié.

Le dernier train amena Lucius. Les deux amis se serrèrent cordialement la main, échangèrent quelques mots
affectueux, et sortirent en toute hâte de la gare, qui était
située à un bon demi-mille de Stillmington.

« Et qui est, je vous prie, ce petit malade à qui vous
portez tant d'intérêt, Geoffrey ? demanda Lucius. Quelque
cas d'extrême détresse a réveillé votre philanthropie endor-
mie ? Je sais que vous êtes un excellent garçon, mais je ne
savais pas que vous couriez la province en visitant les
malades.

— Il n'est pas question de philanthropie dans mon fait,
Lucius, mais seulement d'amour, et d'un amour égoïste et
stupide ; oui, stupide, car celle qui en est l'objet n'en fait
aucun cas, si même elle ne le méprise pas. Mais je le
garde, cet amour, avec une opiniâtreté toute britannique.

— Mais qu'a de commun votre affection avec un enfant
malade ?

— Que le ciel bénisse la pauvre petite innocente ! On
dirait qu'elle est tombée malade tout exprès pour permettre que je fisse connaissance avec sa mère, inabordable
jusque-là. Ne vous rappelez-vous pas que je vous ai dit que
Mme Bertram avait une petite fille ?

— Oh ! oui, il y avait une enfant, dit Lucius ; serait-elle
sérieusement malade ?

— Elle a la fièvre scarlatine, mais elle semble aller mieux
ce soir.

— La fièvre scarlatine! exclama Lucius; et vous me faites venir à Stillmington pour un cas de fièvre scarlatine, que le moindre apothicaire de la localité soignerait tout aussi bien que moi!

— Voyons, cher ami, ne vous fâchez pas! Au fond, ce n'est pas pour la fièvre scarlatine que j'avais besoin de vous. Je voulais que vous vissiez Mme Bertram, et que vous pussiez juger par vos propres yeux que la femme que j'aime est vraiment digne de l'affection d'un homme.

— Et vous pensez que je serai en position de trancher cette question, après une entrevue d'une demi-heure? Allons donc! Il y a eu des sages qui l'ont étudiée toute leur vie et sont morts sans l'avoir résolue. Et s'il arrivait que je me prononçasse contre cette femme, quelle influence croyez-vous que mes avis auraient sur vous?

— Une médiocre, je le crains, Lucius. Il me serait difficile de me délivrer de son joug. Je suis son esclave volontaire. Rien autre chose que la certitude qu'elle est indigne de mon amour ne pourrait me faire changer de résolution. Elle a laissé mes lettres sans réponse, elle a repoussé mes offres de dévouement; cependant, il y a eu dans ses yeux un regard qui m'a donné de l'espoir. Je suis résolu à conquérir son amour malgré elle, s'il le faut. »

Il lui esquissa rapidement la petite scène du jardin, sa propre audace, et l'indifférence presque méprisante de la dame; puis il lui expliqua comment la fortune ou plutôt la fièvre scarlatine était venue le favoriser.

« Et vous pensez, malgré son indifférence affectée, qu'elle vous aime?

— Qu'elle m'aime, c'est peut-être trop dire. Qu'ai-je fait pour mériter qu'elle m'aime, si ce n'est de la suivre comme

son ombre? Et puis je suis médiocrement beau et pas toujours aimable ; je n'ai aucun de ces talents qui font bien
venir des femmes. Ce n'est que par la sincérité de mon amour
que je puis obtenir le sien.

— Mais vous parliez d'un regard qui vous a donné de
l'espoir.

— Un regard, oui, Davoren, un regard où se peignaient
la douleur, la tendresse, le regret, le désespoir... un regard
à rendre un homme fou. Après cela il est possible que mon
imagination seule y ait vu tout ce que je dis là. Quand un
homme est en proie à un amour aussi profond que le mien,
le ciel seul connaît à quelles hallucinations il peut être sujet.

— Bien, dit Lucius gaiement, avec cet esprit pratique
que les hommes ont l'habitude de porter dans leurs juge-
ments des passions des autres hommes ; je verrai la dame et
je serai capable au moins de me former une opinion sur la
question de savoir si elle vous aime ou non. Quant à celle
de connaître si elle est digne de votre amour, c'est une
affaire moins facile. Quelle agréable odeur envoient ces
champs ! je me sens tout raffraîchi de ne plus respirer l'atmosphère de Shadrack Road, qui est un merveilleux composé
d'odeurs d'os brûlé, de tannerie, et de fabriques de savon.

— Je suis heureux que vous goûtiez l'air de la campagne,
dit Geoffrey d'un ton un peu embarrassé, et j'espère que
vous pourrez consacrer la journée de demain à explorer avec
moi le pays, ne fût-ce que pour me permettre de faire amende
honorable pour vous avoir fait venir par mon extravagant
message. Le fait est que Mme Bertram aimerait mieux ne
pas vous voir.

— Ne pas voir le docteur qui est venu de Londres pour
visiter son enfant malade ! Voilà une étrange mère.

— Vous la jugez mal, Lucius; c'est la plus dévouée des mères. Je n'ai jamais vu quelqu'un d'aussi abattu qu'elle, ce matin, avant que sa petite fille allât mieux. Ne vous faites pas d'elle une fausse opinion, elle adore son enfant, seulement elle s'est extrêmement fatiguée en la veillant; puis elle s'est alarmée outre mesure et a été agitée toute la journée; en un mot, elle est hors d'état de voir personne.

— Excepté vous, dit Lucius.

— Cher ami, dans sa douleur au sujet de son enfant, elle n'a pas plus pensé à moi que si j'avais été une ombrelle de coton, dit Geoffrey, après avoir cherché péniblement un terme de comparaison. Elle ne pense à rien qu'à son petit ange, et vous pouvez vous imaginer que dans un pareil moment elle n'a garde de voir personne.

— Même le médecin de son enfant! Elle est la première mère que j'aie jamais vue agir de la sorte. Ne m'en veuillez pas, Geoffrey, mais cela me donne à penser qu'elle craint de se montrer à des yeux moins aveugles que les vôtres, comme si elle savait qu'il y a sur sa figure ou dans sa vie quelque chose qui ne produirait pas une impression favorable sur un observateur exempt de passion. Votre culte aveugle en a fait une déesse, elle ne veut pas descendre de son piédestal que votre amour lui a dressé. »

Geoffrey se sentait mal à l'aise, il n'était cependant pas tellement novice qu'il prît une femme légère pour une honnête femme, du clinquant pour de l'or.

« J'ai vu assez de femmes dans ma vie pour reconnaître une honnête femme quand j'en rencontre une; or que celle-ci soit honnête et loyale, j'en jurerais sur ma vie, j'en jurerais même mon espérance de l'obtenir un jour, espérance qui m'est plus chère que la vie.

— Et si vous découvrez qu'elle n'est pas ce que vous croyez, continua Lucius, ferez-vous ce que vous avez promis il y a trois mois? L'arracherez-vous de votre cœur?

— Oui, quoique déchirer les liens qui m'attachent à elle ce soit déchirer les fibres mêmes de mon cœur.

— Bien, c'est tout ce que je veux savoir. Je vous le dis franchement, Geoffrey, je n'aime pas le culte errant que vous rendez à cette personne. Je n'aime pas cet amour de grandes routes pour une femme dont vous ne connaissez absolument rien.

— Si ce n'est qu'elle est la plus noble des femmes, dit Geoffrey avec mauvaise humeur.

— Ce qui veut dire, reprit Lucien, qu'elle a une jolie figure. »

CHAPITRE IX.

TROP DE RECONNAISSANCE.

Tout en causant ainsi, Hossack et son ami, quittant la charmante route qu'ils avaient suivie jusque-là, étaient arrivés dans le plus triste faubourg de Stillmington, celui où était située Marlow Street. Il est étrange que, même dans une ville aussi distinguée que Stillmington, la pauvreté ait planté sa tente.

La boutique de Marlow Street était fermée, mais la porte en restait entre-bâillée, et une lampe en éclairait faiblement l'intérieur. Geoffrey et son compagnon étaient attendus et Mlle Grabbit bâillait en lisant un roman tout frippé, à sa place accoutumée, derrière le comptoir.

« Ah ! voici le docteur, s'écria-t-elle en prenant la lampe pour éclairer les deux amis. Voulez-vous monter l'escalier, ma mère est avec la petite fille qui dort et est belle comme un ange ? Je suis sûre qu'elle va mieux.

— Mme Bertram est-elle là-haut ? demanda Geoffrey.

— Non ; elle est là qui se repose un peu sur le canapé, dit la jeune fille en indiquant le parloir. Elle est très-fatiguée, et ma mère lui a persuadé d'essayer de prendre un peu de repos. Ma mère recevra toutes vos prescriptions, monsieur, » ajouta-elle en s'adressant à Lucius.

Lucius s'inclina, mais ne dit rien. Singulière mère ! Celles qu'il connaissait avaient l'habitude d'écouter ses paroles comme la sentence sacrée d'un oracle. Il suivit Geoffrey qui montait l'étroit escalier conduisant à la petite chambre où dormait l'enfant ; la beauté de la figure de l'enfant n'était pas une beauté ordinaire. Il y avait en elle quelque chose qui fit sur lui une étrange impression, quelque chose qu'il lui semblait avoir déjà vu et qui réveilla un lointain souvenir, celui de cette sœur qui était morte enfant.

Cette idée l'émut profondément et sa main trembla un peu quand il souleva le drap qui couvrait le cou et la gorge de l'enfant, avec la délicatesse d'une main exercée, et qu'il se pencha pour l'écouter respirer. Tout était dans un état satisfaisant. Il continua son examen avec assez de calme, après avoir triomphé de cette émotion passagère ; il lui tâta le pouls, exécuta avec une cuiller d'argent cette déplaisante opération à laquelle nous avons tous soumis notre gosier en un temps ou en un autre, et déclara que tout allait bien.

Il avait fait le tour du lit et s'était placé en face de la porte pour être plus près de l'enfant. Il s'assit près de l'oreiller, et dicta son ordonnance à Mme Grabbit, sans détourner les yeux du visage de l'enfant dont il tenait la main.

Geoffrey était entré doucement, depuis quelques instants, et se tenait au pied du lit.

Quand Lucius eut fini de donner ses instructions, il leva les yeux.

La porte qui faisait face au lit était ouverte, et une femme se tenait sur le seuil, vêtue de noir, le visage pâle, mais belle dans sa tristesse.

A la vue de cette apparition silencieuse, Lucius se leva brusquement en étouffant un cri de surprise. Les yeux de Mme Bertram fixèrent sur ceux de Lucius un regard qui semblait l'implorer.

Geoffrey regardait son ami avec étonnement, ne sachant comment expliquer ce qu'il voyait.

« Qu'avez-vous? demanda-t-il.

— Rien, répondit Lucius. Mais j'ai vu une dame à cette porte; c'est la mère sans doute? »

Geoffrey entra dans le salon et l'y trouva debout près de la fenêtre, sous les pâles rayons de la lune; il vit qu'elle avait le visage inondé de larmes.

« Ma chère madame Bertram, je vous en prie, ne vous désolez pas ainsi, lui dit Geoffrey qui n'avait pas l'habitude d'exercer l'office de consolateur. Tout va bien; Lucius l'assure. Elle sera complétement rétablie dans peu de jours.

— J'en remercie Dieu; remerciez votre ami pour moi, dit-elle d'une voix entrecoupée de sanglots. Je n'ai pu rester en bas. J'ai voulu entendre ce qu'il disait. Dites-lui que je le remercie de tout mon cœur.

— Remerciez-le vous même, il attachera bien plus de prix à vos paroles qu'aux miennes. Vous ne savez pas quel excellent garçon c'est.

— Assurez Mme Bertram que je suis très-heureux de lui avoir été utile, » dit Lucius au seuil de la porte.

Mme Bertram se précipita vers le palier où se tenait le docteur, dans l'obscurité.

« Oh! laissez-moi lui parler, laissez-moi lui serrer la main », dit-elle avec une émotion indescriptible.

Au même instant, elle se trouva en face de Lucius..... sa main serrait celle du jeune docteur.

Ils pouvaient à peine se voir, mais ils se serrèrent longtemps la main. Geoffroy se tenait un peu à l'écart, les regardant avec quelque surprise et se disant que tant de remer-
ciments étaient à peine nécessaires, même pour avoir fai
une centaine de milles et écrit une ordonnance pour un enfant idolâtré.

« C'est bien dommage que je ne sois pas moi-même médecin », pensa-t-il avec une certaine amertume, et cependant il avait témoigné une si grande inquiétude, que Mm
Bertram ne pouvait trop reconnaître les services de son ami

Il réfléchit qu'une mère qui adore son enfant est san
doute à peu près folle. Il ne devait pas en vouloir à sa divinité, si elle était excessivement nerveuse, ou même dans un
état voisin de la folie.

« Venez, Lucius, dit-il, Mme Bertram a traversé des agitations infinies, aujourd'hui, ou plutôt hier, car il est déjà
plus de minuit. Nous ferons bien de la laisser se reposer.

— Oui, dit Lucius d'un ton de voix lent et pensif, bonne
nuit. Je viendrai revoir la petite demain matin de bonne
heure, c'est-à-dire à huit heures, car je dois quitter Stillmington à neuf heures.

— Oh! dit Geoffrey, vous pouvez bien vous donner un
jour de vacance.

— Impossible! la douleur et la maladie ne donnent pas
de vacance à ceux qui les endurent.

— Mais certainement leurs plaintes peuvent prendre un
jour ou deux de répit. Les malades de la paroisse ne
peuvent avoir des affections bien compliquées. Je m'imagine que les plus grands désordres auxquels le corps humain
est sujet lui viennent d'une nourriture trop succulente.

— Il y a beaucoup de maladies qui sont engendrées par

une nourriture mauvaise ou insuffisante. Non ; il faut que je
m'en retourne par un train du matin. Mais j'aimerais à vous
voir à huit heures, si cela n'est pas trop tôt, madame Bertram.

— Pas du tout, » répondit-elle.

Ils prirent congé. Geoffrey prévoyant tristement qu'aussitôt
que l'enfant serait rétablie sa mission prendrait fin, quel
autre prétexte aurait-il pour continuer ses visites ?

« Eh bien, Lucius, dit-il aussitôt qu'ils furent sortis de
la maison, qu'en pensez-vous ?

— Je pense qu'elle est très-belle, répondit Lucius de ce
ton réservé qui avait le don d'irriter particulièrement son
ami. Que puis-je en penser de plus après une si courte entrevue ? Elle semble, ajouta-t-il en faisant un effort pénible,
aimer sa fille à l'adoration. Je suis fâché de la voir ainsi solitaire et sans protecteur ; mais...

— Quoi mais? s'écria Geoffrey impatienté. Vous me
mettez l'âme à la torture avec vos monosyllabes.

— Je pense que la seule chose raisonnable que vous puissiez faire, c'est de l'oublier.

— Jamais! Et pourquoi l'oublier?

— Parce que toutes les circonstances qui l'environnent
indiquent qu'elle n'est pas la femme qui vous convient. Une
femme si belle, si accomplie, voudrait difficilement se con-
damner à une vie aussi solitaire... je ne parle pas de sa
carrière musicale, puisqu'il est naturel qu'une femme qui a
une belle voix en tire parti, quand elle a besoin de gagner
sa vie... s'il n'y avait pas quelque secret pénible dans le
passé, quelque liaison fatale dans le présent. Croyez-vous
que vous voyant jeune, riche, dévoué, elle repousserait vos
hommages, s'il n'y avait pas derrière elle quelque chose d'ina-

vouable? Croyez-moi, il y a quelque mystère au fond de
tout cela, quelque obstacle que vous ne pourrez jamais sur-
monter. Tenez-vous pour averti, mon cher Geoffrey ; ne con-
sumez pas les plus belles années de votre vie à la poursuite
d'une femme qui ne récompensera jamais votre affection,
qui n'est pas née pour vous rendre heureux. Il y a bien des
femmes dans le monde tout aussi aimables et tout aussi
dignes de votre amour.

— Je vous croyais meilleur juge de la nature humaine,
Lucius. N'avez-vous donc pas vu son amour maternel, sa
reconnaissance, la chaleur et la sincérité de son émotion ?
Oh ! non, une telle femme n'a rien à se reprocher.

— Pour l'amour de Dieu, ne me parlez plus d'elle, s'écria
Lucius avec un mouvement soudain de mauvaise humeur.
Cela finirait par nous brouiller. Vous m'avez demandé mon
avis, et je vous l'ai donné sincère, dicté par la raison et non
par le sentiment. A présent, si vous êtes homme à courir la
chance de quelque cruelle découverte après votre mariage,
faites comme il vous plaira.

— Je n'ai pas de raisou pour la croire coupable, s'écria
Geoffrey. Est-ce donc parce qu'elle gagne sa vie comme
artiste que vous la méprisez ? Son extrême retenue dans sa
position délicate ne doit-elle pas plutôt être interprétée en
sa faveur ? Ah ! que vous la connaissez peu, Lucius, et avec
quel esprit prévenu vous la jugez ! Que demain Mme Bertram
consente à devenir ma femme, et je serai le plus heureux
des hommes.

— Je suis sûr qu'elle n'y consentira pas, dit Lucius.

— Vous vous prononcez un peu vite, s'écria Geoffrey avec
un regard défiant ; c'est à peine si vous l'avez vue vingt
minutes. »

Ils arrivèrent à l'hôtel, où Geoffrey, quoique mécontent de son ami, n'oublia pas les devoirs sacrés de l'hospitalité. Il commanda un faisan et une bouteille de Rœderer, et après ce modeste repas, les deux jeunes gens veillèrent jusqu'à une heure avancée, sans cesser de s'entretenir de ce qui remplissait l'esprit et l'âme de Geoffrey. Semblable à un enfant, tantôt il était fâché contre son ami, et tantôt anxieux d'écouter tout ce que celui-ci pouvait lui dire sur sa passion et sur celle qui en était l'objet, anxieux de recevoir des conseils qu'il n'avait pas la moindre idée de suivre, s'efforçant de prouver avec une éloquence que son amour lui inspirait, que cette femme était la plus parfaite des femmes. La soirée s'écoula ainsi, et Geoffrey et son hôte furent les derniers des habitants de ce respectable hôtel de famille à se retirer dans leurs chambres, situées dans le long corridor où l'antique horloge qui ne se remontait que tous les huit jours, faisait entendre son tic tac solennel dans la profondeur de la nuit.

Geoffrey aurait été heureux de se présenter dans Marlow Street avec son ami, mais il n'avait aucun prétexte raisonnable à donner pour visiter Mme Bertram à une heure aussi matinale; il se contenta donc d'accompagner Lucius jusqu'à l'entrée de la rue, et se dirigea ensuite vers la gare pour aller l'y attendre.

L'attente fut plus longue qu'il n'avait pensé, et au fur et à mesure que l'aiguille des minutes tournait sur le cadran, son impatience augmentait. Il eut la pensée de retourner à Marlow Street. Qu'est-ce que Lucius pouvait avoir à dire à propos de ce simple cas de fièvre scarlatine? Dix minutes lui avaient suffi la veille, et aujourd'hui, la consultation durait une heure. Neuf heures venaient de sonner et le

train allait partir à neuf heures quinze minutes. Lucius
comptait-il le manquer, après tout ce qu'il avait dit sur ses
malades de Londres? En tout cas, il ne pouvait arriver que
dans l'après-midi. Il semblait d'ailleurs à Geoffrey que cette
visite était absolument superflue, puisque Lucius avait déclaré que le cas était des plus simples.

Tout en se tourmentant de la sorte, il quitta la gare, et
vit Lucius s'avancer à grands pas sur la route que balayait
le vent et que bordait de chaque côté une haie bien en-
tretenue, où l'aubépine laissait déjà voir ses feuilles toutes
vertes et les boutons de ses petites fleurs blanches.

« Je pensais que vous alliez manquer le train, lui dit
Geoffrey avec une certaine aigreur. Et bien! quelles nouvelles?

— La petite fille a passé une nuit très-calme et va on ne
peut mieux; vous ne devez plus avoir d'inquiétude à son
égard.

— Ce n'est pas sur l'enfant que je vous interroge. Il n'est
guère à supposer que vous ayez passé une heure à parler de
la scarlatine. Apparemment, vous avez parlé d'autres choses,
de choses concernant Mme Bertram, n'est-ce pas? Voyons,
Lucius, nous n'avons plus que cinq minutes; qu'en pensez-
vous aujourd'hui?

— Exactement ce que j'en pensais hier : c'est une belle
et noble femme, mais son passé est entaché de quelque
fâcheux secret que nous ne devons probablement jamais
connaître.

— Et vous persistez à me prémunir contre elle?

— J'y persiste de toutes mes forces. Admirez-la, plaignez-
la pour ses malheurs passés, mais oubliez-la.

— Merci pour vos avis désintéressés, dit Geoffrey avec

un rire amer. Après avoir passé une heure de votre temps si précieux à vous entretenir avec cette dame, vous concluez qu'elle est la dernière des femmes à laquelle je doive penser. Cependant vous avez fait une visite ce matin à l'enfant pour voir encore une fois la mère, et vous en revenez aussi pâle que... que la trahison en personne.

— Geoffrey!

— Toutefois, comme je ne compte pas profiter de vos conseils, ils me sont à peu près indifférents. A propos, voici vos honoraires; j'ai promis à Mme Bertram de me charger de ce détail. »

En disant ces mots, il essaya de glisser un chèque ployé dans la main de Lucius.

Mais celui-ci repoussa ce chèque avec un souverain mépris.

« Quoi! vous m'avez d'abord demandé mon opinion, puis vous me qualifiez de traître parce qu'elle ne concorde pas avec votre fantaisie, et maintenant vous m'offrez de l'argent pour un service que je n'ai jamais songé à me faire payer! Comme cette folle passion vous a changé! Mais je n'ai pas le temps de discuter. J'entends la cloche, et j'ai encore mon billet à prendre. »

Ils coururent au bureau, et Geoffrey, déjà repentant, accompagna son ami jusqu'à ce que celui-ci s'assit dans le compartiment qui devait le ramener à Londres et à ses rudes travaux. Alors Geoffrey lui tendit la main.

« Serrons-nous la main, mon vieux camarade, lui dit-il avec l'accent du remords; véritablement, je ne pensais pas ce que je disais. Au revoir. »

Le convoi se mit en marche et laissa Geoffrey cloué sur la plate-forme, perplexe et malheureux.

« Il a peut-être raison, se dit-il à lui-même, c'est un brave garçon. Mais pourquoi est-il resté si longtemps avec elle?... pourquoi était-il si pâle et si pensif quand il est revenu?...

CHAPITRE X.

AMOUR DE FILLE, ESPÉRANCE D'AMANT.

La vie de Lucius avait pris un nouveau tour depuis cette lettre qui lui avait ouvert la porte de la Maison du Cèdre, de cette antique maison de Shadrack Road. Son existence avait maintenant un but qui intéresse bien plus le cœur d'un homme que ne peuvent le faire même des succès professionnels. Quelque grand que fût l'amour qu'il avait pour sa profession, on peut croire à bon droit qu'il en avait un plus grand encore pour lui-même. Or, ce nouveau but, cette nouvelle espérance n'intéressaient que lui seul. Cependant ils ne le détournaient en aucune façon de ses patients travaux, de ses infatigable études; au contraire, ils ne faisaient que lui inspirer une plus vive ardeur à les poursuivre. Comment aurait-il pu mieux servir les intérêts de celle qu'il aimait qu'en persévérant à marcher d'un pas ferme dans la voie qu'il croyait devoir le conduire enfin au succès et même à la gloire, cette récompense bien plus brillante qu'une prospérité purement matérielle?

L'état de Barton ne s'était nullement amélioré. Son affaiblissement graduel remontait déjà à une époque fort éloignée et avant qu'il eût voulu en faire confidence à personne, et moins encore à aucun membre de cette corporation qu'il affectait de mépriser : la corporation des médecins. Tous les soins de Lucius ne réussirent pas à lui rendre les forces dont il avait trop abusé. Ils purent tenir allumée la lampe de sa vie, bien faiblement encore, mais ce fut tout ce qu'ils purent faire.

Quelque temps après l'admission de Lucius dans la maison, Barton passa ses soirées près du feu, dans le parloir du rez-de-chaussée. A la pressante prière de Lucius, il avait consenti à faire l'acquisition d'un fauteuil plus confortable que le siége à dossier étroit dans lequel il était habitué à s'asseoir. Là tout près de la cheminée où brûlait un meilleur feu que par le passé, car Lucius avait beaucoup insisté sur cette idée que l'économie, pour lui, c'était la mort, le vieux marchand de bric-à-brac restait assis et causait; il causait de sa jeunesse, de ses acquisitions, de ses petits triomphes sur ses concurrents en antiquailles, mais il ne disait jamais un mot de son fils, du fils qu'il avait banni.

« Il faut qu'il y ait quelque chose de bien impitoyable dans le cœur de cet homme, pour que, même à l'approche de la mort, ce cœur ne s'amollisse pas envers sa propre chair, son propre sang », pensait Lucius.

Il vint un temps où le vieillard se sentit absolument trop faible pour quitter sa chambre. Les marches larges et basses du vieil escalier, si faciles à gravir pour des jambes encore jeunes et fortes, lui occasionnaient une fatigue trop pénible. Il ne sortit plus de son lit que pour s'asseoir près du maigre feu allumé dans sa propre chambre, ou, pendant les jours chauds, près de la fenêtre ouverte.

C'était peu de temps après la visite de Lucius à Stillmington, quand le printemps avait fait place à l'été, qui
ne se distinguait guère, à Shadrack Road, des autres saisons que par l'invasion d'une véritable plaie d'Égypte, de
myriades de mouches, et d'une poussière qui remplissait
l'atmosphère, et par l'adoption d'une habitude quelque
peu orientale de la part de la population qui flânait aux
portes et parcourait les rues à une heure fort avancée
des longues soirées, tandis que les respectables matrones
cousaient sur le pas de leurs portes d'où elles pouvaient voir
leurs jeunes marmots barboter dans les ruisseaux voisins.

C'était un soulagement pour Lucius de sortir de cette
foule en guenilles et en haillons qui grouillait en plein air
dans la grande rue royale, et d'entrer dans la calme solitude
de la vieille et sombre demeure de Barton, où le soleil de
Juin était tempéré, à midi, par des contrevents en chêne à
moitié fermés et où il semblait au jeune docteur que régnait
toujours une fraîcheur et un léger parfum de fleurs de jardin
inconnus ailleurs. Dans cette saison d'une chaleur étouf-
fante, alors que le monde extérieur ressemblait à une vaste
fournaise, ce parloir mesquinement meublé, avec ses sombres
boiseries, était un lieu propre à la rêverie; la grande salle
obscure, avec son amas confus des riches épaves du passé,
semblait à Lucius un délicieux refuge contre les bruits et
les fatigues de la vie. Il aimait à y venir et il était assuré
d'y trouver un doux accueil de celle qu'il avait aimée dès
le premier moment et que la familiarité lui avait rendue
chaque jour plus chère.

Oui, il s'avouait maintenant que l'intérêt qu'il avait
éprouvé pour Lucile, quand il l'avait vue pour la première
fois, avait sa racine dans un sentiment plus profond qu'une

banale compassion. Il n'avait plus honte de reconnaître
que c'était l'amour, et l'amour seul qui avait fait que ce
portail de fer rouillé devant lequel il avait stationné si
souvent naguère, en exhalant ses soupirs et sa tristesse,
lui semblait maintenant la porte du paradis.

Un soir, après que le vieillard fut remonté dans sa
chambre, et quand Lucile, triste et anxieuse, semblait avoir
besoin de consolation, la vieille, vieille histoire fut dite
encore une fois, à la pâle lueur des étoiles, pendant que tous
deux se promenaient autour de cette pelouse poudreuse
sur laquelle les vieux cèdres étendaient leurs rameaux
rabougris et projetaient leurs ombres fantastiques sur le
sombre gazon. Le quai, avec ses barques noires, était devant eux; au delà une forêt de toits, de fenêtres en man-
sardes, de hautes cheminées d'usines, d'entrepôts espacés
des gros négociants, qui se dessinaient faiblement sur un
ciel gris pâle. Ce n'était pas un de ces sites pittoresques qui
inspirent les amoureux; cependant Lucius fut aussi éloquent que s'ils eussent été assis au bord du Lac Léman
ou s'ils se fussent promenés sous les orangers de Cin-
tra.

La jeune fille l'écoutait en gardant un profond silence.
Ils étaient arrivés, dans leur promenade à bâtons rompus,
au milieu des ruines d'un ancien pavillon rustique, à l'angle d'un mur tout près du quai, lieu que les goûts simples de nos pères, dans le siècle dernier, peu habitués
qu'ils étaient aux voyages, leur auraient fait trouver émi-
nemment pittoresque. Lucile s'assit sur un banc brisé.
Elle avait l'air abattu. Ses yeux ne regardaient pas Lucius;
ils étaient fixés sur les sombres barques échouées dans
l'eau bourbeuse : triste perspective, triste comme celles

des eaux désolées de l'Archéron sur lesquelles Dante vit
s'avancer la barque de l'enfer.

Lucius avait été éloquent, mais n'avait réussi à lire
aucune réponse dans ces yeux sincères dont il se figurait
qu'il connaissait complétement le langage. Elle les avait
constamment détournés de ceux de Lucius.

« Lucile, pourquoi vous détournez-vous de moi? Chère
âme, pourquoi ce silence décourageant? Mon langage vous
déplaît-il? J'avais osé espérer qu'il ne serait pas mal accueilli, que vous aviez pu déjà vous y attendre. Lucile,
s'écria-t-il avec un accent passionné, vous devez avoir compris que je vous aimais depuis bien longtemps déjà.

— Vous avez été toujours bon pour moi, dit-elle d'une
voix basse et brisée.

— Bon pour vous! répéta-t-il d'un ton chagrin.

— Si bon que j'ai pensé quelquefois que je ne vous étais
pas indifférente. S'il en est ainsi, j'en serais trop heureuse,
mais je vous prierais de n'en pas dire un mot jusqu'à...

— Jusqu'à quoi, Lucile?

— Jusqu'à ce que ma vie soit autre chose que ce qu'elle
est aujourd'hui, incertaine et problématique; jusqu'à ce que
je sois sortie de ce misérable état d'incertitude au sujet de
mon père. Comment répondrais-je à l'affection que vous me
témoignez, tant que mon âme est dans ce doute? Je lui appartiens tout entière par les souvenirs de mon enfance, et
j'ai besoin de son approbation dans une telle circonstance.
S'il vient à me réclamer un jour, je veux qu'aucun lien ne
m'empêche de le suivre partout où il lui plaira de m'em-
mener. »

Lucius garda un moment le silence. Un souvenir d'enfance avait plus d'empire sur elle que son amour à lui, amour

désintéressé, constant, qui lui ouvrait la perspective d'un avenir heureux.

« Quoi, Lucile, lui dit-il avec l'accent du reproche, se peut-il que vous mettiez en balance le souvenir d'un père qui vous a abandonnée et n'a jamais fait un seul effort pour vous réclamer, avec le sincère amour que j'ai pour vous?

— Sais-je ce qui a pu l'en empêcher? dit-elle, quelle barrière a pu s'élever entre lui et moi? La mort peut-être. D'ailleurs il ne m'a pas abandonnée.

— N'était-ce pas vous abandonner que de partir soudainement de la maison de votre grand-père?

— Non, il en fut chassé, j'en suis bien sûre, mon grand-père a été très-dur envers lui.

— Peut-être bien; mais quelle qu'ait été la cause de son départ, ses torts envers vous subsistent toujours. Vous n'aviez pas été dure et cruelle, vous, cependant il vous a laissée, il a renoncé tacitement à vous en quittant la maison de son père. Je ne veux pas l'accuser, Lucile, je ne veux pas flétrir l'image idéale que vous portez dans votre cœur; mais certainement il n'est pas raisonnable à vous de sacrifier une affection réelle dans le présent à un vague souvenir du passé.

— Il n'est pas vague ce souvenir du passé, il est aussi vivant que celui d'hier; et tenez, tandis que vous me parlez, ce n'est pas vous que j'entends, c'est lui, et si je ferme les yeux, c'est encore lui que je vois.

— C'est de l'extravagance, Lucile, exclama tristement le jeune homme. Si vous aviez connu votre père quelques années de plus, vous auriez peut-être appris qu'il était tout à fait indigne de votre amour.

— S'il avait été indigne de mon amour je ne l'en aurais pas moins aimé, seulement j'aurais souffert. Songez que je n'ai jamais entendu dire que du mal de lui dans la maison, et que je l'aime toujours autant et peut-être plus.

—Soit; mais supposez-vous qu'il s'opposerait à notre union? Pourquoi le placez-vous entre vous et moi? Ah! Lucile, vous faites bien peu de cas de moi. »

Elle le regarda fixement, ses yeux souriaient et se remplissaient de larmes.

« Bien peu de cas! répéta-t-elle comme avec un reproche.

— Lucile, je vous ai ouvert mon âme et vous avez pu y lire mon amour. Soyez franche à votre tour.

— Je vous aime tendrement, » dit-elle avec timidité.

Elle avait à peine prononcé ces mots qu'il s'agenouillait à ses pieds, pressant sa main avec transport. Elle se dégagea de cette douce étreinte.

« Vous n'avez pas entendu la moitié de ce que j'ai à vous dire, monsieur Davoren.

— Je ne veux plus être pour vous M. Davoren.

— Eh bien donc, je vous appellerai Lucius, mais vous devez entendre ce que j'ai à vous dire. Je vous aime bien véritablement, et elle fit un geste qui lui interdisait toute nouvelle démonstration; je pense que vous êtes un bon, brave, et noble jeune homme. Je suis très-fière de savoir que vous m'aimez, mais je ne me lierai à vous par aucun nouveau lien jusqu'à ce que le mystère qui entoure la destinée de mon père ait été pénétré, jusqu'à ce que je sois certaine qu'il ne réclamera plus mon amour et mon obéissance.

— Et si j'essayais de pénétrer ce mystère? dit Lucius d'un air pensif.

—Le pouvez-vous? Et votre temps tout entier consacré à votre profession...

— Sans doute, et je dois, je veux me faire une position...
pour vous, Lucile, et ma profession est le seul moyen de
parvenir. Si cependant j'avais quelque indication qui pû
servir de point de départ à mes recherches...

— En vérité! Oh! si vous réussissez à le retrouver, je vous
aimerai davantage; et, se reprenant avec un charmant mouvement de tendresse, elle ajouta : si c'est possible...

— Eh bien! je le tenterai, chère Lucile, je le tenterai loya-
lement. Mais si j'échoue après de sérieux efforts, donnez-
moi votre parole que vous consentirez à devenir ma femme.
Cette promesse me rendra assez fort pour triompher de toutes
les difficultés.

— Je vous aime! » dit-elle en mettant sa petite main dans
celle de Lucius, qui accepta cette affirmation comme le gage
d'une promesse.

CHAPITRE XI.

BIOGRAPHIE D'UN GREDIN.

La faiblesse et la langueur qui retenaient Barton prisonnier dans sa chambre n'étaient pas les prodromes d'une maladie mortelle. Le dénoûment n'était pas imminent, sa forte constitution pouvait lutter encore longtemps contre l'affaiblissement déjà combattu par un régime meilleur.

« Il ne faut pas vous inquiéter, répondait le jeune médecin quand Lucile l'interrogeait sur l'état de son grand-père. Nous pouvons prolonger la vie de M. Barton de longues années encore, Lucile, si nous en prenons bien soin.

— Aucun soin ne me coûtera. Je n'oublie pas combien il a été bon pour moi, malgré sa froideur ; mais il paraissait si affaibli ces jours derniers...

— C'est qu'il a enfin écouté la voix de la nature qui lui commandait le repos ; c'est pour avoir méconnu ses exigences qu'il est tombé dans cet état de prostration. C'est à nous, à vous, Lucile, de réparer le mal qu'il s'est fait à lui-même.

— Je n'ai pas une grande expérience, mais je fais de mon mieux », dit-elle.

La Maison du Cèdre n'avait pas de voisin ; en eût-elle eu,

qu'ils se seraient peu inquiétés des fréquentes visites du
jeune médecin; les ouvriers ont autre chose à faire que des
commentaires sur le prochain. Lucius pouvait donc venir
chez Barton et y rester autant qu'il lui plaisait. Il lisait Shakespeare à Lucile, il lui étalait toutes les richesses de son
esprit, dans de longues conversations qui n'étaient guère
que des monologues, la jeune fille mettant toute son ardeur
à apprendre et Lucius toute la sienne à l'instruire, ou pour
mieux dire à faire partager à la femme qu'il aimait toutes
ses pensées, tous ses goûts, toutes ses croyances, tous ses
rêves, à la rendre véritablement la meilleure moitié de lui-
même. D'autres fois, ils se promenaient dans l'ancien jardin
dénudé ou s'asseyaient au milieu des ruines du pavillon
rustique qui le terminait; et, heureux dans ce complet et
parfait univers que leur créait leur mutuelle compagnie, ils
oubliaient le quai fangeux et les barques noires échouées
dans la vase, et n'auraient pas été plus heureux sur les bords
des eaux bleues de l'Adriatique.

Ils parlaient beaucoup de l'avenir, comme tous les
amants. Quoiqu'ils fussent si complétement heureux dans
la compagnie l'un de l'autre et dans cette calme sécurité
qui bénit un innocent et réciproque amour, cet étroit espace
de temps qu'on appelle le présent ne comptait pour rien dans
le plan de leur vie. On peut dire qu'ils étaient heureux sans
avoir conscience de leur bonheur. Et cela est vrai de bien
d'autres existences. Un moment heureux, dans une longue
vie d'ennuis, passe sans que nous y prenions garde, comme
l'eau glisse et fuit entre nos doigts. Et quand par la suite,
nous rappelant ce court aperçu du Paradis, nous regardons
dans le passé et désirerions ardemment retourner à cette
verte prairie hors de la longue route battue et pleine de

poussière, le gazon est desséché, ou l'Acte sur la Clôture des
Terrains Communaux nous a privés de notre charmant lieu
de repos, ou bien encore, à cette même place où brillait,
radieux, dans l'aurore éclatante de la jeunesse, le palais
féerique de la poésie, nous ne retrouvons plus que le marbre
froid d'une tombe.

Lucius et Lucile parlaient donc de leur avenir, de la
renommée qu'il comptait acquérir, des nobles projets pour
le bien-être d'autrui qu'il voulait réaliser quand il aurait
acquis un nom et de la fortune; des hôpitaux-cottages qu'il
créerait dans quelque lieu agréable, assez voisin pour être
à la portée des malades de Londres; dans quelque retraite
choisie où la campagne se retrouve encore, loin du bruit
des fabriques et de la fumée des machines. Lucile écoutait
et s'enthousiasmait; ce langage élevé commandait le respect et le grandissait dans son estime autant que dans son
affection. Cependant elle ne perdait pas de vue la condition
qu'elle avait mise à l'accomplissement de sa promesse : elle
ne serait jamais sa femme tant que le mystère qui planait
sur l'existence de son père ne serait pas éclairci.

Le moment vint où Lucius se fit un point d'honneur d'informer Barton de son engagement avec elle. Il n'avait pas
oublié que le vieillard lui avait dit, dans leur première entrevue : Ma petite-fille n'est plus libre; mais il regardait
cela comme une simple précaution. De jour en jour il sentait qu'il devenait plus nécessaire au vieillard. Barton attendait anxieusement ses visites et le retenait longtemps; il
aurait voulu même qu'il revînt le soir passer une heure
dans sa chambre pour causer avec lui ou lui lire les nouvelles du jour; en un mot, il se montrait le plus exigeant
des malades. Mais, dans tous leurs entretiens, il n'avait

jamais témoigné de mécontentement à propos de cette intimité entre les deux jeunes gens, intimité dont il n'avait pu
manquer de s'apercevoir, puisqu'il les voyait journellement
ensemble, et qu'il lui eût fallu être aveugle pour n'avoir
pas compris qu'ils étaient, l'un pour l'autre, quelque chose
de plus que des amis ordinaires.

« Il ne sera pas trop surpris quand il apprendra la
vérité, » pensa Lucius.

Cependant il différa sa confession jusqu'au moment où il
aperçut une amélioration marquée dans l'état du malade.

Vers la fin de l'été, le vieillard se sentit en état de descendre l'escalier et même de se traîner autour du désert
qu'il appelait son jardin.

Un soir, à la même place où il avait avoué son amour à
Lucile, Lucius s'arma de courage et mit Barton dans sa confidence ; seulement il évita de lui parler de la dure condition que Lucile avait attachée à sa promesse.

Le vieillard reçut cette communication avec un rire et
une grimace cyniques.

« Croyez-vous donc que je n'aie pas tout deviné depuis
longtemps ? On ne saurait jamais laisser un jeune homme
et une jeune fille libres de jouer au frère et à la sœur, sans
qu'ils ne passent bientôt de cette comédie sentimentale à un
amour réel. Au surplus je ne suis pas fâché de ce qui arrive.
Je vous avais dit d'abord que ma petite-fille n'était plus
libre ; je disais vrai alors, jusqu'à un certain point. J'avais
des projets qui dépendaient de ma santé et de mes forces.
Je pensais que j'avais à jouer un rôle plus long dans le
drame de la vie. Mais, ajouta-t-il avec un léger soupir, il
faut que je renonce à ces espérances longtemps caressées.
Vous pourrez épouser Lucile quand vous serez en état de

lui assurer le bien-être et un intérieur respectable. »

Puis fixant sur le docteur un regard pénétrant et fin, il lui dit :

« Mon cher monsieur Davoren, vous vous figurez peut-être avoir mis la main sur une héritière, vous croyez que j'ai joué la comédie de la pauvreté et qu'on trouvera, quand je n'y serai plus, au fond de mes tiroirs, des actions de chemin de fer, des consolidés, de bonnes créances. Détrompez-vous, mon cher monsieur, ma collection est tout ce que je possède, et je la léguerai à un musée. »

C'est de cette façon disgracieuse que Barton reçut Lucius dans le sein de sa famille. Cependant il semblait lui être attaché à sa manière ; il aimait sa société, et avait évidemment une confiance illimitée en son honneur.

Lucius n'avait encore rien fait pour préparer l'exécution de l'entreprise à laquelle il s'était engagé ; mais il y avait pensé profondément et constamment, et il s'était efforcé de trouver par quel chemin il pourrait atteindre son but.

Étant donné un homme qui lui était absolument inconnu quant à sa personne, à sa profession et à ses relations, qui avait rompu tous les liens qui le rattachaient à sa famille ou à son domicile, dont on n'avait plus entendu parler depuis douze ans, comment s'y prendre pour découvrir quelle contrée du globe cet homme habitait, ou même s'il n'était pas descendu dans la tombe ? Tel était le problème que Lucile avait proposé au jeune médecin aussi tranquillement que s'il se fût agi de résoudre la difficulté la plus simple du monde.

Peu d'instants de réflexion lui démontrèrent qu'il n'y avait pas de meilleure voie à suivre que de commencer ses investigations tout près de lui, à la Maison du Cèdre même.

Il lui parut, en effet, que s'il ne pouvait obtenir certains détails que pouvait seul lui donner le vieillard, que s'il ne pouvait tout d'abord l'amener à s'expliquer franchement sur ce qu'il savait de la vie de son fils jusqu'au moment où il l'avait perdu de vue, le problème semblait de tous points insoluble. Et même si le vieillard consentait à parler, si Lucius pouvait apprendre de lui toute l'histoire de Ferdinand Barton, antérieure au jour où il avait quitté la maison paternelle dans Bond Street, il restait encore à combler un gouffre aride de douze années.

Questionner le vieillard était donc la voie la plus facile et la plus rationnelle. Il fallait voir d'abord s'il persisterait ou non dans son mutisme.

Un matin, où l'état du malade donnait plus d'espérance que d'habitude, où ses douleurs avaient disparu et quelque chose de son ancienne force s'était manifesté, Lucius aborda, pour la première fois, ce difficile sujet.

Leur conversation, qui errait d'ordinaire depuis les sordides détails de la vie matérielle jusqu'aux régions les plus élevées de la métaphysique spéculative, s'égara cette fois dans une discussion sur le Christianisme.

Barton envisageait ce sujet si grand d'un point de vue purement critique; il parlait de l'Évangile comme il parlait de l'Iliade : il admettait ceci et rejetait cela; il apportait la sèche logique d'un esprit dépourvu de poésie et l'étroit scepticisme d'une nature soupçonneuse dans l'examen des vérités divines. Lucius parla avec la conviction et le calme d'un homme qui croit et n'a pas honte de tenir haut et ferme son drapeau. D'une discussion théologique, il amena la conversation sur la charité chrétienne si différente de l'humanitarisme purement païen, et il trouva là l'occasion qu'il cherchait.

« Je me suis souvent étonné, dit-il, que vous, qui avez l'esprit juste et droit, vous vous laissiez aller à la rancune.

— Que voulez-vous dire? interrompit Barton.

— Ce fils!... Mais pardon d'aborder un sujet qui vous est pénible.

— Pas plus pénible que si vous me parliez du premier vaurien venu. Croyez-vous que le cœur ne s'use pas à la longue? Il fut un temps où la pensée de cet ingrat était comme la douleur qui survit à la blessure. Dieu merci! il n'en est plus de même. Les fibres de mon corps se sont renouvelées depuis douze ans, et avec elles, tous les sentiments de mon âme : regrets, affections, tout, jusqu'à la honte. Monsieur Davoren, je n'ai plus de fils. »

Il dit ces derniers mots avec un accent où, sous une dureté affectée, on sentait une douleur inconsolable et plus poignante que celle qui s'exhale par des pleurs et des cris.

« Je ne puis croire, dit Lucius touché de compassion, que ce fils, quelque indigne qu'il puisse vous avoir paru, soit à jamais banni de votre cœur. »

Un nuage sembla voiler les yeux du vieillard; il baissa la tête, mais il ne manifesta aucune faiblesse.

« Il ne m'a pas paru indigne, répéta-t-il; il était véritablement indigne.

— Vous ne m'avez jamais dit son crime. »

Le vieillard releva la tête et jeta sur Lucius un regard pénétrant qu'un éclair de haine illuminait encore, puis il lui dit avec ce cynisme qui était sa seconde nature :

« Quoi! êtes-vous curieux de le connaître? Au fait, vous avez le droit de savoir quelque chose de la famille que vous comptez honorer de votre alliance. Eh bien! apprenez que

le père de celle qui doit devenir votre femme était un
fourbe et un voleur. »

Lucius recula comme s'il eût reçu une insulte personnelle.

« Je ne croirai... commença-t-il à dire.

— Attendez, avant de discuter. Vous savez ce que fut ma
jeunesse : dure et laborieuse entre toutes. Je me mariai de
bonne heure. Je commis la faute assez commune de prendre
une belle figure pour un certificat de qualités supérieures
chez ma femme. Elle était de l'Amérique Espagnole et fille
d'un planteur. Je ne tardai pas à m'apercevoir qu'elle avait
un détestable caractère qui la rendait à charge aux autres
et à elle-même. D'une gaieté immodérée quand il s'agissait
de plaisirs, elle n'était jamais heureuse quoi que je fisse
pour satisfaire ses caprices. Je fis tout ce qui était en mon
pouvoir pour lui rendre la vie agréable ou du moins
supportable. Quand mes moyens me le permirent, je laissai
l'argent à sa disposition, j'achetai des oiseaux et des fleurs
pour son salon, je le meublai avec mes plus beaux meubles. Mais elle se moquait dédaigneusement de mes efforts
pour embellir un appartement situé au-dessus d'une boutique. Son père, tombé en faillite à l'époque de notre mariage, avait été riche. Les jours de sa prospérité avaient à
peine duré autant que l'enfance de sa fille, mais assez
longtemps pour donner à celle-ci des habitudes de nonchalance et des goûts extravagants dont elle ne devait pas
se guérir. Je vis bientôt que lui laisser la libre disposition de l'argent, c'était m'acheminer vers ma ruine. De
mari débonnaire que j'étais, je devins ce qu'elle appelait un
avare tyran. Son mécontentement se changea alors en
aversion, et j'eus à subir une série de querelles qu'elle

termina plus d'une fois en s'enfuyant de la maison pour se
réfugier chez une veuve frivole et légère que je détestais. Je
la suivais et la ramenais au logis; mais elle n'y revenait
qu'avec répugnance, et sa haine pour moi ne faisait qu'aug-
menter. Notre enfant ne resserra pas ces tristes liens. Quand
il fut assez grand pour prendre part à nos querelles, il se
rangea toujours du côté de sa mère. Cela se comprend : il
était toujours avec elle, il entendait ses plaintes contre moi,
elle lui passait toutes ses fantaisies et fournissait à tous ses
plaisirs avec l'argent qu'ils me volaient. Oui, ce fut là son
début dans le vice. Sa propre mère lui apprit à voler l'argent de ma caisse et de mon comptoir.

— Mais c'est horrible, s'écria Lucius.

— Et cependant, même envers lui, continua Barton, qui,
une fois entraîné sur le terrain de ses malheurs domestiques,
devenait intarissable, même envers lui, elle se laissait aller
à la violence de son caractère, et j'ai appris, il n'y a pas encore
longtemps, qu'ils eurent souvent des querelles où le sang
coula. Les reproches, les insinuations malveillantes, les
railleries, voilà ce qui jetait quelque diversion dans le triste
calme de notre malheureux intérieur, et, un jour, Ferdinand vint me prier de l'envoyer à l'école; il ne pouvait supporter plus longtemps de vivre avec sa mère. — Eh quoi!
lui dis-je, je croyais que tu raffolais d'elle. — Je l'aime assez,
me répondit-il, mais je ne puis endurer son caractère. Tu
feras bien, père, de m'envoyer à l'école, ou il pourra arriver
quelque malheur. Hier, après le dîner, je lui ai lancé un
couteau à la tête. Tu te rappelles ce que tu m'as dit, un
jour, de ce jeune Romain dont tu me montrais le portrait,
de ce jeune homme qui tua sa mère. Il n'est pas probable
que j'en vienne jamais là, de sang-froid; mais, si elle

continue à m'exaspérer comme elle le fait quelquefois, je
puis me laisser aller à lui donner un mauvais coup. Il
termina ce froid aveu en me disant qu'il aimerait bien aller
finir son éducation en Allemagne; il avait alors environ
douze ans.

— Et vous y avez consenti? dit Lucius.

— Non, pas tout à fait; je souhaitais faire de mon fils
un gentleman accompli. Je tenais à étouffer, s'il était possible, ces dispositions héréditaires qui s'étaient déjà manifestées par la violence de ses passions et un amour désor-
donné des plaisirs. Un talent, mais un seul, se développait
en lui à un très-haut degré, c'était le talent, ou comme le
disait sa mère, c'était le génie de la musique. Dès l'âge de
sept ans, son plus grand plaisir était de racler du violon ou
de taper sur le piano de sa mère. Quant à moi, ajouta ingénument Barton, je déteste la musique.

— Et moi qui l'ai aimée, dit Lucius d'un ton pensif; cependant il est étrange que les plus sombres souvenirs de ma
vie soient associés à la musique.

— Je n'entendais pas que le fils pour lequel je travaillais
devînt un joueur de violon; je le confiai à un précepteur,
comme si j'eusse été riche; j'espérais que ce genre d'éducation pourrait le guérir des vices de son enfance et faire de
lui un honnête homme. En sortant des mains de son précepteur il alla au collége de Balliol, à Oxford, où vous-
même avez fait vos études. Mais avant cette période de sa
vie, sa mère me quitta pour la dernière fois; je ne voulus
pas courir de nouveau après elle, je lui accordai une petite
pension et lui enjoignis de rester désormais séparée de
moi. Elle se retira chez la veuve américaine, et y mourut
un an après m'avoir quitté. Mon fils vint la voir à ses

derniers moments et reçut d'elle, sans doute, des conseils de haine contre moi. Il retoura à Balliol, encore enfant, avec les vices d'un homme. »

Ici, Barton fit une pause ; ses yeux semblèrent se fixer sur le passé, puis il poussa un soupir d'impatience et reprit :

« Il n'est pas nécessaire que je vous fatigue des détails de sa vie universitaire. Il vous suffira de savoir qu'elle fut un résumé de tous les vices. Il consentit, quoique avec répugnance, à adopter une profession, celle d'avocat ; il prit une chambre, y passa ses jours et ses nuits en orgies ; dissipa follement l'argent que je lui donnais et me força enfin à lui faire abandonner une profession qui m'avait coûté tant de sacrifices et à le prendre avec moi dans mon commerce.

— Vous l'aimiez encore à cette époque, autrement vous n'auriez pas eu tant d'indulgence, dit Lucius.

— Oui, je l'aimais, répondit le vieillard avec un long soupir de regret ; je l'aimais et j'en étais fier, malgré ses vices ; sa bonne mine, son adresse, son langage insidieux me séduisirent comme ils séduisirent les autres. Jamais homme ne fut mieux doué pour réussir dans un commerce comme le mien ; c'était un fin appréciateur des objets d'art. Il apprit en peu de temps le jargon qui abuse les amateurs, et, dans la conclusion d'un marché, il était plus habile que moi-même ; mais ses habitudes ne pouvaient s'accommoder d'une industrie régulière. Aussitôt qu'il eut gagné ma confiance et m'eut déterminé à lui donner un intérêt dans mon commerce, je découvris combien il s'était peu amendé ; de même qu'il m'avait volé à l'âge de douze ans, de même il me volait alors ; seulement ses besoins ayant grandi, ses larcins avaient grandi en proportion. Je vis que mon emmagasine-

ment décroissait, que mes livres étaient falsifiés. En vain je
voulus lutter contre une intelligence qui était supérieure à
la mienne. Longtemps après m'être aperçu de ses fripon-
neries, il réussit à me convaincre, à l'aide d'arguments
irrésistibles, que j'étais dans l'erreur. Un jour, il m'apprit,
de ce ton dégagé qui lui était habituel, que depuis quelques
années déjà il était marié, qu'il avait perdu sa femme peu
de temps après son mariage, et que j'étais grand-père.
Tu aimes passionnément les enfants, me dit-il, je t'ai vu
t'occuper de ces petits mendiants frisés qui assiégent notre
porte. Je ne doute pas que tu ne me permettes de faire venir
Lucile?

— Et vous avez consentis?

— Naturellement, Lucile vint. C'était une enfant pâle et
mélancolique dont la petite figure n'avait aucun trait de
ressemblance avec personne de notre famille. Je ne pus
obtenir sur sa mère que très-peu de renseignements. Mon
fils m'assura qu'elle était d'une bonne famille et qu'elle lui
avait apporté une petite dot, mais qu'il l'avait toute dissipée.
Je ne pus savoir rien de plus. Comment et où était-elle
morte? C'est ce qu'il ne me dit pas. Lucile m'a parlé de
champs, de verdure, de fleurs, et d'une rivière; mais elle
est aussi ignorante de sa première demeure que si elle
était venue tout droit du Paradis à Bond Street.

— Ainsi vous ne savez pas même le nom de famille de sa mère?

— Non; cela est pénible pour vous, n'est-ce pas? Il y aura
une lacune dans la généalogie de vos enfants.

— Je me résignerai à la lacune. Seulement, il me semble
regrettable pour Lucile qu'elle n'ait jamais connu les parents
de sa mère, qu'elle n'ait pas été entourée de l'affection qu'ils
auraient pu lui témoigner.

— De leur haine, peut-être, dit Barton avec amertume.

— Soit. Ainsi, monsieur, vous et votre fils, vous avez tâché de vivre ensemble pendant plusieurs années.

— Oui ; cela a duré assez longtemps : moi, sachant bien que j'étais dupé par lui, mais dans l'impossibilité d'en fournir la preuve ; lui, passant les jours dans l'oisiveté et les nuits dans la dissipation, mais de temps en temps, me forçant à le féliciter pour quelque brillant marché. Mes clients l'aimaient, les jeunes gens surtout, parce qu'il avait toutes ces idées modernes, que je comprends aussi peu que les inscriptions cunéiformes. De façon ou d'autre, il faisait venir de l'eau au moulin. Ses amis de l'Université le retrouvèrent et firent de ma boutique un lieu de flânerie. Cependant nous avions de fréquentes querelles. J'ignorais où il passait ses soirées ; mais un matin, montant dans sa chambre pour le réveiller, parce qu'il devait aller à une vente importante à cinquante milles de Londres, je vis, sur une table près de son lit, des pièces d'or et des billets de banque. A partir de ce jour, je lui connus un vice de plus : il jouait. Où jouait-il, et avec qui jouait-il ? je ne l'ai jamais su. Je n'ai jamais aimé à l'espionner ou à surprendre ses secrets d'une façon clandestine. Je lui en fis le reproche, il haussa les épaules et, de l'air le plus naturel, il me dit : Oui, je joue quelquefois ; il est impossible de fréquenter la société où je suis reçu sans se trouver quelquefois obligé de se mettre à une table de whist. D'ailleurs c'est dans l'intérêt de nos affaires que je cultive ces relations. Quelques mois après cette découverte, je vendis une partie de mon fonds pour obtenir le bail de la boutique contiguë à la mienne et j'en encaissai le montant qui était de cinq cents livres. Le coffre dans lequel je serrai cette somme était sûr et j'en avais la clef sur moi. Je rentrai tard, l'enfant était

au lit; mon fils et moi nous soupâmes près du feu, dans le
petit parloir derrière la boutique. Jamais Ferdinand n'avait
été si animé, si gai. Il parla longuement de l'extension que
je projetais et discuta nos chances de succès en homme expert
dans les affaires. Nous nous étions fait servir une bouteille
de Bourgogne en l'honneur de notre brillant avenir. Je ne
bus pas plus que de coutume, cependant une demi-heure
après le souper, je tombai dans le sommeil le plus profond
qui se fût jamais emparé de mes sens, et je fus réduit à un
état d'inertie complète. En un mot, le vin avait été drogué,
et cela par la main de mon fils. Quand je me réveillai,
minuit avait sonné depuis longtemps. Le feu était éteint, le
foyer était froid, les bougies avaient brûlé jusqu'à la bo-
bèche. J'éprouvais un violent mal de tête et j'avais le frisson.
Par un mouvement machinal je portai la main à ma poche
pour voir si la clef de mon coffre y était toujours; elle y
était, alors je me dirigeai en chancelant vers mon lit, surpris
de l'effet inaccoutumé qu'avaient produit sur moi deux verres
de Bourgogne, et je me sentis si malade quand le matin
fut venu, que mon vieux garde-magasin envoya chercher
le médecin le plus voisin. Celui-ci me tâta le pouls, examina mes yeux, et me demanda si j'avais pris un narcotique. Alors je compris que j'avais bu du vin drogué, je
sautai à bas de mon lit et courus au coffre-fort. L'argent n'y
était plus. Ferdinand savait quand je devais recevoir cet
argent, et il connaissait assez mes habitudes pour deviner
où je le renfermerais, quelque soin que j'eusse pris de ne pas
lui laisser voir ma cachette. J'avais été adroitement volé par
mon propre fils.

— Pauvre père! dit Lucius.

— Oh! oui. J'aurais digéré le vol; je ne pus pardonner

le narcotique. Cela me navra. Un homme capable d'un tel acte, pensai-je, m'empoisonnerait au besoin. Et j'arrachai mon fils unique de mon cœur, comme vous extirpez une mauvaise herbe qui a poussé de profondes racines dans un sol fertile. La déchirure de mon cœur fut profonde et j'en ressentis pendant de longues années la douleur ; mais je crois que mon amour pour mon fils s'éteignit dès ce moment. Peut-on continuer à aimer un tel misérable ? Je ne fis aucune tentative pour le poursuivre ni pour rentrer dans mon argent. On se résigne difficilement à mettre sa propre chair et son propre sang à la merci de la justice.

— Avez-vous jamais dit tout cela à sa fille ?

— Non ; je n'ai pas eu cette cruauté. J'ai fait de mon mieux pour lui persuader qu'il était indigne de son affection ou de ses regrets, sans lui faire connaître la nature de ses crimes. Malheureusement, avec son caractère romanesque, il suffit à ses yeux d'être infortuné pour être digne de compassion. Je sais qu'elle l'a pleuré et regretté et qu'elle garde même son image dans son cœur, en dépit de moi.

— N'avez-vous plus eu de nouvelles de ce fils ingrat ?

— J'ai appris, par hasard, qu'il s'était embarqué sur un bâtiment espagnol se rendant à Rio : l'*Eldorado,* je crois. Depuis, je n'en ai plus entendu parler. »

Ce fut tout ce que put apprendre Lucius. Pauvre fil d'Ariane, pour l'aider à retrouver un homme dont on ne savait rien depuis douze ans !

CHAPITRE XII.

ENTREVUE.

C'est une chose de faire une promesse téméraire ; c'en est une autre de la tenir. Un homme bien amoureux s'engagera à toute espèce d'entreprise, à toute espèce d'aventure, même à la découverte d'une nouvelle planète ou d'un nouveau continent, si la femme qu'il aime l'exige de lui. Mais après avoir examiné la question sous tous les points de vue possibles, Lucius fut disposé à penser qu'il s'était engagé envers Lucile à quelque chose de plus impossible qu'une découverte géographique ou astronomique, quand il lui avait promis de découvrir son père, ou tout au moins d'arriver à connaître ce qu'il était devenu.

Cela lui avait semblé un grand point d'avoir obtenu que le vieillard s'expliquât librement sur le compte de ce fils perdu ; mais, même avec cette nouvelle lumière jetée sur la question, la figure de ce fils restait encore environnée de profondes ténèbres. Il avait fait voile pour un certain port. Il pouvait habiter encore cette cité méridionale. Mais, quoi de plus improbable dans la carrière d'un tel homme que sa résidence continue dans aucune ville ? Le criminel est naturellement vagabond. Il n'a pas de domicile fixe. Des bois nouveaux et de nouveaux pâtis sont une nécessité de son existence interlope. Comme un baril de cognac transporté en contrebande, il passe de ville en ville environné d'un nuage de mystère. Nul ne le voit arrriver ni partir. Comme le caméléon, il change de couleur tantôt portant des favoris teints, tantôt reprenant ses couleurs naturelles. Quant à ses noms, il en a autant que le Jupiter romain.

Si Lucius avait été libre, il aurait pu se rendre tout droit à Rio, et y rechercher les traces du fugitif, seul et sans aide. Il aurait pu découvrir quelques indications, même après ce laps de douze années écoulées depuis son embarquement sur le navire espagnol l'*Eldorado*. Il n'était pas même hors des limites du possible qu'il eût pu y rencontrer le fugitif lui-même.

Mais agir ainsi impliquait l'abandon d'une grande partie de ce qui lui était d'une importance capitale, l'entier renoncement au plan de vie qu'il s'était tracé. En premier lieu, il était pauvre, et son maigre salaire comme médecin de la paroisse lui était d'une indispensable nécessité. Ensuite, un médecin de paroisse ne pouvait pas plus quitter son poste que le coq qui en surmonte le clocher ; et grande serait la surprise de la sacristie ou des marguilliers si l'on apprenait que le médecin de la paroisse est parti pour aller chasser, pendant une quinzaine, les coqs de bruyère dans les montagnes du Sutherland, ou qu'il s'est embarqué pour la Méditerranée sur le yacht d'un ami, ou qu'il s'est joint à une des grandes caravanes de Cook pour l'Égypte ou le Pérou.

D'ailleurs, Lucius avait maintenant le noyau d'une très-belle clientèle. Ses malades étaient pour la plupart de petits marchands qui payaient très-ponctuellement, et il s'y trou-

vait quelques riches commerçants dont la clientèle avait
du prix. Il voyait là un commencement, bien modeste, il
est vrai, mais un commencement enfin de fortune. Son rêve
d'aller s'établir à Savile Row devait trouver sa réalisation
dans cet humble commencement. Ses malades croyaient en
lui, parlaient de lui ; et autant qu'une réputation peut être
faite dans un quartier comme celui de Shadrack, sa réputation s'y établissait rapidement. Tourner le dos à tout cela,
c'était sacrifier, ou tout au moins ajourner indéfiniment son
espérance de conquérir un intérieur digne de la femme
qu'il aimait.

Enfin, restait une troisième raison pour ne pas entre-
prendre cette chasse lointaine qui, bien que stérile quant
au résultat, pouvait du moins démontrer qu'il était le plus
dévoué et le plus chevaleresque des amants. Se rendre à
Rio, c'était quitter Lucile pour un temps indéterminé, puisque les recherches auxquelles il serait obligé de se livrer
exigeraient du temps pour délibérer, pour procéder à son
enquête, pour aller et venir, pour suivre des traces qui
pouvaient être fausses, quoiqu'elles lui eussent tout d'a-
bord donné les plus belles espérances, et enfin une infatigable patience. Comment pourrait-il trouver ce temps,
avoir cette patience, quand son cœur serait torturé par les
craintes qu'il éprouverait pour la sûreté de Lucile ? Que
ne pouvait-il pas arriver pendant son absence ? Le vieillard
était dans un état si précaire que sa maladie pouvait à
chaque instant prendre un tour funeste. Dans une situation si critique, le confier à un médecin étranger, à un médecin peut-être négligent, ce serait en quelque sorte le con-
damner à mort.

Aussi, après y avoir longuement réfléchi, Lucius conclut

que son amour lui-même ne saurait le pousser à une aussi téméraire entreprise qu'un voyage à Rio, à la recherche de Ferdinand Barton.

« Après tout, se dit-il, rien n'est plus sage que ce conseil d'Apelles au savetier : chacun son métier. Je puis être un médecin habile mais un détestable policier, et il sera plus raisonnable de dépenser le peu d'argent que je puis économiser à payer un policeman retiré, qu'à faire mon propre apprentissage dans un métier que j'ignore. Nos journaux ne se font pas faute de tempêter contre la maladresse de la police, quand elle ne réussit pas à découvrir un criminel qui s'est replongé, après son crime, dans la grande mer de l'humanité sans laisser à la surface même la plus légère bulle qui indique l'endroit où il a disparu. Eh bien, je doute qu'aucun des spirituels écrivains qui alimentent la mauvaise humeur de la presse contre la police, pût faire mieux que celle-ci, s'ils étaient à la place des agents qu'elle emploie et qu'ils ridiculisent. Oui, je soumettrai le cas à Otranto, le *detective* privé.

Une fois résolu, Lucius ne perdit pas de temps et se rendit au bureau d'Otranto, dans la Cité. C'était un petit homme, aux manières simples, avec une redingote noire boutonnée jusqu'au menton, et portant sur toute sa personne l'empreinte à moitié militaire d'un ex-agent de police, plein de vivacité d'ailleurs, et peu disposé à perdre son temps en détails inutiles.

Lucius lui dit tout ce qu'il savait sur Ferdinand Barton : son caractère, ses antécédents, le navire sur lequel il s'était embarqué, le port où il se rendait, et la date approximative de son départ.

Otranto haussa les épaules. Il avait accompagné les explications de Lucius d'un léger sifflement, qui était chez lui le signe d'une grande attention.

« Je crains bien, dit-il, qu'il n'y ait pas d'espoir de le retrouver. Les mauvais garnements de son espèce changent souvent de nom, de visage, et de pays, sans compter les changements qui surviennent avec les années et les accidents auxquels ils sont plus exposés que les honnêtes gens. Néanmoins, je confierai l'affaire là-bas à un homme qui fera tout ce qui peut être fait.

— Là-bas, à Rio? demanda Lucius; avez-vous des correspondants si loin que cela?

— Monsieur, dit Otranto en jetant un regard de complaisance sur la mappemonde accrochée au mur, il est bien peu de coins de la terre habitable où nous n'ayons un correspondant. »

L'affaire fut ainsi conclue sans plus de discussion. Lucius donna à Otranto des arrhes suffisantes pour lui prouver que sa démarche était sérieuse et pour s'assurer du zèle de ce personnage, les enquêtes privées étant, comme il le donna à entendre, une chose très-coûteuse.

Cela fait, Lucius trouva qu'il n'avait pas manqué à sa promesse. Il ne dit rien, toutefois, à Lucile, si ce n'est qu'il s'occupait de tenir cette promesse, autant qu'il était possible et raisonnable qu'il la tînt.

« Si je vous disais qu'il y a de la folie, selon moi, à caresser une aussi vague espérance, vous me diriez, ma chère amie, que je manque de complaisance, lui dit-il en se promenant, le soir de ce même jour, dans le vieux jardin désert, au coucher du soleil.

— Lucius, dit à son tour Lucile, je vais vous demander une grâce.

— Chère Lucile, vous savez que je ne vis que pour vous plaire.

— Oh! Lucius, et pour bien d'autres choses encore. Pour vos malades, pour la science, pour l'espoir de devenir avec le temps un médecin illustre.

— Tous ces objets n'occupent plus maintenant qu'une place secondaire dans mon existence; ils ne sont plus que les moyens d'arriver à vous créer une existence honorable.

— Comme vous êtes bon de parler ainsi! Je suis à peine digne d'un tel amour, moi dont le cœur est si plein du passé. Cependant, Lucius, si vous pouviez seulement me comprendre, vous me pardonneriez de les placer même au-dessus de mon affection pour vous.

— Je vous pardonne de bien bon cœur, ma chère amie, un sentiment qui ne fait que prouver la tendresse et la constance de votre caractère. Mais quelle est la grâce que vous voulez me demander, Lucile?

— Jouez-moi du violon. Mon pauvre grand-père descend rarement le soir de sa chambre à présent. Il ne vous sera pas difficile d'apporter votre instrument et d'en jouer, de temps à autre, quand il sera remonté. Sa chambre est d'ailleurs trop éloignée du parloir pour qu'il puisse jamais vous entendre; et, après tout, jouer du violon n'est pas un crime. Le son de cet instrument, que je n'ai pas entendu depuis si longtemps, me rappellera mon père. Et puis, je sais que vous en jouez divinement, » ajouta-t-elle en le regardant avec des yeux pleins d'une innocente admiration.

Elle était charmante en lui demandant cela et, comme tous les amoureux, il se sentait flatté de montrer son talent.

« Eh bien, soit! dit-il, j'apporterai mon violon, mais vous aurez soin de le placer dans quelque coin obscur où votre

grand-père ne puisse pas le découvrir, autrement il pourrait
exhaler sa colère contre mon trésor. Ce ne sera pas manquer
à l'honneur, si je vous fais entendre de temps en temps
une sonate, quand votre grand-père sera allé se coucher.
Il faut que votre père ait été un habile exécutant pour avoir
fait une telle impression sur vous quand vous n'aviez que
sept ans.

— Oui, dit-elle comme en rêvant; je crois, en effet, qu'il
était excellent violoniste. Je sais que sa musique était quelquefois sombre comme le cri d'un cœur brisé par la douleur;
quelquefois farouche et étrange, si étrange, que je regardais
autour de moi, craignant de voir apparaître quelque fantôme
évoqué par cette terrible musique. Vous savez comme les
enfants regardent derrière eux avec des yeux effarés, quand
ils se blottissent autour du foyer, la veille de Noël, pour
écouter des histoires de revenants. Je ressentais une frayeur
semblable quand j'écoutais mon père jouer du violon.

— Je vous apporterai une musique plus agréable, Lucile,
et je n'évoquerai pas de fantôme dans les ombres du soir,
mais seulement les pensées heureuses de notre avenir. »

Cet entretien fut le prélude d'une série de soirées paisibles,
remplies d'un bonheur calme, qui ne connaissait pas la
satiété. Lucius apporta son Amati; il ressemblait assez à
un conspirateur, quand il vint avec son instrument qu'il
introduisit furtivement chez Barton et qu'il donna à garder à Lucile, pour qu'elle le cachât pendant le jour et ne le
laissât reparaître qu'à la nuit, quand son grand-père se
serait retiré dans sa chambre, trop éloignée pour qu'il pût y
entendre les doux sons de cette musique.

La vieille femme en bonnet, qui était à la fois femme de
charge, cuisinière, blanchisseuse et dame de compagnie,

dans cette curieuse maison, était naturellement dans le
secret. Cette brave dame avait gagné, aux yeux de Lucius,
à être connue, et il était maintenant avec elle sur le pied
d'une intime et amicale cordialité. Elle avait vécu depuis
un grand nombre d'années au service de Barton et se rappelait l'enfance de Lucile, dans l'obscur parloir de Bond
Street, mais aucune puissance au monde n'était capable
d'obtenir d'elle le moindre renseignement. En entrant jadis
au service de Barton, elle avait promis de ne rien dire de ce
qu'elle voyait, et elle avait jusqu'à cette heure gardé reli-
gieusement le silence. Sur le vieillard, elle ne put jamais
être amenée à dire qu'un seul mot qui formulait son opinion
sur son compte, c'est que c'était *un caractère*, expression
qu'elle accompagnait toujours d'un mouvement de tête, et
qu'on pouvait prendre aussi bien pour un compliment que
pour un reproche.

Elle avait pour Lucile une affection passionnée, mais elle
ne disait jamais un mot du père de Lucile. En différentes
occasions où Lucius avait essayé de la presser de questions
à ce sujet, elle avait constamment agi de la même manière.
Elle prenait un air sombre et refrogné, se hâtait d'enlever
le plat, le plateau, la théière, ou tout autre objet qu'elle
pouvait avoir à emporter, et disparaissait promptement du
parloir. Il n'eût servi de rien de vouloir persévérer.

« M. Barton m'a fait promettre de ne rien dire de ses
affaires, quand il m'a prise à son service, dit-elle un jour
à Lucius qui espérait obtenir d'elle quelques renseignements
sur Ferdinand. Je me suis tuée pendant vingt-cinq ans. Il
n'est pas probable que je bavarderai maintenant. »

Quoique si peu communicative, cette servante dévouée
était aimante. Elle traitait Lucile avec une familiarité pleine

d'affection, et couvrit les deux amants pour ainsi dire de
sa protection.

« J'étais sûre et certaine, la première fois que j'ai jeté
les yeux sur le docteur Davoren, que vous et lui, dit-elle à
Lucile, vous deviendriez bientôt deux amis intimes. »

Son influence protectrice les entoura, comme un ange
gardien, de ses ailes. Elle se regardait évidemment comme
la duègne de Mlle Barton, et aurait laissé là tout ce qu'elle
pouvait avoir à faire dans la cuisine ou dans les autres
dépendances de la vieille maison, pour aller voltiger autour
de Lucile et de Lucius, pendant leurs promenades, ou pour
écouter, frappée d'admiration et bouche béante, des morceaux de violon que jouait Lucius. Celui-ci, ayant découvert depuis longtemps que sous sa rude enveloppe ce joyau
brut contenait quelques-unes des qualités du diamant,
avait admis, jusqu'à un certain point, Mme Wincher dans
sa confiance, parlait librement devant elle de son avenir,
lui faisait part de ses espérances, de ses craintes, et sentait
que, sous cette écorce commune, il y avait l'âme d'une
amie : ni lui, ni Lucile n'auraient voulu assurément sacrifier
cette amie à une question d'étiquette. Mme Wincher, avec
son bonnet et le reste, fut donc acceptée par Lucius sans
difficulté, et sa présence dans les promenades innocentes
des deux amoureux ne fut l'objet d'aucune objection.

« Je suis bien heureuse que vous ne soyez pas fâché
contre Mme Wincher, de ce qu'elle est un peu trop familière envers moi, dit un jour Lucile. Elle ne peut oublier
qu'elle a pris soin de moi quand j'étais une pauvre enfant
solitaire, dans le parloir de Bond Street, et je sais combien
elle est fidèle et honnête. »

Le mari de Mme Wincher, ou son bon gentleman, ancien

factotum de Barton à Bond Street, était un débile vieillard, rôdant sans cesse çà et là, ayant en charge la collection de Barton qu'il époussetait, nettoyait, arrangeait et réarrangeait du matin jusqu'au soir, connaissant tous les mystères du bric-à-brac, qui était devenu sa passion à lui aussi. Ses mains se promenaient, légères comme les ailes d'un papillon, sur les porcelaines de Chine, aussi minces que des coques d'œufs. Il était aussi peu communicatif que sa femme.

Heureuses soirées d'été! Lucius, dans l'obscurité croissante, évoquait les accents doucement tristes de son violon, tandis que Lucile tricotait près de la fenêtre, et Mme Wincher, toujours coiffée de son inévitable bonnet, était assise sur le bord d'une chaise près de la porte, les bras croisés et écoutant Lucius avec l'attention sérieuse d'un critique musical!

« Je ne saurais dire que j'aime de préférence les sons plus vifs, dit celle-ci après avoir patiemment attendu la fin d'une sonate, mais le pincement des cordes est bien beau. J'aime à entendre ce pincement. Mon bon gentleman avait l'habitude de jouer du violon, avant notre mariage, et il en jouait bien; mais il fallut y renoncer par la suite. Il n'y avait pas de temps à perdre avec la musique, dans Bond Street. Se lever de bonne heure, se coucher tard, et avoir souvent cent milles à faire, pour l'aller et le retour, entre le matin et le soir, afin d'assister à une vente à la campagne! C'est ainsi que l'entendait M. Barton. »

Ces distractions musicales étaient naturellement assez rares. Barton allait mieux depuis quelque temps et le retour de ses forces lui rendait la société plus nécessaire; comme, d'un autre côté, il aimait de moins en moins descendre son escalier, il fallait que Lucius et Lucile allassent passer la plus grande partie de la soirée dans sa chambre, où Lucius lui apprenait les nouvelles du dehors, tandis que Lucile faisait le thé sur une petite table placée dans l'espace laissé libre, au centre de la chambre encombrée de tous les côtés. Il y avait quelques fleurs sur l'une des fenêtres qui n'était pas obstruée, et Lucile avait fait tout ce qu'elle avait pu, avec ses faibles ressources, pour donner à cette chambre un peu de gaieté et la rendre à peu près habitable.

Barton écoutait les deux amants tandis qu'ils s'entretenaient de leur avenir; mais il les écoutait d'une oreille peu indulgente.

« Amour et pauvreté! leur dit-il un soir en riant avec amertume : joli fonds de commerce pour débuter dans les affaires! Mais je suppose que vous n'êtes pas plus fous que tous les fous qui ont parcouru avant vous le même sentier, et vous avez à résoudre la même question qu'ils ont eue à résoudre : l'amour enterrera-t-il la pauvreté, ou la pauvreté enterrera-t-elle l'amour?

— Nous ne craignons pas d'affronter ce problème, dit Lucius.

— Nous ne le craignons pas, » répéta Lucile comme un écho.

CHAPITRE XIII.

CRAINTES D'AVENIR.

Le cours paisible de la vie de Lucius, remplie de rudes travaux, de grandes espérances, et d'un bonheur bien doux, fut interrompu par une lettre de Geoffrey, cet enfant gâté de la fortune, qui, dans une heure de perplexité, se tournait vers cet ami dont il avait naguère négligé les conseils.

Voici la lettre qu'il lui écrivit : —

« Stillmington, 13 Août.

» Cher Lucius,

» Je suis sûr que vous serez surpris d'apprendre que j'habite encore cette vieille et ennuyeuse ville, quand hier matin ont retenti les premiers coups de fusil dans les marais, entre York et Inverness. Oui, je suis encore ici, et dans les peines de cœur, aussi loin d'en espérer la fin que je l'étais quand vous vîntes, il y aura bientôt quatre mois, visiter cette chère enfant. Voulez-vous y revenir, comme un bon vieil ami que vous êtes, oublier combien je fus dur et ingrat envers vous à cette époque, entendre le récit de mes peines, et m'aider à en sortir si vous le pouvez?

» Après tout, vous êtes le seul homme au bon sens et à l'honneur duquel je voudrais me confier dans la crise que je traverse, le seul ami auquel je voudrais dévoiler les secrets de mon cœur. Venez donc, et promptement.

» Tout à vous et pour toujours.

» G. H. »

Naturellement, Lucius se rendit à cette prière. Il quitta Londres dans cette même après-midi et arriva à Stillmington un peu avant la nuit. Geoffrey l'attendait sur le quai de la gare. Il avait sa fraîcheur et son air de jeunesse ordinaires, mais une expression plus pensive et le regard plus grave que par le passé. Ils se serrèrent cordialement la main.

« C'est bien aimable à vous d'être venu, mon vieil ami, dit Geoffrey. J'aurais dû vous aller trouver, mais j'ai pris racine ici, comme vous voyez. Mais vous, Lucius, vous paraissez fatigué ?

— J'ai un peu plus travaillé que de coutume, mais c'est tout, répondit Lucius, qui n'était pas encore disposé à lui parler de son nouveau bonheur ; car comme il s'était un peu moqué de la passion de son ami, il n'était pas pressé d'avouer qu'il était lui-même dans un esclavage pareil.

— Maintenant, Geoffrey, de quoi s'agit-il ? lui demanda-t-il tandis qu'ils parcouraient lentement l'une des allées ombreuses de tilleuls et de marronniers qui entouraient Stillmington d'un réseau de verdure : toujours de la vieille histoire, je suppose ?

— Hélas, oui ! toujours la vieille histoire, avec peu de variantes. Elle est ici, et je ne puis m'en arracher. Je passe les jours et les heures à flâner çà et là. Une demi-douzaine de fois déjà j'ai bouclé mon porte-manteau pour me rendre à la gare, et au dernier moment, je me suis dit : Pourquoi partir ? Je suis libre, au bout du compte, et je puis vivre ici aussi bien qu'ailleurs.

— Ah ! Geoffrey, cela vient de ce que vous n'avez pas de profession.

— Fussé-je premier ministre, qu'il en serait de même.

— Mais comment se fait-il qu'elle soit encore ici? Y a-t-il perpétuellement des concerts à Stillmington?

—Non ; mais après la maladie de sa fille, à cause de cette maladie même, elle s'est dégoûtée de chanter dans les concerts. Elle s'est figuré que courir ainsi de ville en ville, que changer continuellement de résidence, pouvait être nuisible à la santé de son enfant. Mais ce n'est pas sa seule, raison : elle m'a souvent avoué son dégoût pour la vie publique. Aussi, dès que sa petite fille a été rétablie, elle a fait annoncer dans les feuilles de la localité qu'elle était disposée à donner des leçons, et le docteur, qui prend un grand intérêt à elle, l'a recommandée à tous ses malades, si bien qu'au bout d'un mois elle a eu une demi-douzaine d'élèves et a pris un appartement plus convenable que celui où vous l'avez vue. Maintenant, elle tient une classe de chant trois fois par semaine. J'entends ses élèves solfier quand je passe sous ses fenêtres, dans mes promenades du matin. Il y a même une plaque de cuivre sur sa porte, où on lit : Madame Bertram, maîtresse de musique. Songez donc, Lucius, la femme que j'aime à l'idolâtrie est obligée de mettre une plaque de cuivre à sa porte et d'enseigner à chanter à des jeunes filles criardes, tandis que moi je regorge de richesse.

— Une pareille existence convient mieux à une femme que de chanter en public, dit Lucius.

—Surtout pour une femme aussi belle que Jeanne Bertram. Oui, je suis de votre avis. Qui pourrait la voir et ne pas l'adorer? Mais songez, Lucius, combien une telle femme doit être supérieure à toutes celles que la plupart des hommes aiment, elle qui peut renoncer volontairement à ses succès, à l'admiration du public, même au triomphe de son art, et cela pour l'amour de son enfant, et se séparer du monde, se résigner à mener une vie solitaire et privée de tout plaisir une vie pareille à celle qu'elle mènerait dans un couvent?

—Cela prouve, comme vous le dites, que cette femme a un esprit supérieur; je le lui aurais reconnu, même sans cette épreuve. Mais il paraît que, dans sa reclusion, elle ne vous a pas fermé sa porte, puisque vous connaissez si bien tout ce qui la concerne?

— Vous vous trompez. Je n'ai pas franchi le seuil de son nouvel appartement. Le jour même où vous avez quitté Stillmington, elle m'a dit dans les termes les plus clairs, mais avec une amabilité qui adoucit l'amertume des mots les plus désagréables, qu'elle ne pouvait plus recevoir mes visites. « Vous avez été bien bon pour moi, a-t-elle ajouté, et dans mon chagrin, l'amitié que vous m'avez témoignée m'a été bien précieuse. Mais, maintenant, le danger est passé, je retourne à mon ancienne existence. Il est dans ma destinée de vivre dans un isolement absolu; je vous en prie, n'essayez pas de vous mettre entre moi et ma destinée. »

— Vous avez combattu cette résolution, sans doute?

— Avec toute la force de la passion. Je crois que j'ai été vraiment éloquent, Lucius, car elle a fini par éclater en sanglots; elle m'a supplié de renoncer à mes poursuites, me disant que je la tentais trop cruellement. Je me suis retiré comme elle me le demandait, et n'ai plus osé lui désobéir; mais je suis resté à Stillmington.

— Vous êtes resté tout ce temps, ici, sans la revoir?

— Quelquefois je la rencontre à la promenade et nous causons sur toute sorte de sujets. Elle ne parle jamais de son passé et je respecte sa réserve; jamais je n'ai cherché à surprendre son secret; elle semble me savoir gré de ma dis-

:rétion. Chaque heure que je passe auprès d'elle ne fait qu'accroître mon estime et mon amour.

— Lui avez-vous proposé de nouveau de l'épouser?

— Plus d'une fois; mais elle m'a toujours répondu par un refus persistant, et avec une résolution dont la fermeté n'a pas varié. Et cependant, Lucius, je crois qu'elle m'aime. Je ne suis pas capable de poursuivre une femme qui ne me témoignerait que de l'indifférence. Lorsque je lui parle de mon amour, je vois son visage s'illuminer. Non, Lucius, ce n'est pas de la froideur. Dieu seul connaît la raison qui nous sépare; mais, pour moi, c'est un inexplicable mystère.

— Et vous m'avez fait venir uniquement pour me dire cela? En quoi puis-je vous aider en tout ceci?

— D'abord, parce que vous êtes un garçon plus adroit que moi, un meilleur juge de la nature humaine, capable de déchiffrer bien des mystères qui sont lettre close pour moi. En second lieu, vous que la passion n'aveugle pas, vous pouvez plus promptement que moi découvrir si je ne m'abuse pas en me figurant que mon affection est payée de retour. Vous savez que j'étais un peu porté à être jaloux de vous, la première fois que vous vîntes ici, mon vieux camarade.

— Vous n'aviez pas la plus légère raison pour cela.

— Je le sais, il n'y avait aucune raison pour que je le fusse. Mais j'étais assez fou pour vous envier sa reconnaissance. Je n'ai pas besoin de répéter que c'était stupide. Vous êtes le seul ami dont je respecte réellement les opinions. Je considère le commun de mes connaissances comme autant de monomanes égoïstes, c'est-à-dire de fous dont la folie a pour objet leur seule personne et qui sont incapables de raisonner sur tout autre sujet. Mais vous, Lucius, vous avez l'esprit plus large, et je crois que, votre jugement n'étant pas

troublé par la passion, vous saurez déchiffrer à livre ouvert
ce mystère, pénétrer à fond ce secret que mes yeux obscurcis
ont vainement essayé de percer.

— Je crois que je le pourrai, Geoffrey, dit Lucius gravement. Mais dites-moi, d'abord, si vous désirez fermement
que ce mystère soit éclairci, au risque même de vous causer
un cruel désenchantement?

— Oui, à tout hasard; l'incertitude actuelle m'est insupportable. Je suis torturé par cette pensée qu'elle m'aime,
mais qu'elle comprime son amour; que si son inclination
était son seul guide, elle serait ma femme, et qu'un obstacle
inconnu s'oppose à notre bonheur. Elle travaille courageusement et n'a d'autre joie que son amour pour son enfant.

— Oui, je l'admire et je l'honore, dit Lucius avec une
chaleur qui ne lui était pas accoutumée.

— Et cependant, vous me conseillez de ne pas l'épouser;
cela semble difficilement s'accorder.

— Je vous ai conseillé de ne pas l'épouser sans connaître
sa vie passée. Si elle consent à vous en dire le secret sans
réserve, et que vous n'y trouviez rien de nature à refroidir
ou à tuer votre amour, je ne vous déconseillerai plus de
l'épouser. Mais elle ne doit rien taire, rien cacher. Il faut
qu'elle vous dise tout, dût son cœur se briser. Et il vous
appartiendra après de renoncer à elle ou de la serrer sur
votre cœur.

— Je ne redoute pas l'épreuve, s'écria Geoffrey vivement.
Elle ne peut rien avoir à me dire qu'elle ait honte d'avouer.
Elle est l'honnêteté et la sincérité même.

— Lui avez-vous jamais demandé de se confier à vous?

— Jamais! Je n'ai pas osé. Elle pouvait m'interdire de
lui parler, de même qu'elle m'a défendu d'aller la voir, et

e ne me suis pas senti le courage de m'exposer à perdre ces
ıeures de hasard que nous passons ensemble.

— En ce cas, pourquoi m'avoir appelé? Je croyais que
ʒous vouliez provoquer une crise.

— Oui, je le dois. Mais, à la pensée de son mécontentement, je deviens peureux et hésitant. Être banni par elle
me rendrait le plus misérable des hommes, et l'offenser,
ʒ'est provoquer cette sentence de bannissement.

— Si elle est aussi bonne et aussi sincère que vous croyez,
elle ne s'offensera pas. Peut-elle vous faire une confession
que vous ne demandez pas? Elle doit désirer autant que
vous que la situation soit éclaircie.

— Vous avez raison. Oui, je veux tout risquer

> Pour atteindre son but, une âme haute et fière,
> Une âme de héros, ne sait rien épargner,
> Ne veut d'autre succès que la victoire entière,
> Et risque de tout perdre afin de tout gagner.

Eh bien, Lucius, songez à mon chagrin, quand je pense
à mes fusils qui se rouillent et à ces montagnes de la
Norvége sur lesquelles je devais aller chasser, précisément
ce mois-ci.

— C'est bien parler, Geoff. Et maintenant je vais faire
de mon mieux pour vous seconder. Je pense que je puis
avoir quelque peu d'influence sur Mme Bertram. Elle s'est
exagéré l'insignifiant service que j'ai rendu à sa fille.
Je lui écrirai comme votre ami; je puis dire pour vous
beaucoup plus de choses que vous-même. Vous lui remettrez
ma lettre; puis, vous lui demanderez, dans les termes les
plus simples et les plus clairs, si elle vous aime ou si elle
ne vous aime pas, et, dans le cas où elle avouerait qu'elle a
quelque affection pour vous, pourquoi elle repousse votre

amour. Je pense que vous parviendrez ainsi à savoir la vérité.

— Vous lui écrirez!... exclama Geoffrey plein d'effroi; vous presque un étranger pour elle!...

— Comment pourrait-elle me regarder comme un étranger, quand elle pense que j'ai sauvé la vie de son enfant? Voyons, Geoffrey, si je puis vous aider, je dois le faire à ma manière. Donnez ma lettre à Mme Bertram, et je vous réponds qu'elle vous fera ses confidences. »

Geoffrey regarda son ami d'un air de doute. Cependant, après avoir imploré son intervention, il pouvait difficilement la refuser, même si sa façon de procéder lui paraissait assez cavalière et peu diplomatique.

« Très-bien. Je lui remettrai la lettre. Cependant, je dois vous dire que la démarche me paraît bien hasardeuse. Écrivez; mais, pour l'amour de Dieu, rappelez-vous que c'est une femme d'une nature délicate. Je vous supplie de ne pas l'offenser.

— J'ai mieux lu dans son âme que vous.

— C'est très-probable, reprit Geoffrey. Cependant vous n'avez pas été suspendu à ses lèvres, vous n'avez pas étudié ses regards jour par jour, comme je l'ai fait. »

Geoffrey, dans son désir de causer plus librement avec son ami, l'avait éloigné de la ville en lui faisant gravir une route qui montait en tournant sur une charmante colline couverte de bois et de vertes pelouses d'où ils dominaient Stillmington avec ses blanches villas, ses rues d'une propreté irréprochable, ses gazons rasés de près, ses corbeilles de fleurs bien sarclées, toutes choses sur lesquelles un esprit d'ordre et de prospérité étendait ses ailes protectrices. Le respectable *Hôtel des Familles* dominait fièrement les mai-

ons plus petites de la grande rue, son jardin émaillé de
;éraniums, et sa fontaine dont l'eau scintillait doucement
ous les rayons du soleil couchant.

« Allons, mon vieil ami, dit Geoffrey, il serait mal à moi
l'oublier que vous avez fait une longue route. J'ai com-
mandé le dîner pour huit heures. Nous avons juste le temps
le nous débarrasser de la poussière du voyage avant de
ious mettre à table. Et après?...

— Après le dîner, dit Lucius, j'écrirai ma lettre à
Ime Bertram.

— Eh bien! par Apollon, comme dit le vieux Lear, je lui
emettrai votre lettre ce soir même. Je ne saurais dormir
.vec un tel fardeau. Mon courage s'évaporerait avant le jour. »

Ainsi parlait Geoffrey avec une gaieté simulée, tandis
jue d'étranges doutes et des craintes dévorantes lui ron-
;eaient le cœur.

CHAPITRE XIV.

AU PIRE.

Ils avaient dîné et la lettre était écrite. La lune, dans son premier quartier, brillait paisiblement au ciel; le calme silence de la nuit était descendu sur l'élégante cité; les lumières scintillaient gaiement aux fenêtres des villas environnantes, la Still dessinait lentement son cours sinueux entre les joncs et les saules qui la bordaient. La nuit où le jeune Roméo s'introduisit dans le jardin des Capulets à Vérone n'était pas plus belle. C'était une nuit faite pour les amants.

L'horloge venait de sonner neuf heures et demie quand Geoffrey quitta l'hôtel avec la lettre de son ami; heure assez singulière assurément pour aller rendre visite à une dame qui lui avait interdit l'entrée de sa maison. Mais un homme qui sent que la démarche qu'il fait est une tentative désespérée ne s'arrête guère à considérer les circonstances de temps ou de lieu qui peuvent rendre cette démarche plus ou moins singulière.

Aborder la femme qu'il aimait avec une lettre écrite par un autre; avoir recours à l'influence d'un étranger pour agir sur celle qui était restée sourde à ses instances les plus passionnées; y avait-il rien de plus insensé?

Cependant, les femmes sont de si étranges créatures! C'est là un fait que les poëtes et les satiriques classiques, dont Hossack s'était plu à étudier les opinions, avaient inculqué dans son esprit. Il se rappela l'émotion de Mme Bertram dans sa courte entrevue avec Lucius et la reconnaissance exaltée qu'elle lui avait témoignée. Il était fort possible qu'elle l'eût regardé, dans ce moment de trouble, comme celui à qui elle devait, après la Providence, la vie de son enfant. Si elle avait conservé cette opinion de lui, son influence sur elle pouvait avoir quelque poids.

« Ce cher vieil ami, pensa Geoffrey affectueusement, il n'a pas voulu me laisser lire sa lettre. Je suis sûr qu'il y fait de moi un portrait trop flatteur. Aura-t-il été assez persuasif avec toute sa bonne volonté?... Je me sens tout découragé. »

Il était tenté de revenir sur ses pas; mais, après avoir fait venir Lucius de Londres, pouvait-il manquer d'égard au point de refuser son aide, quelle que fût la manière dont elle lui était offerte?

Il prit son courage à deux mains, à la vue de la lampe qui éclairait la fenêtre de l'appartement de Mme Bertram, et en entendant les arpéges, vagues comme un rêve, d'une mélodie de Mendelssohn, touchés par une main que son oreille, si peu musicale qu'elle fût, connaissait si bien. Au bout d'une minute, il fut introduit par une petite servante qui vint ouvrir la porte du salon sans hésiter et l'y fit entrer immédiatement, persuadée qu'il venait proposer une nouvelle élève, et le regardant comme un avant-coureur de la fortune.

« Madame, c'est un gentleman qui demande à vous voir, »
dit-elle.

Mme Bertram se leva de son piano. Elle était vêtue de
noir, comme la première fois qu'il l'avait vue. La tête
haute, le regard sérieux et ferme, après avoir laissé
échapper un rapide éclair de joyeuse surprise, elle dit : —

« M. Hossack !

— Oui, madame. Quoique vous m'ayez défendu votre
porte, j'ose me présenter à cette heure si peu convenable.
Pardonnez-moi, et, par pitié, daignez m'entendre. Un
homme ne peut consentir à vivre perpétuellement entre le
ciel et la terre. Le temps est venu où je sens qu'il faut que
je quitte cette ville et tout ce qui me la rend chère, ou que
j'y reste, mais pour y devenir le plus heureux des hommes... »

Sa voix était tremblante en disant ces derniers mots. Il
reprit :

« Vous vous rappelez mon ami Davoren ?

— M. Davoren ! »

Ses joues pâlirent à ce nom.

« Le médecin qui est venu voir votre fille ?

— Oh ! oui, dit-elle en jetant sur Geoffrey un regard qui
avait quelque chose d'étrange. Je n'oublierai jamais M. Davoren.

— Vous avez la mémoire du cœur. Eh bien ! M. Davoren
est à Stillmington.

— Ici !... s'écria-t-elle en regardant la porte comme si elle
s'attendait à la voir s'ouvrir pour donner passage au docteur. Oh ! que j'aimerais à le revoir !

— Il sera trop heureux de se présenter demain ; mais en
attendant, madame, pardonnez-moi ce que je vais vous dire.
Rappelez-vous que Davoren est mon ami, qu'il m'est aussi

cher qu'un frère. Je lui ai dit l'histoire de mon amour sans espoir.

— Oh! je vous en prie, dit-elle avec un geste qui était à la fois un avertissement et une prière, ne parlons pas de cela.

— Je lui ai tout dit, continua Geoffrey sans se laisser arrêter par ce geste suppliant, et il vous a écrit, pensant que son influence pourrait vous émouvoir un peu en ma faveur. Vous ne vous refuserez pas à lire sa lettre, n'est-ce pas, madame Bertram?... vous ne vous offenserez point de son intervention?

— Non, dit-elle en étendant la main pour prendre la lettre, je ne puis rien lui refuser. »

Elle ne témoigna ni surprise, ni mécontentement, mais lut la lettre avec le plus profond intérêt. Pendant cette lecture, sa contenance, épiée soigneusement par Geoffrey, trahit une vive émotion. Des larmes mouillèrent ses paupières avant qu'elle l'eût achevée. Quand elle arriva à la fin, ses doigts pressèrent le papier avec une étreinte passionnée et un sanglot s'échappa de sa poitrine.

« L'éloquence de Lucius est plus puissante que la mienne, dit Geoffrey avec une jalousie d'enfant.

— Il plaide bien, répondit-elle avec un triste sourire; peu d'hommes le feraient comme lui. Il me presse d'être très-franche avec vous, monsieur Hossack; il insiste pour que je tienne compte de la valeur inappréciable d'un cœur aussi sincère et aussi noble que celui que vous m'offrez; il me prie, pour mon bonheur et pour le vôtre, de vous dire la malheureuse histoire de ma vie passée. Et quand j'aurai tout dit, si la sagesse ou l'honneur vous conseille de me laisser, vous n'aurez qu'à me dire adieu et à vous éloigner, désenchanté et heureux.

—Heureux sans vous?... Jamais!... Et je ne crois pas qu'il soit en votre pouvoir de jamais me désenchanter.

—Ne promettez pas plus que vous ne pourrez tenir, peut-être. Cette lettre me recommande de faire ce que, de ma propre volonté, je n'aurais jamais fait, de vous dire l'histoire de ma vie. Peut-être ferais-je mieux de vous l'écrire; mais, non, cela me serait peut-être encore plus difficile. Je vous dirai tout à la fois. Après cela, vous me haïrez ou me mépriserez, comme il vous conviendra; mais vous devrez du moins vous rappeler que je n'ai jamais recherché votre amour.

— Je sais que vous avez été la plus cruelle, la plus inexorable des femmes.

— Je ne l'ai pas toujours été. Au contraire, j'ai été la plus faible d'entre elles. Ecoutez mon histoire. Elle sera courte. Il y a un certain nombre d'années, j'étais reçue dans les salons d'une grande dame, parmi une foule de personnages au-dessus de moi par le rang, mais à qui je plaisais parce que j'avais quelque talent comme musicienne. Je chantais et je jouais assez bien pour les amuser. La maîtresse de la maison était folle de la musique et se plaisait à réunir autour d'elle ceux qui partageaient son goût. Parmi ses favoris, à l'époque où je la visitai, se trouvait un personnage qui avait un rare génie : un homme pour qui la musique était comme une seconde nature et qui semblait entièrement absorbé par son art. Qu'il jouât de l'orgue ou du violon, il donnait à tous les instruments une expression puissante et aux mélodies les plus familières un accent qu'on ne leur connaissait pas. Je l'entendis, et, comme la maîtresse de la maison, je fus enchantée. Elle s'amusait de mon ravissement. Elle nous réunissait souvent, se faisait un

plaisir de nous entendre ensemble, nous faisait jouer et
chanter des duos; en un mot, avec les plus innocentes et les
meilleures intentions du monde, elle prépara la voie qui
me conduisit à ma perte.

— Vous avez aimé cet homme, s'écria Geoffrey, prompt à
le haïr, pour ce seul motif.

— Je pensais alors que je l'aimais. Mais il y a des moments où je crois que je ne l'ai jamais réellement aimé et
que la séduction à laquelle je me suis laissé prendre n'é-
tait que la magie de son art. Environné de mystère, il fut admis dans la maison où je le rencontrai, sans autre recommandation que son talent. Il avait les manières et l'éducation d'un gentleman, avec toutes les excentricités d'un
artiste. Il me demanda de devenir sa femme, ne tint
aucun compte de mon refus, me poursuivit avec une persistance infatigable, et, secondé par la puissance de son talent,
il triompha de tous mes refus et arracha mon consentement
à un mariage secret.

— Pourquoi vous fatiguer à rappeler ces tristes souvenirs?
s'écria Geoffrey. Ne me dites rien, si ce n'est que vous serez
ma femme. Je prendrai tout le reste de confiance.

— Vous m'entendrez jusqu'au bout, dit-elle tranquillement,
et ensuite vous prononcerez si je suis ou non digne de vous.
La maison que nous fréquentions n'était qu'à deux milles
d'une ville. Cet homme...

— M. Bertram.

— Je l'appellerai Bertram, quoique je doive vous dire
que ce n'est pas là son vrai nom. M. Bertram me pro-
posa un mariage devant le greffier de la ville. Nous avions
résidé lui et moi dans le voisinage plus longtemps que ne
l'exigeait la coutume pour l'enregistrement, et même cet

enregistrement avait eu lieu quelques jours avant que je donnasse mon consentement. Enfin, fatiguée par les instances de M. Bertram, croyant que je l'aimais et que j'étais l'objet d'un amour sincère, sentant bien que j'étais coupable d'ingratitude et de désobéissance envers les plus chers et les meilleurs des parents, je me laissai entraîner à cette malheureuse union. Un matin, de bonne heure, nous nous présentâmes au bureau du greffier où les formalités de notre mariage furent bientôt facilement remplies ; mais j'étais obligée, pour obéir à l'une de ces formalités, d'aller passer encore quinze jours dans ma famille. J'y revins, la conscience chargée du fardeau de mon coupable secret.

— M. Bertram était-il d'un rang supérieur au vôtre ; et fût-ce la raison qu'il donna pour tenir le mariage secret? demanda Geoffrey.

— Il me le fit croire. Il me dit qu'il risquait sa position et sa fortune en m'épousant. Je n'avais pas dix-neuf ans et j'avais été élevée dans une petite ville de province, par une famille à qui le mensonge était inconnu. Vous pouvez vous figurer s'il était facile de me tromper. Quelque temps après mon retour, il reparut dans notre petite ville, et je le suppliai d'apprendre notre mariage à mes parents, ou de me permettre de le leur avouer. Il s'y refusa, par les mêmes raisons qu'il m'avait données précédemment, et je fus obligée de garder le secret. Dieu sait si j'en souffris. Mais quand il me réclama comme son épouse et me rappela que j'étais obligée de suivre sa fortune, je refusai d'obéir. Je lui dis que le mariage devant le greffier n'était pas du tout, à mes yeux, un vrai mariage, et que je ne consentirais jamais à abandonner la maison paternelle pour le suivre, tant que je n'aurais pas paru devant l'autel à côté de lui. Cette

volonté, qu'il appelait un préjugé de pensionnaire, lui donna
de l'humeur; mais bientôt après il y consentit et me dit
que je serais satisfaite, qu'il m'épouserait dans l'église de
mon père, mais que notre union devait encore rester secrète;
qu'il avait un ami, un vicaire, dans une paroisse de Londres,
qui viendrait un matin, sans bruit et sans témoins, procéder
à la cérémonie religieuse dans notre église. « Le mariage
devant le greffier est suffisant au point de vue légal, me
dit-il; le mariage religieux n'a d'autre but que de satisfaire ma conscience, et il importe peu qu'il ne soit pas
célébré dans les règles. » Jamais je n'oublierai ce jour.
L'église vide d'assistants, plongée dans l'ombre, la pluie
battant la grande fenêtre au-dessus de l'autel, le visage de cet
étranger qui lut le service, la froide solitude et le sentiment
d'abandon qui s'emparèrent de mon cœur pendant que
j'étais à côté de celui pour lequel je devais maintenant abandonner tout ce que j'avais aimé! Jamais, assurément, mariage
ne fut plus lugubre. Je me sentais coupable, misérable,
désespérée; mon cœur, à ce dernier moment, battit pour
ceux dont j'étais sur le point de me séparer peut-être pour
toujours. Quand le service fut achevé, le vicaire étranger
qui l'avait lu jeta sur moi un regard curieux, puis quitta
l'église après avoir causé un instant à voix basse avec mon
mari. Quand il fut parti, Bertram alla droit à l'orgue, qu'il
avait touché plusieurs fois les semaines précédentes, et fit
entendre les premiers accords de la *Marche Nuptiale*.
« Viens, Jenny, me cria-t-il, ayons du moins notre musique
triomphale, si nous n'avons eu aucune autre cérémonie dans
cette parade de notre mariage. » Il toucha de l'orgue comme
il en touchait toujours, pareil à un homme qui, pour le
moment, était plongé tout entier dans la musique. Mais, pour

mon cœur bourrelé de chagrins, cette magie n'eut pas le pouvoir de lui rendre le calme. Je quittai l'orgue et redescendis
l'escalier au bas duquel, dans l'un des bas côtés de l'église,
je me heurtai presque contre l'étranger qui avait lu le service
du mariage. « Je désirais vous voir, me dit-il avec une certaine hésitation nerveuse. J'étais anxieux de savoir si tout
s'était fait dans les règles. Vous avez été mariée déjà devant
le greffier, à ce que m'a dit votre mari, et la cérémonie
d'aujourd'hui a seulement pour objet de donner satisfaction
aux scrupules de votre conscience ; cependant, je dois vous
informer... » Les dernières notes de la *Marche Nuptiale*
expiraient en ce moment dans le vieil orgue, et j'entendis
les pas de mon mari qui venait à moi pendant que l'étranger
me parlait. Il s'approcha promptement de l'endroit où nous
étions et passa mon bras sous le sien. « Je pensais vous avoir
dit, Leslie, que l'affaire a été pleinement expliquée à ma
femme, » dit-il. L'étranger murmura quelques mots qui ressemblaient à une justification, me salua, dit au revoir à mon
mari, et s'éloigna rapidement. S'il était revenu à l'église
pour me donner un conseil amical ou un avertissement
opportun, il en sortit sans mettre son intention à exécution.
Je quittai secrètement la maison paternelle, à la pointe du
jour, le cœur brisé. Je n'ai aucune excuse à faire valoir pour
ce coupable abandon de mes parents qui ne m'avaient que
trop aimée. J'aimais cet homme plus que mon devoir et que
mon honneur. J'abandonnai cette chère vieille maison où
j'avais été si heureuse avec la conscience que je la laissais
plongée dans la douleur. Pourrais-je, dans l'avenir, regagner
l'amour et la confiance de mon père et de ma mère ? M. Bertram m'assura que cet avenir n'était pas éloigné. Je vous parlerai aussi brièvement que possible du triste temps qui suivit.

Ma vie fut celle d'une misérable vagabonde, enchaînée à un homme qui manquait absolument d'honneur et de principes, qui n'avait d'autre profession que de faire des dupes, qui était sans scrupule, sans pitié et sans cœur. Le jour vint enfin où je ne pus supporter plus longtemps cette association déshonorante, où je préférai me jeter au milieu de ce monde indifférent que je connaissais si peu, et m'abandonner avec ma fille à la miséricorde divine, que de partager plus longtemps l'infamie d'une existence que la fraude seule soutenait. Je déclarai à mon mari que j'étais résolue à me séparer de lui et à vivre de mon travail. Il apprit ma détermination avec la plus extrême indifférence, et me regardant avec ce sourire amer que je connaissais si bien, il me dit : « Je vous félicite de vous être déterminée à prendre un parti aussi sage. La chaîne du mariage nous a blessés tous deux. Je vous croyais une femme intelligente comme il convient à un homme qui doit vivre de son intelligence. Je n'ai trouvé en vous qu'une pleurnicheuse dont l'esprit a été rétréci par une éducation de cure de campagne. Notre union a été une méprise pour l'un comme pour l'autre; mais je suis heureux de vous apprendre qu'elle n'est pas irrévocable. Les actes civils et religieux de notre mariage sont également nuls et sans valeur, car j'avais une première femme qui vivait à cette époque, et qui, je le crois, vit encore. »

— L'abominable gredin, s'écria Geoffrey avec une imprécation qu'il étouffa; mais pourquoi vous torturer l'esprit à vous rappeler cet affreux passé? Quoique entraînée dans le mal par ce misérable, vous n'en êtes pas moins, à mes yeux, la plus pure des femmes.

— J'ai peu de choses à ajouter. Il prit l'initiative en me laissant dans un appartement meublé, dans une ville de gar-

nison où les officiers du régiment qui y était caserné lui
formaient une société qu'il savait exploiter et au milieu de
laquelle il s'était distingué par son habileté au billard. Il
me laissa sans un sou, et à la merci du maître de l'hôtel
auquel il devait une grosse somme. Je ne vous fatiguerai point
des détails de ma vie à partir de ce moment. Heureusement
la femme de l'hôtelier était compatissante. Je lui abandonnai
volontiers quelques bijoux que je possédais, et elle me
laissa partir avec mon enfant et nos vêtements. Je me réfugiai
dans un appartement plus modeste, je donnai des leçons
de musique et de chant; quelque temps après je quittai
la ville avec ma petite fille et me rendis à Londres,
heureuse d'aller m'y perdre au milieu des flots de son
immense population. J'appris la mort de mon père et de ma
mère avec un remords que je ressentirai toute ma vie.
J'étais désormais seule au monde. Je crois que, sans mon
enfant, je n'aurais pas survécu à tant de douleurs; mais ma
fille m'a aidée à supporter tous mes chagrins, et Dieu a
béni les efforts que j'ai faits pour lutter contre la misère.

— Je ne sais comment vous remercier de cette confession,
dit Geoffrey, car elle lève dans mon esprit toute barrière
qui pourrait s'interposer entre nous, si vous pouvez seulement
me rendre quelque peu de l'amour que je vous ai voué et
qui vous appartiendra tant que j'aurai un souffle de vie.

— Vous oubliez, dit-elle tristement, que celui qui, dans
ma pensée, est mon mari, vit encore, que du moins je n'ai
eu jusqu'ici aucune preuve de sa mort.

— Quoi! vous voudriez vous croire liée par un mariage
qu'il vous a dit lui-même être absolument nul?

— J'ai juré en face de l'autel, dans l'église de mon père,
l'église où j'ai été baptisée, l'autel devant lequel je me suis

genouillée quand notre vieil évêque a posé ses mains sur ma tête et ma donné sa bénédiction, j'ai juré de lui rester attachée jusqu'à ce que la mort nous sépare. S'il s'est parjuré, ce n'est pas une raison pour que je manque à mon serment. Je l'ai quitté parce que vivre avec lui c'était participer à ses fraudes et à son déshonneur, mais je ne l'en considère pas moins comme mon mari. Si vous avez quelque doute sur l'histoire que vous venez d'entendre, les registres du greffier à Tirrelhurst, dans le Hampshire, vous la confirmeront.

— Moi, douter de ce que vous dites! s'écria Geoffrey. J'en suis aussi incapable que vous l'êtes de mentir. Mais, pour l'amour de Dieu, abandonnez cette pensée de vous croire liée par un mariage qui ne fut, du commencement à la fin, qu'un mensonge! »

Puis suivit une tirade passionnée à laquelle Mme Berram répondit par une résolution si calme, mais en même temps si inflexible, que Geoffrey comprit que ses prières étaient vaines et qu'une persistance poussée plus loin dégénérerait en persécution.

« Eh bien, soit, s'écria-t-il enfin, désolé et désespéré. Vous avez été constamment cruelle envers moi. Pourquoi n'avez-vous laissé vous aimer? Était-ce seulement pour mettre mon cœur à la torture? Puisqu'il doit en être ainsi, je vous dis adieu et vous laisse goûter en paix la satisfaction de rester fidèle à un misérable. »

Il se précipita hors du salon et de la maison, sans oser, par défiance de lui-même, jeter un dernier regard sur le visage de celle qui avait allumé cette fièvre dans son cerveau; il sortit de la ville, ne sachant où il allait, erra sur les bords gazonnés et le long des sinueux détours de la Still, autour des fermes et des maisons de campagne, des écluses et des barrages, à

l'ombre des collines et des bois. Il était environ trois heure
après minuit quand le garçon, à moitié endormi, ouvrit l
porte du respectable *Hôtel des Familles* à Hossack. Luciu
l'attendait plein d'anxiété et même de craintes.

« Si j'avais un peu connu cette ville, dit-il, je serais all
à votre recherche, Geoffrey. Ce n'est pas la chose du mond
la plus aimable de prier un homme de venir vous voir et d
le laisser ensuite, pendant cinq mortelles heures, dans l'appréhension que vous n'ayez couru prématurément au-devan
de la mort. »

Geoffrey essuya la poussière qui couvrait son front, er
poussant un profond soupir.

« J'avais le cœur trop abattu pour rentrer immédiatement à l'hôtel, dit-il, et j'ai voulu faire auparavant une
promenade ; je serai allé un peu trop loin, mais il ne fau
pas m'en vouloir, mon vieil ami. J'ai le cœur brisé.

— Vous a-t-elle tout dit?

— Tout, absolument. Désolante histoire, mais qui prouve
que Mme Bertram est ce que j'ai toujours cru qu'elle était :
pécheresse involontaire, pécheresse sans avoir péché. Et
maintenant, Lucius, pouvez-vous m'expliquer comment
votre lettre a pu l'influencer au point de faire, après l'avoir
lue, ce qu'elle n'avait jamais consenti à faire, malgré toutes
mes instances?

— Très-aisément. Vous m'avez prouvé que vous êtes un
cœur vraiment sincère et un véritable ami. Geoffrey, je veux
vous confier un secret. Mme Bertram est ma sœur.

— Votre sœur!... s'écria Geoffrey profondément étonné.

— Oui, la sœur dont je n'ai pas prononcé le nom depuis
bien des années, mais que je n'ai jamais cessé d'aimer. Ma
sœur Jenny, qui s'enfuit de la maison paternelle, il y a huit

ans, au milieu d'un profond mystère, et que je jurai dès lors de venger.

— Depuis quand avez-vous appris que Mme Bertram et votre sœur étaient une seule et même personne?

— Seulement depuis que je suis venu à Stillmington voir la petite fille.

— Alors cela m'explique son émotion durant cette même soirée. Je remercie Dieu de ce hasard. Et maintenant, cher vieux camarade, comme vous l'aimez et comme vous m'aimez, moi votre ami et le compagnon de votre jeunesse, usez de votre influence sur elle pour lui persuader de renoncer au souvenir de ce misérable.

— J'ai déjà essayé, et n'ai pas réussi. Je pensais que votre amour pourrait accomplir ce que j'avais entrepris vainement. Mais un devoir de frère me reste à remplir : je retrouverai cet homme si je puis, et je m'assurerai, par mes propres yeux, si son mariage est légal. Il peut avoir fait à Jenny cette histoire d'un précédent mariage par pure méchanceté. »

CHAPITRE XV.

COMMENCEMENT D'UN MYSTÈRE.

Lucius eut un long entretien avec Mme Bertram, dans la matinée de ce même jour; puis, dans l'après-midi, lui et Geoffrey quittèrent Stillmington, au grand désespoir du propriétaire de l'*Hôtel des Familles*, qui n'avait pas eu un client comme Hossack depuis bien des années, pas même dans cette brillante période dont il aimait tant à parler et qu'il appelait : la saison des chasses. Les deux amis se rendirent à Londres, par le même train express, causant amicalement et longuement, Geoffrey de partir prochainement pour Christiana, d'aller chasser le coq de bruyère dans les montagnes de la Norvége, et de voir s'il lui serait possible de calmer les angoisses de son amour sans espoir, dans les plaisirs et les agitations du sport; Lucius, de reprendre le cours de ses visites habituelles, de son existence de médecin de la paroisse, existence égayée seulement par les heures heureuses qu'il passait dans la vieille maison avec Lucile.

Il était trop tard pour se rendre à la Maison du Cèdre le soir même de son retour de Stillmington, et les deux amis soupèrent ensemble à l'*Hôtel Cosmopolite* et s'offrirent ce que Geoffrey appelait une petite fête, fête qui se prolongea en causeries amicales plutôt qu'en orgie bachique, car Lucius était le plus sobre des hommes, et chez Geoffrey le plaisir ne dépassait jamais les limites d'une sage tempérance. Ils parlèrent de l'avenir, et l'espérance se ralluma dans l'âme de Geoffrey, au milieu de ces causeries.

« La destinée ne me sera pas toujours contraire, dit-il, et la femme que j'aime ne sera pas toujours inexorable à mes prières. Je supporterais difficilement la vie, ajouta-t-il, si je ne nourrissais une folle espérance, qui n'est peut-être qu'une illusion : je crois qu'elle m'aime.

— J'en suis sûr, moi ! » répondit Lucius.

Les deux amis se serrèrent la main.

« Elle vous l'a dit? s'écria Geoffrey, dont l'honnête figure étincela de joie.

— Elle me l'a dit. Oui, Geoffrey, un amour comme le vôtre mérite quelque récompense. Ma sœur m'a dit que vous ne lui êtes devenu que trop cher; que si ce n'était le lien par lequel elle se croit enchaînée jusqu'à la mort, elle aurait été fière de devenir votre femme.

— Que Dieu la bénisse! Oui, j'ai été soutenu par la pensée qu'elle m'aime, et cette pensée me soutiendra encore. Ne vous a-t-elle rien dit de ce misérable..... de son mari..... rien qui pût vous aider à le découvrir?

— Très-peu de chose; du moins très-peu de chose au delà de ce que je savais déjà. Elle m'a fait une description détaillée de sa personne; mais elle n'a aucun portrait de lui. Le nom qu'il porte est sans doute un faux nom, et dès lors ne peut pas nous aider davantage. Mais ce qu'il y a de plus étrange dans cette étrange histoire, c'est...

— Quoi, Lucius?

— ... portrait que ma sœur m'a fait de cet homme, de

ce Vandeleur, c'est le nom qu'il s'est donné en l'épousant, cadre sous plusieurs rapports avec celui d'un autre individu, dont on ignore le sort et que je me suis engagé à découvrir aussi, qui a le même génie musical, et qui est, aussi, un abominable scélérat. »

Là-dessus, Lucius fit connaître à son ami l'engagement qu'il avait pris envers Lucile et la condition attachée à son accomplissement. Geoffrey l'écouta très-attentivement.

« Vous dites que cet homme est parti pour l'Amérique Espagnole en 1853. Votre sœur s'est mariée en 1858. Comment donc pouvez-vous supposer que le père de Lucile et l'homme qui s'est donné le nom de Vandeleur soient une seule et même personne? »

— De 53 à 58, il aura eu tout le temps de se dégoûter de l'Amérique.

— Cela se peut. Néanmoins, c'est bien gratuitement, ce me semble, que vous supposez une identité entre les deux hommes. Le génie musical n'est pas un don si exceptionnel et la scélératesse n'est pas si rare. »

Ils discutèrent ce sujet longuement et sous toutes ses faces. Ce fut un soulagement pour Lucius de pouvoir ouvrir son cœur à l'ami en qui il avait pleine confiance. Il passa la nuit à l'*Hôtel Cosmopolite* et revint le lendemain de bonne heure au quartier de Shadrack.

Il employa sa journée à ses travaux habituels. Il avait double besogne à faire, en conséquence du jour de vacance qu'il s'était donné. Il trouva l'atmosphère de Shadrack Road bien pesante et bien oppressive au milieu d'une chaude journée d'été, auprès de l'air limpide et du ciel bleu des collines et des bois qui entouraient Stillmington; et cet aspect de pauvreté qui se laissait voir partout, dans les rues et dans les ruelles de sa paroisse, l'impressionna d'autant plus vivement, quand il le rapprochait de l'aspect de respectabilité, de propreté, et d'aisance, qui se faisait remarquer dans la charmante grande rue de cette cité et dans ses villas nouvellement construites. Il parcourut, en éprouvant quelque fatigue, le chemin qu'il avait déjà parcouru tant de fois, mais il se sentit toujours aussi peu enclin à envier le sort de Geoffrey, qui, en ce même moment, courait dans le convoi de Hull, vers la première station de son voyage pour la Norvége. Il ne se montra pas moins patient dans son service, et quand la journée fut terminée, il se hâta d'aller à la Maison du Cèdre.

Il faisait sombre quand Mme Wincher l'introduisit dans l'avant-cour.

« M. Barton s'est retiré dans sa chambre, mais Mlle Lucile travaille dans le parloir, lui dit madame Wincher de son ton protecteur ordinaire. Vous n'êtes pas venu, hier soir, ni avant-hier, monsieur Davoren, ajouta-t-elle. M. Barton en a été tout de mauvaise humeur. « Me voilà bien avancé, m'a-t-il dit, d'avoir supposé qu'un médecin voudrait me soigner pour rien. » Mais je l'ai bien vite remonté et je lui ai dit qu'il devait savoir que vous ne considériez point vos visites ici d'un point de vue fanatique.

— Vous voulez dire, je suppose, d'un point de vue financier?

— Oui... oui... si vous trouvez que c'est mieux dit ainsi. Je n'ai pas hésité à lui parler ainsi, je vous assure.

— C'est très-bien à vous de m'avoir défendu quand je n'étais pas là! Rien qu'une absolue nécessité a pu m'empêcher de venir ici pendant ces deux derniers jours. Mlle Barton s'est bien portée, j'espère? »

Mme Wincher hésita quelque peu à répondre et Lucius répéta sa question avec inquiétude.

« Oui, bien; je ne puis dire qu'elle ait été malade. Seulement, hier au soir, — ici Mme Wincher baissa la voix et s'approchant tout près de Lucius, ajouta d'un ton mystérieux : — elle m'a donné un moment d'inquiétude. Elle avait été se promener dans le jardin, et était descendue jusqu'au vieux quai où il n'y a rien à voir que des flaques de boue et des chats vagabonds; il faisait juste aussi sombre qu'à présent, quand elle revint et passa devant la fenêtre de cette petite pièce où l'on serre les chaussures et où je me trouvais en ce moment occupée à récurer mes casseroles... Vous savez ce que je veux dire, docteur Davoren... ce petit pavillon, avec un toit délabré, après la buanderie ?

— Oui, je sais, continuez.

— Elle passa devant la fenêtre, le visage pâle et comme bouleversé, et les mains appliquées sur son front comme si elle avait été ahurie par quelque chose qui l'avait effrayée. Je m'élançai soudainement au-devant d'elle, et je suppose que je l'effrayai encore davantage, car elle poussa un petit cri et sembla près de se laisser tomber. « Mon Dieu, mademoiselle Lucile, lui dis-je, c'est moi ! Qu'avez-vous donc ? » Mais elle se remit tranquillement à marcher et me dit qu'elle s'était seulement sentie un peu triste de se voir seule et sans vous. « Mademoiselle, lui dis-je, on croirait vraiment qu'un esprit vous est apparu. » Elle me regarda en souriant doucement et me dit : « On voit quelquefois des esprits, Wincher, mais je n'en ai pas vu ce soir ; » et alors elle s'éloigna tout d'un coup et éclata en sanglots. Je la fis entrer dans le parloir et je la couchai sur le canapé, puis, je ranimai le feu et préparai une tasse de thé. Après l'avoir bue, elle revint complétement à elle. Il ne faut pas lui apprendre que je vous ai dit cela, docteur, car elle m'a recommandé et prié de ne pas vous en dire un mot; mais j'ai pensé qu'il était de mon devoir de vous en instruire.

— Et vous avez bien fait, madame Wincher, je ne vous trahirai pas. Cette vieille et lugubre maison suffit pour assombrir l'âme de cette jeune fille. Plût à Dieu que je pusse en tirer Lucile sans retard et la conduire dans une demeure plus gaie!

— Certes, je souhaite que vous le puissiez, répondit Mme Wincher cordialement; car je puis dire que je n'ai jamais connu une maison où la peine que l'on se donne pour l'entretenir propre fût moins récompensée et qui pesât plus lourdement sur le cœur. »

Ce petit échange de confidences avait eu lieu dans l'avant-cour, où Mme Wincher avait retenu Davoren, pendant qu'elle déchargeait son cœur du fardeau qui l'oppressait.

Lucius se rendit tout droit au parloir, où Lucile était assise devant un formidable amas de linge de ménage : nappes au dernier degré d'usure, draps de lit criblés de trous, qu'elle reprisait avec une sublime patience. Elle leva les yeux quand Lucius entra et une légère rougeur se répandit sur son pâle visage, à la vue de son amant; cependant, en dépit du plaisir qu'elle manifesta de son retour, il vit qu'elle avait souffert pendant sa courte absence. Les couleurs passagères qui s'étaient montrées sur ses joues disparurent promptement et les laissèrent plus pâles qu'auparavant; la main que Lucius tenait dans les siennes brûlait du feu d'une fièvre lente.

« Ma bien chère amie, dit-il d'un ton inquiet, avez-vous éprouvé quelque peine, durant mon absence?

— Votre absence n'est-elle pas elle-même une peine pou
moi, dit-elle en s'efforçant de sourire. J'ai été bien triste e
bien chagrine de ne pas vous voir, et voilà tout.

— Et la fièvre s'est emparée de vous, en attendant. M
Lucile, renoncez à la condition que vous m'avez imposée
n'exigez pas de moi l'impossible; laissez-moi vous emmene
hors de cette maison solitaire, le plus tôt que je pourrai. J
ne puis vous donner la belle demeure dont nous parlion
dernièrement, un long temps même pourra s'écouler encor
avant que nous puissions voir se réaliser nos rêves d
bonheur; mais tout ce que la patience et le courage peuver
faire pour atteindre à la fortune, je le ferai pour l'amour d
vous. Je ne voudrais pas vous demander de partager de
dettes et la pauvreté, Lucile; je ne voudrais pas insiste
pour que vous unissiez votre destinée à la mienne, si je n
voyais pas ouvert devant moi le chemin qui doit me conduir
à une position sûre, si je n'avais pas déjà les moyens de pro
curer un intérieur décent à ma douce et jeune fiancée.

— Pensez-vous que la crainte de la pauvreté ait jamai
exercé la moindre influence sur moi? Non, Lucius, vous deve
assez me connaître pour ne pas le croire. Mais je ne veux pa
vous charger trop tôt du fardeau d'un ménage. Croyez-le bien
je suis plus que satisfaite, je suis très-heureuse dans ma si
tuation actuelle, car je vous vois presque chaque jour, mai
d'ailleurs, je ne voudrais pas me séparer de mon pauvre vieu:
grand-père, au déclin de sa vie. Pensons à notre mariag
comme à une chose encore éloignée, comme à un heureu:
avenir dont il est doux de parler et de rêver. Seulement
continua-t-elle d'une voix hésitante et en baissant les yeu:
devant ceux de Lucius qu'elle fixait si franchement d'habitude, vous venez de me parler d'une condition trop dure

que je vous ai imposée... vous voulez parler, sans doute, de celle qui concerne mon père?

— Oui, chère amie.

— J'y ai beaucoup réfléchi durant votre absence, et je l'ai envisagée sous un nouveau jour. Cette condition était trop difficile à remplir. Oubliez ce que je vous ai demandé. Je me résigne à ne savoir du sort de mon père rien de plus que ce que j'en sais maintenant.

— Ce changement est bien soudain, Lucile.

— Vous vous trompez. J'ai eu tout le temps d'y penser pendant ces deux longs jours. Je n'avais pas le droit de vous imposer un tel sacrifice. Laissez la destinée de mon père être ce qu'elle peut être; ni vous ni moi ne pouvons y rien changer. »

Il paraîtra quelque peu étrange que cette résolution ne fût que médiocrement bien accueillie par Lucius. Il avait, dans le temps, trouvé sa maîtresse déraisonnable, il la trouvait maintenant capricieuse.

« Je n'ai d'autre désir en cette affaire que de vous obéir, dit-il assez froidement, dois-je comprendre, donc, que je suis dégagé de ma promesse? Je ne ferai pas, en ce cas, d'efforts ultérieurs pour découvrir ce qu'est devenu M. Barton.

— Non, ne faites aucune nouvelle tentative. J'y renonce, c'était une folie.

— Vous consentez à demeurer dans la profonde ignorance où vous êtes à ce sujet... à ne pas savoir s'il est vivant ou mort?

— Il est dans les mains de Dieu. Que pourraient faire pour lui mes faibles efforts?

— Et après avoir caressé l'idée de le retrouver, vous l'abandonnez tout d'un coup et pour toujours?

— Oui. Vous me jugez inconstante... frivole, peut-être, dit-elle avec un léger soupir.

— Pardonnez-moi, Lucile. Je ne puis m'empêcher de penser que vous êtes, en effet, un peu capricieuse. Je suis personnellement bien aise d'être débarrassé de la tâche que vous m'aviez imposée et que je trouvais absolument impossible d'accomplir. Cependant je suis surpris que votre résolution ait subi un changement si complet. Toutefois, je ne saurais mettre en question la sagesse de votre décision. J'avais mis l'affaire dans les mains d'Otranto, le détective. Je lui dirai de ne pas continuer ses recherches.

— Oui! cela vaudra mieux. Il n'est pas probable qu'il arrive à découvrir la vérité. Il ferait seulement naître en nous de fausses espérances qui aboutiraient à un désappointement plus amer.

— Sa réponse, quand je lui ai exposé l'affaire, a été certainement bien loin de me faire espérer le succès de ses démarches. Mais ces gens-là ont des moyens d'action si puissants, qu'il serait possible qu'il réussît.

— Non, non, Lucius. Il nous bercerait seulement de décevantes illusions qui vous entraîneraient à dépenser l'argent que vous gagnez si péniblement, sans arriver à aucun résultat. Maintenant ne parlons plus de ce pénible sujet. Vous ne m'en voulez pas, Lucius, de vous avoir causé tant de souci ?

— Il m'est impossible de vous en vouloir, Lucile, » répondit le médecin.

Après quoi les deux amants se livrèrent à leurs causeries ordinaires, auxquelles Mme Wincher, qui arriva avec le plateau du souper, où figuraient des biscuits et un grand bol de lait pour Lucile, se donna, en sa qualité de duègne et d'ange gardien de la jeune fille, et sans en être priée, le plaisir d'assister pendant une demi-heure ; puis elle escorta Lucius jusqu'à la vieille porte, comme un prisonnier d'État, auquel on fait traverser le jardin de la Tour pour le conduire au lieu de son exécution.

« Je viendrai demain, de bon matin, voir votre grand-père, » dit Lucius, en prenant congé de Lucile.

Il revint chez lui le cœur plus léger que d'habitude. C'était un grand soulagement pour lui d'être débarrassé de cette recherche, à peu près sans espoir. Il écrivit avant de se coucher au détective pour lui dire de regarder comme non avenue la démarche qu'il avait faite auprès de lui à ce sujet.

Barton reçut son médecin, le lendemain, d'un air de mauvaise humeur, et Lucius fut à la fois mécontent et surpris, en trouvant que l'état de son malade avait empiré pendant sa courte absence. Il avait de la fièvre, ce qui était un incident nouveau et une dépression nerveuse qui ne s'était pas laissé voir depuis longtemps. Mais ce changement, après tout, semblait être plutôt l'effet d'une surexcitation morale que d'un affaiblissement physique.

« Pourquoi m'avez-vous laissé si longtemps ? dit Barton d'un ton maussade. Mais j'ai bien tort de vous faire cette question. Je ne paye pas vos visites et il n'est pas vraisemblable que vous renoncerez à un plaisir, par égard pour un client de ma sorte.

— Je ne suis allé prendre aucun plaisir, répondit tranquillement Lucius, et je ne pourrais vous rendre plus de services que je vous en rends maintenant, quand vous me donneriez cinq cent livres d'honoraires par an. Pourquoi êtes-vous toujours prêt à me soupçonner de n'avoir pour mobile qu'un sordide intérêt ?

— Parce que je n'ai jamais vu les hommes gouvernés par
d'autres motifs, reprit le vieillard. Toutefois, je dois reconnaître que vous faites exception. Je vous aime, et vous avez
été bon pour moi ; si bon que j'en suis venu à vouloir m'appuyer sur vous, comme si vous étiez véritablement ce bâton
de vieillesse que j'aurais dû trouver dans mon fils. Je suis
content que vous soyez revenu. Dites-moi, docteur, croyez-
vous aux pressentiments? Croyez-vous que la mort jette sur
nous une ombre qui nous avertit de son approche?

— Je crois que les malades sont fantasques, répondit
Lucius d'un ton léger ; vous avez trop fatigué votre pensée
pendant mon absence.

—Fantasque!... répéta Barton, oui, cela ne peut être que
l'imagination d'un malade. Cependant, il m'a semblé que je
sentais comme la présence d'un être imaginaire... d'un ennemi invisible, dans cette maison. J'ai cru entendre aussi des
bruits étranges dans une longue nuit sans sommeil... non pas
durant la nuit dernière, elle s'est passée assez paisiblement...
mais durant la nuit qui a précédé ; des bruits de portes qu'on
ouvre et qu'on ferme, qu'on ouvre, il est vrai, et qu'on ferme
doucement, mais non pas assez doucement pour tromper
mon oreille qui écoutait avec attention. Une fois, j'aurais juré
entendre des voix; mais j'ai questionné les Wincher à ce
sujet, ils m'ont dit n'avoir rien entendu.

— N'avez-vous rien dit de ces bruits à Lucile ?

— Pas un mot, la maison est déjà bien assez triste. Je ne
voudrais pas que l'idée qu'elle est hantée entrât dans son
esprit. Les cerveaux des jeunes filles sont assez portés à produire d'eux-mêmes de telles imaginations.

— C'est une sage réserve de votre part, dit Lucius ; puis
il ajouta d'un ton sérieux : les bruits que vous avez entendus

sont très-naturels, je n'en doute pas. Les vieilles maisons
sont pleines de fantômes. Les portes en sont mal fermées;
les serrures vieilles et rouillées : vienne un vent suffisamment
fort, et vous avez une promenade de fantômes.

— Mais il n'a pas fait de vent l'avant-dernière nuit.
L'air a été chaud et pesant. J'ai laissé toute la nuit mes
fenêtres ouvertes.

— Il est possible alors que vous ayez cru que les bruits
lointains de la rue avaient lieu dans l'intérieur de votre
maison. Rien n'est plus trompeur que le sens de l'ouïe, surtout chez les personnes nerveuses.

— Non, Davoren, je n'ai pas commis une semblable
méprise. Rien de ce que vous pourrez dire, ne me convaincra
que je n'ai pas entendu la lourde porte du jardin, s'ouvrir et
se refermer. J'aurais peut-être attaché moins d'importance
à ce fait, si étrange et si alarmant qu'il puisse être par lui-
même, si je n'en avais éprouvé une singulière impression.
Depuis l'instant où j'ai entendu ces bruits, j'ai eu comme
un insurmontable pressentiment d'un péril qui approchait.
Je sens comme une influence hostile tout près de moi,
enveloppant et menaçant ma vie de sa pernicieuse puissance. J'éprouve précisément ce que j'ai éprouvé, il y a douze
ans, lorsque m'éveillant de mon sommeil factice, je découvris que je venais d'être volé par mon propre fils.

— C'est le résultat d'une grande fatigue du cerveau, dit
Lucius. Je vous donnerai une potion qui vous procurera un
meilleur sommeil.

— Non, par pitié, s'écria vivement le vieillard, pas de
narcotique. Laissez-moi tout l'usage de mes sens, jusqu'au
dernier moment. J'en ai d'autant plus besoin qu'un danger
me menace. Je le sens.

— Vous n'avez à craindre aucun danger, dit Lucius. J'examinerai les fermetures de cette porte de derrière et de toutes celles qui donnent accès dans la maison, et, si c'est nécessaire, on en consolidera les serrures et les verrous.

— Les serrures et les verrous sont suffisamment solides. Vous n'avez pas besoin de dépenser de l'argent à les réparer. Avant ma maladie, j'avais l'habitude de barrer chaque soir toutes les portes.

— Vous avez tout lieu d'avoir confiance dans les époux Wincher, n'est-ce pas?

— J'ai autant de confiance en eux qu'on peut en avoir dans des individus de l'espèce humaine. Voilà plus de vingt ans qu'ils sont à mon service, et je n'ai jamais découvert jusqu'ici qu'ils aient tenté de me voler. Mais qui sait! pendant ma maladie ils ont pu faire ce qu'ils ont voulu et peut-être méditent-ils de m'assassiner.

— Ce serait un crime inutile, dit Lucius en souriant de son air pensif, puisque vous ne possédez rien autre chose que votre collection, dont les assassins ne pourraient tirer aucun parti.

— Sans doute, mais ils se figurent peut-être que je suis riche, comme vous-même avez pu le croire en me demandant Lucile.

— Je n'ai pas une telle pensée, répondit Lucius, en soutenant d'un visage calme et sincère le regard fin de son malade; si je regrette que votre petite-fille soit dénuée de dot, c'est dans son intérêt et non dans le mien. Je ne fais cas que de la fortune que je gagne moi-même.

— Vous parlez comme un noble jeune homme et en même temps comme un fou. Dire que vous ne faites aucun cas de l'argent, c'est comme si vous disiez que vous ne faites aucun cas de l'air que vous respirez; car l'un est aussi nécessaire que l'autre à l'existence. Qu'importe d'où vienne la fortune. Qu'un homme l'ait acquise par son travail, qu'il l'ait fait suer du travail de son semblable, il en retire les mêmes avantages, la même considération. Qu'il ait, pour la conquérir, volé, menti, trahi son frère, abjuré son Dieu, ses concitoyens ne l'en honoreront pas moins, aussi long-temps qu'il en possédera une quantité suffisante pour s'attirer leur considération. L'or gagné dans des paris de course ou sur une table de jeu, bien qu'il jette la désolation dans bien des cœurs et la ruine dans bien des familles, n'en est pas de moins bon aloi que celui que vous aurez gagné par les inspirations de votre génie ou les efforts de votre cerveau.

— Vous parlez avec l'amertume d'un homme qui s'est habitué à envisager l'humanité sous son mauvais côté, dit Lucius froidement; mais soyez certain que je n'ai jamais compté pour devenir riche, sur les fruits de votre industrie.

— Pas même en héritant de ma collection? demanda Barton, en fixant ses yeux de lynx sur le visage du médecin.

— Je n'ai pas même aspiré à cet honneur, reprit Lucius, en jetant un regard quelque peu dédaigneux sur les ban-delettes de toile coloriées et chargées d'hiéroglyphes, qui enveloppaient la momie du Pharaon.

— Tant mieux, dit le vieillard. Je serais désolé de penser à votre désappointement, quand ce corps ridé ne sera plus qu'un peu de froide argile, et que vous viendrez fureter parmi tous ces objets d'art espérant y trouver le trésor caché que l'avare n'a pu emporter avec lui.... le trésor lentement

amassé par l'avare, le trésor qu'il aimait trop pour le
dépenser et qu'il n'a pu cependant emporter avec lui. »

Lucius regarda curieusement le vieillard pendant qu'il
parlait. Ses yeux gris, auparavant à demi éteints, brillaient
d'une vive lueur ; ses mains desséchées et tremblantes
étaient crispées sur sa couverture, comme s'il avait voulu
étreindre une pile d'or et la protéger contre un voleur
imaginaire.

« Oui, pensa Lucius, j'ai souvent soupçonné que cet
homme devait être avare ; j'en suis certain maintenant ;
ces paroles, ce geste, me le disent clairement. En dépit de
toutes ses protestations, il est riche, et les craintes sans
fondement qui le tourmentent lui viennent en pensant à
quelque trésor caché qu'il se sent désormais hors d'état de
protéger. »

Il éprouva quelque pitié, mais encore plus de mépris pour
ce vieil avare, et ne ressentit aucune satisfaction à la pensée
que cette fortune entassée depuis longtemps pouvait d'un
moment à l'autre devenir la sienne. Il fit de son mieux pour
calmer les nerfs surexcités du vieillard et y réussit un peu.
Il avait pris son chapeau et était sur le point de sortir,
lorsque Barton l'arrêta.

— Vous serait-il difficile de revenir après vos travaux de
la journée? lui demanda-t-il.

— Point du tout. Je comptais passer ma soirée auprès de
Lucile... et de vous, si vous êtes assez bien, pour supporter
ma compagnie.

— Vous savez que votre compagnie m'est toujours
agréable. Mais ce soir j'ai quelque chose à faire, quelques
papiers à parcourir, sans importance particulière, soit pour
moi-même, soit pour ceux auxquels ils appartiendront après

moi ; vieux documents relatifs, entre autres, à ma carrière commerciale. Mais je veux mettre ma maison en ordre avant de la quitter pour en aller habiter une autre plus étroite. Or, Davoren, j'ai besoin de vous, pour retrouver quelques-uns de ces papiers. J'ai envoyé le vieux Wincher les chercher ; mais, grâce à sa myopie, je suppose, il n'a pas réussi à les découvrir. Ils sont dans un vieux bahut en chêne, où je serre les petits objets de ma collection. Lucile vous montrera où il se trouve. Voici la clé ; la serrure en est curieuse. Les papiers y sont réunis à part dans des tiroirs que les brocanteurs appellent secrets, mais qu'un enfant découvrirait à première vue. Apportez-moi tous les papiers que vous y trouverez.

— Désirez-vous que je fasse cette recherche de suite, monsieur, ou dans la soirée ?

— Dans la soirée. C'est une chose que vous ferez à votre loisir. Venez d'aussi bonne heure que vous pourrez, j'ai envie de jeter les yeux sur ces papiers dès ce soir. Dieu seul sait de combien de jours je puis encore disposer.

— Le même doute est suspendu sur la tête de chacun de nous, dit Lucius. Votre situation n'est nullement alarmante.

— Je ne le sais pas. J'ai le pressentiment d'un malheur ; l'appréhension instinctive d'un péril, comme celle que tout animal éprouve à l'approche d'un orage. »

CHAPITRE XVI.

DÉCOUVERTE DÉSAGRÉABLE.

Le souvenir de cette conversation avec Barton, poursuivit Lucius à travers toutes ses occupations de la journée. Il y pensa dans les intervalles de ses visites, et ses méditations ne firent que le confirmer dans l'opinion qu'il s'était faite du vieillard. Aigri et abreuvé d'amertume par l'ingratitude de son fils, Barton avait cherché à s'en consoler en donnant libre carrière à la plus absorbante de toutes les passions, l'avidité au gain. Au fur et à mesure qu'il vit ses bénéfices s'accumuler, il devint de plus en plus parcimonieux; il renonça sans regret aux plaisirs pour lesquels il n'avait aucun goût, et, ayant appris dans sa pauvreté à vivre d'une vie de labeur et de privations, il retrancha chez lui tout le luxe et même le simple confort, qui, du reste, n'avaient jamais été nécessaires à son existence. Son seul plaisir avait été de thésauriser, et qui pourrait dire combien les profits exorbitants de l'usurier avaient grossi les gains honnêtes du négociant? Sa collection artistique pouvait très-bien n'avoir eu pour but que de couvrir le commerce moins estimable de l'usurier.

Il retourna à la Maison de Cèdre à cinq heures de l'après-midi, après avoir dîné à la hâte dans un café de Shadrack Road.

Il trouva la table mise pour le thé, dans le vaste et vieux parloir, tout près des fenêtres ouvertes. Lucile s'était efforcée de donner un air de fête à ce modeste repas : elle avait mis des fleurs récemment cueillies dans un verre de Venise et quelques fruits dans un vieux plat de Derby. Le pain bis, le beurre, et la marmelade servie dans un compotier de cristal, avaient un air plus appétissant qu'aucune des choses que Babb, la femme de ménage de Lucius, lui avait jamais servies. Il pensa au bien-être dont la fortune pourrait lui permettre d'entourer la jeune fille qu'il aimait; il pensa combien leur existence serait facile, s'il était seulement assez riche pour lui donner la demeure qu'il avait rêvée, s'il n'était plus question d'attendre et de prendre patience. Il est vrai qu'il pouvait lui donner immédiatement un intérieur tel quel, une résidence dans le quartier de Shadrack Road ; mais était-ce là la demeure qu'il tenait à offrir à sa belle et jeune fiancée ! Ne serait-ce pas une bien triste entrée en ménage?

Sans doute la fortune, amassée par Barton, pouvait leur faire un tout autre sort, mais lui, Lucius, pouvait-il, comme un honnête homme qu'il était, éprouver aucune satisfaction à posséder une richesse acquise par des voies aussi tortueuses que celles que l'avare avait dû suivre dans sa poursuite infatigable de la fortune? Il s'efforça de chasser de son esprit toute espérance de cette richesse possible. Car il ne pouvait parvenir à séparer les trésors de l'avare des procédés à l'aide desquels il les avait amassés.

Lucile avait la même pâleur et le même air maladif qui

l'avait alarmé la veille, mais il attribua ces symptômes à l'inquiétude que lui causait l'état de son grand-père. Il fit de son mieux pour l'égayer, pendant qu'ils prenaient ensemble le thé que leur servait la dévouée Mme Wincher.

« Elle est tourmentée de l'état du vieux monsieur, la pauvre enfant, dit Mme Wincher. Je suis certaine qu'elle monte et descend vingt fois par jour cet escalier, que le ciel bénisse, car elle ne peut rester en place. Et, il faut avouer qu'il est un brin malade, il ne sait pas souvent ce qu'il veut et marmotte sans cesse. Mais la maladie est la maladie, comme je le dis à notre demoiselle, et elle ne doit pas être surprise, si les malades sont contrariants. »

Quand Mme Wincher eut enlevé le plateau à thé, Lucius parla à Lucile de la recherche dont Barton l'avait chargé.

« Mon grand-père m'en a fait part, dit-elle. Je vais vous montrer où est le nécessaire, dans le grenier. Il voulait m'envoyer seule chercher ces papiers, m'a-t-il dit ; mais il y a tant de vieilleries entassées là, qu'il craignait que je ne pusse arriver jusqu'à ce nécessaire. Nous ferons bien d'y aller tout de suite, dit-elle, avant que le jour commence à baisser, car le grenier est passablement obscur.

— Je suis prêt, chère amie. »

Lucile retira un gros trousseau de clés rouillées du pupitre sur lequel Barton avait l'habitude d'écrire, dans sa retraite, et ils montèrent le vieil escalier, à la clarté du soleil qui n'avait encore rien perdu de son éclat. Le corridor qui conduisait à la chambre du malade, était assez familier à Lucius ; mais il n'était jamais encore monté à l'étage supérieur, Lucile ouvrit une porte qui donnait sur un autre escalier plus étroit, plus raide, et dont les marches avaient été usées par les générations passées. Cet escalier conduisait au dernier étage au-dessus duquel régnait le grenier qu'ils avaient à explorer. Le plafond de ce palier, était bas, noirci, bombé par l'effet des pluies, le toit qui le couvrait était si délabré, qu'il ressemblait à un crible. Il y avait de vieilles portes à panneaux fort curieuses de chaque côté de ce palier.

« Toutes ces chambres sont-elles vides? demanda Lucius, en voyant les nombreuses portes qui ouvraient sur le palier.

— Oui, répondit Lucile précipitamment. Mon grand-père s'est figuré que les planchers étaient en mauvais état et n'a pas voulu y rien déposer. D'ailleurs, il avait assez de chambres en bas. Les objets qu'il aurait pu déposer dans celles-ci sont des choses auxquelles il n'attache aucun prix, véritables rebuts qui devaient céder la place à presque tous les autres objets de sa collection. Venez, Lucius. »

Un petit escalier très-raide et semblable à une échelle conduisait au grenier. Ils le montèrent avec précaution dans une demi-obscurité, et Lucius se trouva alors dans une vaste chambre, parfaitement planchéiée, garnie de poutres massives, formant évidemment le toit d'une maison construite pour défier ce terrible démolisseur qui se nomme le Temps.

Durant quelques moments, tout parut plongé dans l'obscurité, mais pendant que Lucius s'efforçait de voir à travers cette obscurité, Lucile souleva au centre du toit un volet oblique et les rayons du soleil couchant éclairèrent le grenier. Alors il en vit le contenu qui était un cahos inextricable de vieux meubles brisés, des épaves du temps. Il se trouvait comme au milieu de la charpente, brisée et battue en brèche, d'un navire submergé au sein des flots.

Les objets qui l'environnaient étaient évidemment les rebuts les plus détériorés d'une collection nombreuse et variée :

fauteuils brisés, buffets délabrés, fragments de vieux bois
de chêne sculpté, 'à tous les degrés de la détérioration,
lambeaux de tapisserie moisis et rongés des vers, morceaux
de moules de plâtre brisés, la tête d'une Diane surmontée du
croissant, placée parmi les restes d'une tenture de damas;
un Apollon sans bras, couché sur le côté et d'un aspect désolé, auprès d'une bizarre feuille d'un paravent japonais;
d'anciennes peintures dont le sujet est devenu depuis longtemps invisible à l'œil; de vieux coussins ornés de broderies
fanées, mais qui étaient sorties jadis brillantes des belles
mains qui les avaient faites; de tous les côtés des reliques de
quelque splendeur passée, la poussière et les balayures de
quelques riches demeures restées longtemps inhabitées, un
mélancolique reflet rappelant la fragilité de l'homme et de
ses œuvres.

Lucile regarda dans l'obscurité qui remplissait les angles
du grenier, pour découvrir le bahut en chêne dont elle
n'avait conservé qu'un vague souvenir.

« Il restait, d'ordinaire, dans l'arrière-parloir à Bond
Street, quand j'étais enfant, dit-elle. Oui, je me rappelle
une chose curieuse : on y voyait Adam et Ève, Caïn et Abel.
Il y avait une petite porte qui donnait entrée au jardin de
l'Éden, avec l'ange et son épée flamboyante. Il y avait des
sculptures de chaque côté; c'était d'un côté l'expulsion du
Paradis, et de l'autre la mort d'Abel. Tenez, le voilà derrière
cet amas de tableaux. »

Lucius regarda dans la direction que lui indiquait Lucile.
Dans l'angle extrême du grenier, il vit un bahut massif de
l'époque primitive de l'École flamande, sur lequel étaient
appuyées diverses vieilles peintures sans cadre. Il escala-
da plusieurs meubles des plus grossiers qui lui barraient

le chemin, fraya un passage à Lucile, et, au bout de quelques minutes, ils atteignirent tous deux le coin où se trouvait le nécessaire.

Heureusement les rayons du soleil couchant éclairaient ce coin du grenier. Le premier soin de Lucius fut d'écarter les tableaux qui étaient enduits d'une couche épaisse de poussière et avaient leur ample part de toiles d'araignée. Lucile recula avec effroi et en poussant un léger cri de jeune fille à la vue d'un spécimen noir et bouffi de cette espèce d'animaux.

Lucius mit de côté les portraits l'un après l'autre. Ils étaient de l'école la plus obscure de l'art. Anciens fonds de boutiques, sans doute, pour lesquels Barton s'était en vain efforcé de trouver des acheteurs. Çà et là, un bras ou une tête étaient à peine visibles sous leur couche de vernis, mais le reste était lettre close. Ce fut donc avec une grande surprise que parmi cette masse de toiles de rebut, Lucius remarqua une peinture encadrée, et qu'à l'apparence de la toile il jugea devoir être moderne. Il la tourna vers le jour, et vit, quoi? la figure de l'homme qu'il avait tué dans la forêt de pins des Montagnes Rocheuses!

Heureusement Lucius était agenouillé et tournait le dos à Lucile quand il fit cette découverte. Un cri de terreur allait s'échapper de ses lèvres, mais il le comprima à temps.

Tout d'abord, le coup l'étourdit: il resta à genoux, examinant cette figure dont le souvenir l'avait poursuivi dans ses rêves et dans ses veilles, et qu'il aurait voulu oublier au prix de plusieurs années de sa vie.

C'était bien lui! C'était lui, dans l'épanouissement et l'orgueil de sa jeunesse, c'était ce nez recourbé, ce front bas, ce sourcil anguleux; c'étaient ces yeux clairs et perçants et

ces tempes déprimées, tout cet ensemble qui rappelait la
bête fauve.

« Le portrait de mon père! s'écria Lucile en se remettant
promptement du premier choc de la surprise. Et penser que
mon grand-père l'avait placé hors de sa vue, au milieu de
tous ces rebuts sans valeur. Quelle haine implacable il porte
à son fils unique!

-— Votre père! s'écria Lucius à son tour, laissant tomber
le tableau de ses mains tremblantes.

— Mon père chéri, répondit tristement la jeune fille, mon
père que j'aimerai jusqu'à la fin de ma vie, que ses infor-
tunes me rendent encore plus cher, dont je déplore la fatale
destinée qui a transformé l'affection naturelle de son père
en une haine contre nature. »

Elle releva le portrait, le porta en un endroit mieux
éclairé, et le posa avec précaution sur un vieux rideau.

« Je lui trouverai bientôt une meilleure place, dit-elle.
Il y avait de la cruauté de la part de mon grand-père à le
reléguer ici. Je l'avais si souvent prié de me montrer un
portrait de mon père!

—J'admire que vous puissiez vous rappeler ses traits, après
un laps de temps si considérable, » dit Lucius, redevenu,
dans une certaine mesure, maître de lui-même, quoique son
cerveau fût encore rempli de pensées étrangement confuses,
au milieu desquelles un souvenir horrible se dressait distinctement dans tout ce qu'il avait de hideux.

L'homme qu'il avait tué, dans ces lointaines régions était
le père de la femme qu'il aimait. Il est vrai que son action,
en le tuant, avait été un sacrifice, non un meurtre; il avait
fait spontanément justice d'un scélérat qui menaçait sa vie.
Mais Lucile voudrait-elle jamais croire cela? Elle qui en

dépit de toutes les tristes insinuations et des discours amers
de son grand-père était toujours restée attachée et dévouée
avec passion au père qu'elle avait aimé. Elle ne devait jamais connaître la fatale tragédie qui avait eu pour théâtre
ce lointain désert, ni jamais apprendre de quelle scélératesse
l'homme devient capable quand la nécessité le fait descendre au niveau des bêtes mêmes contre lesquelles il lutte
en désespéré pour sa nourriture et sa vie. Otez à l'homme
le vernis que la civilisation lui donne, éloignez de lui toutes
les créations artificielles qui l'environnent, et dites de combien il l'emporte, soit en résignation, pour savoir souffrir,
soit en bienveillance naturelle envers les autres créatures,
sur le tigre qu'il poursuit dans les épaisses forêts de l'Inde,
ou sur le loup qu'il chasse dans les taillis du Canada. Et
voilà l'homme dont il était hier encore engagé à découvrir
la destinée; l'homme dont il devait retrouver les traces
perdues dans les ténébreux sentiers de la vie. Il n'était plus
nécessaire de s'en enquérir désormais : la vie agitée de cet
homme avait jadis pris fin brusquement par la main même
de celui qui devait s'engager plus tard à rechercher ses
traces.

    « Venez, dit Lucile avec inquiétude; il faut trouver ces
papiers de mon grand-père. Il ne sera pas tranquille, tant
qu'ils ne seront pas en sa possession. »

    Lucius se mit à l'œuvre sans prononcer un mot; il n'a-
vait pas encore retrouvé assez de confiance en lui-même
pour oser parler. Il ouvrit les battants de la porte massive
du bahut, d'une main qui tremblait encore un peu, malgré ses efforts pour retrouver tout son calme; puis, il ouvrit à leur tour les tiroirs l'un après l'autre. Ils cédèrent
facilement sous ses premiers efforts et glissèrent sans diffi-

culté dans leur cadre, tant le bois dont ils étaient faits s'était desséché. Il y avait des tiroirs à l'extérieur et à l'intérieur, et des papiers presque partout. Il y en avait qui n'étaient que de simples notes raturées ou des moitiés ou quarts de feuille de papier à lettre toutes couvertes de griffonnages; d'autres étaient enfermés dans des enveloppes scellées; d'autres étaient de petits paquets de lettres, réunies par deux ou par trois et attachées ensemble, par des bouts de fil rouge fané. Lucius examina tous les tiroirs grands et petits qui lui avaient été désignés, avec un soin minutieux, comme on peut le croire, en ce qui se rapportait à leur contenu, les vida, noua les papiers dans son mouchoir de poche, et les confia à la garde de Lucile. Le jour avait commencé à baisser pendant ce travail, et les coins du grenier se plongeaient dans une obscurité qui allait en augmentant par degré. C'était un lieu bien propre à faire rêver aux esprits et où une jeune fille pouvait craindre de rester seule dans cette demi-obscurité. Lucile regarda autour d'elle en tressaillant, quand elle se tourna pour en sortir.

Ils se trouvaient alors sur le périlleux escalier, Lucius en avant, Lucile derrière lui, à moitié soutenue par son bras qu'il élevait à la hauteur de celui de la jeune fille, et tous deux obligés de se courber pour ne pas se heurter au plafond, lorsque Lucius vit et entendit quelque chose qui le tint cloué sur les premières marches.

Dans la demi-obscurité qui régnait sur le palier au-dessous d'eux, il vit que la porte de l'une des chambres inhabitées que Lucile lui avait déclaré être fermées à clef s'était un peu entr'ouverte et qu'on l'avait ensuite refermée vivement, mais sans bruit, et comme si une main exercée avait exécuté cette opération. Il vit distinctement la porte s'ouvrir, il entendit distinctement le bruit de la serrure.

« Lucile, dit-il à voix basse, vous vous êtes trompée. Il y a quelqu'un dans la chambre dont la porte fait face à cet escalier. Voyez. »

Et il indiqua la porte avec l'un de ses doigts dont ses yeux suivirent la direction. Pendant un moment elle resta muette, l'air effaré, les yeux fixés dans la direction indiquée, et s'appuyant plus fortement sur le bras de Lucius. Puis elle lui dit : —

« C'est une erreur, Lucius! Vous rêvez assurément. Il ne peut y avoir personne là; ces chambres sont vides et les portes en sont fermées à clef.

— Je suis absolument certain de ce que j'ai vu, chère amie, dit-il, toujours à voix basse. Mais ne vous alarmez pas; il ne saurait y avoir de danger. C'est le vieux Wincher qui rôde par là, je gage, comme c'est son habitude. Je vais bientôt le savoir.

— C'est inutile, Lucius, s'écria Lucile d'un ton plus élevé que celui qu'elle donnait d'ordinaire à sa voix, et comme si elle était fâchée ou alarmée, les portes sont toutes fermées. »

Lucius donna une poussée à la porte d'une main vigoureuse et résolue. Elle était bien fermée à clef, mais en dedans. Le trou de la serrure était obstrué par la clef.

« Elle est fermée en dedans, Lucile, dit-il; il y a quelqu'un dans la chambre.

— Impossible! Qui pourrait-ce être? Personne ne monte jamais à cet étage. Il n'y a rien qui puisse tenter un voleur. C'est moi qui garde les clefs de toutes ces pièces. Je vous en

prie, Lucius, descendez. Mon grand-père s'impatientera de
ne pas avoir ses papiers.

— Comment cette porte peut-elle être fermée en dedans,
si vous en avez la clef?

— Je n'ai pas la clef de cette chambre en particulier. Elle
a une porte de communication avec la chambre voisine, et
je la laisse fermée en dedans, pour m'éviter une peine.

— Laissez-moi visiter ces deux pièces, dit-il en étendant
la main pour recevoir les clefs.

— Je ne veux pas encourager une telle folie, répondit
Lucile, en se dirigeant vivement vers l'escalier qui conduisait à l'étage inférieur. Je vous en prie, portez ces papiers
à mon grand-père, Lucius. Je n'aurais pas cru que vous eus-
siez l'esprit aussi faible.

— Appelez-vous avoir l'esprit faible, que de m'en rapporter au témoignage de mes propres sens! J'ai d'ailleurs
une raison particulière pour être inquiet à ce sujet. »

Elle était sur le point de descendre l'escalier, Lucius cependant écouta à la porte de la chambre, mais aucun bruit
ne s'y fit entendre. Il secoua toutes les portes, l'une après
l'autre; toutes étaient fermées. Il s'agenouilla pour voir à
travers les trous des serrures. Deux des chambres étaient
obscures, parce que les volets en étaient fermés. Une troisième était un peu plus claire, et il y vit un vieux lit et
quelques objets d'ameublement en très-mauvais état. Il
semblait qu'elle avait pu servir de chambre à coucher pour
un domestique.

Après tout, cette chambre qui s'était ouverte et fermée
avait pu être une illusion de son cerveau fatigué par le
travail. Quelques minutes seulement auparavant, un bruit
semblable à celui que ferait une centaine de métiers à tisser

le coton à Manchester avait traversé son cerveau. L'horreur
et le serrement de cœur qu'avait provoqué sa hideuse découverte dans le grenier le tourmentaient encore en descendant l'escalier; quoi de plus vraisemblable donc que dans
ce moment ses sens troublés l'eussent trompé.

Et pouvait-il mettre en doute l'assurance positive que lui
avait donnée Lucile sur l'état des chambres? Pouvait-il
douter de Lucile dont la véracité était l'ancre de salut de
sa vie? Pouvait-il se méfier de son jugement et du bon sens
si calme qui était la qualité éminente de son caractère?

N'avaient été les alarmes ressenties par Barton, l'histoire
étrange de ces bruits entendus dans le calme de la nuit,
Lucius aurait oublié plus aisément son propre sujet d'inquiétude. Mais dans l'état d'esprit où il se trouvait, il ne
put s'en défaire tout de suite, écoutant les plus légers bruits
qui pouvaient arriver à son oreille, et n'entendant rien
autre chose que celui d'une souris qui courait dans la boi-
serie ou celui d'une mouche morte qui tombait d'une toile
d'araignée.

Il trouva Lucile qui l'attendait dans la galerie au dessous.
Elle était fort pâle et avait l'air inquiet; mais elle s'efforça
de cacher sa pâleur et son inquiétude sous un léger sourire.

« M'avez-vous fait attendre assez longtemps? lui dit-elle.
Etes-vous satisfait, maintenant?

— Pas entièrement. Je le serais davantage, si j'avais les
clefs des deux chambres de là-haut. Une maison comme
celle-ci est tout à fait propre à donner asile à un malfai-
teur. »

La jeune fille frissonna et s'éloigna de lui en le regardant
avec des yeux terrifiés.

« Ne vous effrayez pas, Lucile, dit-il, il n'y a personne

dans cette chambre, je le crois; seulement dans une maison pareille à celle-ci, qui n'a pour tout habitant que deux femmes sans défense et deux faibles vieillards, on ne saurait prendre trop de précautions. Quelques bruits sur la fortune de votre grand-père peuvent avoir circulé dans le voisinage. Sa vie excentrique et isolée peut faire naître l'idée qu'il a quelque trésor caché dans la maison. J'ai besoin d'être assuré qu'il n'y a ici aucun danger à redouter, Lucile; donnez-moi vos clefs et laissez-moi visiter ces chambres. Ce sera l'affaire de quelques minutes.

— Pardonnez-moi de vous refuser quelque chose, Lucius, dit-elle; mais mon grand-père m'a recommandé de ne jamais confier ces clefs à personne. Vous connaissez ses fantaisies bizarres. J'ai promis de lui obéir et ne puis manquer à ma promesse.

— Pas même pour moi?

— Pas même pour vous. Surtout quand il n'y a pas le moindre motif qui puisse justifier votre caprice. La porte de cet escalier est toujours fermée à clef, et les clefs sont serrées dans le pupitre de mon grand-père. Il est impossible que personne puisse monter à mon insu à l'étage supérieur, et le rez-de-chaussée est gardé par les Wincher.

— Croyez-vous qu'il ne serait pas facile d'entrer du côté du quai en escaladant le mur qui est assez bas, ou de forcer une des portes qui donnent sur le derrière de la maison?

— Vous oubliez avec quel soin Mme Wincher ferme à clef toutes les serrures et tire tous les verrous, dès le coucher du soleil. Je vous en prie, soyez raisonnable, Lucius, chassez cette pensée absurde de votre esprit, et au lieu de rester là avec cet air solennel, apportez ces papiers dans la chambre de mon grand-père. »

Elle affectait une grande gaieté, mais ses joues repri-
rent bientôt leur pâleur et ses yeux leur expression inquiète. Lucius poussa un léger soupir de résignation et la
suivit le long du corridor. Il regrettait d'avoir provoqué
des craintes peut-être sans fondement dans l'esprit de la
jeune fille. Son grand-père, au contraire, s'était prudemment
abstenu de rien dire de ses soupçons.

Barton reçut le paquet de papiers avec une satisfaction
évidente, et le retourna dans ses mains tremblantes d'é-
motion.

« Ce sont des souvenirs qui n'ont d'intérêt que pour
moi, dit-il, c'est comme l'histoire de ma vie passée. Je
veux, avant de mourir, me donner la satisfaction de revoir
ces notes qui sont les étapes de l'existence que je vais
quitter. »

Il les jeta dans un profond tiroir de la table qui était
à la tête de son lit.

« Vous vous trouvez mieux aujourd'hui, j'espère, dit Lucius, quand Lucile eut quitté la chambre pour aller chercher le souper du vieillard.

— Non, pas très-bien; je n'aime pas votre nouveau médicament.

— Mon nouveau médicament... c'est le même que vous
prenez depuis cinq semaines. C'est un tonique très-doux.
Mais vous en êtes fatigué, peut-être. Je vous en donnerai un
autre.

— Oui. Je n'aime pas l'effet qu'il produit sur moi. »

Il dépeignit alors des symptômes qui semblaient indiquer que l'affaiblissement de ses forces allait croissant: une
grande lassitude dans tous les membres et une atonie morale au moins aussi inquiétante.

— Il semble que ce soit un avant-coureur de la mort, » dit il d'un air abattu.

Lucius était fort embarrassé. Il avait remarqué que depuis quelque temps une sorte d'amélioration s'était manifestée dans l'état du malade, mais ces derniers symptômes ne lui présageaient rien de bon. Le fil de sa vie s'était affaibli au dernier degré ; le moindre choc pouvait le rompre. Il avait espéré qu'un repos physique complet et une tranquillité morale absolue pouvaient enrayer les progrès du mal, mais il s'apercevait que le mal était plus fort que le remède. S'il ne pouvait pas triompher d'un désordre organique, il pouvait au moins rendre quelque force à cette constitution délabrée et faire en sorte que le sablier laissât couler plus lentement le sable de la vie qu'il contenait et retarder la fin.

Il affecta de n'attacher aucune importance à ces symptômes, mais il insista sur la nécessité de prendre les choses tranquillement, et surtout de ne pas se laisser tourmenter par des appréhensions sans fondement.

« Si vous craignez que quelque chose ne vienne encore troubler votre sommeil dans cette maison, laissez-moi y passer quelques nuits, dit Lucius. Il y a assez de chambres inoccupées, permettez-moi de camper dans l'une d'elles, dans la chambre voisine de celle-ci, par exemple. J'ai le sommeil léger, et s'il survenait quelque chose d'anormal, mon oreille m'en avertirait promptement.

— Non, dit le vieillard. C'est bien de la bonté à vous de me faire cette proposition, mais cela n'est pas nécessaire. C'est un accès nerveux que j'ai eu ; l'effet, sans doute, d'une faiblesse physique. N'en parlons plus. »

Lucius retourna chez lui de meilleure heure que de coutume; ce qui surprit beaucoup Mme Wincher, qui lui demandait de lui jouer un petit air de violon avant de partir. Mais Lucile n'appuya pas cette requête. Elle était agitée et Lucius s'accusa d'avoir causé cette anxiété par ses craintes, peut-être chimériques.

« Lucile, lui dit-il tendrement, en retenant dans ses mains la main glacée qu'elle lui avait tendue, je crains que les folles appréhensions que je vous ai manifestées ne vous aient effrayée. Si vous avez la moindre crainte, laissez-moi passer ici la nuit. Je ferai plusieurs fois la ronde dans la maison. Qui a plus de droit que moi de vous protéger?

— Non!... non!... s'écria-t-elle vivement. Il n'y a nullement lieu de prendre une telle peine. Qui vous fait supposer que je sois effrayée, Lucius?

— Votre manière d'être, chère enfant. Cette pauvre petite main est froide comme la glace et toute la soirée vous n'avez pas été ce que vous êtes d'ordinaire.

— Je suis un peu inquiète de l'état de mon grand-père.

— Raison de plus pour que je reste ici cette nuit. Je puis m'installer dans cette pièce, si vous le voulez, pour le cas où il se trouverait plus malade, ce qu'à vrai dire, je ne crains pas.

— Si vous ne craignez pas, il est inutile de rester. Je sais que cela ne plairait pas à mon grand-père. »

Lucius ne pouvait guère en disconvenir puisque Barton venait de le lui affirmer à l'instant même. Il ne lui restait donc rien autre chose à faire que de prendre congé de sa fiancée et de s'éloigner le cœur rempli de trouble.

La lourde porte refermée sur lui, il se trouva seul avec ses pensées confuses, ses doutes, et ses inquiétudes. Il avait besoin de recueillement pour examiner la situation en face. Le souvenir du passé se représentait à sa mémoire.

Quelle fatalité avait conduit cet homme sur son chemin !
Comme si le monde était trop étroit pour que leurs destinées
se rencontrassent nécessairement sur ce point inhabité
du globe. L'honneur exigeait-il qu'il divulguât son horrible.
secret? C'était renoncer pour toujours à Lucile. D'ailleurs,
pourrait-il mettre dans la main de la fille la main rougie
jadis, par le sang de son père?

Son père! Dans les veines de cette pure et innocente enfant coulait le sang d'un scélérat consommé! Quelle amère
dérision !

Les scènes du Far West lui apparaissaient aussi vivantes
que lorsqu'elles s'étaient passées.

« J'étais fou quand je commis ce meurtre, se dit-il. J'étais
déjà en proie à la fièvre cérébrale qui m'enleva le sentiment
de l'existence pendant plusieurs jours. Je défendais ma vie.
Il n'y avait point de tribunal, là-bas. Nous étions seuls avec
Dieu, au milieu de ces déserts, et je crus que j'avais pleinement le droit de me faire l'instrument de sa justice. Tout ce
qui suivit ce moment terrible est resté plongé dans les ténèbres. Schanck ne m'a jamais parlé de la destinée de ce
misérable. Nous avons instinctivement évité ce pénible sujet, et nous nous sommes entendus tacitement pour n'en
rien dire à Geoffrey. Cet excellent Schanck ! Avec quel plaisir j'apprendrais qu'il est revenu des placers de la Cali-
fornie ! »

LIVRE DEUXIÈME.

CHAPITRE I.

A LA DÉCOUVERTE.

Geoffrey se mit en route pour la Norvége, mais il n'alla pas bien loin. A Hull, il découvrit qu'en parcourant son *Indicateur des chemins de fer* trop légèrement et avec un esprit préoccupé, il s'était trompé sur la date du départ du steamer et qu'il lui fallait attendre deux jours entiers ce départ. Un seul jour même à passer dans cette cité commerçante lui parut d'une longueur intolérable. Il se promena dans les rues, sur la place du marché; visita toutes les portes de la ville; contempla les navires; se perdit au milieu de la multitude des quais, des docks secs et à flot, des entrepôts, des ponts tournants qui lui barraient à chaque pas le chemin, et employa deux heures à explorer Kingston lès Hull. Alors, en désespoir de cause, il prit le train de Withernsea et dîna à un immense hôtel où un garçon de Londres lui servit la sole frite et la côtelette réglementaires. Après avoir arrosé ces deux plats de deux ou trois verres de Manzanilla, il se mit en quête d'un endroit écarté au bord de la mer, où il pût fumer son cigare et se livrer à ses pensées mélancoliques.

Se rendre en Norvége, essayer d'oublier Jeannette Bertram au milieu de ces montagnes solitaires, sans autres compagnons que les deux fidèles serviteurs qui portaient ses fusils et lui rendaient les services vulgaires dont il ne pouvait se passer? Essayer d'oublier la femme qu'il aimait au milieu des solitudes de la nature? Quelle vaine espérance! Une heure de réflexion sur ce rivage désert, où il n'y avait ni parade, ni musique militaire, ni tout ce mouvement qui anime une ville d'eaux en vogue, suffit pour changer complétement les projets de Hossack. Il n'irait pas en Norvége. Pourquoi mettre la mer du Nord entre lui et l'objet de son amour? Qui saurait dire ce qui pouvait arriver en son absence, quels changements pouvaient se produire qui feraient tourner la chance en sa faveur, tandis qu'il se mettrait, comme un butor et un idiot, hors d'état par son éloignement de profiter de ces changements. Non, il resterait en Angleterre, dans le voisinage de son idole. Il pourrait lui écrire de temps en temps quelques lignes, ne fût-ce que pour lui rappeler qu'il était toujours de ce monde et lui apprendre où il résidait. Elle ne lui avait nullement défendu de lui écrire. Décidément, et quoi qu'il pût arriver, il ne quitterait pas l'Angleterre.

Cette décision prise, après mûre délibération, il respira plus librement. Il s'était mis en route, comme un exilé... à contre-cœur; on l'eût dit poursuivi par Némésis, cette déesse impitoyable des Grecs. Il s'était mis en route, dans le premier élan et la première impulsion de son désespoir; il croyait qu'il étoufferait son chagrin dans les sauvages régions du Nord, qu'il y trouverait un soulagement à ses peines. Il se sentit plus à l'aise quand il eut permis à l'amour de prendre le dessus.

« C'est un avantage d'habiter le même pays qu'elle, » se dit-il à lui-même.

Il ne s'arrêta pas longtemps à Hull. L'express du lendemain matin le ramena à Londres, indécis sur la manière dont il passerait son automne et préférant laisser ses fusils se rouiller plutôt que de s'éloigner à une trop grande distance de Jeannette Bertram.

« Jeannette, disait-il tendrement, est un plus joli nom que Jeanne, un nom fait pour s'encadrer dans les vers les plus tendres. Je suis charmé d'avoir pensé à ce nom. »

Plusieurs lettres l'attendaient à l'*Hôtel Cosmopolite*, venues de Stillmington, avec une date arriérée de près d'une semaine ; des lettres de femmes et des lettres d'hommes ; les lettres de femmes étaient volumineuses, ornées d'un monogramme, et exhalaient un parfum de rose et de frangipane ; des épîtres de cousines enfin, que Geoffrey contempla avec une indifférence de bonne humeur.

Il en examina attentivement les adresses, pour voir si, par grand hasard, quoiqu'il n'en eût pas beaucoup l'espérance, il ne s'y trouverait pas une lettre de Mme Bertram. Il n'y en avait pas ; il ouvrit donc, avec un profond soupir, une des lettres de ses cousines.

Hillersdon Grange, comté de Southampton. C'était le comté natal de Mme Bertram et le sien propre. Lui et Lucius y étaient nés ; ils y avaient été élevés à près de vingt milles l'un de l'autre, et avaient commencé à se lier d'amitié à l'école de Winchester. La famille de Hossack habitait le comté et ne se lassait pas de l'inviter à la venir voir ; toutefois, il n'était pas retourné au lieu de sa naissance depuis son retour d'Amérique.

« Je ne puis comprendre pourquoi un homme est attaché

à sa ville natale, avait-il coutume de dire avec ce sans façon
qui lui était habituel, quand ses cousines lui reprochaient
son indifférence. Premièrement, il ne se rappelle pas l'événement de sa naissance; et, secondement, la localité où
quelqu'un est né est généralement la moins intéressante de
la création. Quelque part où vous alliez, près ou loin de
chez vous, vous êtes toujours conduit, ici ou là, pour voir où
est venu au monde tel individu ou tel autre. Vous vous
heurtez la tête contre les poutres basses de la chambre ou
Shakespeare a vu le jour, à Stratford; vous perdez haleine et
vous gagnez des battements de cœur, pour grimper au gale-
tas où Charlotte Corday a commencé sa mystérieuse existence;
vous êtes entraîné à travers les chemins du comté de Devon,
pour regarder la confortable maison où Raleigh ouvrit pour
la première fois les yeux; vous gravissez une colline pour
admirer le foyer natal de Fox; vous vous écartez de votre
route pour aller contempler le berceau de Robespierre. Et
quand tout ce qu'un homme a aimé dans son enfance repose
sous la terre, quand la demeure où il a passé les premières
années de sa vie, semble plus triste qu'un tombeau, vous
vous étonnez qu'il ne soit pas épris de ces chambres vides,
hantées par le souvenir des morts qu'il a aimés, uniquem-
ment parce qu'il lui est arrivé de naître dans une de ces
chambres! »

Ainsi raisonnait Hossack, quand ses cousines lui reprochaient son manque d'affection naturelle pour les lieux où il
avait passé son enfance. Hillersdon Grange était à trois milles
de Homefield, où le père de Geoffrey avait fini sa paisible
existence, dix ans auparavant, environ, laissant son fils
unique orphelin, mais remarquablement riche. Le Squire
Hossack de Hillersdon se trouvait ainsi le chef de la maison,

possesseur d'un beau domaine, et les demoiselles Hossack
étaient les deux virtuoses qu'il avait eu le privilége d'accompagner à différents concerts et à différentes matinées musicales pendant la précédente saison d'hiver.

La lettre que Geoffrey tenait dans ses mains venait de
l'aînée de ces deux demoiselles, hardie amazone de vingt-
quatre ans, qui était à la tête de la maison de son père, gou-
vernait à sa guise sa jeune sœur, et en aurait fait volontiers
autant de Geoffrey lui-même.

Cette lettre était une nouvelle édition de l'invitation si
souvent adressée à Geoffrey. Il y lut :

Papa dit que si vous ne venez pas nous voir cette année, il pensera
que vous ne vous souciez plus de votre famille, et qu'il ne vous invitera
plus à l'avenir. Il semble bien dur, Geoffrey, que vous puissiez courir le
monde et habiter toute sorte de villes étrangères, Stillmington par exemple,
qui, m'a-t-on dit, excepté dans la saison des chasses, est abominablement
triste. Qu'avez-vous pu y trouver d'amusant, durant ces derniers mois ?
Je ne puis l'imaginer; et cependant vous ne trouvez pas le temps de
venir nous voir, quoique nous soyons si voisins de ce cher Homefield auquel vous devez être bien attaché, à moins que vous n'ayez le cœur beaucoup plus dur que je n'aimerais à le supposer. Le gibier est abondant
cette année, et papa dit qu'il y a des bécassines dans les marais de Dingley. Il peut vous promettre une excellente chasse, à partir du premier
du mois prochain.

Mais si vous voulez m'obliger ainsi que Jessie (Jessie était le surnom
favori de la plus jeune des deux sœurs), vous viendrez sans tarder, parce
qu'il doit y avoir une grande réunion chez Lady Baker, la semaine prochaine, et comme les jeunes gens présentables sont rares dans ces environs, nous serions charmées de pouvoir leur montrer un cousin de
bonne mine. Papa nous escorte naturellement; mais il est toujours fourré
dans les coins des vieux radoteurs qui ne parlent qu'affaires paroissiales
et sessions trimestrielles, c'est comme si nous étions sans escorte. Venez
donc, cher Geoffrey, vous obligerez votre toujours affectionnée cousine,

ARABELLE HOSSACK.

P. S. — Passez, je vous prie, chez Cramer, Chappell, et quelques autres
éditeurs, et apportez-nous tous les morceaux de musique qu'ils vous re-

commanderont comme les plus nouveaux. Jessie aurait besoin de quelques airs à la mode, et je voudrais avoir, de mon côté, les variations de Kalbé sur les mélodies les plus récentes des Christys Minstrels.

Lady Baker. Lucius avait nommé cette dame comme une des amies de sa sœur Jenny. C'était une des dames du comté dont les relations avaient eu une si déplorable influence sur l'avenir de cette malheureuse femme. C'était chez Lady Baker que Jenny avait rencontré le misérable qui avait empoisonné son existence.

Ce fut une raison suffisante pour que Geoffrey acceptât sans délai l'invitation de sa cousine. C'était seulement en revenant en arrière qu'il pouvait espérer de retrouver la trace de cet homme qui s'était fait appeler Vandeleur; c'était seulement en remontant à ses débuts qu'il pourrait renouer la chaîne de son existence passée et le suivre à la piste et pas à pas. S'il pouvait seulement découvrir ce qu'était devenu ce misérable et s'assurer qu'il était descendu au tombeau, quel bonheur de porter la nouvelle de cette découverte à Jeannette et de lui dire : « Je vous apporte votre liberté, et je vous réclame comme ma conquête par le droit de mon dévouement! »

Il savait qu'il en était aimé. Cette persuasion lui donnait la force de supporter toutes les peines de la séparation. L'amour vrai peut vivre longtemps en se nourrissant d'une telle persuasion.

Il écrivit à Lucius, en lui disant où il allait et ce qu'il comptait faire; et, le lendemain matin, il partit pour Hillersdon chargé d'un porte-manteau rempli de musique nouvelle pour ses cousines.

Hillersdon Grange, comme Geoffrey l'avoua avec la calme franchise d'un parent, n'était pas un trop méchant refuge pour une visite d'automne. La maison était vieille; c'était un beau modèle de l'architecture domestique du temps des Plantagenets. Elle avait été agrandie pour les convenances de ses habitants successifs; une annexe, lourde et quelque peu disgracieuse, y avait été ajoutée, sous le règne de Guillaume III; un cloître avait été plus récemment transformé en salon, quand les progrès de la civilisation moderne l'avaient exigé. La belle et antique salle, jadis la salle réception de la maison, était maintenant un arsenal, dans lequel des cottes de mailles, qui avaient été ébréchées à Crécy, et des hauberts, qui avaient été entaillés pendant la guerre des Deux Roses, se trouvaient mêlés à des andouillers et à des têtes de cerfs empaillées, trophées de chasse de temps plus pacifiques.

Les Hossacks n'étaient pas une ancienne famille. Ils ne pouvaient se vanter de cette antique connexité avec le sol qui constitue l'aristocratie rurale. Ils avaient été naguère banquiers et marchands. Le père de Geoffrey et le Squire d'Hillersdon avaient hérité, l'un des terres patrimoniales, acquises peu d'années avant sa naissance; l'autre de la maison de banque et de ses grosses chances de bénéfices. Tous deux avaient prospéré. L'un vivant de la vie qui lui plaisait le mieux, faisant quelque peu d'agriculture, d'une façon fort dispendieuse et fort improductive, écrivant de temps à autre une lettre au *Times*, sur les apparences de la moisson, sur les récentes découvertes du drainage, citant Virgile, siégeant aux sessions trimestrielles, et proposant un nouveau règlement dans le comité de la paroisse; le plus jeune battant monnaie sans relâche, travaillant comme un nègre, et s'imaginant qu'il était le plus heureux et le meilleur des hommes, lorsqu'il fut enlevé par une maladie

de cœur, pendant que Geoffrey était encore à l'école de
Winchester.

Les terres de Hillersdon étaient tout simplement excel-
lentes. Elles étaient situées sur la limite de la Nouvelle
Forêt et les bois du Squire pénétraient dans ce vaste domaine. Une rivière coulait à travers le parc et arrosait
les bords de la pelouse ; rivière dont les sinuosités étaient
ombragées de saules sous lesquels les truites abondaient ;
dont les anses, peuplées de joncs, et les criques renom-
mées pour leurs jeunes brochets, faisaient également les
délices du pêcheur à la ligne et du peintre de paysage.

« On n'est pas trop mal ici, dit Geoffrey en bâillant et
en consultant sa montre, le lendemain de son arrivée, et
maintenant, après votre copieux déjeuner rustique, puis-
je demander ce que je ferai de ma personne? Il est juste
onze heures ! Trois heures avant le second déjeuner ! Qu'est-
ce que vous faites à la campagne, quand vous ne mangez ni
ne dormez? »

Cette question était adressée aux sœurs Arabelle et
Jessie, jeunes filles de bonne mine, au teint frais, à la figure
épanouie, aux yeux bleu clair, aux cheveux légèrement
bruns, dans le plus coquet déshabillé du matin, genre
matelot, comme il convenait à la Nouvelle Forêt... large
col bleu, rabattu en arrière et laissant un cou entièrement
blanc, chapeau de paille attaché avec un ruban bleu, jupon
de serge de même couleur coquettement festonné sur de
jolis souliers garnis d'une semelle convenablement épaisse
pour marcher sur un sol souvent humide ; mises, enfin, de
la tête aux pieds comme les demoiselles qu'on appelle charmantes en Angleterre, mais nullement faites pour donner
l'assaut au cœur d'un homme. Bonnes filles, du reste, dans

le présent, et destinées peut-être à devenir bonnes épouses, bonnes mères, dans l'avenir, mais n'appartenant nullement à la tribu des sirènes.

« Je ne suppose pas que Hillersdon soit beaucoup plus triste que les forêts vierges de l'Amérique, dit Arabelle, la sœur aînée, avec quelque dignité; et j'espère que vous pourrez vous résigner à vivre ici, jusqu'au 1er du mois prochain, sans autre compagnie que la nôtre.

— Ma très-chère Arabelle, si vous et Jessie m'aviez fait une visite sur les bords du Saskatchewan, j'en aurais été inexprimablement heureux, surtout si vous m'aviez apporté un jambon pareil à celui qui est sur votre buffet. Je ne veux pas déprécier Hillersdon; l'heure que je viens d'y passer à déjeuner m'en donne la meilleure opinion. Mais ce qu'il y a de plus fâcheux dans ce qu'on appelle les plaisirs de la table, c'est que les autres plaisirs pâlissent après ceux-là. Peut-être, ce que vous auriez de mieux à faire en attendant le lunch, serait-ce de me mener promener, dans le parc, dans votre voiture attelée de vos gentils poneys. Je ne suppose pas un seul instant que je serai en état de manger quoi que ce soit à deux heures; mais l'air de la campagne est un apéritif; il *pourrait* me rendre l'appétit. Qu'en coûterait-il d'essayer?

— Paresseux! vous promener, vraiment! s'écria Jessie. Nous n'en ferons rien. Mais je vais vous dire ce que vous devez faire, si cela vous plaît... et cela, je crois, vous plaira... vous vous ferez le patron de notre barque et vous nous conduirez à la rame jusqu'à Dingley.

— Vous nous conduirez à la rame?... Ah! je pensais bien que ces cols marins me pronostiquaient quelque chose de terrible. Mais gouverner une barque n'est pas un travail bien rude, comme diraient les écrivains burlesques. Je reviens. »

Les deux sœurs étaient enchantées. Un cousin de bonne mine, pour des demoiselles habitant la campagne, est comme un canard d'eau dans un pays sec. Dans le fond de leur cœur, elles raffolaient de Geoffrey, mais elles prenaient hypocritement à tâche de ne rien laisser voir de leur affection. Plus d'une fois, le soir, pendant qu'elles brossaient à loisir leur chevelure, quand elles avaient renvoyé l'unique femme de chambre qui les servait toutes deux, elles dissertaient sur l'existence de leur cousin, admirant pourquoi il ne se mariait pas, cherchant à deviner qui il épouserait, et ainsi de suite; mais caressant chacune en secret cette pensée dominante : Est-ce moi qu'il épousera?

Elles traversèrent la pelouse, non une pelouse de cent pieds carrés pour jouer au croquet, semblable au terrain dépendant des villas suburbaines, mais un vaste boulingrin ondulé, ombragé çà et là par quelques groupes de vieux arbres pittoresques, des sycomores, des hêtres, de vieilles aubépines, dont les baies commençaient à rougir, et se rendirent au hangar suisse qui abritait la barque, hangar aux pignons angulaires et au toit en chaume dont une énorme pièce, capable de contenir une flottille, occupait le rez-de-chaussée, tandis que régnait à l'étage supérieur une grande chambre, qui fût devenue sans doute, un fumoir ou une salle de billard, si les jeunes gens avaient été en majorité à Hillersdon, mais qui, sous le gouvernement plus doux de jeunes filles, avait été gaiement décorée de tentures de perse, de caisses en bois d'érable, où croissaient des fougères, de chevalets, d'un piano, et de corbeilles à ouvrage.

Cette rivière sinueuse rappela à Geoffrey le fossé plein d'herbes aquatiques de Stillmington, sur le bord duquel il avait passé tant d'après-midi, durant l'été, ramant en désespéré contre le courant, en pensant à son inexorable divinité. Il poussa un léger soupir et désira retourner à Stillmington pour souffrir, espérer, mais du moins pour être auprès d'elle.

« Il faut que j'enterre ce chagrin d'une manière ou d'une autre, se dit Geoffrey, sinon c'est lui qui m'enterrera.

— Quel soupir, Geoffrey! et comme vous avez l'air pensif, s'écria Jessie qui aurait pu voir les atomes voler dans l'air.

— Est-ce que j'ai soupiré? J'ai trop mangé à déjeuner. Tenez, Arabelle, vous ferez mieux de me laisser prendre une paire d'avirons pendant que vous et Jessie rafraîchirez vos mains dans l'eau et causerez de vos derniers costumes. Il n'est pas bon qu'un homme demeure oisif; j'aurai des inquiétudes, si je reste assis à gouverner.

— Quel étrange jeune homme vous êtes! Il y a dix minutes, vous vouliez être bercé en voiture et traîné par nos poneys!

— Je pourrais endurer le mouvement de la voiture; mais je ne puis endurer celui de la barque, si je ne me rends pas utile. Par ici; entrez, s'il vous plaît, et asseyez-vous. Quel bijou, que ce bateau! et qu'il est grand! c'est une vraie maison. Je penserais volontiers que l'homme qui a construit l'arche de Noé doit avoir tracé le plan de celui-ci. »

Les deux sœurs se récrièrent contre cette moquerie dont leur barque était l'objet : un constructeur de la localité l'avait ornée avec tout l'art dont il était capable : ouvrages en canne, vernis et dorure de France, coussins recouverts de damas cramoisi, cordages et glands d'un travail délicat... rien n'y manquait de ces jolis détails qu'un élève d'Oxford, qui aime un bateau assez léger pour être porté sur son épaule, regarde avec un ineffable mépris.

La rivière était étroite mais profonde et agréablement ombragée dans la plus grande partie de son parcours par un épais feuillage, ses bords étaient embellis par toute sorte de fleurs, et à chaque courbe qu'elle faisait, elle offrait aux yeux un nouveau point de vue. Mais ni Geoffrey ni ses compagnes ne songaient à jouir de ces tableaux qui variaient à chaque pas. Geoffrey pensait à Jeannette Bertram, et les jeunes filles s'étonnaient de voir leur cousin si obstiné dans son silence.

Hossack manœuvrait bravement ses avirons, il était moins poussé par le désir de plaire à ses cousines que par un projet qu'il méditait à part lui. A six milles, en remontant la rivière, était situé la maison de Lady Baker, appelée Mardenholme. Les fameux jardins, pour l'entretien desquels Lady Baker dépensait chaque année des sommes fabuleuses, descendaient en pente jusqu'aux bords mêmes de la rivière. S'il poussait la promenade jusqu'à Mardenholme, il pourrait décider ses cousines à le présenter tout de suite à Lady Baker et obtenir ainsi l'entrevue à laquelle il aspirait. Espérer qu'il pût avoir un entretien confidentiel avec cette dame, le jour même où elle donnerait sa fête dans ses jardins, lui paraissait insensé, et d'ailleurs son esprit impatient ne lui permettait pas d'attendre jusqu'au jour de la fête.

« Et quand aura lieu cette fameuse fête chez Lady Baker ? demanda-t-il de l'air le plus indifférent du monde.

— Mardi prochain. Ce sera une fête monstre, Geoffrey. Croquet, tir à l'arc, matinée musicale, thé à l'Allemande, tableaux vivants, et bal pour couronner le tout.

— Des tableaux vivants! dit Geoffrey en bâillant. C'est un peu risqué. Figurerez-vous dans ces tableaux?

— Oh! non, s'écria Arabelle en se redressant un peu. Nous ne sommes pas assez avant dans les manies de Lady Baker. Nous sommes pour elle des voisins, elle nous invite toujours à ses grandes réunions, nous prie de venir à ses thés du jeudi, et nous fait les plus grandes politesses et des civilités sans fin; mais, au fond de son cœur, elle ne se soucie pas le moins du monde d'ennuyeux campagnards comme nous. Elle est toujours en quête d'artistes, de chanteurs, d'acteurs, et de gens de cette espèce. Elle en raffole positivement.

— J'ai déjà entendu dire quelque chose comme cela, répondit Geoffrey d'un air pensif. Elle a du goût pour la musique, n'est-ce pas?

— Elle s'en pique... elle va toujours à l'Opéra à Londres, pendant la saison, patronne tous les concerts de la localité, et en donne chez elle; mais personne ne l'a jamais entendue exécuter le plus petit morceau.

— Ah! dit Geoffrey, je crois que les personnes qui ont une passion réelle pour la musique en font rarement elles-mêmes. Elles pensent que massacrer une belle sonate, c'est commettre une sorte de sacrilége, et elles s'en abstiennent sagement. Mais, à propos, en parlant de Lady Baker et de ses protégées, avez-vous jamais entendu parler d'une demoiselle Davoren, qui était surtout remarquable par la beauté de sa voix, il y a quelques années?

— Oui, répondit Arabelle, j'ai quelquefois entendu Lady Baker en parler avec beaucoup d'éloge. C'était la fille d'un clergyman de Wykhamston, et j'ai entendu d'autres personnes dire que le patronage de Lady Baker a été la cause

de sa perte, qu'elle a fui la maison paternelle d'une façon
honteuse et brisé le cœur de son pauvre vieux père. »

Ce court récit fit pénétrer une douleur aiguë dans un
autre cœur, le cœur honnête qui aimait si passionnément la
pécheresse.

« Vous n'avez jamais vu Mlle Davoren, je suppose?

— Naturellement, je ne l'ai pas vue. C'était avant que je
sortisse de nourrice.

— Mais vous n'étiez pas aveugle quand vous étiez en nourrice, et vous auriez pu la voir.

— Comment l'aurais-je pu? je ne suis pas allée aux réunions de Lady Baker avant d'être sortie de nourrice, et papa
connaissait bien peu de monde à Wykhamston.

— Ainsi, vous ne l'avez jamais vue. Était-elle jolie?

— Parfaitement charmante, selon Lady Baker; mais elle
prenait souvent les oies qui lui plaisaient pour des cygnes.

— Ce doit être une femme facile à s'enthousiasmer, cette
Lady Baker. Je serais curieux de faire sa connaissance. Vou-
driez-vous essayer de me présenter à elle... aujourd'hui
par exemple? Je puis vous faire arriver à Mardenholme à
une heure.

— L'heure est bien matinale, dit Jessie; d'ailleurs, vous
le savez, le jeudi est le jour où elle reçoit. Mais elle est toujours extrêmement aimable etprétend nous voir avec plaisir.

— Comment, elle prétend?... Elle doit en être charmée.

— Oh! il n'est guère possible qu'elle soit charmée de
voir la moitié du comté, reprit Jessie. Il doit y avoir un peu
d'hypocrisie dans son fait. Toujours est-il que sa maison est
le rendez-vous général de tout ce qui est quelque peu pré-
sentable aux environs, et je suppose qu'elle y trouve son

plaisir. Qu'en pensez-vous, Arabelle? Paraîtrait-il bien étrange que nous nous fissions annoncer avec Geoffrey?

— Nous pouvons essayer,. dit Arabelle, désireuse d'être agréable à son élégant cousin. Il est à peu près certain qu'elle flâne dans le jardin, si elle n'est pas sortie. Elle y passe la moitié de sa vie.'

— Alors nous l'aborderons sans cérémonie, reprit Geoffrey en faisant avancer rapidement la barque. Vous pouvez compter d'ailleurs que je me mettrai parfaitement à mon aise avec elle.

— Nous n'en sommes pas en peine, » répondit Arabelle.

Elle craignait bien plutôt que ce jeune homme aux manières libres et aisées n'oubliât les hommages dus à une grande dame comme Lady Baker, personnage qui, pour ainsi dire, faisait la pluie et le beau temps dans cette partie du comté. Un été que Sa Seigneurie ne passait pas à Mardenholme, était considéré comme une saison manquée et sans profit. Les gens du pays semblaient presque s'étonner que la moisson n'en fût pas retardée et que les trèfles n'en fleurissent pas moins beaux qu'à l'ordinaire.

CHAPITRE II.

LADY BAKER.

Il était tout au plus une heure quand ils aperçurent les jardins en terrasse de Mardenholme, jardins qui méritaient bien qu'on fît un voyage d'un jour pour les visiter. C'était un tableau italien encadré dans un paysage anglais. Des balustrades de marbre, surmontant des terrasses fleuries, des rangées de conifères étagés les uns derrière les autres, des escaliers, des bassins se détachant en blanc sur le fond de verdure, et au-dessous de ce jardin d'apparat une verte pelouse coupée de bouquets d'arbres et de corbeilles de fleurs; tel était le spectacle qui se déploya sous les yeux de nos promeneurs.

Geoffrey amarra son bateau à la branche la plus basse d'un saule qui plongeait sa verte chevelure dans la rivière, sauta sur le rivage, et fit débarquer ses cousines aussi tranquillement que s'il était arrivé à la porte d'un hôtel. Aucune créature humaine ne se laissa voir d'abord, mais les yeux perçants de Jessie remarquèrent, à travers un groupe de magnolias, la manche blanche d'un jardinier.

« Il y a là un jardinier, dit-elle ; nous ferions bien de lui demander si Lady Baker est dans le jardin. »

Ils se dirigèrent vers le jardinier, qui, de l'air tranquille et philosophique d'un homme dont le salaire ne dépend pas de la quantité de son travail, s'occupait à décapiter des pâquerettes qui avaient eu l'impertinence d'élever leurs têtes vulgaires sur cet aristocratique domaine. Il leur dit qu'il avait vu Sa Seigneurie dix minutes auparavant, et qu'elle était peut-être dans le temple chinois, où il s'offrit de les conduire.

« N'en prenez pas la peine, dit Jessie, je connais le chemin.

— Qu'est-ce qu'il entend par le temple chinois ? dit Geoffrey quand ils se remirent en route.

— C'est un pavillon que Lady Baker a fait venir de Chine. Je sais qu'elle aime à s'y reposer. »

Ils entrèrent dans une sombre allée tracée sous les arbrisseaux, et qui suivait pendant quelque temps les bords de la rivière et débouchait dans une espèce de désert, mais de désert civilisé, qu'habitaient des oiseaux aquatiques, qui étendirent leur cou et poussèrent des cris de colère à la vue des visiteurs. Sur le bord de la rivière s'élevait le pavillon chinois, édifice construit en bambous et en treillage, orné de clochettes, ouvert à tous les vents du ciel, agréable abri pendant une chaude journée d'août. Quand le vent met ces nombreuses clochettes en branle, elle font entendre un léger carillon qui réveille au loin les échos du rivage.

Lady Baker était à demi couchée sur un fauteuil en bambous, et lisait, en compagnie d'une dame et d'un homme, jeunes tous deux, et d'un carlin japonais.

« Chère Lady Baker, dit Arabelle, pressée de tirer le meil-

leur parti possible de son arrivée peu cérémonieuse, je pense
que vous ne serez pas trop effrayée de nous voir débarquer
ainsi dans les jardins, comme des corsaires; mais mon cousin
était si désireux de vous être présenté qu'il a voulu nous
conduire jusqu'ici en bateau, ce matin.

— Vous me voyez toute tremblante, répondit Lady Baker
en souriant agréablement. Voilà donc le cousin dont j'ai si
souvent entendu parler. Vous êtes le bienvenu à Mardenholme, monsieur Hossack. Nous devrions nous connaître
depuis longtemps déjà, puisque nous sommes si proches
voisins.

— J'ai, en effet, l'honneur de posséder un petit domaine
non loin de Mardenholme, mais j'ai eu la sotte idée de le
louer, n'ayant pas connu jusqu'ici le principal attrait que
possède ce comté dans la personne de Votre Seigneurie.

— C'est dommage, car je crois que nous aurions fait deux
excellents voisins. M. Hossack, Mme Wimple; M. Wimple
M. Hossack, » murmura Lady Baker en forme de présentation.

La jeune femme et le jeune gentleman, qui étaient nouvellement mariés et ne se souciaient guère du reste du monde,
honorèrent Geoffrey de leurs salutations à distance et se reti-
rèrent immédiatement sur un balcon qui dominait la rivière.

« Vous êtes un voyageur intrépide, à ce que j'ai entendu dire, reprit Sa Seigneurie.

— A peine, dans le sens moderne du mot, dit Geoffrey en
se donnant un air modeste. J'ai chassé la bigorne dans les
montagnes Rocheuses et les coqs de bruyère en Norvége;
mais je n'ai découvert la source d'aucune rivière, ni trouvé
la moindre cataracte inconnue; en somme, comme voyageur,
je ne suis qu'un pauvre sire. Mais, en règle générale, je tiens
la locomotion comme étant à peu près le seul emploi du

temps convenable pour un homme qui n'a reçu du ciel ni talent ni ambition.

— Vous êtes infiniment trop modeste, » dit Lady Baker.

C'était une petite femme pâle dont le visage n'avait de remarquable que les yeux et les dents; mais elle savait s'habiller avec le goût exquis d'une femme qui étudie la convenance des choses plus que les journaux de mode. Elle avait des manières à la fois dignes et caressantes, et pouvait accorder une faveur de l'air d'une princesse du sang royal. Elle avait passé sa vie dans le grand monde, et, excepté pendant son sommeil, elle ne savait pas ce que c'était que d'être seule. Elle n'avait guère le loisir de lire; cependant, elle connaissait ou semblait connaître tout ce que doit savoir une femme bien élevée. Ses détracteurs disaient qu'elle n'avait jamais lu autre chose que les journaux, et qu'ainsi par une soigneuse étude des comptes rendus du *Times* et des articles des feuilles littéraires, elle était toujours de beaucoup en avance sur les lecteurs stupides qui se noient dans les livres. Elle écrémait les connaissances des autres, et levait les épaules par forme de tacite dépréciation quand on parlait des livres qu'elle n'avait pas lus, se parant ainsi des opinions les plus nouvelles, comme elle se parait des plus nouvelles étoffes. Du reste, elle était d'un âge équivoque, avait fréquenté le monde déjà pendant un quart de siècle, et paraissait n'avoir environ que trente-cinq ans. Ses cheveux châtain clair, qu'elle portait avec une simplicité classique, n'avaient pas laissé voir encore la moindre ligne argentée. Peut-être, comme M. Mivers dans *Kenelm Chillingly*, Lady Baker avait-elle endossé sa perruque de bonne heure.

Sir Horace Veering Baker, le mari de cette femme distinguée, était plutôt une dépendance de ses domaines qu'une

individualité à part. Elle le produisait dans les grandes
occasions, de même que son sommelier exhibait la vaisselle
en vermeil les jours de gala. C'était un vieillard inoffensif,
qui consacrait son temps à des recherches géologiques auxquelles nul autre que lui et son vieux domestique ne semblaient prendre le plus léger intérêt. Il habitait, la plupart du temps, une aile écartée de la maison, encombrée
de vitrines renfermant les spécimens qui avaient été l'objet
de ses études et résumaient les travaux de sa vie. Quelquefois,
mais pas toujours, il venait s'asseoir au bas bout de la table
au dîner, et quand, parmi les hôtes de Sa Seigneurie, se
trouvait par hasard un homme de science, Sir Horace lui
rendait hommage et l'emmenait après le dîner visiter sa
collection. Lady Baker avait une gracieuse indulgence pour
l'innocente manie de son mari, le recevait avec une inva-
riable amabilité, quand il se montrait dans son salon habillé
à l'ancienne mode et paraissant presque aussi antédiluvien
que la mâchoire pétrifiée d'un mégathérium, laquelle formait
une des pièces les plus précieuses de sa collection ; elle
s'informait poliment de l'état de sa santé, et paraissait s'inquiéter s'il se disait un peu fatigué et témoignait le désir de
dîner dans son cabinet de travail.

Geoffrey se trouva bientôt sur le pied de la plus franche
cordialité avec la châtelaine de Mardenholme. Lady Baker
aimait les jeunes gens comme il faut, qui ne laissaient
pas trop percer la bonne opinion qu'ils avaient d'eux-
mêmes, et les manières aisées de la jeunesse actuelle ne lui
déplaisaient pas, pourvu qu'elles ne dégénérassent pas en
outrecuidance. Elle prit immédiatement Geoffrey sous sa
protection, fit avec lui une promenade d'environ un mille,
garantie contre le soleil de midi par une vaste ombrelle de

soie, pour lui montrer les raretés de Mardenholme. Ce profond hypocrite d'Hossack lui témoignait une ardente admiration pour les objets venus de loin et les fleurs exotiques qu'elle lui montrait, dans l'espérance que cette exhibition préambulatoire pourrait lui fournir l'occasion après laquelle il aspirait.

« Que je puisse me trouver seul une fois avec cette belle dame, se dit-il à lui-même, et je ne laisserai pas l'occasion me glisser entre les doigts. Il faudra bien qu'elle me dise tout ce qu'elle sait de ce vaurien qui fait le malheur de Jeannette Davoren. »

Mais, à son grand déplaisir, ses cousines, qui adoraient la châtelaine de Mardenholme, la suivaient de près dans sa promenade, et donnaient un libre cours à leur admiration à chaque nouveauté qu'elle leur montrait parmi ses raretés exotiques, ce qui ne faisait pas l'affaire de Geoffrey. Il commençait à lutter contre de terribles envies de bâiller, quand l'heure du second déjeuner vint mettre fin à cette fâcheuse situation.

« Et maintenant que je vous ai fait voir mes plus récentes acquisitions, allons déjeuner, dit Lady Baker, qui n'était jamais plus heureuse que quand elle recevait à sa table une nouvelle connaissance. En effet, elle aimait ses amis tout à fait comme ses orchidées et ses bruyères, en raison de leur nouveauté.

Jamais personne ne refusait une invitation de Lady Baker. Ses invitations ressemblaient à un ordre royal. Jessie et Arabelle murmurèrent bien quelques mots d'objection relativement à *papa* et à leur devoir qui les rappelait à Hillersdon. Mais Lady Baker écarta toute tentative d'excuse de cet air qui impliquait que toute autre considération

était sans la moindre importance, quand son plaisir était
en jeu.

« Je serais véritablement au désespoir, si vous me
laissiez en ce moment; je n'ai ici que M. et Mme Wimple
que vous venez de voir dans le pavillon chinois. C'est leur
première visite depuis leur lune de miel, et les témoignages de mutuelle affection qu'ils échangent à chaque instant sont tout à fait insupportables. Mais c'est un mariage
que j'ai fait, je suis obligée de tolérer cet ennui. Ils seront
mes seuls visiteurs jusqu'à demain, et si vous ne restez pas,
je mourrai d'ennui d'ici au dîner. N'ai-je pas déjà, ce
matin, surpris cette ridicule enfant, cette Florence Wimple,
épelant dans l'alphabet des sourds-muets, ces mots : MON
BIEN AIMÉ, qu'elle adressait à son IMBÉCILE de mari, à travers la table? »

Émues de cette mélancolique confidence, Jessie et Arabelle consentirent à rester. Geoffrey était bien résolu, dès le
principe, à ne pas bouger. En effet, il avait débarqué sur la
pelouse de Mardenholme avec la ferme résolution de ne pas
se retirer avant d'avoir atteint son but.

CHAPITRE III.

Le lunch fut assez gai, en dépit de M. et Mme Wimple, dont l'infatuation de l'un pour l'autre faisait qu'ils existaient à peine pour les autres convives. Ils se contemplaient avec des yeux pleins d'admiration, se passaient des crèmes et des gelées, et souriaient tendrement à tout propos. Mais, cette fois, Lady Baker les laissa s'amuser à leur manière et donna toute son attention à Geoffrey. S'il ne brillait pas dans les beaux-arts, c'était du moins un jeune homme des plus aimables, qui savait flatter une femme à la mode sur le point d'atteindre la quarantaine, sans s'abandonner à ces expressions exagérées qui font douter de la bonne foi du flatteur. Il sut si bien mettre à profit ce goût pour se faire bienvenir, que, lorsqu'on fût levé de table et que M. Wimple se fût dévoué à consentir, sur les instances de sa femme et des deux autres dames, à aller faire une partie de croquet, Lady Baker s'offrit à conduire Geoffrey dans sa galerie de peinture, belle collection de tableaux modernes acquise par le père de Sa Seigneurie, grand homme de Manchester ; car c'était son commerce dans les cotons qui avait créé la fortune qu'elle avait

apportée en dot à Sir Horace Veering Baker et d'où étaient
nées toutes les splendeurs de Mardenholme. La visite de cette
collection était précisément ce que Geoffrey désirait, et il
l'avait projetée avec toute la finesse d'un jésuite, pendant le
déjeuner. Il avait feint un amour enthousiaste pour la peinture, et déclaré que, depuis sa première jeunesse, il avait
ardemment souhaité de visiter les trésors de la galerie de
Mardenholme.

Lady Baker était dans le ravissement.

« Mon père a passé toute la dernière partie de sa vie en
relation avec les artistes, dit-elle. Il avait fait sa fortune dans
le commerce, comme je pense bien que vous l'avez entendu
dire, mais, au fond du cœur, c'était un artiste. J'ai moi-
même fait un peu de peinture. — Qu'est-ce que n'avait pas
fait un peu Lady Baker? — Mais la musique est ma grande
passion. Les tableaux ont été achetés presque tous sur le
chevalet... quelques-uns même sont dus à l'inspiration de
mon père. Il était plein d'imagination. Venez, monsieur Hossack, pendant que ces folles jouent au croquet; nous ferons
un tour dans la galerie. »

Elle ouvrit la marche en faisant traverser à Geoffrey la
grande salle dallée en marbre, d'où un escalier, également
en marbre et semblable par sa beauté à celui du palais du
Duc de Beuccleuch, à Dalkeith, conduisait dans la galerie,
vaste salle éclairée par le haut. C'était là que Lady Baker
donnait ses concerts et ses réunions musicales, où la moitié
du comté venait boire du café, prendre des glaces, et s'extasier devant les tableaux, tandis que les dernières découvertes de la châtelaine de céans, dans le monde de l'harmonie, charmaient ou torturaient leurs oreilles, selon
l'occasion.

Ce jour-là, le salon paraissait délicieusement frais et calme, au sortir des autres pièces inondées d'un soleil éclatant. Un store rayé était descendu sur le vitrage du toit, un gentil zéphir, pénétrant par d'invisibles ouvertures, circulait dans l'atmosphère où régnait un demi-jour fort agréable pour les yeux fatigués, mais médiocrement favorable à la visite d'une galerie de tableaux.

« Je vais faire remonter le store, dit Lady Baker, et vous verrez mieux mes plus belles toiles. Il y a là-bas un Etty dont je ne voudrais pas me défaire pour cinq années de ma vie.

— Avec le long bail que vous avez encore devant vous, cinq années de plus ou de moins ne semblent pas une affaire, dit Geoffrey galamment.

— Flatteur ! dit Lady Baker. Si vous voulez voir les tableaux, il faut que vous ayez la bonté de sonner, afin que nous obtenions un peu plus de clarté.

— Un moment, chère Lady Baker, dit Geoffrey d'un ton de prière, ce demi-jour est délicieux, et je verrai mieux dans une demi-obscurité comme celle-ci. Oui, cet Etty est charmant. Quel modèle ! quel clair-obscur ! quelle harmonie savante !

— Mais vous regardez un Frost, dit Lady Baker simulant la dignité offensée.

— Mille pardons. Je reconnais la délicatesse de son dessin, la pureté de son coloris. Mais excusez-moi, madame, si je vous avoue que mon désir d'être seul avec vous l'emporte en ce moment sur mon goût pour les arts ! »

Lady Baker le regarda d'un air étonné. Elle crut à quelque folle équipée de la part de ce jeune homme, mais elle était trop femme du monde pour en être déconcertée. Ce ne serait pas la première déclaration qu'elle aurait entendue.

« Que voulez-vous dire, monsieur Hossack?

— Seulement, que, plein de confiance dans la noblesse d'âme et dans la bonté de cœur bien connues de Votre Seigneurie, je me propose de faire appel à l'une et à l'autre. On dit que les femmes à la mode sont égoïstes, mais je ne puis croire que vous méritiez ce reproche.

— Je ne suis pas une femme à la mode, répondit Lady Baker, toujours très-intriguée; j'ai vécu pour l'art et non pour ces mesquines frivolités qui composent une saison de Londres. Si j'ai vécu au milieu de la foule, c'est parce que j'ai cherché l'intelligence et le génie là où ils pouvaient se trouver. J'ai tâché de m'environner d'âmes grandes. Si quelquefois j'ai trouvé le vide dans l'amande où je croyais trouver un fruit savoureux, ce n'est pas ma faute.

— Plût à Dieu que le monde possédât plus de femmes semblables à vous! exclama Geoffrey en sentant qu'il s'était ouvert une voie aux confidences qu'il désirait obtenir. Parmi vos protégées d'il y a quelques années, madame, s'en trouvait une à la destinée de laquelle je m'intéresse profondément. Elle est la sœur de mon meilleur ami. Je veux parler de Jenny Davoren. »

Lady Baker tressaillit et un nuage se répandit sur sa physionomie, comme si ce nom lui rappelait de pénibles souvenirs.

« Oh! monsieur Hossack, pourquoi avez-vous prononcé le nom de cette infortunée jeune fille? J'ai été si malheureuse à cause d'elle! j'ai même eu à me reprocher sa fuite et le désespoir qu'elle a jeté dans le cœur de son pauvre vieux père. Il n'a jamais voulu avouer qu'elle avait déserté la maison paternelle; il a toujours parlé d'elle dans les mêmes termes : Elle est chez des amis à Londres. Mais chacun savait que quelque triste mystère était caché sous cette disparition, et je ne connaissais que trop bien la nature de ce mystère. Mais vous parlez d'elle comme si vous la connaissiez... comme si pouviez m'éclairer sur sa position présente. S'il dépend de vous de le faire, je vous en serai reconnaissante au delà de toute expression et vous déchargerez mon cœur d'un grand poids.

— Je serai bientôt en état de le faire, répondit Geoffrey; à présent je ne puis vous dire que très-peu de chose : elle vit et son frère est mon ami. Maintenant, Lady Baker, j'ose vous demander de me dire tout ce que vous pouvez savoir des circonstances qui ont conduit Mlle Davoren à disparaître de Wykhamston. »

Lady Baker soupira et garda un moment le silence avant de répondre à cette question.

« Ce que je sais se réduit à bien peu de chose, répondit-elle, et encore ce peu consiste-t-il pour la plus grande partie, en conjectures et en suppositions. Mais ce que je dirai sera dit très-franchement, et si je puis être de quelque utilité à cette pauvre jeune fille, soit maintenant, soit dans l'avenir, elle peut compter sur mon amitié, et, quelles qu'aient été les conséquences de sa fuite, elle peut compter sur toute ma compassion.

— Ces conséquences ne font rejaillir aucune honte sur elle, Lady Baker, répondit Geoffrey avec chaleur. Elle a été bien plus victime que coupable.

— Je vous remercie de me dire cela, monsieur Hossack. Et maintenant asseyez-vous et écoutez mon histoire. Je crois comprendre la nature de l'intérêt que vous portez à cette dame, en dépit de votre réserve, et si je puis vous aider

à parvenir à un bon résultat, j'en serai enchantée. Il y a peu
de jeunes filles, parmi celles que j'ai connues, qui soient
dignes de plus d'admiration, et je crois, de plus d'estime,
que Jeannette Davoren. »

Ils s'assirent à côté l'un de l'autre, dans une encoignure,
au fond de la galerie, et Lady Baker commença ainsi son
histoire.

« Je rencontrai pour la première fois Mlle Davoren
au château, dit-elle. La marquise l'y avait invitée sur ce
qu'on lui avait dit de sa belle voix, bien que Lady
Guildford n'ait pas plus l'intelligence de la musique qu'un
véritable oison; mais, comme tout le monde, elle aime à
s'entourer de talents qui captivent, et c'est à ce titre qu'elle
avait reçu Mlle Davoren. Cette jeune fille était aussi belle
que bien douée sous le rapport du talent.

— Elle l'est toujours, s'écria Geoffrey avec enthousiasme.

— Oh! je pensais bien que je ne me trompais pas! dit
Lady Baker; ce qui fit rougir Geoffrey comme une jeune
fille. Oui, elle était positivement belle, et quand elle se
serait bornée à s'asseoir et à s'exposer aux regards, immobile comme une statue, elle aurait encore été un suffisant objet d'admiration; mais son talent uni à sa beauté,
en faisait presque une divinité. Mon cœur fut du premier
coup attiré vers elle. Je me rendis au presbytère de
Wykhamston le lendemain et j'invitai M. Davoren et sa
fille à mon prochain dîner, et ensuite je demandai à Jeannette de passer un jour entier en tête-à-tête avec moi seule...
pas une âme ne devait nous troubler... car, comme je le
lui avais dit, je désirais la connaître. Nous passâmes ce jour
ensemble dans mon boudoir, nous abandonnant au plaisir

de la musique et de la conversation. Je trouvai Jeannette pleine d'âme, d'imagination, de poésie romanesque, c'était l'héroïne idéale d'un poëte. Je lui fis chanter les messes de Mozart, jusqu'à ce que mon âme fût abreuvée de mélodie. En un mot, nous nous convainquîmes qu'il existait entre nous une parfaite sympathie, et je ne me donnai pas de repos que je n'eusse persuadé à M. Davoren de permettre à sa fille de venir habiter chez moi. Il s'y opposa d'abord. Il objecta l'inégalité de nos façons de vivre; il craignait que le luxe et les distractions de Mardenholme ne fissent trouver à la jeune fille l'intérieur de la maison paternelle trop pauvre et trop triste, par comparaison. Mais je triomphais de ces objections, je fis appel à l'orgueil de la mère, je fis ressortir les grands avantages qui pouvaient résulter pour Jeannette de son introduction dans la société, et j'obtins gain de cause. Fatale insistance! Combien de fois, en regardant en arrière, ai-je regretté mon opiniâtreté et mon égoïsme. Mais je pensais réellement que je pourrais par là trouver l'occasion de faire faire à cette chère enfant un bon mariage.

— Et vous n'avez réussi qu'à l'unir à un misérable vaurien, dit amèrement Geoffrey; puis se reprenant aussitôt il ajouta : Pardonnez mon impertinence, Lady Baker, mais ce sujet m'émotionne profondément.

— Jeune fou! dit Lady Baker avec son grand air, cet air de calme supériorité qu'elle portait dans le monde, cette noble sérénité d'âme qui accompagne la possession d'une immense fortune. Pensez-vous que si je n'avais deviné votre secret dès le premier moment, j'aurais pris la peine d'entrer dans ces détails? Mais passons. Cette chère enfant vint habiter chez moi. Je fus charmée de sa compagnie. Sir Horace lui-même la prit en amitié, quoiqu'il fît rarement attention à tout ce qui n'avait pas de rapport à ses travaux; il lui montra sa collection et lui recommanda l'étude de la géologie qui lui ouvrirait l'esprit, dit-il; et chaque fois qu'il la trouvait avec moi, il s'efforçait d'être aimable envers elle. »

Lady Baker fit une pause, soupira profondément, puis reprit le fil de sa narration.

« Comme nous étions heureuses! Je vous fatiguerais, si j'entrais dans le détail de nos rapports. Nous étions comme deux sœurs, car la société de Jeannette me rajeunissait. Je sentais que j'avais trouvé en elle une âme égale à la mienne et j'étais fière de me mettre à son niveau. J'avais très-peu de monde chez moi quand elle vint s'y installer, et nous y menions notre vie ordinaire en pleine liberté, parcourant le domaine... c'était au commencement de l'été... restant levés jusqu'à bien plus de minuit pour l'entendre chanter, et jouissant entièrement de nous-mêmes. Une après-dînée, je conduisis Jeannette dans ma petite voiture, avec mes deux poneys, à Hillsleigh, où vous savez, j'en suis sûre, qu'il y a une belle vieille église gothique et un orgue encore plus beau.

— Je prévois ce qui va arriver, dit Geoffrey en fronçant le sourcil.

— Oui, ce fut à Hillsleigh que nous rencontrâmes pour la première fois l'homme dont la funeste influence a empoisonné la vie de cette pauvre enfant. Ah! monsieur Hossack! combien je m'en veux de cette rencontre! C'est ma propre folie qui fut cause de tout le mal; sans moi, il ne se fût jamais emparé de l'esprit de Jeannette comme il le fit. Je n'ouvris les yeux que quand il était trop tard pour remédier au mal que j'avais fait.

— Je vous en prie, continuez dit Geoffrey vivement; j'ai besoin de savoir qui était et ce qu'était cet homme.

— Un mystère, répondit Lady Baker. Et, par malheur, ce fut précisément le mystère dont il s'enveloppait qui captiva davantage cette romanesque jeune fille. Mais, je vous en prie, laissez-moi poursuivre mon récit à ma manière. Jamais je n'oublierai cette après-midi de juin : l'air était tiède ; les oiseaux chantaient dans les arbres de l'antique cimetière. Nous le parcourûmes quelque temps en lisant les épitaphes des tombes, en riant parfois, Dieu me le pardonne, de leur rédàction. Tout à coup Jeannette me saisit le bras et s'écria : Écoutez! Sa figure s'illumina, ses yeux exprimèrent le ravissement. A travers les fenêtres ouvertes de l'église, un flot de mélodie arrivait jusqu'à nous : c'était l'introduction de l'*Agnus Dei,* dans la douzième messe de Mozart, jouée par une main de maître. Oh! murmura Jeanne transportée de plaisir, n'est-ce pas ravissant?

— C'était ce scélérat! s'écria Geoffrey.

— Je vous avais bien dit que l'orgue de Hillsleigh méritait d'être entendu, dis-je. — Oui, reprit Jeannette, mais vous ne m'aviez pas dit que l'organiste était un des plus remarquable exécutants qu'il y ait en Angleterre. — Chère, dis-je, quand je suis venue ici la dernière fois, l'artiste qui tenait l'orgue n'a fait entendre que ses improvisations ordinaires. Celui-ci doit être un nouvel organiste. Entrons, et nous le verrons. — Non, dit Jeannette en me retenant. Restons ici jusqu'à ce qu'il ait fini de jouer. Il pourrait quitter l'orgue, si nous entrions. Nous nous assîmes alors sur l'une des vieilles tombes en ruines et nous écoutâmes tout notre content. L'artiste joua une grande partie de la messe, et ensuite fit entendre quelques morceaux détachés : musique étrange, qui pouvait être ou n'être pas de la musique sacrée, mais qui me fit l'effet d'une version musicale de la grande scène du Pandémonium, dans le *Paradis perdu*. Le tout dura environ une heure. Puis nous entendîmes la porte de l'église s'ouvrir et nous vîmes l'artiste en sortir.

— Dépeignez-moi sa personne, je vous prie.

— C'était un homme grand, mince, pouvant avoir, je pense, à peu près trente-cinq ans. Sa figure était à la fois belle et étrange, d'un ovale étroit, avec un nez aquilin et un front bas. Il avait un teint pâle, ou plutôt blême, semblable à l'ivoire que le temps a jauni. Ses yeux étaient les plus noirs que j'aie jamais vus.

— Et ses cheveux, plantés d'une façon singulière, descendaient en pointe sur le milieu du front, s'écria Geoffrey en respirant à peine.

— Quoi! vous le connaissez donc? fit toute surprise Lady Baker.

— Je crois que je l'ai rencontré dans les forêts d'Amérique; votre description de sa personne et ce que vous avez dit de son jeu, s'applique exactement à l'homme auquel je pense. Cette particularité de sa chevelure sur le front est une étrange coïncidence. Je me demande ce qu'est devenu cet homme, dit-il en pensant tout haut.

— Laissez-moi finir mon histoire, je vous montrerai ensuite sa photographie.

— Vous avez une photographie de lui? s'écria Geoffrey; quel heureux hasard!

— Oui, et c'est par un effet du hasard que je possède ce portrait. J'avais deux photographes autour de ma maison, à l'époque des visites de M. Vandeleur. Ils prenaient pour moi des vues de mes jardins et de mes bruyères. Une après-midi, il me vint dans l'esprit d'avoir les photographies de

mes hôtes. Nous avions pris le thé dans le jardin, au bord
de la rivière. Je fis appeler les artistes et leur dis de nous
grouper et de nous photographier tous ensemble. Après
nous avoir placés, déplacés, replacés, ils finirent par nous
diviser en une demi-douzaine de groupes, dans le style d'un
Watteau moderne, dont Jeannette est M. Vandeleur étaient les
deux figures les plus remarquables. Mais c'est anticiper sur
les événements. Je vous montrerai bientôt la photographie.

—J'attends le bon plaisir de Votre Seigneurie, dit Geoffrey,
et je suis calme comme une statue de la Patience ; mais je
gage que ce Vandeleur est le scélérat que nous avons' rencontré en Amérique.

— Les coïncidences extraordinaires ne me surprennent
plus ; ma vie en est faite, dit Lady Baker. Donc, monsieur Hossack, enchantée de son jeu, je fus assez folle pour me présenter
moi-même à cet étranger, que je trouvais être un homme
du monde, et, comme je le crus, un gentleman. Il parcourait le sud de l'Angleterre, nous dit-il, et ayant entendu
parler de l'église de Hillsleigh et de son orgue, il s'était dé-
tourné de sa route pour venir passer un jour ou deux dans
le tranquille village auquel cette église appartient. Ses manières étaient attrayantes et agréables. Je le priai de venir
déjeuner à Mardenholme le lendemain, promettant de lui
faire visiter mes jardins et entendre un peu de bonne musique. Il vint, il entendit Jeannette jouer et chanter après
le déjeuner, et sur mes instances passa avec nous la journée
entière. Je n'hésite pas à dire que vous me prendriez pour
une véritable folle, si j'entreprenais de vous dépeindre l'influence que cet homme commença dès lors à exercer sur
moi. Je ne sus rien de lui, si ce n'est ce qu'il lui plut de
me dire. Mais il s'efforça de me persuader qu'il était le fils

d'un homme en place fort riche; que sa passion pour la musique et son goût pour la vie errante du bohémien, l'avaient brouillé avec son père, et qu'il était déterminé à vivre pleinement libre et indépendant, avec le mince revenu dont il avait hérité du chef de sa mère, plutôt que de sacrifier ses inclinations aux préjugés d'un vieillard tyrannique.

— Et vous n'avez fait aucune tentative pour découvrir qui il était réellement?

— Non. Il lui semblait si pénible de parler de son père que je respectai sa réserve. Au risque de paraître véritablement folle, je dois confesser que j'étais fascinée par son air romanesque, et même par le mystère qui l'environnait. Peut-être aussi étais-je quelque peu fascinée par l'homme lui-même, dont les excentricités avaient quelque chose d'attrayant. Il était fort différent des autres hommes, il suivait peu les modèles de convention que la plupart se piquent d'imiter, et prenait peu soin de se rendre agréable. Il entra dans ma maison comme un étranger de passage. Son génie, et non l'importance et la respectabilité de ses relations, l'y fit admettre. Si j'essaye d'attirer un papillon dans mon salon à cause de ses brillantes couleurs, je ne m'inquiète guère de savoir quels sont ses parents et sa vie passée. J'en usai de même avec M. Vandeleur. Je l'acceptai parce qu'il était un musicien amateur, d'un talent exceptionnel. S'il avait été musicien de profession, j'aurais pris plus de soin pour savoir qui il était.

— Oui, répondit amèrement Geoffrey, s'il avait avoué qu'il gagnait sa vie par son talent, vous auriez craint pour votre vaisselle plate. Mais un beau gentleman, parcourant le pays pour son plaisir, est un être d'un ordre tout différent.

—Monsieur Hossack, je crains que vous ne soyez démocrate.
Ce redoutable Oxford est le berceau des opinions avancées. Quoi
qu'il en soit, continua Lady Baker, il prit ses quartiers dans
l'auberge de notre village et passait chez moi la plus grande
partie de son temps. Je dus me faire violence, étant naturellement prime-sautière, pour ne pas l'inviter à s'installer complétement chez moi. Pour ma part, je ne mettais pas son
honorabilité en doute. Vandeleur était un bon nom. A la vérité, ce pouvait être un nom d'emprunt ; mais en tout cas,
l'homme lui-même avait un grand air de supériorité. Quoi
qu'il en soit, Mardenholme se remplit de visiteurs bientôt
après l'apparition de Vandeleur. Son esprit étonnait et char-
mait les femmes. Les hommes aimaient sa conversation et
admiraient sa force au billard et son bonheur au jeu. Le temps
que je n'ai pas consacré à la musique, je l'ai donné au jeu,
disait-il, quand on s'étonnait de son habileté, et il plaisantait
en disant cela, car il avait énormément lu et n'était à court
sur aucun sujet.

— Oui, dit Geoffrey d'un air pensif, il n'y a pas deux
hommes pareils, j'en suis sûr ; je connais ce Vandeleur.

— Vous savez où il est et ce qu'il fait ? demanda avec vivacité Lady Baker.

— Non. Mais à tout hasard, je pense que ses os tombent
en poussière sous les pins, quelque part entre l'Athabasca
et le Pacifique, à moins qu'il n'ait eu, comme nous, l'heureuse chance de rencontrer des voyageurs mieux approvi-
sionnés. »

Geoffrey avait, pendant le lunch, tracé à Sa Seigneurie,
une légère esquisse de ses aventures en Amérique, de sorte
qu'elle comprit son allusion.

« Il faudra me dire, tout à l'heure, tout ce qui se rapporte à votre rencontre avec lui, dit-elle. Quant à moi, j'ai peu de chose à ajouter à ce que je viens de vous dire. Jeannette et M. Vandeleur se réunissaient souvent, attirés par leurs goûts mutuels. Il l'accompagnait quand elle chantait, lui apprenait de nouvelles formes d'expression, lui enseignait la partie mécanique de l'art, et, sous sa direction, les progrès qu'elle fit en moins de trois semaines furent merveilleux. Ils chantaient ensemble, jouaient des concertos, des duos pour piano et violon, et quelquefois passaient seuls plusieurs heures, dans ce salon, pour nous préparer quelque nouvelle surprise pour le soir. Vous direz que j'aurais dû prévoir le danger de tels rapprochements pour une jeune fille romanesque et sans expérience. Je l'aurais prévu peut-être, si je n'avais pas eu confiance en ce Vandeleur, et s'il ne m'était pas venu à la pensée une vague idée qu'un mariage entre lui et Jeannette serait la chose la plus naturelle du monde. Il est vrai que, d'après ses propres déclarations, ses ressources actuelles étaient fort limitées. Mais je pensais qu'il ne pouvait pas manquer à la fin de se réconcilier avec son père et reprendre sa position. Mais rappelez-vous, monsieur Hossack, que c'était là une vague espérance, l'idée de quelque chose qui pouvait arriver dans un avenir éloigné, quand nous serions beaucoup mieux instruits sur ce qu'était M. Vandeleur et sa famille. Je ne pensais nullement à un danger immédiat.

—Étrange aveuglement, dit Geoffrey. Mais la Fortune est aveugle, et dans cette circonstance, vous étiez la Fortune.

— Songez, répliqua Lady Baker, que cet homme avait quinze ans de plus que Jeannette, qu'elle était fort admirée par des hommes plus jeunes et bien plus séduisants que lui, dans le sens ordinaire du mot. Comment aurais-je pu penser

que cet homme exercerait une si fatale influence sur elle ?
Mais vers la fin du séjour de Jeannette chez moi, mes yeux
s'ouvrirent. Je vins un matin dans ce salon et je trouvai
Jeannette en pleurs, près du piano qui est là-bas, tandis
que M. Vandeleur était penché sur elle et lui parlait avec
vivacité, mais à voix basse. Tous deux tressaillirent comme
des coupables en me voyant. Ce fait, et bien d'autres circonstances, quoique moins significatives, me firent comprendre
qu'il se tramait ici quelque chose de répréhensible, et quand
M. Davoren m'écrivit peu de jours après pour réclamer avec
instance le retour de sa fille, je ne fus que trop satisfaite de
la laisser partir, pensant que la fin de sa visite serait la fin
de tout danger. Lorsqu'elle fut partie, je jugeai de mon devoir
de m'assurer du véritable état des choses. Je fis part à M. Vandeleur de mes soupçons, et l'assurai de ma sympathie et de
mon intérêt, s'il était désireux, comme je le croyais, d'obtenir la main de Jeannette. Mais à mon grand étonnement et à
ma profonde indignation, il repoussa cette idée, protestant de
toute son estime et de toute son admiration pour Mlle Davoren, mais m'objectant des chaînes, sur la nature desquelles
il ne condescendit point à s'expliquer. Cependant, lui dis-je
avec le ton du doute, je vous ai surpris parlant à cette jeune
fille de manière à provoquer ses larmes. « Ma chère Lady Baker, je lui racontais les peines de ma jeunesse, me répondit-il
avec un parfait sang-froid, et son excellent cœur s'est ému
de pitié. » Je ne fus nullement satisfaite de ma conversation,
et dès ce moment, M. Vandeleur perdit beaucoup dans mon
estime. Il ne tarda pas à m'annoncer son intention de se diriger vers l'ouest, me remercia de mon accueil, et me fit ses
adieux. Ce ne fut que quelques semaines après son départ,
que j'appris la disparition de Mlle Davoren. Vous pouvez

vous imaginer ma douleur à cette nouvelle. Je me reprochai
mon aveuglement, ma folle négligence que je regardai comme
la première cause de sa perte.

— Il y a une fatalité dans tout cela, dit Geoffrey tristement.

— J'allai voir M. Davoren; je fis allusion à mes craintes,
mais je le trouvai impénétrable. Il éluda mes questions et je
le quittai désolée. Que pouvais-je faire de plus? Et puis le
monde est un tourbillon qui nous enlève toute liberté.

— Rien depuis ne vous a mis sur sa trace?

— Non. Cependant, le fil qui aurait pu me guider, si
j'avais eu le temps de le suivre, a été un moment dans mes
mains. Trois ans après ce funeste été, un cousin de Sir Horace, lieutenant de vaisseau, qui s'était trouvé ici en même
temps que Vandeleur, revint pour y chasser. « Savez-vous,
Lady Baker, dit-il, en traînant ses paroles selon son habitude, le premier jour, pendant le dîner, j'ai rencontré, dernièrement, le jour de Noël, à Milford, dans le comté de
Dorset, ce drôle de corps de Vandeleur. J'étais allé là pour
voir mon vieil oncle Timberly... vous savez, Sir Horace,
le vieux Timberly, dont je crois pouvoir attendre quelque
chose, ce vieux bonhomme qui a la goutte dans l'estomac
deux fois par an et ne s'en porte pas plus mal. Donc,
Lady Baker, je trouvai là un jeune enseigne du régiment en
garnison dans cette ville, garçon fort poli, qui m'invita à
dîner le soir, avec ses camarades, à leur mess. Or, savez-vous
qui je trouvai là, faisant grande figure? Notre ami Vandeleur.
Il semblait extraordinairement populaire parmi les membres
du mess, mais il parut médiocrement satisfait de me voir là;
et mon ami Lucas me dit ensuite que cet homme, dans son
opinion, n'était autre chose qu'un aventurier et que le colonel

était un idiot de le protéger. Il était très-heureux au jeu, où il semblait gagner toujours et ne jamais perdre ; il ajouta qu'il y avait quelque chose de louche dans l'existence de cet homme ; qu'il avait avec lui une femme remarquablement belle, sa femme, sans doute : mais elle n'allait nulle part, ne visitait personne, et semblait extrêmement malheureuse. Je retournai à Londres le lendemain, et huit jours après je reçus une lettre de mon ami Lucas qui m'écrivait pour m'apprendre qu'il y avait eu un grand scandale à Milford ; que Vandeleur avait été pris en flagrant délit d'escroquerie au whist et jeté à la porte de la salle, après quoi il avait levé le pied, abandonné sa femme, et laissé derrière lui une longue queue de créanciers. »

— Et avez-vous mis à profit ces informations ? dit Geoffrey.

— J'allai le lendemain à Milford, et je parvins, non sans difficulté, à trouver la maison où avaient logé les Vandeleur ; mais Mme Vandeleur avait quitté la ville la semaine précédente avec sa fille et personne ne put me dire ce qu'elle était devenue. C'était une très-honorable et très-malheureuse dame, me dit la maîtresse de la maison : elle avait vécu avec la plus stricte économie, en donnant des leçons de musique, après que son mari l'eût abandonnée. Je me la fis dépeindre : le portrait qu'on m'en traça était exactement celui de Jenny.

— N'avez-vous pas ouï parler d'une Mme Bertram, cantatrice, qui s'est fait entendre dans beaucoup de concerts à Londres, l'hiver dernier ?

— Non. J'ai passé l'hiver dernier à Paris. Voulez-vous dire que cette Mme Bertram est Jenny Davoren, sous un nom d'emprunt ?

— Je ne suis pas libre de répondre même à cette question

sans la permission de la dame elle-même. Mais puisque vous
avez été si bonne envers moi, Lady Baker, je ne serai pas assez
mal appris pour vous faire un secret de tout ce qui ne regarde que moi seul. Vous avez deviné juste. Je me suis attaché
à cette dame, et ma plus chère espérance est de pouvoir en
faire ma femme. Mais, pour réaliser cette espérance, il faut
que je découvre ce qu'est devenu son infâme mari, puisqu'elle se refuse à renoncer à une union que j'ai de fortes
raisons pour croire absolument illégale. Et maintenant, Lady
Baker, je vous demanderai de me montrer cette photographie dont vous m'avez parlé, afin que je puisse m'assurer
si l'homme qui a flétri la brillante jeunesse de Jeannette Davoren est réellement celui que j'ai rencontré dans les forêts
d'Amérique.

— Venez dans ma chambre, dit Lady Baker, vous vous en
assurerez. »

Elle le conduisit à une charmante chambre, située à
l'étage supérieur et à l'une des extrémités de la maison,
chambre spacieuse, meublée avec luxe, avec des fenêtres qui
commandaient les principaux points de vue ; des fenêtres en
plein cintre surplombant la rivière, d'un côté ; une tourelle
d'où l'on découvrait les collines éloignées, de l'autre ; de
longues fenêtres françaises qui s'ouvraient sur un large
balcon, d'un troisième côté. Là, étaient ces revues dont la
lecture fortifiait l'esprit de Lady Baker et qui la tenaient au
courant des opinions du jour. Là, étaient divers pupitres et
tables à écrire sur lesquels elle traçait ces délicieuses lettres
destinées, sans doute, à former une partie de la littérature
légère de la prochaine génération, et à être imprimées sur
beau papier, somptueusement reliées, et ornées de ses portraits
dessinés par divers peintres, aux diverses époques de sa vie.

Là, sur un massif casier se trouvaient différents albums de photographies, dont l'un portait le titre : *Amis personnels.*

« Vous trouverez les groupes dont je vous ai parlé dans celui-ci, » dit-elle.

Et elle regarda par-dessus l'épaule de Geoffrey, tandis qu'il feuilletait lentement les photographies.

Ils arrivèrent à un tableau champêtre. Au fond, sur une pelouse bordée par la rivière et éclairée par le soleil, un groupe de jeunes gens et de jeunes femmes ; de légères chaises rustiques éparses à l'entour, un feuillage d'été servant de cadre ; une table à thé d'un côté, et, sur le premier plan un épagneul Blenheim et un terrier Maltais.

La grande et noble figure de Jeannette captivait les regards au milieu d'autres figures moins remarquables et plus vulgaires, et à ses côtés était l'homme que Hossack avait vu en chair et en os, mais l'air farouche, les cheveux en désordre, les yeux hagards, tous les traits fatigués par la faim, au milieu des effrayantes solitudes d'une forêt de pins en Amérique.

« Oui, dit-il, c'est bien lui. »

CHAPITRE IV.

UN AVEU.

Il était environ six heures quand Geoffrey et ses cousines quittèrent Mardenholme. En descendant des appartements de Lady Baker pour aller chercher Arabelle et Jessie, Hossack avait trouvé ces deux demoiselles errant à travers les bosquets absolument délaissées et s'efforçant en vain d'étouffer de fréquents bâillements.

« La société de M. et de Mme Wimple, qui n'ont fait que chuchoter et se sourire mutuellement pendant tout le temps que nous avons été avec eux, a été des plus ennuyeuses, dit Arabelle par la suite.

— Je croyais que vous jouiez au croquet, dit Geoffrey quand il trouva le quatuor sous un berceau d'arbousiers et de magnolias.

— Nous avons joué au croquet, dit Jessie un peu aigrement, mais on ne peut pas jouer éternellement au croquet. Il n'y a rien, dans les cercles infernaux de Dante, qui puisse égaler un tel supplice. Nous avons joué aussi longtemps que nous l'avons pu; M. et Mme Wimple étaient fatigués bien avant que nous finissions.

— Non pas vraiment, s'exclamèrent à la fois les deux Wimple.

— Qu'avez-vous fait pendant tout ce temps, Geoffrey? demanda Arabelle.

— Lady Baker a eu la bonté de me montrer ses tableaux.

— Oui, naturellement; mais il n'était pas besoin de plusieurs heures pour cela. Il faut que nous nous en retournions bien vite, ou nous arriverons en retard pour le dîner. Ah! voici Lady Baker, cria Arabelle au moment où Sa Seigneurie se montra sur la terrasse devant les fenêtres du salon. Venez faire vos adieux, Jessie, allez préparer la barque, Geoffrey. Il faut nous ramener en ramant en une heure. Rien ne contrarie plus papa que d'attendre quelqu'un pour dîner. Je ne crois pas qu'il voudrait attendre plus de dix minutes, même un archevêque.

— Je ramerai comme un vieux galérien, » répondit Geoffrey.

Sur quoi les jeunes filles allèrent en courant prendre affectueusement congé de Lady Baker, tandis que Geoffrey descendit nonchalamment jusqu'au saule pleureur, auquel il avait amarré la barque. En cinq minutes ils étaient embarqués et les avirons se baignaient dans les eaux unies de la rivière.

Ils arrivèrent à Hillersdon à temps pour s'habiller, quoiqu'un peu à la hâte, et se mirent à table à huit heures, selon l'habitude de la maison. Le dîner fut très-gai et pendant toute la soirée Geoffrey se montra particulièrement aimable. Il écouta les fantaisies de casse-cou d'Arabelle, et les ballades les plus nouvelles de Jessie avec un ravissement parfaitement joué; il fit une partie d'échecs avec Arabelle, une partie de bézigue avec Jessie, et consentit à être battu par toutes deux.

« Quelle charmante journée nous avons passée ! dit Arabelle en lui souhaitant le bonsoir. Pourquoi ne venez-vous pas nous voir plus souvent ?

— Je compte venir plus souvent à l'avenir, » répondit l'hypocrite, sachant à peine ce qu'il disait.

Le lendemain, à l'heure du déjeuner, Geoffrey ne parut pas ; mais juste au moment où Arabelle s'asseyait devant la fontaine à thé, le sommelier entra avec une lettre.

« M. Geoffrey a laissé ceci pour vous, mademoiselle, quand il est parti.

— Parti ! mon cousin... M. Hossack... parti ! s'écria Arabelle tout effrayée, tandis que Jessie accourait auprès de sa sœur et s'efforçait de s'emparer de la lettre.

— Oui, mademoiselle, M. Geoffrey est parti par le premier train ; Dawson l'a conduit dans le dogcart. La lettre vous explique pourquoi, a dit M. Geoffrey.

— Arabelle, lisez pour l'amour de Dieu ! s'écria Jessie avec impatience et immobile comme une figure de cire derrière les vitres d'un coiffeur.

Le sommelier feignit d'achever l'arrangement du buffet auquel il ne manquait rien, pour connaître le contenu de la lettre de Geoffrey.

Elle était courte, le style en était énigmatique, comme celui d'un homme accoutumé à correspondre par le télégraphe.

Chère Arabelle. Très-malheureux. Ai reçu un télégramme qui me rappelle à Londres. Affaire particulière. Grand regret. Pensais être venu pour m'égayer sans fin ici. Espère revenir promptement. Faites mes excuses à mon oncle, et soyez indulgentes vous-mêmes pour votre affectionné cousin.

GEOFFREY.

« Imagine-t-on rien de plus extravagant, s'écria Arabelle après son amabilité et les politesses que lui a faites hier Lady Baker! Une affaire particulière! Quelle affaire peut-il avoir?

— Une course de chevaux ou quelque autre chose de ce genre. J'ai remarqué en lui un grand changement, fit observer Jessie. Il a quelquefois le regard sombre et semble comprendre à peine ce qu'on lui dit.

— Jessie, dit Arabelle d'un ton solennel, je ne serais pas surprise que Geoffrey fût sur le point de se marier.

— Oh! Arabelle, s'écria Jessie en poussant un gros soupir, vous ne pensez pas qu'il soit homme à agir de la sorte. Se marier sans nous en avoir jamais dit un mot!

— Je ne sais, répondit sa sœur avec tristesse; mais les hommes sont capables de tout. »

Geoffrey arriva à Londres aussi promptement que le chemin de fer put l'y transporter. Il se jeta dans une voiture et se fit conduire en toute hâte à Shadrack Road.

Il arriva dans ce triste quartier avant midi, et n'eut aucune peine à trouver la petite villa où Lucius Davoren avait commencé sa carrière médicale. Mais, si bon matin qu'il fût, Lucius était déjà sorti depuis plus de deux heures.

« Il faut que je le voie, dit Geoffrey, à la vieille femme de ménage, qui fut tout effarouchée à la vue de cet impérieux étranger dont l'impatience était visible. N'avez-vous aucune idée de l'endroit où je le trouverai?

— Mon Dieu, non, monsieur; il va de place en place, entre et sort, monte et descend. Ce serait une rude besogne que de le suivre. Vous pourriez courir la chance de l'attendre. Il rentre quelquefois entre une et deux heures, pour manger un morceau de pain et de fromage et boire un verre de bière,

quand il doit faire une longue tournée durant l'après-midi.
Mais son habitude, en général, est de venir dîner entre cinq
et six heures.

— Je l'attendrai jusqu'à deux heures, et, s'il ne rentre
pas à cette heure, je lui laisserai un mot. »

Hossack renvoya sa voiture et entra dans le petit parloir
de son ami, parloir bien triste pour des yeux accoutumés à
la gaieté : ameublement sordide, murs sombres; plafond
noirci par la fumée du gaz, qui durant tout l'hiver était
resté allumé jusqu'à une heure fort avancée de la nuit.
Geoffrey regarda autour de lui en frissonnant.

« Et Lucius vit réellement ici, se dit-il à lui-même, et il
est satisfait d'y poursuivre son œuvre, heureux à l'idée qu'il
est un bienfaiteur de ses semblables, en soignant la rougeole
des enfants, l'asthme des vieillards. Merci, mon Dieu, de ce
qu'il y a de tels hommes dans le monde!... et merci de ce
que je ne suis pas du nombre! »

Il chercha autour de la chambre le journal du jour, ce refuge des esprits superficiels; mais il n'en trouva pas, il ne
trouva à la place que la pauvre petite collection de livres,
rangés au hasard sur le chiffonnier : volumes souvent lus
et relus, avec lesquels Lucius s'était bien souvent consolé
dans son isolement.

« Shakspeare, Euripide, Montaigne, |*Tristram Shandy*,
murmura Geoffrey en lisant les titres avec dédain. Vieilles
têtes à perruques! Allons, *Shandy*, je suppose que vous êtes
le plus aimable de la bande. »

Il essaya de s'étendre sur le vieux sopha, trop court et trop
étroit pour la taille et l'embonpoint d'un jeune élève d'Oxford
comme lui; allongea les jambes d'un côté, de l'autre, lut
quelques pages, sourit à une ligne par-ci, à une autre par-

là, bâilla à diverses reprises, puis finit par jeter le livre de côté avec impatience. Les hommes d'une exubérante énergie ne demandent pas de repos ; il lui fallait être debout et agir. Son esprit était plein de son entrevue avec Lady Baker, plein de pensées et de désirs impatients pour la femme qu'il aimait.

« Qu'est devenu cet homme que nous avons rencontré dans la forêt? demanda-t-il à l'écho qui ne lui répondit pas. Si je pouvais seulement suivre sa trace jusqu'au tombeau et obtenir un certificat de sa mort, comme je serais heureux! »

Il fit quelques pas dans le parloir, regarda par la fenêtre le mouvement animé de Shadrack Road : énormes charrettes chargées de tonneaux de pétrole, de charpentes, de fer, de balles de coton, roulant avec lenteur sur le macadam ; un orgue faisait entendre de l'autre côté de la rue ses airs monotones ; un marchand des quatre saisons criait des buccins et des anguilles chaudes, aliments bien convenables pour une lourde après-midi du mois d'Août ; tout d'ailleurs portait cet aspect flétri et desséché qui envahit Londres à la fin de l'été et exhalait cette odeur écœurante de poisson d'une fraîcheur douteuse et de fruits gâtés.

Après une heure et demie qui avait paru interminable à l'ennui de Geoffrey, il entendit le bruit d'un pas léger sur les petits pavés de la rue, puis une clef tourner dans la serrure de la porte, et finalement Lucius entra dans le parloir. La surprise du médecin fut sans bornes.

« Et quoi! Geoffrey, je vous croyais en Norvége, s'écria-t-il.

— J'ai changé d'idée, répondit l'autre d'un air un peu embarrassé. Comment aurais-je pu me montrer à ce point égoïste, pour m'en aller goûter les plaisirs de la chasse, de la pêche, que sais-je? tandis qu'elle est seule? Non, Lucius, je sens que je suis destiné à la conquérir et ce sera de ma faute si je ne profite pas de l'occasion d'y réussir. Aussi, quand je suis arrivé à Hull, j'ai tourné bride et je suis revenu en ville, où j'ai trouvé une lettre de ma cousine Arabelle qui m'a offert l'occasion que je cherchais.

— Votre cousine Arabelle! l'occasion que vous cherchiez! Que voulez-vous dire? que peuvent avoir de commun votre cousine et ma sœur?

— Je veux dire une occasion d'être présenté à Lady Baker. Comprenez-vous, maintenant? De Lady Baker, je pouvais obtenir une foule de renseignements sur ce vaurien qui se faisait appeler Vandeleur. Maintenant, mon ami, écoutez ce que j'ai voulu vous dire de vive voix. Je pouvais vous écrire, mais j'avais besoin de causer de la chose avec vous. Vous pouvez jeter quelque lumière sur les points obscurs.

— Sur quels points? demanda Lucius étrangement surpris par ce discours précipité et sans suite.

— Vous pouvez me dire ce qu'est devenu cet étrange compagnon qui est venu nous demander un refuge, là-bas sous les pins; vous pouvez me dire s'il est vivant ou mort. Mais, bon Dieu! Lucius, vous devenez aussi pâle qu'un mort. Qu'avez vous?

— Je suis fatigué, dit le médecin en se laissant tomber lentement sur une chaise près de la table et se cachant le visage de ses deux mains dans un attitude pensive. Et votre étrange discours est bien fait pour bouleverser un homme quand, surtout, il vient de se fatiguer à visiter un si grand nombre de pauvres et de malades. Que voulez-vous dire? Vous m'avez parlé pendant une minute de ma sœur

et de Lady Baker, puis la minute d'après vous me parlez
de cet homme que nous avons rencontré là-bas. Quelle liaison peut-il y avoir entre deux sujets si éloignés l'un de
l'autre?

— Une liaison plus étroite que vous n'auriez pu vous l'imaginer. Cependant vous avez fait allusion à un soupçon de cette
nature, l'autre soir, quand nous avons parlé de ce sujet. Le
misérable qui a épousé votre sœur et l'homme de la forêt...

— Étaient une seule et même personne! s'écria Lucius
en poussant un cri. Je m'en doutais; je m'en doutais déjà
dans la forêt, quand j'examinais la figure de cet homme, à
la lueur du feu de pins. Je l'ai soupçonné plusieurs fois,
depuis lors. J'en ai rêvé plus souvent qne je ne puis le dire;
car la moitié de mes rêves ont cet homme pour objet. Avais-
je raison? Pour l'amour de Dieu, parlez, Geoffrey. Est-ce le
même homme?

— Oui, c'est le même.

— Vous en êtes sûr?

— J'en ai une preuve irréfutable. Lady Baker m'a montré
une photographie de l'homme qui a enlevé votre sœur de
la maison paternelle, et la figure de cette photographie est
celle de l'homme que nous avons abrité là-bas dans notre
hutte.

— Combien tes voies sont mystérieuses, mon Dieu! s'écria
Lucius. Bien des fois j'ai repoussé cette idée qui me poursuivait comme un cauchemar. C'était donc lui! La haine
instinctive qu'il m'inspirait, mon horreur pour lui avaient
peine besoin de la preuve de son infamie. Du premier moment où nos yeux se rencontrèrent, je sentis que j'étais en
face d'un ennemi.

— C'est votre tour, maintenant, de parler un étrange lan-

gage, Lucius, s'écria Geoffrey, surpris de la violente passion
qui animait son ami; mais vous n'avez pas répondu à ma
question. Pendant que j'avais le délire, dans notre hutte, ne
sachant rien de ce qui se passait autour de moi, n'est-il
rien arrivé qui puisse jeter quelque clarté sur le sort du
guide et de cet homme que nous appelions Matchi? Ils
étaient partis pour rechercher notre chemin; ne sont-ils jamais revenus?

— Le guide n'est jamais revenu, dit Lucius en baissant
les yeux et prenant une contenance sombre et pensive. Maintenant, j'ai une question à vous faire, Geoffrey. Dans vos
entretiens avec notre ami Schanck, le Hollandais, pendant que
j'étais à mon tour malade et que je n'avais plus conscience de
moi-même, n'a-t-il fait aucune allusion à propos de ce Matchi?

— Aucune, répondit Geoffrey sans hésiter. Avait-il donc
quelque chose à me dire?

— Oui, s'il avait voulu me trahir. Il aurait pu vous dire
que moi, votre ami, moi, qui avais veillé auprès de votre lit,
que moi, en qui vous aviez eu confiance dans les plus terribles extrémités... j'étais un assassin.

— Lucius!... s'écria Geoffrey en tressaillant d'horreur,
êtes-vous fou?

— Non, Geoffrey, je suis raisonnable maintenant. Dieu
sait ce que j'ai été en ce temps-là. Vous me demandez la
vérité, et vous la saurez, quelque affreuse qu'elle soit. Je
vous ai caché cet abominable secret, non que j'aie aucune
crainte des conséquences de mon action, non que je ne sois
prêt à en défendre la légitimité; mais parce que j'ai craint
que cette horrible histoire pût nous séparer. Nous avons été
si longtemps amis, Geoffrey, que je ne pourrais supporter
l'idée de voir votre amitié se changer en aversion. »

Des larmes, ces larmes du désespoir que les plus cuisants chagrins peuvent arracher à l'homme le plus fort, remplissaient les yeux de Lucius. Il couvrit sa figure de ses mains jointes, comme s'il eût voulu la voiler devant la lumière qui avait été témoin du fait horrible qu'il frémissait de rappeler.

« Lucius, s'écria Geoffrey, à la fois anxieux et effrayé, tout cela est insensé, vous avez fatigué votre cerveau outre mesure.

— Laissez-moi tout vous dire, répondit son ami. Je me sentirai soulagé en partageant le poids de mon secret, ma révélation dût-elle me rendre haïssable à vos yeux.

— Même quand vous en feriez l'aveu, je ne consentirai jamais à vous croire coupable d'aucune bassesse, répondit Geoffrey. Je penserais que vous avez perdu votre bon sens, plutôt que de croire que je me suis trompé sur votre caractère.

— Ce n'était pas prémédité, » dit Lucius avec calme.

Il avait en quelque sorte retrouvé la possession de lui-même, depuis cet accès de violente douleur.

« J'ai fait ce qui m'a paru sur le moment n'être qu'un acte de justice. J'ai pris la vie d'un homme en revanche d'une autre vie.

— Vous, Lucius! s'écria Geoffrey, en ouvrant ses yeux tout grands d'horreur. Vous avez ôté la vie à un homme... là-bas... en Amérique?

— Oui, Geoffrey. J'ai tué l'homme qui avait souillé la vie de ma sœur.

— Bon Dieu! Il est donc mort... ce scélérat... et par votre main.

— Il est mort. Et si jamais homme mérita de mourir de la main de son prochain, celui-là avait pleinement mérité son sort. Néanmoins le souvenir de cet acte a été depuis un

continuel tourment pour moi. Mais laissez-moi vous dire le
secret de ce malheureux moment. »

Alors il raconta la scène de la nuit dans la forêt, la tentative du misérable pour forcer l'entrée de la hutte, et la fin du
drame au moment où il allait franchir la fenêtre ouverte.

« Vous étiez alors, Geoffrey, étendu sur votre lit sans
avoir conscience de vous-même; vous dormiez de ce sommeil
béni que Dieu envoie à ceux dont le pied a touché la limite
qui sépare la vie de la mort. Vous réveiller en sursaut dans
un pareil moment pouvait compromettre votre retour à la
santé. Un coup de feu pouvait avoir ce résultat. Mais ma
première pensée fut que cet assassin et ce traître qui avait
tué le brave compagnon de nos dangers et de nos privations...
que cette brute plus impitoyable qu'aucun sauvage des
îles les plus redoutées du Pacifique... ne devait pas vous
approcher dans votre situation périlleuse. Je l'avais prévenu
que s'il tentait de franchir le seuil de notre hutte, je le
tuerais sans plus de remords que je n'en éprouverais en
tuant un chien enragé. J'ai tenu ma parole.

— Mais êtes-vous certain que votre coup ait été mortel?

— Je ne sais absolument rien de ce qui s'est passé, à la
la suite du coup qui l'atteignit. Mais, même en admettant que
sa blessure n'ait pas été immédiatement mortelle, il a dû y
succomber promptement. La dernière chose que je vis fut
que sa main qui avait saisi le bord de la fenêtre lâchait
prise; la dernière chose que j'entendis fût un cri de douleur. Mon cerveau qui avait été mis à la torture pendant
bien des nuits d'angoisse et d'insomnie n'y résista plus. Je
tombai tout à coup sur le sol. J'ai tout lieu de croire
que ce que j'éprouvai alors fut une attaque d'apoplexie,
qui aurait pu m'être fatale, sans la promptitude que mit

Schanck à me saigner. A la suite de cette attaque vint une
fièvre cérébrale, dont je fus longtemps à me remettre comme
vous le savez. Quand je retrouvai l'usage de tous mes sens, il
me sembla que j'entrais dans un nouveau monde. La pensée
et la mémoire me revinrent peu à peu, et le souvenir de cette
scène de la forêt se dégagea insensiblement au milieu de
la confusion de mes idées et prit la forme bien déterminée
sous laquelle il n'a jamais cessé de me poursuivre depuis.

— Si vous aviez rencontré l'homme qui a trahi votre sœur
l'auriez-vous tué? demanda Geoffrey.

— En duel, oui.

— Celui qui gouverne nos destinées avait décrété que vous
le rencontriez sans défense. Vous avez été l'instrument de la
vengeance de Dieu sur un scélérat.

— Oh! c'était ma propre vengeance, répéta Lucius tout
pensif. Bien souvent, quand je me suis reproché cet acte de
violence irréfléchie, j'ai pensé que c'était un blasphème de
le qualifier de vengeance de Dieu. Quel droit avais-je de
prévenir le jugement de Dieu? Chaque crime a son châtiment
prévu; il n'appartient pas à l'homme de s'en faire l'exécuteur.

— Lucius, dit Geoffrey en tendant la main à son ami,
à mes yeux vous êtes absolument innocent. N'est-ce pas
seulement pour moi que vous avez fait feu sur cet homme?
Pour ma part, je puis vous assurer que ce froid coquin
n'aurait eu que tout juste le temps de remettre son âme à
Dieu, si j'avais été son exécuteur. Oublions-le donc, comme
nous oublierions le dernier meurtrier pendu à Newgate. Un
fait survit à tout cela... un fait qui change pour moi la terre
en un Paradis : votre sœur est libre. »

Lucius tressaillit, et pour la première fois la crainte se
peignit sur son visage.

« Quoi! s'écria-t-il. Vous voulez dire à ma sœur que son mari est mort de ma main? Vous oubliez, Geoffrey, que ma confession doit être sacrée. Si je ne vous ai pas recommandé le secret, c'est que j'avais une si grande confiance en votre honneur que je n'ai pas cru nécessaire de vous demander de garder le silence.

— Laissez-moi seulement lui dire que cet homme est mort.

— Elle ne se contentera pas de cette attestation sans preuves.

— Manquerait-elle de confiance en mon honneur?

— Celui qui aime a un code à part.

— Non pas quand il est un honnête homme.

— Songez que Jenny a été trompée une fois et aura de la peine à se fier à celui qu'elle aime. Au reste, mettez-la à l'épreuve. Dites-lui que vous savez que cet homme est mort, et si elle vous croit, si elle consent à vous épouser, personne, pas même vous, n'en sera plus heureux que moi. Dieu sait combien je souffre de penser à son isolement, à sa pénitence, qui peut durer autant que sa vie, pour une erreur de sa jeunesse. Je l'ai suppliée de partager mon intérieur, si humble qu'il soit, mais elle s'y refuse. Elle est fière de son indépendance, et quoique je sache qu'elle m'aime, elle préfère vivre séparée de moi, sans autre compagnie que celle de sa fille. »

Ils parlèrent longtemps encore et Geoffrey ne cessa de flotter entre l'espérance et la crainte. Il laissa son ami à une heure avancée de l'après-midi, pour se rendre à Stillmington par le train-poste, dans le but de tenter la fortune une fois de plus. Lucius lui avait dit qu'il était aimé. N'était-ce pas un motif suffisant pour espérer?

« Elle ne sera pas trop exigeante, se dit-il à lui-même. Elle ne voudra pas me faire subir un interrogatoire sur faits et articles; elle ne me demandera pas le certificat du docteur, la quittance des frais d'enterrement. Si je lui dis : Sur mon honneur, votre mari est mort; certainement elle me croira. »

LIVRE TROISIÈME.

CHAPITRE I.

CHANGEMENT.

Cette calme jouissance que Lucius Davoren avait trouvée jusqu'alors dans la société de sa fiancée, et son heureuse attente d'un avenir prospère qu'il partagerait avec elle furent troublés alors par de nouveaux doutes et de nouvelles craintes. Son âme avait été accablée du poids d'un redoutable secret, quand il avait découvert que l'homme qu'il avait tué et le père de la jeune fille qu'il aimait n'étaient qu'une seule et même personne. Ces yeux calmes et sereins, qui le regardaient si tendrement, semblaient lui adresser parfois les plus amers reproches. Connaissait-elle donc la fatale vérité? Elle avait toujours placé le souvenir de son père au-dessus de son affection pour Lucius lui-même : pouvait-il douter du résultat de cette connaissance? Pouvait-il douter qu'elle ne se détournât de lui avec horreur, qu'elle ne frémît au plus léger contact d'une main teinte du sang de son père?

Toutes ses explications, tous ses efforts, pour justifier son action seraient vains, auprès d'une fille qui nourrissait pour le souvenir de son père une affection si romanesque.

« Vous l'avez tué! »

Ces trois mots seraient toujours sa réponse à tous les arguments qu'il ferait valoir.

« Vous l'avez tué! S'il était coupable, vous ne lui avez pas donné le temps de se repentir; vous l'avez frappé au milieu de son péché. Qui vous avait fait son juge?... Qui vous avait fait son exécuteur?... C'était un pécheur comme vous, et vous vous êtes placé entre Dieu et sa miséricorde infinie. Vous avez fait plus que de tuer son corps; vous l'avez privé de la rédemption de ses péchés. »

Il pouvait supposer que cette jeune fille, se cramponnant avec une affection déraisonnable à la mémoire du pécheur mort, argumenterait à peu près ainsi, et il se sentait impuissant à lui répondre. Ces pensées l'écrasaient et se présentaient à son esprit, même en compagnie de sa bien-aimée. Cependant, chose étrange à dire, Lucile ne remarquait point de changement dans son fiancé, et celui-ci en était encore à s'apercevoir d'un changement chez Lucile. Ses propres préoccupations l'avaient rendu moins apte à observer lui-même, et il fut lent à remarquer le changement qui se manifestait dans les manières de Lucile; mais un moment vint, où il lui fallut ouvrir les yeux. C'était un changement indéfinissable, indescriptible, mais un changement qu'il sentait vaguement et qui semblait devenir chaque jour plus manifeste. Son âme fut remplie d'une soudaine terreur. Avait-elle des soupçons? Quelque circonstance qu'il n'avait pas remarquée, l'avait-elle mise sur la voie de la découverte qu'il redoutait le plus, de la révélation de ce secret qu'il espérait lui cacher pour toujours? Certainement non. Sa

main ne se retirait pas de celle de Lucius lorsqu'il la pressait ;
le baiser qu'il déposait sur son chaste front ne la faisait pas
tressaillir. Quelque fût le trouble qui avait produit ce changement en elle, qui avait pâli ses fraîches couleurs, assombri
l'éclat de ses beaux yeux, la cause de cette perplexité ou de
ce chagrin était en elle-même et n'avait pas de rapport avec
lui.

« Lucile, lui dit-il un soir, deux jours après son entretien avec Geoffrey, comme ils se promenaient tous deux
dans le jardin à la chute du jour, il me semble que nous ne
sommes pas aussi heureux que nous l'étions d'ordinaire.
Nous ne parlons pas avec autant de bonheur de nos espérances ; nous n'avons pas des pensées aussi riantes sur l'avenir.
Bien souvent, quand je vous parle, je vois vos yeux devenir
fixes comme si vous pensiez à quelque chose tout à fait
étranger au sujet dont nous nous entretenons. Y a-t-il donc
quelque chose qui vous chagrine, chère? Êtes-vous inquiète
de l'état de votre grand-père?

— Il ne me semble pas aussi bien qu'il y a trois semaines.
Il ne se soucie plus de descendre au parloir, son ancienne
faiblesse semble lui être revenue, et l'appétit a de nouveau
disparu. Je désire que vous soyez un peu plus franc, Lucius,
dit-elle en le regardant avec des yeux suppliants. Vous
aviez l'habitude de dire que son état s'améliorait d'une manière continue, et que vous aviez grand espoir de le voir
rentrer dans son état normal avant longtemps. Maintenant,
vous vous bornez à me dire à peine quelques mots sur le
régime qu'il faut qu'il suive.

— Désirez-vous que je vous parle sans détour, Lucile,
dit Lucius d'un air grave ; même si ce que j'ai à vous dire
doit accroître vos inquiétudes?

— Oui, oui ; je vous prie de me traiter comme une femme et non pas comme une enfant. Rappelez-vous ce que ma vie a été... une vie pleine de soucis et de chagrins. Je ne suis pas comme une jeune fille qu'on a élevée dans du coton. Dites-moi l'exacte vérité, Lucius, quelque pénible qu'elle puisse être. Mon grand-père va plus mal?...

— Oui, Lucile, beaucoup plus mal que je ne le pensais, il y a trois semaines. Et, ce qu'il y a de pire, c'est que je suis obligé d'avouer que je ne saurais m'expliquer la cause de son état actuel. Je ne puis la découvrir et cependant j'en examine les symptômes de très-près. J'ai cette situation si à cœur que je ne crois pas que personne autre puisse faire ni plus ni mieux que je ne fais. Cependant, si je ne vois pas d'ici quelques jours une amélioration se produire, je demanderai l'avis d'un praticien d'une plus grande expérience que la mienne. J'amènerai ici un de nos plus grands médecins de Londres pour voir votre grand-père. Une consultation peut n'être pas nécessaire, ni utile, mais ce sera une satisfaction pour nous.

— Oui, répondit Lucile, j'ai la plus grande confiance dans votre savoir ; mais, comme vous dites, deux avis valent mieux qu'un. Pauvre grand-père! je suis si malheureuse de le voir souffrir!... de le voir si faible et si fatigué, et de pouvoir faire si peu pour le soulager!

— Vous faites tout ce que l'amour et la sollicitude peuvent faire, très-chère Lucile. A propos, vous parliez de régime, il y a un moment, c'est une chose à laquelle vous ne sauriez veiller trop soigneusement. Nous avons à rendre des forces à la nature, à renouveler une constitution presque entière usée par l'excès du travail et des privations. J'aimerais à tout connaître en ce qui concerne la préparation des bouillons et des gelées que vous donnez à votre grand-père. Est-ce vous ou Mme Wincher qui les préparez?

— Mme Wincher fait le bouillon de bœuf, dans une marmite de terre, dans le four. Je fais moi-même ses gelées.

— Êtes-vous bien sûre de la propreté et du soin de Mme Wincher?

— Entièrement sûre. Je la vois nettoyer les marmites et les jarres, quand je suis le matin dans la cuisine, veillant à diverses autres petites choses. Je ne crains pas de travailler dans la cuisine, vous le savez, Lucius.

— Je sais que vous êtes la plus attentive et la plus experte des ménagères, et que vous ferez une femme modèle, ma mignonne, dit tendrement Lucius.

— Pour un homme pauvre, dit-elle avec un sourire qu'on ne voyait plus que rarement errer sur ses lèvres, depuis quelque temps, mais non pour un homme riche. Je ne saurais comment dépenser l'argent, ni donner de grands dîners, ni m'habiller à la mode.

— Ce genre de connaissance vous viendra avec les occasions. Quand je serai un grand médecin, vous serez une femme à la mode. Mais, pour revenir à l'affaire du régime, vous êtes bien sûre qu'une parfaite propreté règne toujours dans la préparation des mets servis à votre grand-père; qu'on n'emploie, par exemple, aucune casserole en cuivre qui n'ait été très-soigneusement récurée?

— Il n'y a aucune casserole en cuivre dans la maison. Pourquoi me faites-vous cette question?

— M. Barton s'est plaint dernièrement d'éprouver des nausées, et je ne sais à quelle cause attribuer ce symptôme. C'est ce qui me rend si soucieux sur la préparation des mets.

— Serait-ce une satisfaction pour vous, si je préparais
moi-même tout ce qu'on lui sert?

— Oui, ce serait une grande satisfaction.

— Alors, je le ferai, Lucius; Wincher en sera un peu
fâchée, mais j'essayerai de lui faire entendre raison. Elle
m'avait accordé un grand privilége en me permettant de
faire les gelées.

— Ne vous inquiétez pas de sa mauvaise humeur, chère
mignonne, quelques bonnes paroles de vous l'auront bientôt
adoucie. Je serai heureux de savoir que vous préparez vous-
même tout ce qu'on sert à notre malade, et je voudrais
que vous ne le fissiez pas dans la cuisine, où la Wincher
pourrait intervenir. Ayez du feu dans le petit cabinet de toilette attenant à la chambre de votre grand-père, et trans-
portez-y vos casseroles, votre bouillon de bœuf, et le reste.
Par ce moyen, il vous sera possible de lui donner à tout
moments et sans tarder ce dont il aura besoin.

— Je ferai ce que vous dites, Lucius. Mais vous croyez
donc mon père en danger?

— Non, pas exactement en danger, chère. Mais il est très-
mal, et j'ai pensé qu'il vaudrait mieux pour vous d'avoir une
garde. Je ne dis pas qu'il en ait besoin d'une qui veille la
nuit auprès de lui. Il n'est pas assez malade pour cela. Je
crains seulement que les soins qu'il réclame ne soient au-
dessus de vos forces.

— Ils ne sont pas au-dessus de mes forces, répondit vivement la jeune fille. Je ne voudrais pas voir une étrangère
autour de lui, pour rien au monde. La vue d'une garde-malade le tuerait.

— C'est une crainte déraisonnable, Lucile.

— C'est possible; et quand vous trouverez que je le veille

mal, ou que je le néglige, vous pourrez amener une étrangère; jusque-là je réclame le droit d'être sa garde-malade, avec l'assistance de Jacob Wincher. Il a été le domestique de mon grand-père et lui a donné tous les petits soins que son maître ne voulait jamais accepter que de lui, pendant ces vingt dernières années.

— Et vous avez une entière confiance en Wincher?

— Confiance! s'écria Lucile avec un profond étonnement. Je le connais depuis que je suis au monde; j'ai vu son dévouement pour mon grand-père. Quelle raison aurais-je de me méfier de lui?

— Aucune raison apparente, je l'admets, répondit Lucius d'un air pensif. Cependant, c'est quelquefois de ceux que nous suspectons le moins que nous viennent nos maux les plus cuisants. Ces Wincher peuvent croire que votre grand-père est très-riche; ils peuvent supposer qu'il leur a légué dans son testament une grosse somme, et pourraient... remarquez que je ne fais ici qu'une supposition très-probablement gratuite... ils pourraient, dis-je, désirer d'abréger sa vie. Ma chère amie, s'empressa-t-il d'ajouter en voyant la grande pâleur qui couvrit à ces mots le visage de Lucile, rappelez-vous que je n'ai nullement affirmé que cela fût probable; mais, comme je vous l'ai dit il y a un moment, j'ai remarqué dans le cas de votre grand-père des symptômes qui me confondent, et nous ne saurions être trop attentifs. »

Lucile s'appuya sur lui en tremblant, son visage était devenu d'une pâleur livide, et ses yeux manifestaient une indicible horreur.

« Vous ne voulez pas dire... — sa voix tremblait, — vous ne voulez pas dire que vous soupçonnez... que vous craignez que mon grand-père n'ait été empoisonné?

— Lucile, dit-il tendrement en soutenant la jeune fille près de s'évanouir, la vérité est toujours ce qu'il y a de meilleur. Vous saurez tout ce que je puis vous dire. Il y a des désordres physiques qui déroutent la plus grande expérience ; il y a des symptômes qui peuvent dénoncer, soit une maladie, soit une autre, qui peuvent révéler tel ou tel autre état, ou être l'effet d'un état tout opposé ; il y a des symptômes qui peuvent être produits aussi bien par des causes naturelles que par un poison lent et subtil. Voilà pourquoi tant de malades ont succombé sous les yeux mêmes de leur médecin, trompé par l'apparence et ne découvrant son erreur que lorsqu'il était trop tard, et qu'il ne pouvait que s'adresser cet amer reproche.

— Qui pourriez-vous soupçonner ? s'écria Lucile. J'ai confiance en la fidélité de M. et de Mme Wincher. Ils ont eu toutes les facilités possibles de voler mon grand-père. Pourquoi, après tant d'années de fidèles services, voudraient-ils attenter à ses jours ? »

Lucile dit ces mots d'une voix basse et tremblante, son esprit étant toujours dominé par la terreur qui s'était emparée d'elle.

« Cette pensée est si horrible, qu'il paraît impossible d'y croire, » dit Lucius.

Ses appréhensions n'avaient pris jusqu'à présent qu'une forme vague. Il n'avait pas eu l'intention d'abord de trahir cette crainte qui pouvait, après tout, être chimérique et qui ne lui était venue que ces dernières vingt-quatre heures, mais il avait été amené involontairement à en dire plus qu'il ne voulait.

— N'en parlons plus, dit-il pour calmer la terreur de Lucile. Vous attachez trop d'importance à mes paroles. J'ai

voulu seulement vous faire comprendre la nécessité d'une
surveillance attentive; j'ai voulu seulement vous dire un fait
bien connu : c'est que les symptômes d'un empoisonnement
lent et ceux d'un désordre naturel sont quelquefois exactement semblables.

— Vous m'avez remplie de crainte et d'horreur, s'écria-
t-elle en frissonnant.

— Laissez-moi vous amener une garde, reprit Lucius
regrettant en lui-même son imprudence. Sa présence vous
donnerait au moins du courage et de la confiance.

— Non; je ne veux pas causer à mon grand-père un effroi
qui pourrait être mortel. Il ne prendra rien que je ne l'aie
préparé moi-même; mais personne ne l'approchera que moi
et en ma présence.

— A propos, reprit Lucius d'un air pensif, vous rappelez-
vous le bruit que j'ai entendu le soir que nous sommes
montés ensemble au grenier?

— Je me rappelle que vous vous êtes imaginé avoir entendu
du bruit, répondit-elle d'un ton indifférent.

— Soit, le bruit que je me suis imaginé avoir entendu, si
vous aimez mieux, vous vous en souvenez. Je suppose que
rien n'est survenu depuis qui ait jeté quelque jour sur cette
illusion de mon cerveau. Vous êtes parfaitement sûre qu'aucun étranger n'a pu pénétrer dans ces chambres hautes?

— Parfaitement sûre.

— Alors nous pouvons être certains que tout va bien, et
vous ne devez plus penser à ce que je vous avais dit à ce
sujet. »

Il s'efforça par tous les moyens qu'il put imaginer de calmer les craintes que ses imprudentes paroles avaient fait
naître dans l'esprit de Lucile, mais il n'y réussit pas en-

tièrement, quoiqu'il fît appel à son Amati et jouât quelques-unes de ses plus douces symphonies... mélodies qui, au dire de Mme Wincher, auraient tiré des larmes d'une planche de sapin.

Rien de ce qu'il put dire ne parvint à dissiper les nuages qu'il avait amassés sur le front de la jeune fille, et il la quitta plein de trouble et mécontent de tout et de lui-même.

CHAPITRE II.

EMBARRAS.

Quand Lucius vint faire, le lendemain, sa visite matinale à la Maison du Cèdre, visite par laquelle, maintenant, il débutait chaque jour, il vit que Lucile avait déjà suivi ses instructions. Le cabinet de toilette, pièce plus longue que large, communiquant par une double porte à la chambre de Barton, avait été meublé rapidement et grossièrement d'une chaise, d'une table, d'un vieux buffet descendu du grenier pour renfermer les tasses, les verres, les fioles de médicaments, et autres objets d'un usage journalier. Quelques casseroles, proprement rangées dans une armoire près de la cheminée, et une étroite couchette en fer dans un coin de la pièce, en complétaient l'ameublement.

« Je coucherai ici cette nuit, dit-elle quand le jeune médecin contempla son installation, et en laissant cette porte entre-bâillée, j'entendrai le moindre bruit qui se fera dans la chambre voisine.

— Ma chère amie, il ne faut pas que vous veilliez la nuit, répondit Lucius avec inquiétude. Vous seriez en peu de temps au bout de vos forces. L'inquiétude dans le jour, l'insomnie pendant la nuit, auraient bien vite raison de vous.

— Laissez-moi faire comme je l'entends, Lucius, dit-elle d'un ton suppliant. Vous avouez vous-même que mon grand-père n'a pas besoin de garde pendant la nuit. Il m'a dit, pas plus tard que ce matin, qu'il dort fort bien la nuit et ne se réveille guère avant le matin. Mais ce sera une satisfaction pour moi, si je sens que je suis à portée de l'entendre et que je puis me lever à son premier appel. J'ai le sommeil très-léger.

— Mme Wincher s'est-elle montrée fâchée de ce que vous lui enleviez le travail des mains?

— Elle en a paru vexée tout d'abord, mais je l'ai embrassée et j'ai causé ensuite avec elle. « Vous vous fatiguerez, mademoiselle Lucile, m'a-t-elle dit; mais faites comme il vous plaira. Cela me donnera le loisir de nettoyer. » Vous savez, Lucius, sa passion pour se remuer et tourner de tous les côtés avec son seau et sa brosse. Son nettoyage ne semble jamais, du reste, changer l'aspect de sa grande cuisine; mais si elle y trouve son plaisir, on ne saurait s'en plaindre. Oh! Lucius, dit tout bas la jeune fille encore attristée, le souvenir de vos terribles paroles d'hier soir m'a tenue éveillée toute la nuit. Mais Dieu me dit que vous trouverez mon grand-père mieux portant ce matin.

— Je l'espère aussi, très-chère; mais, croyez-moi, vous avez attaché beaucoup trop d'importance à mes extravagantes paroles d'hier soir. Si vous pouvez vous fier aux Wincher, il n'y a pas la moindre raison de craindre. Quel ennemi pourrait approcher de votre grand-père?

— Quel ennemi? répéta Lucile comme frappée par ce mot. Quels ennemis pourrait-il avoir, lui... ce pauvre innocent vieillard? »

Lucius passa dans la chambre de Barton. Il trouva son malade souffrant toujours de cette étrange dépression mo-

rale qui pesait sur lui depuis peu et se plaignant toujours
des symptômes qui n'avaient cessé de rendre Lucius perplexe depuis son retour de Stillmington.

« Il y a d'étranges bruits dans la maison, dit plaintive-
ment le vieillard après que son médecin lui eut adressé les
questions et en eut reçu les réponses ordinaires, je les ai
encore entendus cette nuit: des pas furtifs le long du corridor... des portes s'ouvrant et se refermant... des mouve-
ments mystérieux, comme si des malfaiteurs se préparaient
à commettre un crime.

— Tout mouvement, la nuit, dans une maison, a cette
apparence, dit Lucius s'efforçant de rassurer son malade,
mais fort perplexe pour son propre compte. Votre femme
de charge ou son mari sont peut-être restés levés plus
tard que de coutume et ont regagné leur lit à la hâte, en
essayant de faire le moins de bruit possible.

— Je vous dis que c'était au milieu de la nuit, reprit Barton avec impatience. Les Wincher sont aussi réguliers dans
leurs habitudes que la vieille horloge du vestibule. J'ai demandé ce matin au vieux Wincher s'il s'était couché longtemps après minuit, et il m'a dit que non.

— Le fait est, cher monsieur, que vous êtes très-nerveux,
dit Lucius en cherchant à le calmer. Vous restez éveillé et
vous vous figurez entendre des bruits qui n'ont aucune réalité, au moins dans la maison.

— Je vous dis que ce bruit m'a réveillé, répondit le malade avec plus d'impatience encore que la première fois. Je
dormais passablement quand cet effrayant bruit de pas m'a
complétement réveillé. Une indicible horreur s'est emparée
de moi en entendant ces pas furtifs; il m'a semblé que j'entendais les pas d'un assassin.

— Voyons, monsieur Barton, dit Lucius avec ce ton pratique qui est surtout propre à tranquilliser les malades nerveux, si tout cela n'est, comme je le crois fermement, qu'une
pure illusion de vos sens, elle sera très-facilement dissipée
par une investigation minutieuse. Souffrez que nous fassions
face à cet ennemi inconnu, et nous en aurons promptement
raison. Laissez-moi veiller la nuit dans cette chambre, inconnue à tout le monde de la maison excepté à vous-même,
et, je vous le garantis, le fantôme s'évanouira.

— Non, répondit Barton opiniâtrément. Je ne suis ni
assez puéril ni assez faible d'esprit pour demander à un
autre homme de corroborer le témoignage de mes sens. Je
vous le dis, Davoren, la chose est positive. Si je croyais
aux fantômes, je m'en inquiéterais assez peu. Tous les fantômes qu'on a jamais supposé nous effrayer durant la nuit
peuvent parcourir ce corridor, monter et descendre cet
escalier qui est là-bas, autant que cela leur plaira. Mais je
ne crois pas aux choses surnaturelles, et les bruits que j'ai
entendus sont des bruits véritablement humains.

— Laissez-moi les entendre aussi.

— Non, vous dis-je, repartit le malade avec un ton plus
calme, je ne veux pas qu'on joue auprès de moi le rôle d'es-
pion pendant que je sommeille. Si tout cela n'est qu'un rêve
de mon cerveau affaibli, il me reste encore assez de bon sens
pour en découvrir moi-même la fausseté. D'ailleurs, le coupable, s'il y en a un ici, ne peut me faire aucun mal. La porte
là-bas est fermée tous les soirs avec une serrure de sûreté,

— Pouvez-vous vous reposer sur cette serrure?

— Pensez-vous que j'en aurais fait poser une mauvaise
dans la chambre qui contient mes trésors? Non. Cette serrure,
je l'ai choisie moi-même et elle peut défier le voleur le plus

habile. Il y en a une pareille à la porte qui communique de ma chambre au cabinet de toilette. Je ferme moi-même ces deux serrures aussitôt que Wincher m'a quitté. Je suis encore assez fort pour faire le tour de ma chambre, quoique je sente que mes forces diminuent chaque jour. Que Dieu me prenne en pitié quand je serai couché là-bas sans recours, comme cela doit arriver bientôt.

— Non, cher monsieur; espérons qu'un changement favorable se produira avant qu'il soit longtemps.

— J'ai presque perdu toute espérance, répondit le vieillard découragé. Toutes les drogues de votre laboratoire ne me guériront pas. Je suis las d'essayer tantôt d'un médicament et tantôt d'un autre. Pendant quelque temps, j'ai cru que vous compreniez quelque chose à ma maladie, que vos drogues me feraient quelque bien. Durant ces trois dernières semaines, elles n'ont fait qu'aggraver mon mal. »

Lucius prit une fiole sur la petite table près du lit dans un moment de distraction. Elle était vide.

« Quand avez-vous pris votre dernière dose? demanda-t-il.

— Il y a une demi-heure.

— J'essayerai de vous préparer un nouveau tonique qui ne vous produira pas les nausées dont vous vous êtes plaint depuis peu. Je ne puis comprendre comment cette composition a pu produire un pareil effet; mais il est possible que vous ayez de l'antipathie pour la quinine. »

Barton témoigna, par un geste d'impatience très-significatif, qu'il n'avait aucune confiance dans la Faculté tout entière.

« Faites avec moi ce qu'il vous plaira, dit-il. Si vous ne

pouvez réussir à prolonger ma vie, je suppose que je puis compter que vous ne ferez rien pour l'abréger, et, comme vous ne me demandez rien pour vos services, je n'ai pas le droit de me plaindre si leur utilité correspond avec le taux de votre salaire.

— Je suis fâché de voir que vous ayez perdu toute confiance en moi, dit Lucius quelque peu blessé, mais en pardonnant volontiers l'impatience d'un malade.

— Je n'ai pas perdu ma confiance en vous personnellement. C'est en la science médicale tout entière que j'ai perdu confiance. Voilà quatre mois que j'observe patiemment votre régime : je mange, je bois, je dors, je pense même presque, conformément à vos prescriptions, et cependant je ne m'en trouve pas mieux, et en fin de compte, il arrive que je sens mon état empirer de jour en jour. Si tous vos efforts pour raccommoder une constitution en lambeaux n'ont abouti qu'à un échec, pourquoi ne me le dites-vous pas sans détour? Je vous ai dit, dès le début, que j'avais assez de stoïcisme pour entendre mon arrêt de mort sans sourciller.

— Et je vous dis de nouveau, comme je vous l'ai dit alors, que je n'avais point de sentence de mort à prononcer. J'avoue que les nouveaux symptômes qui se sont manifestés dans votre état depuis trois semaines m'ont quelque peu dérouté. S'ils continuent à présenter le même caractère, je vous demanderai la permission de consulter un praticien d'une plus grande expérience que la mienne.

— Non, répondit le vieillard captieusement, je ne veux pas voir d'étranger. Je ne veux pas être soumis à de nouvelles expériences par une autre main que la vôtre. Si vous ne pouvez me guérir, mettez-moi dans les incurables. Et

maintenant vous ferez bien de retourner à vos malades;
je vous ai retenu plus longtemps que de coutume. Vous
reviendrez dans la soirée, je suppose?

— Très-certainement.

— Très-bien! alors, consacrez-moi votre soirée, pour cette
fois en passant, au lieu de la donner à Lucile. Vous pourrez
jouir bientôt de sa société, quand elle sera votre femme. J'ai
besoin d'avoir un entretien sérieux avec vous. Le temps est
venu où il faut laisser de côté tout mystère entre vous et
moi. Il y a des secrets qu'un homme fait sagement de garder pendant sa vie, mais qu'il ne doit pas emporter dans la
tombe. Donnez-moi votre main, Lucius, dit-il en mettant ses
doigts amaigris dans la main vigoureuse du médecin : nous
ne nous connaissons pas depuis bien longtemps, cependant
j'ai confiance en vous autant qu'en qui que ce soit, et je vous
aime autant que j'ai jamais aimé personne, depuis que mon
fils a changé le lait de ma tendresse paternelle en un fiel
amer. Revenez me voir ce soir, et je vous prouverai que ce
ne sont pas là de vaines protestations. »

Pendant que le malade parlait ainsi sa main tremblait
dans celle de Lucius Davoren, et ses paroles trahissaient
une émotion que le jeune médecin ne l'avait jamais cru capable d'éprouver.

« Quel que soit le service que vous puissiez me demander, quel que soit le secret que vous ayez à me confier,
soyez assuré que je vous rendrai ce service fidèlement et que
votre secret me sera sacré. »

Là-dessus les deux amis se séparèrent.

CHAPITRE III.

DERNIÈRES VOLONTÉS D'HOMÈRE BARTON.

Il était presque nuit, ce jour-là, quand Lucius retourna à la Maison du Cèdre. Sa tournée de visites chez ses malades lui avait pris plus de temps que de coutume. Quelque plein que fût son esprit de cet étrange vieillard et de la femme qu'il aimait, il n'abrégeait pas une seule de ses visites ni ne négligeait un seul des détails de ses devoirs quotidiens. La lampe était allumée, dans la chambre de Barton, quoi qu'il ne fît pas entièrement nuit au dehors et qu'on y jouît encore du tiède crépuscule d'une des dernières soirées d'été. La journée avait été excessivement chaude, et le quartier de Shadrack, tout desséché et brûlé, avait l'air d'un chameau haletant de soif dans le désert à la vue d'une eau lointaine. Le ciel, chargé de lourds nuages, semblait depuis midi annoncer l'approche d'un orage, et les habitants de Shadrack Road, surtout les femmes, avaient été si agités et si troublés par cette menace d'une tempête, qu'ils n'avaient pas eu, comme ils le disaient, de tout le jour le cœur de se mettre à l'ouvrage.

Davoren trouva son malade assis devant un bureau qu'il n'avait jamais encore vu ouvert. C'était un de ces bureaux

qu'on appelle bonheur du jour et qui sont pourvus de nombreux tiroirs et incrustés de cuivre et d'écaille. Il était, au
dire de Barton, sorti des propres mains de Francis Boule.
La lampe était sur ce bureau et tous les tiroirs ouverts regor-
geaient de papiers. Barton, enveloppé de sa vieille robe de
chambre en damas fané, était assis et paraissait très-occupé.

« Je vous demande pardon, monsieur, dit Lucius sur le point
de se retirer, car il savait que son malade faisait grand mystère de ses papiers. Vous n'êtes pas prêt pour ma visite peut-
être?...je descendrai, si vous le désirez, auprès de Lucile pendant quelques minutes.

— Non; je suis tout prêt. Ces papiers me seront très-
utiles pour ce que j'ai à vous dire. Entrez et fermez la porte
à clef. J'ai fermé moi-même l'autre porte. Je veux être à
l'abri de tout dérangement. Et maintenant asseyez-vous à
côté de moi. »

Lucius obéit sans dire un mot.

« Répondez-moi franchement à une question que j'ai à
vous adresser, continua Barton. Vous avez fréquenté longtemps cette maison, vous l'avez visitée du bas en haut et
avez eu tout le loisir de vous former un jugement. Que
pensez-vous de moi en définitive? Que je suis pauvre ou avare?

— Vous ne vous offenserez pas de ma franchise? demanda
Lucius.

— Certainement non. Je vous la demande.

— Eh bien! répliqua Lucius avec un sourire grave, je
conviens qu'en dépit de vos protestations, j'ai pensé que
vous étiez riche. Longtemps j'ai cru à vos affirmations; depuis peu de temps seulement, j'ai réellement pensé que vous
ne possédiez rien autre chose que ces curiosités. »

Et il jeta autour de lui un regard à moitié dédaigneux.

« Mais quand je vous ai vu manifester une si grande alarme à la pensée qu'un étranger pût pénétrer dans votre maison, je me suis dit que, si vous n'aviez rien à perdre, rien autre chose que ces objets d'un enlèvement à peu près impossible, vous ne vous abandonneriez pas à de telles craintes.

— Très-bien raisonné. Donc vous avez jugé que parce que je m'alarmais à l'idée que quelque visiteur mystérieux rôdait dans ma maison pendant la nuit, je devais nécessairement posséder quelque trésor secret, quelque grosse somme d'argent cachée pour laquelle j'éprouvais des craintes.

— Telle en effet a été ma pensée.

— En cela vous aviez tort, mais seulement en cela, répondit Barton avec une énergie inaccoutumée. Je ne suis plus assez enfant pour entasser mes guinées dans un vieux coffre-fort et me donner le plaisir puéril de les couver des yeux dans le silence de la nuit, ni pour laisser couler mes pièces d'or à travers mes doigts comme une brillante pluie jaune ; les compter et les recompter, les empiler par dizaines, par vingtaines, par centaines. Non. Je suis avare, je l'accorde, mais je ne suis pas fou. Il n'y a rien dans cette maison que les objets que vous y avez vus. Mais ces objets valent une fortune princière. Cette table, devant laquelle je suis assis et qui à vos yeux inexpérimentés n'est autre chose qu'une vieillerie sans valeur, a été vendue aux enchères il y a six mois cent vingt livres et vaudra, dans un an, la moitié plus cher. La valeur du numéraire diminue chaque année ; chaque année, au contraire, le nombre des acheteurs riches s'accroît ; tandis que ces trésors, ces reliques du passé.... spécimens de manufactures qui ont péri, d'arts qui sont oubliés, œuvres d'ouvriers qui n'ont pas laissé de successeurs, toutes ces richesses, dis-je, ne peuvent se multiplier. Le capital qu'elles représentent est considérable; et quand elles seront mises aux enchères dans les salles de vente de Christie et Manson, le capital qu'elles représentent sera quadruplé. Je ne parle pas au hasard, Davoren; je connais mon commerce. Après un apprentissage de toute ma vie, je puis en parler avec assurance. J'ai dépensé trente mille livres dans l'acquisition des trésors réunis ici, et je considère que ces trente mille livres en valent aujourd'hui cent mille. »

Lucius regardait le vieillard avec un muet étonnement. Était-ce de la folie? était-ce l'hallucination d'un monomane? était-ce le rêve d'un antiquaire fanatique? L'air calme et sérieux d'Homère Barton, la manière pratique dont il s'exprimait, ne permettaient pas d'admettre ces suppositions. Il pouvait se méprendre sur la valeur de ses biens, mais il n'y avait dans son fait aucune folie.

« Vous ne me croyez pas, dit Barton qui prit le silence admiratif de Lucius pour une marque d'incrédulité. Vous pensez que je suis un vieux fou qui radote, quand je vous affirme que moi, qui ai vécu en anachorète, je n'ai pas hésité à engager trente mille livres, qui, à cinq pour cent, représentent un revenu annuel de quinze cents livres, dans l'acquisition d'objets que dans votre ignorance vous considérez comme des vieilleries.

— Non, répondit Lucius comme un homme qui sort d'un songe; je puis apprécier la valeur et la beauté de quelques-uns de vos trésors. Mais trente mille livres!.... la somme me paraît prodigieuse.

— Pure bagatelle, comparée aux sommes qui ont été engagées dans l'achat de semblables objets. Du reste, je n'ai jamais rien acheté que quand j'étais sûr de faire un bon

marché. Je suis vieux dans le métier et un fin renard. Je
n'ai jamais disputé la possession d'une tasse à thé de
Sèvres ou d'une tabatière de Dresde à de riches amateurs. J'ai
attendu que la chance fût pour moi, et j'ai acheté des choses
précieuses dont le troupeau de mes vulgaires concurrents
ne savait pas apprécier la valeur. J'ai découvert mes trésors
dans des coins ignorés; j'ai voyagé à travers plus de la
moitié de l'Europe, en quête de rebuts incompris. C'est ainsi
que mes trente mille livres en représentent plus de soixante
mille de l'argent d'un autre.

— Et vous avez usé votre vie dans un travail continuel,
vous avez fatigué votre cerveau dans des calculs sans fin, et
vous avez vécu, ainsi que vous le dites, comme un anachorète.... dans quel but? Uniquement pour accumuler ce
monceau de choses aussi inutiles dans la pratique de la vie
qu'elles sont belles au point de vue de l'art. Vous avez pâti,
vous vous êtes privé de toutes choses, vous vous êtes épuisé,
vous avez abrégé votre vie et refusé à votre petite-fille toutes
les joies qui donnent du prix à la jeunesse. Grand Dieu!
s'écria Lucius avec indignation, à la pensée de cette existence sans le moindre plaisir à laquelle ce vieillard avait
condamné Lucile, exista-t-il jamais une semblable folie?
Que dis-je, c'est pire que de la folie, c'est un crime.... c'est
un péché contre vous-même, que vous avez privé du repos
naturel et de tout le bien-être que les hommes considèrent
comme le soulagement de la vieillesse.... et un plus grand
péché encore contre cette jeune fille désintéressée dont
vous avez abreuvé la vie d'inquiétudes et de peines. »

Ce reproche frappait juste. Le vieillard soupira profondément, sa tête retomba sur sa poitrine, et il couvrit son
visage de ses mains osseuses.

« Pourquoi avez-vous fait cet usage insensé de votre argent? s'écria Lucius. Quelle folie vous possédait?

— La folie que les hommes appellent la vengeance, s'écria Barton en découvrant son visage et relevant fièrement sa tête d'un air de triomphe. Écoutez, Lucius, et quand vous aurez entendu mon histoire, traitez-moi d'insensé si vous voulez. Vous reconnaîtrez du moins que j'ai eu un dessein arrêté dans tout ce que j'ai fait. Quand ce fils dénaturé et ingrat, que j'avais aimé avec toute la faible et indulgente affection d'un solitaire qui concentre tout son amour sur une seule tête, sur un enfant unique.... lorsque ce fils dénaturé, que j'avais trop aimé, m'abandonna, il me laissa appauvri par son vol, et, comme il le croyait sans doute, ruiné pour la vie. Il secoua de ses pieds la poussière de ma maison, et s'en alla par le monde avec l'intention de ne plus jamais franchir le seuil de la demeure paternelle. Je n'avais plus rien qui pût le tenter. Ma collection avait décru chaque jour sous ses mains improbes; les sacrifices que j'avais faits pour mon nouveau bail la réduisirent presque à rien. Ainsi, il me laissa avec l'intention arrêtée de faire de moi un indigent. C'est la vieille histoire de l'orange dont on a exprimé le jus. Il n'eut aucun remords d'en jeter l'écorce.

— Il se comportait comme un malhonnête homme qu'il était, dit Lucius.

— Dans la nuit qui suivit son départ, j'étais assis près de mon misérable foyer, dans ce parloir qui n'avait jamais été témoin d'une heure de paix domestique. J'étais seul et je dévorais mes peines. Alors il me sembla que ce démon qui apparut au docteur Faust dans son cabinet de travail, venait se placer derrière moi et murmurait à mon oreille : — Mari débonnaire et outragé, père imbécile et trahi, tu reconnais

enfin la vanité de l'amour. Il reste une dernière satisfaction
à ton cœur abreuvé de fiel : la vengeance. Deviens riche, et ce
mauvais fils qui te laisse périr comme un lion blessé dans
sa tanière, reviendra ramper, te cajoler, attiré par ton argent.
Deviens riche ; montre-lui ce qu'aurait été sa récompense
s'il s'était conduit honorablement. Laisse-le à ta porte souffrir de la faim ; qu'il te demande en grâce, comme la demandait le mauvais riche, l'aumône d'une goutte d'eau, et
refuse-la-lui. Alors ce sera ton tour de rire, comme sans
doute il rit de toi maintenant.

— Étrange conseil et bien digne de venir de l'esprit du
mal qui vous l'inspirait, dit Lucius.

— Je ne m'inquiétais pas s'il venait en droite ligne de
Lucifer, répondit Barton d'un ton passionné. Dès ce moment
je n'ai plus vécu que pour gagner de l'argent. Je n'avais
guère vécu que pour cela, direz-vous peut-être ; mais je
n'en travaillais qu'avec plus d'ardeur alors. La fortune semblait me favoriser, précisément comme le sort semble favoriser de temps à autre le joueur désespéré. Je fis quelques
ventes heureuses avec ce qui me restait de ma collection.
Je trouvai quelques raretés de prix dans des localités tout à
fait excentriques ; car, à cette époque, j'étais doué d'une
activité presque surhumaine, et je faisais chaque jour, à
pied, plusieurs milles. Je parcourais le continent et rappor-
tais chez moi des merveilles artistiques. J'acquis la réputation
de découvrir des objets du plus rare mérite, et des collec-
tionneurs célèbres me payaient sans le moindre murmure
les prix que je leur demandais. Je continuai à travailler
ainsi, et à l'expiration de mon bail, je me trouvai à la tête
d'un fonds considérable et de quelques milliers de livres en
numéraire. Alors il me vint soudainement dans l'esprit que

la chance la plus assurée de mourir riche, ou de doubler, tripler, quadrupler la valeur de mon capital avant de mourir, était de le laisser inactif. Je préférai résilier ma nouvelle location que d'en payer le loyer énorme réclamé par le propriétaire. Je pouvais vendre mon fonds et me retirer avec un revenu convenable, mais je préférai le garder et mourir à la tête d'une centaine de mille livres. Je trouvai cette vieille maison, spacieuse, écartée, à bon marché, et j'y transportai mes richesses. Il y a des caisses remplies de vieilles porcelaines de Chine, qui se trouvent dans des chambres que vous n'avez pas même vues. Depuis que je me suis installé ici, j'ai continué à faire des achats, aussi longtemps que mon capital en numéraire me l'a permis, et quand il s'est trouvé épuisé, j'ai fait une assez grande quantité d'affaires par voie d'échange, me débarrassant de choses de peu de valeur et faisant quelques bons marchés avec des négociants qui ne connaissaient que très-imparfaitement leur commerce. Ainsi, même après l'épuisement de mon numéraire, j'ai encore réussi à enrichir ma collection.

— Et maintenant, dit Lucius, je conclus que votre principal plaisir est l'idée de donner votre nom à un musée national?

— Je n'ai pas une telle pensée, répondit le vieillard. Ce que je vous ai dit de mon désir de laisser ma collection à la nation n'était qu'une vaine menace. Non, Lucius, mon rêve et mon espérance, depuis la désertion de mon fils, ont été de réaliser une grande fortune.... vous comprenez, une fortune qui soit hors de l'atteinte de cet indigne fils.... une fortune dont il devrait hériter, dont il connaîtra toute l'étendue, et dont il sera affamé pendant qu'il se traînera dans la fange. J'ai fait cette fortune, Lucius, et je vous la lègue; ce sera ma vengeance.

— A moi!.... s'écria Lucius profondément étonné.

— A vous. Mais écoutez : pas une pièce de six pence, pas
un sou ne doit en revenir à cet homme, dût-il venir pleurer
à vos genoux, pas un morceau de pain ne doit lui être jeté
pour apaiser les angoisses de sa faim.

— Vous m'avez tout laissé, dit Lucius avec un étonnement
qu'il ne pouvait maîtriser, tout laissé, à moi! Vous passez
par-dessus la tête de votre petite-fille, votre propre chair,
votre propre sang, pour me faire votre héritier!

— Qu'importe que mon héritage aille à vous ou à Lucile?
demanda Barton avec impatience. Vous l'aimez?

— De toute la force de mon cœur.

— Et elle doit être votre femme. Elle aura donc tout le
bénéfice de ce que je vous laisse; si je lui laissais à elle....
si je lui léguais pour son seul usage et bénéfice, vous en pro-
fiteriez tout de même; elle vous transférerait tous ses droits;
mais elle ferait plus. Elle a une affection romanesque et insensée pour son père, elle lui donnerait les espèces; c'est
pour cela que je vous lègue le tout.

— La précaution est inutile, monsieur, répliqua Lucius
gravement. J'ai des raisons de croire que votre fils ne sera
plus une cause d'inquiétude pour vous ou pour sa fille; je
crois qu'il ne vit plus.

— Vous avez des raisons de croire!.... s'écria le vieillard
en colère. Que savez-vous sur mon fils?.... et pourquoi m'en
avez-vous fait un secret jusqu'à ce moment?

— Parce que c'est seulement depuis quinze jours que j'ai
découvert l'identité de votre fils avec un homme que j'ai
rencontré en Amérique, et que je ne me souciais pas de vous
inquiéter par aucune allusion à un sujet qui vous est pénible.

— Quel était cet homme?

— Vous ne parlerez pas de cela à Lucile? Elle ne sait rien.... elle ne doit rien savoir.... de la mort de son père, dit Lucius avec un pénible empressement.

Il avait parlé inconsidérément et se repentait de sa précipitation.

« Elle n'en saura rien, si vous l'exigez. Mais, pour l'amour de Dieu, ne plaisantez pas avec moi : mon fils est-il réellement mort? »

Il fit cette question en laissant percer une douleur si poignante, qu'on eût dit que ce fils, auquel il avait depuis si longtemps renoncé, était en ce moment l'idole de son cœur.

« J'ai de bonnes raisons de croire qu'il est mort.

— Donnez-moi des détails, continua-t-il : le temps, le lieu, les circonstances de sa mort.

— Je puis seulement vous dire ce que je sais, répondit Lucius, qui pâlit affreusement. Parmi les rebuts de votre grenier se trouvait un portrait, le portrait d'un jeune homme avec les cheveux et les yeux noirs.

— Il n'y avait là qu'un portrait, répondit vivement le vieillard, celui de mon fils.

— Ce portrait ressemble à un homme que j'ai rencontré en Amérique, et qui a été tué d'un coup de fusil, d'après ce que j'ai entendu dire par la suite.

— Comment?... par qui?...

— Je ne puis vous le dire ; il vous faut accepter mon témoignage pour ce qu'il vaut.

— Témoignage sans valeur et que je n'accepte pas. Quoi! vous trouvez un portrait ressemblant à un individu qui a péri en Amérique dans quelque querelle de chercheur d'or, et vous en concluez tout de suite que mon fils est mort, que l'ordre de la nature a été renversé, que l'arbre vert est tombé avant le vieux tronc! Vous me dites sans autre preuve que mon rêve de vengeance est illusoire, et que je n'entendrai plus parler de ce fils ingrat, qu'il ne doit plus être question des angoisses de mon avarice déçue, de la richesse de son père mort, de cette richesse qui devait lui appartenir s'il s'était simplement conduit en honnête homme!

— Eh bien, supposez que je me sois mépris, » répliqua Lucius infiniment soulagé par l'incrédulité du vieillard.

Qu'aurait-il répondu, si Barton l'avait questionné d'une façon plus précise? Il n'avait pas été élevé à l'école du mensonge. L'affreuse vérité serait sortie de sa bouche malgré lui.

« Admettez que votre fils vit encore, ajouta-t-il. J'accepte votre legs, et je vous remercie de la confiance que vous me témoignez. Je prendrai possession de votre fortune, mais puisse-t-il s'écouler un long temps avant qu'elle ne tombe dans mes mains.... je la garderai à titre de dépositaire plutôt qu'à titre d'héritier, car, à mes yeux, elle sera toujours la propriété de Lucile, non la mienne.

— Et vous jurez que mon mauvais fils ne profitera jamais de ce que j'ai gagné avec tant de peine?

— Je le jure, dit Lucius avec un pénible soupir.

— Alors je suis satisfait. Ma volonté est clairement et simplement expliquée dans mon testament. Je vous laisse tout ce que je possède sans aucune réserve. Il est en bonne forme et se trouve dans ce tiroir intérieur. »

Il souleva le dessus de la table et montra à Lucius un tiroir qui s'y trouvait caché.

« Vous vous en souviendrez? dit-il.

— Parfaitement, répondit le médecin; mais j'espère que Dieu permettra que ce document reste là longtemps encore, avant qu'il soit nécessaire de l'en tirer.

— C'est là le langage poli que tiennent tous les héritiers, répondit Barton avec un grain d'amertume. Mais vous avez été très-bon pour moi, ajouta-t-il d'un ton plus doux, et je vous aime ; et, si je ne doutais plus de tout, je serais porté à croire que vous me payez de retour.

— Oui, monsieur, et de tout mon cœur, répondit Lucius. Vos excentricités nous ont tenus quelque temps éloignés l'un de l'autre ; mais depuis que vous m'avez témoigné de la confiance, depuis que vous m'avez ouvert votre cœur et montré tout ce qu'il contenait de peines et de douleurs, vous m'avez attiré à vous. Je déplore le principe erroné qui a dirigé la dernière partie de votre vie, mais je ne puis méconnaître l'étendue du mal qui vous a inspiré ce rêve de vengeance. Cependant, tandis que j'accepte le témoignage de confiance que vous êtes assez généreux pour me donner, je ne puis m'empêcher de regretter que j'en bénéficie au détriment d'autrui. Si je ne pensais pas que votre fils est mort, je me refuserais à souscrire aux conditions que vous m'imposez :

— Ne parlons plus de sa mort, s'écria le vieillard ; cela me fait mal. Mais encore un mot d'affaire. Si, aussitôt après ma mort, vous avez besoin d'argent, vendez ma collection en bloc. Vous en trouverez dans ce pupitre le catalogue, accompagné d'instructions relatives à la manière de procéder à cette vente. Si, au contraire, vous voulez voir s'accroître d'elle-même votre fortune, attendez vingt ans et ne la vendez qu'à la majorité de votre fils aîné. Dans ce cas, vous aurez une fortune assez considérable pour faire de vos fils de grands négociants, et pour doter une demi-douzaine de filles.

— Je ne serais nullement pressé de convertir vos trésors en numéraire, croyez-le bien, monsieur, répondit Lucius.

— Bien, reprit Barton. Spéculez sur ces choses comme

un courtier spécule sur des actions. Toutefois, j'éprouve un amer chagrin en pensant que toutes ces richesses pourront être dispersées. Elles représentent toute l'expérience de ma vie, le culte de ma jeunesse pour l'art, les connaissances que j'ai acquises dans mes dernières années. Quant à moi, je ne m'en séparerai pas sans regret. Je les ai regardées, je les ai maniées, à ce point qu'elles me semblent des êtres animés.

— Même ce Pharaon qui est là-bas, dit en souriant Lucius, désireux de changer le cours des idées du vieillard.

— Ce Pharaon a été une bonne affaire, répondit Barton, autrement je ne l'aurais pas acheté. La fabrication des momies est un art éteint, et la valeur de cet article s'accroîtra d'année en année. De nouvelles villes se fondent, les musées de province se multiplient, chacun doit avoir sa momie.

—Voyons, monsieur Barton, vous avez parlé plus longtemps qu'il ne convient à un malade. Puis-je sonner pour votre souper?

— Oui, si vous me défendez de parler davantage. Cependant j'ai encore un sujet de quelque importance à traiter avec vous.

— Gardons-le pour demain. Vous vous êtes assez fatigué aujourd'hui. Je serai auprès de vous demain soir si vous le voulez, à la même heure.

— Oui, il y a quelque chose dont j'ai un grand désir de vous parler. Ce n'est pas une chose aussi importante que celle dont nous nous sommes entretenus ce soir; mais c'est néanmoins un sujet dont il nous faut causer. Revenez demain à la même heure. Oui, vous avez raison, je me suis assez fatigué aujourd'hui. »

Barton se laissa aller sur le dossier de son fauteuil avec les marques d'une grande fatigue. Lucius se reprocha de l'avoir laissé parler si longtemps sur ce sujet. Lucile apporta elle-même de la chambre voisine le petit plateau du souper.

« Essaye de manger, cher grand-père, dit-elle pendant qu'il jouait avec sa cuiller et regardait d'un air abattu sa tasse à demi-pleine. J'ai fait moi-même le bouillon, ajouta-t-elle, pour qu'il fût bon.

— Il serait bien assez bon, chère enfant, si tu pouvais me donner l'envie de le prendre, dit le malade, et il repoussa la tasse en soupirant. Et maintenant, bonne nuit à tous deux. Je suis fatigué et je vais me coucher.

— Ne ferme pas la porte du cabinet de toilette cette nuit, grand-papa, dit Lucile. J'y coucherai à l'avenir, afin d'être plus près de toi.

— Je n'ai jamais besoin de rien pendant la nuit, dit Barton avec quelque impatience.

— Mais moi, j'aime à être près de toi, grand-père, et Lucius dit qu'il faut que tu prennes un peu de bouillon, le matin de très-bonne heure. Je t'en prie, ne ferme pas la porte à clef.

— Très-bien; mais, en ce cas, n'oublie pas de fermer la porte extérieure.

— Je n'y manquerai pas, grand-père.

— Véritablement, ce changement de chambre est une folie d'enfant; mais je suis trop faible pour disputer là-dessus. Bonsoir. »

Il les renvoya d'un geste de sa main : la petite-fille qui représentait tout ce qu'il avait d'affection sur la terre, et l'homme auquel il venait de léguer toute sa fortune.

Lucile et Lucius descendirent les escaliers ensemble; mais ils gardaient un silence soucieux.

L'âme du médecin était pleine de son étrange entretien

avec Barton. La jeune fille avait un air pensif et on eût dit que son âme était également préoccupée d'un sujet qui la remplissait tout entière.

Elle s'arrêta dans le parloir à demi éclairé par la porte entr'ouverte et où Mme Wincher avait déposé le plateau du maigre souper de sa jeune maîtresse.

« Voulez-vous entrer un instant dans le parloir, Lucius? lui demanda-t-elle en le voyant hésiter sur le seuil de la porte. »

Quelque chose d'inaccoutumé dans le son de sa voix attira l'attention de Lucius.

« Vous me faites cette question, répondit-il, presque comme si vous vouliez que j'y répondisse par un non, Lucile.

— Je suis un peu fatiguée, dit-elle, et je suis sûre que vous l'êtes aussi; vous avez causé si longtemps là-haut avec grand-père! Dix heures ont sonné.

— Cela ressemble à un congé, dit Lucius frappé de la pâleur de la jeune fille. Bonsoir donc. Cependant j'avais quelque chose à vous dire ce soir.

— Vous me le direz demain, Lucius.

— Ce sera donc pour demain, chère. Bonsoir. »

Cela dit, il lui donna un tendre baiser et s'éloigna.

FIN DU TOME PREMIER.

TABLE DES CHAPITRES.

PROLOGUE.

DANS LE FAR WEST.

LIVRE PREMIER.

LIVRE DEUXIÈME

LIVRE TROISIÈME

FIN DE LA TABLE DU TOME PREMIER.

PARIS. — IMPRIMERIE DE E. MARTINET, RUE MIGNON, 2

www.ingramcontent.com/pod-product-compliance
Lightning Source LLC
Chambersburg PA
CBHW050313030726
47505CB00003B/685